長安十二時辰(下)

馬伯庸 著

高寶書版集團

目錄

24
1
2
3
4
5
6
7
8
9
10
11
12
13
14
15
16
17
18
19
20
21
22
23
子
丑
寅
卯
辰
巳
午
未
申
酉
戌
亥

第二十一章　卯正〈6點〉——259
這兩個人畏畏縮縮的，滑在半空中，朝著城牆而去。看那親密的模樣，倒真好似比翼鳥翱翔天際。

第二十二章　辰初〈7點〉——286
看著張小敬左右為難的窘境，蕭規十分享受。他努力把身子挪過去，貼著耳朵低聲說出了一句話。

第二十三章　辰正〈8點〉——315
這時候遠方東邊的日頭噴薄而出，天色大亮，整個移香閣彌漫起醉人的香味。

第二十四章　巳初〈9點〉——340
如果有仙人俯瞰長安城的話，他會看到在空蕩蕩的街道之上，有兩個小黑點在拚命馳騁，一個向南，一個向東，兩者越來越近，最後在永崇宣平的路口交會。

後記一——378

後記二——382

長安坊圖

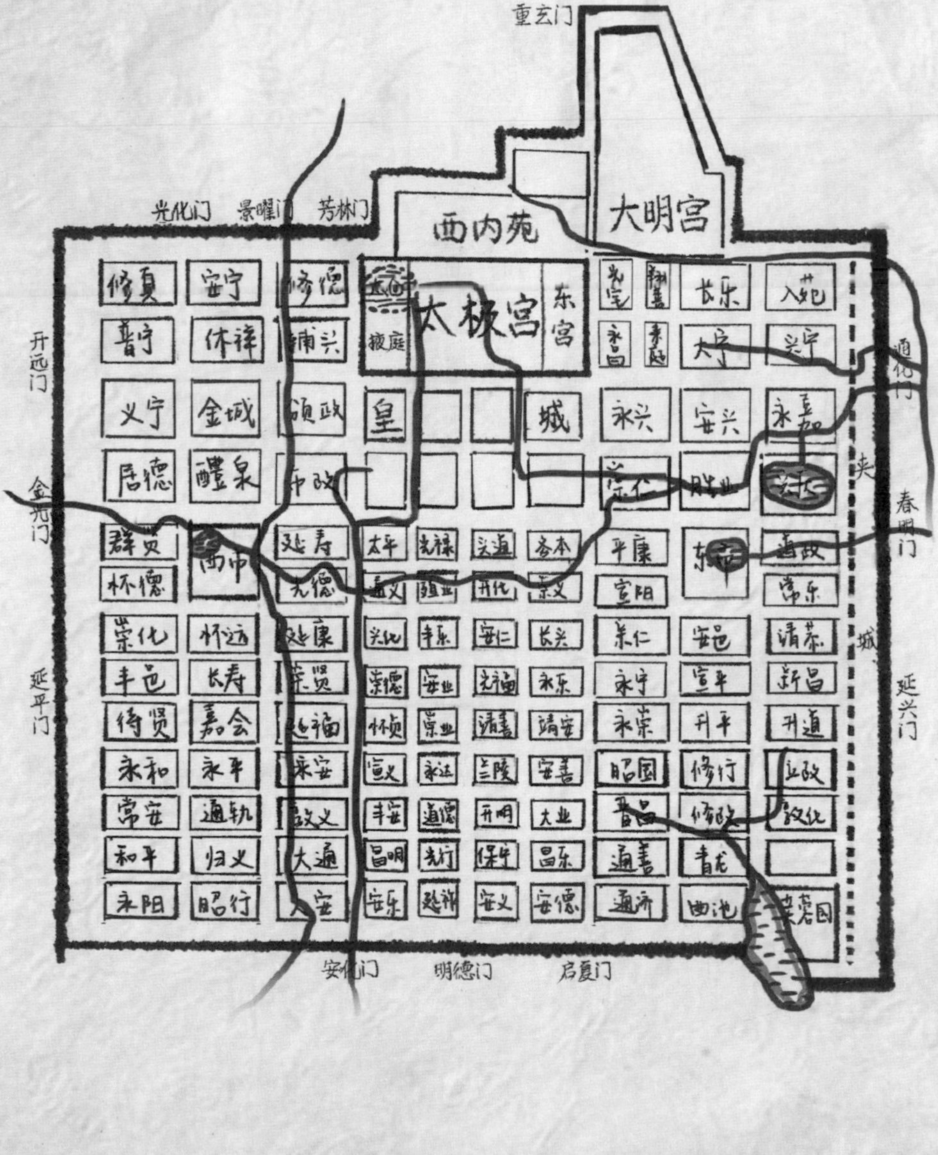

重玄门
大明宫
西内苑
光化门
景曜门
芳林门
太极宫
东宫
掖庭
皇
城
开远门
金光门
延平门
通化门
春明门
延兴门
夹
城
修真
安宁
修德
光宅
翊善
长乐
入苑
普宁
休祥
辅兴
永昌
来庭
大宁
兴宁
义宁
金城
颁政
永兴
安兴
永嘉
居德
醴泉
布政
崇仁
胜业
兴庆
群贤
西市
延寿
太平
光禄
兴道
务本
平康
东市
道政
怀德
光德
通义
开化
崇义
宣阳
常乐
崇化
怀远
延康
兴化
丰乐
安仁
长兴
亲仁
安邑
靖恭
丰邑
长寿
崇贤
崇德
安业
光福
永乐
永宁
宣平
新昌
待贤
嘉会
延福
怀贞
崇业
靖善
靖安
永崇
升平
升道
永和
永平
永安
宣义
永达
兰陵
安善
昭国
修行
立政
常安
通轨
敦义
丰安
道德
开明
大业
晋昌
修政
敦化
和平
归义
大通
昌明
光行
保宁
昌乐
通善
青龙
永阳
昭行
大安
安乐
延祚
安义
安德
通济
曲池
芙蓉园
安化门
明德门
启夏门

第十三章　亥正

天寶三載，元月十四日，亥正。

長安，不明。

吱呀！

許久未開的木籠門被硬生生拽開，樞軸發出生澀乾癟的聲音。李泌被人一把推進去，幾乎栽倒在地。他的腳踝上戴著一串鐵鐐銬，雙手被牢牢捆縛在身後，口中還勒了一根布帶，以防他咬舌自盡。

欣賞完那一場猛火雷的「盛景」後，他被蚍蜉帶到庭院附近的一處地窖裡。這裡擱著一只巨大的木籠，大概是主人曾經用來裝什麼海外珍禽異獸的，木縫間散發著一股淡淡的臭味。

李泌身形站得筆直，距離任何一邊的柵欄都很遠。他不打算坐下或躺倒，那是籠中禽獸的行為，他嚴守著最後一絲尊嚴。

整個地窖裡只有一個透氣的小視窗，所以氣息很渾濁。兩名守衛有意無意地，都靠地窨門口而站，那裡有一條傾斜向上的石階，通向地面，呼吸稍微舒服一點。

這些守衛神態很輕鬆，他們並不擔心李泌會逃跑。他不過是個文弱書生，不通鬥技，就算掙脫了捆縛，仍舊身困木籠；就算脫出了木籠，也身困地窖。退一萬步，就算他真的從地窖離開，外頭還有庭院裡的大量守衛，絕對不可能脫逃。他們留在地下唯一的職責，其實是防止李泌自戕。

李泌很清楚，自己這次恐怕是不可能倖免於難了。他現在最急切的，不是保全性命，而是設法把消息傳出去，至少得讓張小敬知道，蚍蜉的手法是什麼。

李泌不怕死，他擔心的是東宮和闔城百姓。

他再一次環顧四周，努力想找出一絲絲破綻。可是李泌再一次失望了，這裡戒備太過森嚴，且深入地穴，別說傳消息出去，就連外面什麼情形都看不到。

如果是張小敬在，他會怎麼做？李泌不由自主地想，可他實在想像不出來。一個自幼錦衣玉食的高門子弟，實在沒法揣度一個在西域死裡逃生的老兵心思。

「太子啊，這次我可能要食言了……」一個聲音在他內心響起，無論如何都壓不下去。

就在這時，地窖口傳來一陣腳步聲。李泌抬起頭，發現龍波居然又折回來，嘴裡還咀嚼著薄荷葉，腮幫子蠕動得格外用力，臉上掛著一絲微妙的笑意。

他走到木籠前：「李司丞，我是特意來賀喜的。」

李泌沒作聲，他知道必定又有什麼壞消息，可局勢還能壞到哪兒去呢？

「剛才我的手下回報，靖安司已經重建，司丞你這一副重擔，可以卸掉了。」龍波盯住李泌，看著他的眉頭慢慢又擰在一起，心中大快。可惜李泌口中有布條，不然聽聽他說話，想必會更過癮。

「聽說接手之人，是個叫吉溫的殿中侍御史，新官上任的第一件事，就是全城通緝張小敬，指說他是內奸。如今靖安司的三羽令，已傳遍整個長安。」

不用太多說明，龍波知道李泌一定能明白這條消息背後的意義。李相強勢介入，靖安司的職權澈底失守，而解決蚍蜉的最後一線希望，居然被自己人斬斷。

他特意跑下地窖來說這個，就是為了給囚犯最後一擊。龍波相信，這個意外的好消息會讓李泌澈底放棄反抗。他笑意盈盈地看過去，果然，李泌皺起的眉毛，再也沒舒展開來。

龍波一抬手指，讓守衛把李泌口中的布條卸掉。李泌長長地呼出一口氣，他沒有咬斷自己的舌頭。事到如今，自盡已經毫無意義。

「你們這些蚍蜉背後，原來是李相？」李泌脫口問道。

龍波哈哈大笑：「司丞可真是抬舉我們了，我們可高攀不起那麼大的人物。李相派去的那位新長官不是臥底，卻勝似臥底。在他的主持下，現在沒人追查我們了，所有的注意力都在張小敬身上。我們應該送塊匾給他才對。」

李泌沒理會這個戲謔：「張小敬呢？也被擒了？」

「早晚的事。張小敬若是夠聰明，現在應該已設法逃出城去了。」龍波喜氣洋洋地說。

李泌動了動嘴脣，沒有反駁。張小敬已經失去了被赦免的保證，又被剝奪了查案的權力，再沒有任何理由堅守下去，換了他在張小敬的位置，也會這麼做。

那張清俊面孔浮現出濃濃的頹喪神色，雙眼光芒盡斂。這次是澈底輸了。龍波知道，這個人已經失去了反抗的動力，因為他一點希望都看不到。

「所以司丞不必再心存幻想，索性好好歇息，念念咒，打打醮[1]，說不定等會兒真能羽化登仙，還得感謝我成就您的仙緣呢。」

丟下這一句話，龍波不再理會這位前靖安司丞，轉身從地窖口一步步走上去。待走到了地面，他環顧四周，把視線投向燈籠光芒無法籠罩的黑暗角落。那裡隱伏著一個身影，剛才就是他把最新的消息傳回來。

龍波還未開口，魚腸特有的沙啞聲已傳入耳中：「我要走了。」

「嗯？守捉郎的線索，應該已經徹底斷了吧？你還要去哪裡？」龍波一愣。

「我要去殺掉張小敬。」聲音還是那麼平淡，可裡面蘊藏著濃濃的殺機。

龍波知道，魚腸一向自負，這次差點中了張小敬的陷阱，還丟了條胳膊，這個奇恥大辱一定得洗刷才成。他皺眉道：「張小敬應該已經出城了吧？他沒那麼蠢。」

「他就是那麼蠢。我看到他已回靖安司，若非要來這裡回報，我已經跟上去了。」魚腸固執地回答。

「靖安司？」這個消息讓龍波驚訝不已，「他是要自投羅網嗎？」

黑暗中沒動靜，魚腸也不知道張小敬為何有如此反常的舉動。

龍波看了眼庭院裡的水漏，現在是亥正過一點，他對魚腸道：「不要為這個人分心了，最後一步任務馬上開始，你我先去把事情辦妥。張小敬那邊，隨他去吧，對我們應該沒有威脅。」

---

1 僧道設壇誦經，超渡鬼魂。

「隨便你，但我要親自動手。」

魚腸的聲音消失了，他已經離開庭院。龍波在原地駐足一陣，伸手往腰帶裡摸了摸，發現薄荷葉已經嚼光了。他懊惱地咂了咂嘴，吩咐旁邊的人去準備一匹精壯騾子。

龍波站在燈燭下，用沒人聽見的聲音喃喃了幾句。

*

太子李亨聽到外面有喧譁聲，不由得放下手中的旄尾，從四望車探出身去，恰好看到檀棋扒住了四望車的軨板，聲嘶力竭地喊著話。

黑暗中，看不清這女人的面容，可是那聲音卻讓他心驚不已：

「太子殿下！靖安有難！」

李亨略帶驚慌地看向左右，這種話在大街上喊出來，連儀仗隊周圍的百姓都聽得見，這會惹起多大亂子？

衛兵們反應迅速，已經撲了過去。兩三個人抓住檀棋，狠狠地把她從車子旁拖開，旁邊還有人舉起了刀，與此同時車夫也抖動韁繩，加快了速度。這是儀仗遭到意外時的正常反應，李亨急忙站起身來，揮動手臂：「停下！停下！」

車夫本來已加起速度，驟然聽到要停，只得猛一勒韁繩。可惜這是一輛駟車，四匹轅馬反應不一，這麼急促的加速與減速，讓車轅登時亂了套。後馬住了腳，前馬還在馳騁，四力不勻，馬車歪歪地斜向右側偏去，連續撞倒了好幾個步行的百姓，還把後頭車廂狠狠地甩了一下，精緻的雕漆廂側在坊牆上蹭出一道長長的口子。

同車的太子妃韋氏有些狼狽地扶住前欄，不滿地問丈夫怎麼了。李亨顧不得搭理她，衝後頭喊道：「別動手，把她帶過來！」

本來士兵已經要把檀棋帶離人群，可太子發話，他們只好掉轉方向，抓著她的兩條胳膊，一路拖行到四望車前。為防身懷利刃，他們還在檀棋身上粗暴地摸了一遍，扯開了好幾條絲絛。

借助四望車旁的燈籠，李亨看到了檀棋的臉，認出她是李泌身邊的家生婢女，似乎叫檀棋吧？不過不同於往日的雍容優雅，她團髻被扯散，黑長的秀髮披下來，衣著不整，極之狼狽。

在韋氏狐疑的注視下，李亨下了四望車。他沒有立刻接近檀棋，而是環顧左右，然後抬起手對士兵說：「把她帶去那裡，清空四周，閒雜人等不得靠近。」

他指的地方是一處茶棚。那是依著坊牆搭起來的臨時竹棚，外頭用幾個木箱與篷布一圍，權作櫃檯。櫃檯後頭停放著一輛寬車，車上架起一具小車爐，把劣等散碎茶葉和薑、鹽、酥椒混在一起煎煮。觀燈的人渴了，都會來討一碗喝，雖然味道淡薄，但畢竟方便。

太子有令，衛兵立刻過去，把棚主和喝茶的客人都清了出去，然後豎起帷障，把茶棚隔出一片清淨空間。待到屏障內沒有其他人了，李亨這才問檀棋怎麼回事。

檀棋見太子的臉上只有驚奇，卻無焦慮，便明白他壓根不知道靖安司遇襲的事。不知道是李亨對李泌太過放心的緣故，還是有人故意不讓消息傳去東宮……

她收斂心神，把之前的事情簡單扼要地說了一遍。李亨一聽，登時倒退幾步靠在車爐旁，神情如遭雷擊。他呆了片刻，方才急問道：「那……那長源呢？」

檀棋搖搖頭，她也沒回去光德坊，不太清楚到底發生了什麼，但公子一定是出事了，這個確鑿無疑。李亨來回踱了幾步，大聲喚進一個親隨，讓他立刻趕到光德坊，盡快搞清楚那邊發生了什麼事。

親隨應了一聲，立刻離去。這時太子妃韋氏一臉擔心地進來，詢問發生了什麼，李亨卻失態地咆哮起來，讓她出去。他親自把帷障重新扯下來，然後用手轉著腰間的蹀躞[2]，把上頭拴著的算袋、刀子、礪石等小玩意拽來拽去；這是李亨心情煩躁時的習慣動作。

靖安司是他的心血，李泌是他的心腹，這兩樣李亨絕不容失去。可現在出了這麼大的事，他還得靠一個婢女冒死通報才知道。這讓李亨除了憤怒之外，還有隱隱的驚慌。

檀棋默默地看著，在心中暗暗嘆息。這位東宮，可以依靠的心腹實在太少了。李泌一去，他甚至連最基本的情報都無法掌握。

李亨看了眼檀棋，喃喃道：「長源那麼聰明，不會有事的……對吧？」與其說他在勸慰檀棋，倒不如說在為自己打氣。檀棋趨前一步，低聲道：「太子殿下，如今最急的，不是公子，而是張小敬。」

「張小敬？」李亨要回憶一下才記起這個名字。為了這個囚犯，李泌與賀知章幾乎鬧翻，至今賀知章還昏迷不醒。

「現在張都尉是調查闕勒霍多唯一的希望，可不知為什麼，靖安司卻發布命令，全城通緝他。太子殿下，您務必得設法解決此事，否則整個長安城……和公子都完了！」

李亨卻疑惑道：「突厥人不是解決了嗎？」

2 蹀躞帶，文武官員佩帶，上掛七件物品，算袋、刀子、礪石、契苾真、噦厥、針筒、火石袋，稱蹀躞七事。

檀棋急了，一時竟然連尊卑都不顧，上前一步高聲道：「殿下，狼衛背後另有主謀。長安的危機還未曾解除，非張都尉不能破此局！」

李亨皺眉道：「這人真有這麼厲害？呃，當務之急，應該是搞清楚長源……呃，還有靖安司出了什麼事。先等我的親隨回報吧。」

檀棋覺得太子太優柔寡斷了，現在不能浪費時間，更不能搞錯輕重緩急。她正要開口催促，這時韋氏第二次掀開帷障，先狐疑地打量了一下檀棋，然後對李亨道：

「殿下，春宴可就要開始了。」

李亨這才想起來，臉上浮現為難的神色。

這個春宴可不是尋常春宴，而是天子在興慶宮中舉辦的上元春宴。子時開始，京中宗室與滿朝重臣都會參加；宴會持續到丑正，吃飽喝足的君臣齊聚勤政務本樓上，觀看各地選送來的拔燈慶典。歷年上元都是如此。

這種重大場合，身為太子絕對不能缺席或遲到。

李亨對檀棋道：「妳隨我上車，先去興慶宮。等那邊回報之後，再做定奪。」

話已至此，檀棋也只能無奈地走出帷障，以婢女的身分站到韋氏身旁。韋氏剛才挨了丈夫一頓罵，心情不佳，沒給她什麼好臉色。不過她也看出來了，這女人跟丈夫沒感情上的瓜葛，也便失去了興趣。

四望車與儀仗再次啟動，切開四周熱氣騰騰的人群，朝著不遠處的興慶宮而去。越接近宮門，燈光越耀眼，檀棋已可以看到在勤政務本樓前的廣場上，有一棟高逾一百五十尺的巨大燈樓，狀如葫蘆，披繒[3]彩，綴金銀，在黑暗中安靜地聳立著。

檀棋參加過許多次上元觀燈，可她印象裡從來沒有一個燈樓如此巨大，簡直要蓋過勤政務本樓風頭，就連大雁塔也沒這等威勢。

此時還未到丑正，它還沒點起周身燭光，可那通天的氣勢，已彰顯無餘。檀棋簡直不能想像，等到它點亮之時，該是何等煊赫。

＊

張小敬和伊斯離開平康坊之後，直奔光德坊而去。伊斯不知從哪個鋪子裡找到一頂波斯風的寬簷尖帽，給張小敬扣上，還用油墨在他雙眼周圍塗了兩圈。這樣一來，張小敬變成了一個弄婆羅門[4]的戲子，那滑稽的墨妝恰好遮住獨眼的特徵。

這樣一來，除非被人攔住仔細檢查，否則不用擔心被看破偽裝。

現在整個長安城已經澈底陷入狂歡，每一處街道、每一個轉角都摩肩接踵，擠滿了人。他們已經完成了第一輪觀燈，開始把興趣轉向各處雜耍歌舞。因此人潮變得極為洶湧，如同幾十條河水交錯奔流。

這種情況下，健騾比高頭大馬更適合騎乘。他們兩個人偷了兩匹騾子，一路穿城而過，見縫就鑽，專挑人少的地方走。有時候還不走大道，而是從坊門穿過整個坊區。

虧得伊斯妝化得好，他們倆連過七八個有崗哨的路口，都得以順利過關。在這種極度

3　絲織品。

4　唐代優戲（搞笑滑稽的表演）的八種類型之一。

擁擠狀況下，靖安司的通緝令，不可能澈底執行，大部分武侯只是潦草檢查了事。只有一處坊兵見張小敬是個俳優打扮，讓他演個婆羅門戲的笑話。張小敬哪裡會這個，幸虧伊斯打了個圓場，蒙混過去了。

張小敬全程抿著嘴前行，墨妝下的眼神焦灼。

在之前的兩個時辰裡，靖安司的變化實在太奇怪，望樓傳來的消息語焉不詳。他覺得必須得回去看看，才能搞清楚真實情況。

尤其是姚汝能發出那一句警告：「不要回去，不要回去，不要回去。」那個天真古板到有點蠢的年輕人，得是在多麼絕望的情況下，才發出這樣的警告啊。

靖安司的狀況到底變得多糟糕？

張小敬憂心忡忡，除了姚汝能之外，還不知道徐賓現在怎麼樣？還有李泌，還有被扔在平康坊的檀棋，她又會跑去什麼地方？更重要的是……還有聞染。那是他的戰友在這世上最後的骨血，如果出了什麼意外，讓他九泉之下怎麼去見聞無忌？

一個個全力以赴解救長安的人，相繼被這座黑暗的大城吞噬。張小敬只覺得絕望的藤蔓纏到腳踝，四周的黑暗如傾牆一般壓過來，全無光亮。

這種心情，就像是去年他踏進聞記香鋪。他看著滿鋪的狼藉，看到低頭哭泣的聞染，看到虞部和萬年縣尉聯合簽押的文書，看到躺在地上蓋著破布的聞無忌，張小敬整個人深陷泥沼，連邁出一步、發出一點聲音的力氣都沒有。

現在越往前走，張小敬越是緊張，不知道前方到底有什麼等待著自己。可在下一個瞬間，他的獨眼瞇起來，射出凶狠危險的光；這是壓抑至極所爆發出來的戾氣。

若這一切真不如願的話，索性再發一次瘋好了。他心裡想。

伊斯並不知道張小敬的決心，他一直在騾子上張望，直到看到光德坊的坊門。此時坊門站著數十名士兵，戒備森嚴。這裡剛發生了重大襲擊事件，所以警戒級別比他處要高得多。伊斯自告奮勇，說要去打探一下。結果沒過多久，他就一鼻子灰地回來了，說禁止一切胡人入內。

張小敬很驚訝，這個命令太粗糙了，毫無實際意義不說，反而會導致人人相疑。只有最懶惰的官員，才會這麼一竿子打翻一船人。

伊斯進不去，張小敬也不能進，他的獨眼太明顯了，一定會被衛兵看出來。他們正在琢磨辦法，恰好有一個胡人小吏從坊裡走出來，一臉沮喪，手裡還抱著個包袱。

張小敬認出他是靖安司的一員，可惜自己不敢出面，這時就顯出伊斯的價值了。他相貌英俊，談吐高深，外人看來就是位有道的大德。伊斯拽住小吏詢問片刻，沒費多大力氣便弄明白了。

原來襲擊靖安司的，是一個自稱「蚍蜉」的組織，他們還順便綁走了李泌。然後一個叫吉溫的御史接管了整個靖安司。「通緝張小敬令」和「排胡令」都是他下達的。現在新的靖安司設在京兆府裡，正在重建，可惜那一批有經驗的倖存胡吏，都這麼給趕出來了。

至於姚汝能、徐賓和聞染的下落，小吏便茫然無知了。

張小敬的臉色緊繃，這個變化超出了他所估計的嚴重程度。蚍蜉的來歷不明，但力量極大；而整個靖安司非但不能成為助力，反而變成最可怕的敵人。一下要面對兩個敵人，這是多麼可怕的事。

張小敬站在光德坊之外，望著坊內深處直沖夜空的黑煙。那個方向應該是燃燒的靖安司大殿吧？別說這座大殿，就連最初答應給他赦免承諾、委託他做事的人，都已經不在。張小敬現在是澈底的孤家寡人，失去了一切正當性。

事到如今，一個死囚又何必如此拚命？

張小敬現在如果掉頭離開，絕不會有任何人指責他道義有虧。事實上，過了今晚，長安城是否還有機會記住他的名字，都屬未知之數。

伊斯站在旁邊，有點迷惑。他能感覺到張小敬身上的氣勢一直在變化，忽強忽弱，似乎內心在做著某種掙扎。伊斯不敢打擾，只得在胸口虛畫了一個十字，默默為他禱告。

過不多時，張小敬緩緩抬起手來，習慣性地撣了撣眼窩，居然笑了。

「伊斯執事，之前聽你和檀棋聊天，曾講過景尊憐憫世人之苦，入凡降世，替萬眾贖罪。可有此事？」

「正是。」伊斯不明白他怎麼忽然提起這一事了。

「我記得檀棋也說，釋教中有地藏菩薩，發大誓願，地獄不空，誓不成佛。景也罷，釋也罷，這些大德都願為自己的選擇負責，身臨濁世地獄，更何況人？」

說到這裡，張小敬的獨眼再度亮了起來，一片清明，不再有絲毫迷茫：「是了，原是我想岔了。事到如今，我一個死囚，不是何必如此拚命，而是無須再有顧忌才對。」

說罷他哈哈大笑，笑聲上犯夜空，豪氣干雲。伊斯略帶惶惑地瞇起眼睛，只覺對方耀眼非常。

「走吧。」張小敬一揮手。

光德坊的兩處坊門斷然是進不去了，他們兩個人牽著騾子繞到光德坊的側面。張小敬記得這裡有一道水渠，可以直通靖安司後花園。可走過去一看，發現水渠也被封鎖了，十幾個士兵站在水渠堤上，不允許任何人靠近。

從這個位置，靖安司的大殿看得更加清楚，它仍舊熊熊燃燒著，左、右兩處偏殿也濃煙滾滾，讓張小敬很擔心昌明坊的證物會不會已付之一炬。

大望樓還在，上頭掛著幾盞醒目的紫燈，可是排列散亂，一看就是外行人在弄。看來姚汝能已經不在那裡了。

「咱們逾牆而走吧！」

伊斯文縐縐地說了一句，挽起袖子躍躍欲試。他對翻牆越舍這種事的興趣，僅次於對景尊的熱愛。張小敬卻搖搖頭，靖安司連水渠都看管住，說明其他地方也同樣戒備森嚴，貿然過去，只會打草驚蛇。

在他心目中，這個新的靖安司也是敵人，必須時時提防。

張小敬忽然想起來了，慈悲寺的草廬和靖安司之間，應該還有一架梯子。於是他們默默從水渠邊退開，繞到了慈悲寺緊貼著坊牆的一處坊角。

這裡青磚疊排，形成一個內傾的夾角，為了凸顯出釋教特色，上緣還加了一圈菩提紋的凸邊，既顯得佛法廣大，又適宜攀爬。更關鍵的是，牆外無人把守，可見靖安司的警衛並未擴展到慈悲寺一帶。

伊斯道了一聲「天父庇佑」，然後往手心唾了兩口唾沫，正要往牆上爬，張小敬忽然按住他的肩膀：「伊斯執事，你助我上牆就夠了。光德坊內吉凶未卜，你沒必要蹚這渾水。」

他有傷在身，不易用力，需要伊斯幫忙拽一下。但接下來的風險，張小敬自己心裡也沒底，犯不上牽連伊斯這個沒瓜葛的人。

伊斯不滿道：「莫非都尉嫌棄在下年老色衰，不堪大用？」

張小敬顧不得糾正他的用詞，搖搖頭：「我已不是都尉，只是個被通緝的死囚。你跟著我，非但不能為景寺正名，反而會遭牽連。」伊斯伸出兩根指頭，點了點自己那寶石般的雙目：「在下這一雙眸子，曾為秋水所洗，長安城中，沒有看不透的。以在下的眼光判斷，跟定都尉，絕不會錯。」

張小敬不太清楚伊斯從哪裡來的自信，不過時辰已經不早，不能再有耽擱，他淡淡說了一句：「只要你願為自己的選擇負責就好。」然後也往牆上爬去。

兩人花了一番力氣翻進慈悲寺。寺中此時一片安靜，連燭火都不見一盞。張小敬謹慎地穿過禪林，繞過佛塔，來到草廬之前。

草廬裡已經空無一人，不過裡面到處有翻檢痕跡。地上翻倒著一個油津津的木盤，是數個時辰前檀棋用來盛放油餅子給他和李泌吃的。

搜查者應該已經離開了，草廬四周並沒有埋伏。張小敬走到院牆那裡，果然梯子也被拆下撤走。

知道這草廬存在的人，一共就那幾個。這裡被抄檢，說明不是姚汝能就是徐賓落到敵手，被迫說出了這個祕密。張小敬在放生池旁蹲下身子，看到冰面破了一個大窟窿，四周有幾十個沾滿了水漬的腳印。恐怕這裡還曾經發生過打鬥，只是不知是跟誰。

看到這些痕跡，張小敬感覺這重建後的靖安司，不是單純的無能，簡直惡意滿滿，處心積慮要把李泌任內的一切安排都抹黑清除。

草廬鄰近靖安司的這道院牆，攀爬起來不算容易。好在有伊斯這樣的跑窟高手，利用旁邊的柏樹成功跳上牆頭，又垂下一根繩子拽起張小敬。

雙腳落地，輕輕掀起一片塵土，張小敬再一次回到了靖安司。

上一次他在靖安司，還是正午時分。李泌剛氣走賀知章，獨掌大權，派他前往平康里查案。那時靖安司精英俱在，無論望樓體系、旅賁軍還是大案牘之術，皆高效運轉，張小敬如臂使指，若有千人助力。

短短六個時辰過去，這裡竟已淪為一片火獄廢墟，物非人非。可惜張小敬沒有時間憑弔，直奔證物間而去。

證物間設在左偏殿附近的一處庫房裡，裡面盛放著可能有用的各種現場遺留。曹破延的那串項鍊，就是在這裡重新串好的。張小敬和伊斯小心地沿著火場邊緣移動，強忍灼人的高溫，從主殿旁邊穿過去，順著一條殘破走廊來到左偏殿。

左偏殿的火勢，並不比主殿弱到哪裡去。這裡是存放文檔卷宗的地方，燒起來格外迅猛。如果左偏殿遭遇了火災，恐怕這裡也不能倖免。

張小敬他們抵達的時候，火勢還未減弱，劈啪聲不絕於耳。借著火光，勉強可以看到證物間也籠罩在濃煙中，裡面存放的東西下場如何，不問可知。

靖安司看來也放棄了撲滅的意圖，一個人也沒留，任由大火燃燒。張小敬卻不死心，他環顧左右，忽然注意到旁邊不遠處躺著一具屍體。

說來也慘，這屍體身披火浣布，手裡還握著一根麻搭，應該是第一批衝進來救火的武侯。看他身上的腳印，恐怕是生生被蜂擁而出的逃難人群踩死的。

他從屍體上拿下火浣布披在身上，又把麻搭撿起雙手緊握。這麻搭其實是一根長木杆子，頂端捆縛著一人團粗麻散布條，可以蘸水帶泥，撲打火苗。

張小敬對伊斯叮囑了一句：「若我沒回來，你就按原路撤走，盡快離京。」伊斯也不知該說什麼好，只好表示會為他祈禱。在祈禱聲中，張小敬鬆開褲帶，在麻搭頭上尿了一大泡，然後披好火浣布，手持麻搭，頭一低向火場裡衝去。

這一帶連地面都燒得滾燙，張小敬的腳底隔著一層皮靴，感覺像踏在針尖上似的。他略微分辨了一下方向，直衝證物間去。

證物間在左偏殿的殿角外屋，與裡面並不連通，張小敬不必冒坍塌的風險進去，總算是不幸中的萬幸。他揮動麻搭，揮開灼熱的空氣與煙霧，碰到實在太薰人的地方，就用浸滿尿液的麻布條遮掩口鼻，臊味總比嗆死強。

好不容易衝到門口，張小敬看到裡面呼呼地冒著火苗子，整個木質結構還在，可已搖搖欲墜。光憑手裡這點裝備，不可能壓出一條通道來。他靠近了幾次，都被熱浪逼了回來。

竹物易燃，恐怕證物是第一批化為灰燼的，即使衝進去，意義也不大。張小敬只得悻悻朝原處退去，走到半路，忽然左偏殿發出一陣駭人的嘶鳴聲。

「不好！」張小敬意識到，這是大梁斷裂的聲音，意味著整個建築即將坍塌，屆時木火亂飛，砸去哪裡都有可能，對救火人員來說是最危險的時刻。

他看了眼遠處，到安全距離還有三十多步，不可能瞬間趕過去。張小敬當機立斷，直接趴在與左偏殿相對的一處花壇旁邊，然後把麻搭高高豎起，萬一有大片物件飛過來，至少能被頂歪一點，不至於砸個正著。

他剛做完這個防護動作，就看左偏殿失去了大梁[5]的立筋[6]與斜撐[7]，再也無法支撐大頂的重量，轟隆一聲，在木料哀鳴聲中崩裂、坍塌。無數帶著火焰的木片朝著四處飛散。其中一根燃燒的椽子[8]，被壓得直翹起來，像龜茲藝人耍火棍一樣在空中旋轉了幾圈，正好落在了花壇旁邊……

*

張洛是虞部主事之一，他今晚沒辦法像其他同僚一樣放心遊玩，必須盯緊各處的花燈。長安的花燈一般都是由各處商家自行處理，但只有虞部頒發了匠牒[9]的營造匠人，才有資格參與搭建。如果花燈出了意外，工匠連同簽發官員都要被株連。

花燈這東西，不同別物，萬一出了什麼亂子，眾目睽睽，遮都沒法遮。再加上長安風氣奢靡，喜好鬥燈，各家花燈越紮越大，燭火花樣越來越多，出事的可能性也成倍增加。張洛很緊張，特意派了十來個值守的虞吏，沿街巡查，避免出什麼亂子。

他的壓力還不止於此。

除了民辦花燈之外，皇家也要張燈結彩，而且一定要體面奢華，絕不能被民間比下去，

---

5 建築正廳屋頂最高的主梁。
6 柱。
7 側向支撐。
8 支撐房頂與屋瓦的木條。
9 執照。

這樣才能體現出天潢氣度。

皇家的花燈採辦營造自有內府管著，但張洛得負責日常維護以及布燭添油等瑣碎的雜事。換句話說，這些花燈不經虞部之手，但出了事虞部也得負責。張洛雖有腹誹，卻也不敢聲張，只得加倍上心。

尤其是今年上元節，不知是誰出的主意，竟然在興慶宮前搭起了一個一百五十尺的大燈樓。華麗是華麗，可天子不知道，下面人得花多少精力去打理。別的麻煩不說，單到了四更「拔燈」之時，得派多少人在燈樓之上，才能保證讓這麼大個燈樓瞬間同時點亮！

大燈樓的燃燭事務，從物資調配到操作人員遴選，是張洛全權負責。這是個吃力不討好的差事，虞部的郎中和員外郎只會諉過於人，下面有點手段的主事，比如封大倫，也早早推脫掉了，最後只能著落在沒什麼後臺的倒楣鬼張洛頭上。

他此時正站在安興崇仁的路口，這裡有一座拱月橋，龍首渠的河水從橋下潺潺流過。站在橋頂，手扶欄杆，附近花燈可以一覽無餘。這拱月橋是個觀燈的好地方，除了張洛之外，還有無數百姓試圖擠上來，搶個好位置。

為了不影響工作，張洛專門派了三個壯漢圍在自身左右，用木杖強行隔出一塊地方來。可現在的人潮實在太多了，互相簇擁擠壓，橋上黑壓壓的全是人。三個護衛也無濟於事，退得與張洛幾乎貼身而立。

張洛看看時間，按照計畫，再過一刻，所有他親自遴選的工匠、虞吏以及皂衣小廝都會集結在興慶宮附近，一起進駐大燈樓，為最後的燃燭做準備。他看橋上人越來越多，決定早點離開，再去跟手下交代一下燃燭的細節。

雖然他們事先已經演練過許多遍，應該不會出什麼紕漏，可張洛覺得小心點總沒錯。

他吩咐護衛排出一條通道，正要邁步下橋，忽然人群裡傳來一陣驚呼，人頭開始騷動，似乎有人在散花錢。張洛雙眼一瞪，在這麼擠的地方撒花錢？撒錢的人應該被抓起來杖斃！

很快騷亂從橋下蔓延到橋上。上頭的百姓有的想下去搶錢，有的想盡快離開，還有的只是盲目地跟隨人潮簇擁，茫然不知發生了什麼。整個橋上登時亂成了一鍋粥。不少人滾落橋下，壓在別人身上，發出尖聲叫喊。那三名守衛也被擠散開來，張洛被人群生生壓在石雕橋欄上，上半身彎出去，狼狽不堪。

他拚命喝斥，可無濟於事。就在這時候，一隻手從混亂中伸過來，張洛只覺得有一股巧妙的力量推著自己越過橋欄，朝著橋下的水渠跌落。

撲通一聲，水花濺起。可百姓們誰也沒留意到這個意外，還聲嘶力竭地擠著。三個護衛注意到長官掉下去了，他們很驚慌，但還不至於絕望。畢竟龍首渠不算深，淹不死人，只要他們盡快趕到河堤旁，把長官救起，最多是挨幾句罵罷了。

只有張洛自己知道，他再也不可能浮起來了。他的咽喉處不知何時多了一道傷口，身體無奈地朝水中一直沉去，不知會隨渠流漂向何處。他的屍首遲早會被人打撈上來，也許明天，也許後日，屆時就會有人發現，這並非一起落橋意外。

但不是今晚。

＊

「快！有傷者！」

一聲焦慮的喊叫從靖安司裡傳來，在附近執勤的士兵紛紛看去，只見一個波斯人攙扶著一位渾身焦黑的傷者，往外拖動。那人滿臉煙灰，身披一塊薰得不成樣子的火浣布。

士兵們很驚訝，能逃出來的人，應該早就逃出來了，怎麼裡面又有人了？況且排胡令已下，怎麼會冒出一個波斯人？

「我，監牢，出來，這人還活著。」伊斯用生疏的唐語邊比畫邊說。士兵們大概聽懂了，這傢伙原本是在監牢裡，門是鎖的，所以費了些時間才逃出來，半路正好看到這個人還活著，就順手拖出來了。

這些執勤士兵都是臨時抽調過來的，根本不知道靖安司監牢裡原本都關了誰，再說了，誰會專門跑進火場撒這樣的謊？加上伊斯相貌俊秀、言談誠懇，他們立刻就相信了。

這個傷者裹著火浣布，可見是第一批衝進去救火的，士兵們看伊斯的眼神，多了幾分欽佩，這個波斯囚徒逃命還不忘救人，不愧久沐中原仁德之風。

有兩個士兵主動站出來，幫著伊斯抬起這個傷者，朝京兆府的設廳而去。所有的傷者都在那裡進行治療。

伊斯一邊走一邊默默祈求上帝寬恕他說謊。剛才張小敬在花壇那裡，確實挨了一記，幸虧有麻搭擋了一下，否則那根椽子就能要了他的命。不過椽頭的火焰，還是把他的背部燒了一片。這也是士兵們沒懷疑他們作偽的原因。

此時靖安司外的混亂已大致平息，救援人員基本就位，各司其職，隔火帶、急行道與通道也已劃分出來。傷者和伊斯很快就被送到京兆府裡，有醫館的學徒負責做初步檢查，然後按照輕重緩急安置在設廳裡的特定區域，再呼喚醫師診治。

今夜的傷者太多，學徒忙得腳不沾地，根本沒時間端詳病人的臉，更不會去留意京兆府的通緝令。所以他看到張小敬，只是面無表情地前後檢查了一遍，然後在他腳上繫了一條褐色布條，意思是輕傷。至於伊斯，根本沒繫布條。

張小敬被攙扶進設廳，裡面的榻案都已搬空，地板上橫七豎八躺了幾十名傷患，呻吟聲此起彼伏。十幾個披著青袍的醫師與同樣數量的學徒穿梭其間，個個滿頭大汗。

有一個醫師走過來，覺得這人很奇怪，除了背部燒傷，身上還有許多新鮮刀傷。他正待詳細詢問，卻突然厭惡地聳聳鼻子，聞到這人臉上一股尿臊味，立刻熄了追究的心思。他粗暴地讓張小敬趴在一處氈毯上，剪開上衫露出患者脊背，用生菜籽油澆到燙傷部位，又抹了點蒼朮粉末，然後叮囑了一句：「老實晾著！」就匆匆離去。

伊斯因為沒受傷，只分得了一杯蜜水潤潤喉嚨。

菜油充分浸潤肌膚還要一段時間，張小敬只得趴在氈毯上不動。伊斯好奇地東張西望，忽然注意到，在設廳一角，有兩扇鑲螺鈿的屏風，恰好隔出一個小小的私密空間。在屏風外，還有兩個衛兵站著，似乎那裡躺著一個大人物，便走了過去。

伊斯天生就有得人信賴的能力，幾句話下來，那些衛兵便放鬆了警惕。他們說這人是靖安司的內奸，要嚴加看管。伊斯借著攀談的機會，從屏風縫隙看過去，裡面確實躺著一個人。他沒有進一步動作，默默退回去，跟張小敬小聲描述了下他的相貌。

「友德……」張小敬一聽是徐賓，鬆了口氣，至少他沒死。至於內奸的罪名，大概是被自己牽連了吧。他咬著牙要起身，卻被伊斯按住了。

「都尉現在過去，可就身分昭然了。在下靈臺倒生出一計……」

伊斯和張小敬耳語幾句，悄悄走到設廳的另外一角。那裡有一群雜役，正忙著在一個長條木槽裡現搗菜籽油，木槽下面用絲綢包裹，用以濾淨汁液，底下拿盆接著。旁邊還有三四個小灶，咕嘟咕嘟煮著開水。

今晚受傷的人太多，即使是這種最簡陋的藥物和熱水，都供應不及。

每個人都埋頭忙碌，沒人留意伊斯。他輕手輕腳走到廳外拐角的廊邊，輕舒手臂，借著廊柱與雕欄翻到偏梁上。伊斯從懷裡拿出一大包碎布條，這是剛才他偷偷搜集的廢棄包紮布。他把布條捲成一個圓球，在裡面塞了一塊剛在小灶裡掏出的火炭，這才跳下地來。

過不多時，一股濃重的黑煙從走廊飄進來。設廳裡的人剛經歷過大火，個個如驚弓之鳥，一見煙起，又不見明火來源，第一個反應是隔壁的火蔓延過來了。

伊斯趁亂用純正的唐語大喊一聲：「走水了！」整個廳裡登時大亂，衛兵們紛紛朝走廊趕去，試圖尋找煙火的源頭。看守徐賓的兩個衛兵也待不住了，反正徐賓還昏迷著，不可能逃跑，便離開崗位去幫忙。

伊斯在一旁偷偷窺視，一見機會來了，立刻閃身鑽進屏風。

徐賓仍舊躺在榻上，閉目不語。伊斯過去，趴在他耳邊輕輕說了一句：「福緣老友託我給您帶句話。」徐賓的眼珠陡然轉動，立刻產生了反應。

福緣是徐賓和張小敬經常去的酒肆，只有他們倆才知道。伊斯一說，徐賓立刻知道是張小敬派來的人。伊斯道：「情況危急，都尉不便過來。他託我來問一下，昌明坊的遺落物件，哪裡還有存放？」

徐賓睜開眼睛，茫然地看著他，似乎還沒反應過來。伊斯又重複了一遍：「長安累卵之危，只在須臾之間。昌明坊的遺落物件，還有哪裡存放？」

徐賓沉默片刻，他雖不知伊斯是誰，可他信任張小敬。

「左偏殿，證物間。」

「除了那裡還有哪兒？」伊斯看看外頭，心中著急，衛兵們似乎已找到了濃煙的源頭，恐怕很快就要回轉。

徐賓這次沉默的時間長了些：「京兆府……」

伊斯眼睛一亮，這麼說昌明坊證物確實有另外存放的地點。他又追問：「京兆府哪裡？」徐賓道：「右廂推事廳。」

京兆府統掌萬年、長安兩縣，一般並不直接審案。但兩縣不決的案子，往往會上報京兆府裁斷。所以在京兆府公廨裡，專門設有推事用的房廳。

靖安司從昌明坊搜回來的證物太多，除了大部分放在證物間，還有一部分移交到了京兆府。一則反正他們正在放假，空有大量房間；二來也可以算是兩家聯合辦案，不至於讓京兆府覺得被架空。

這些瑣碎的官僚制事，都是徐賓處理的，連李泌都未必清楚。

伊斯得了這消息，趕緊退出屏風，一轉身恰好撞見衛兵們回來。衛兵們一看剛才那波斯人居然又湊過來，都面露疑色。伊斯連忙結結巴巴解釋：「起火，他不動，抬走避燒。」

剛才那一聲「走水了」是標準的唐話，這個波斯和尚卻只會說單字，是以衛兵們壓根沒懷疑那場混亂是他造成的，只當他是好心要來救人，便揮手趕開。

伊斯跟張小敬說了情況，張小敬強忍背部疼痛，翻身起來。雖然他很擔心徐賓的境況，可現在已經顧不得了，沒死就好。

伊斯不知從哪裡搞來一套沾滿汙液的醫師青衫，給自己套上，然後攙扶著張小敬朝設廳外走去。沿途的人看到，都以為是轉移病患，連問都沒問。

如今京兆府的公廨，除了正堂與公庫封閉不允許進入之外，其他設施都已開放，提供給新靖安司做為辦公地點。各種書吏忙前忙後，彼此可能都不太熟悉，更別說辨認外人了。兩人在裡面暢通無阻，很快便問到了推事廳的位置。

可當他們朝那邊走去時，卻有兩名面色冷煞的親兵擋住去路。親兵喝問他們去哪裡，伊斯連忙解釋說帶病人去施救。親兵面無表情一指，說設廳在那邊，這裡不允許靠近。伊斯故作不解，說剛才門口的官員明明讓我來這裡啊，還要往裡鑽。親兵見他死纏，便喝道：「這裡是靖安司治所，擅入者格殺勿論！」

原來吉溫把靖安司設在京兆府之後，第一件事就是找一個舒適的單間辦公。他在御史臺只是個殿中侍御史，跟七八個同僚同在一室，早不耐煩了。可京兆府公廨裡，正堂封閉，退室太小，挑來選去，只有推事廳既寬闊，又體面，是最好的選擇。

他的虛榮心得到滿足，卻給張小敬和伊斯帶來莫大的麻煩。

兩人暫時先退開到一處轉角。伊斯對張小敬道：「在下適才仔細觀覘，隔壁庭院中有假山若許，從那裡翻上屋簷，再從推事廳倒吊下來，或可潛入。」

張小敬卻搖搖頭。這裡是京兆府，不比別處，屋簷上肯定也安排了弓手和弩手。伊斯想在這裡跑竄，只怕會被射成刺蝟。

這時一個人走過他們旁邊，偶爾瞥了一眼，突然咦了一聲，視線停留在張小敬的臉上，久久不移開。伊斯見狀不妙，趕緊擋在前頭。可那人已失聲叫出來：「張、張小敬？」

張小敬如餓虎一樣猛撲過去，按住他的嘴，把他硬生生推到角落裡去。那人驚恐地拚命掙扎，張小敬惡狠狠地低聲道：「再動就殺了你！」

「唔唔……是我……」

張小敬眉頭一皺，很快認出那張臉，竟然是右驍衛的趙參軍。兩個時辰之前，檀棋和姚汝能劫持趙參軍，把張小敬劫出了右驍衛。臨走之前，趙參軍主動要求他把自己打暈，以逃避罪責，沒想到他們這麼快又見面了。

「你怎麼在這裡？」

趙參軍嘆道：「蚍蜉襲擊靖安司後，人手五不存一。吉司丞從各處行署調人，下官是來補缺的。」

張小敬之失，實是因趙參軍所起。縱然甘守誠不言，趙參軍也知道上峰必定不悅，故主動申請來靖安司幫忙，一來將功補過，二來也算避禍，沒想到又撞見這個煞星。

「現在你可是全城通緝，怎麼還敢回來？」趙參軍盯著張小敬，後腦杓不由得隱隱作痛。張小敬不想跟他解釋，反問道：「我現在需要設法進入推事廳，你有什麼辦法？」

「這可難了！吉司丞正在推事廳辦公，戒備森嚴，你要刺殺他，可不太容易。」

「誰說我要刺殺他了！」張小敬低吼。

趙參軍驚奇地瞪著眼睛：「不是嗎？他都通緝你了，你還不起殺心？這可不像你啊！」

張小敬一把揪住他衣襟：「聽著，我去推事廳一不為人命，二不為財貨，只為拿點微不足道的東西。你既然現在靖安司有身分，不妨幫我一下。」

趙參軍一哆嗦，嚇得臉都白了：「不成，不成，下官的腦袋可只有一個。」張小敬冷冷道：「沒錯，你的腦袋只有一個，要嘛我現在取走，要嘛一會兒被吉溫取走。」趙參軍驚恐萬狀，擺著肥胖的雙手，反覆強調才疏學淺，演技不佳。

他說著說著，忽然眼睛一亮，想到一個絕妙的藉口：「我也沒什麼把柄在您手裡，一離開，肯定第一時間上報長官，您也麻煩。要不咱們還是依循舊例，在我腦袋這兒來一下，我暈我的，您忙您去，都不耽誤。」

饒是心事重重，張小敬還是忍不住笑了笑，這位說話倒真是坦誠。這時伊斯在其旁邊耳語了幾句，張小敬點點頭，對趙參軍道：「這樣，你不必替我們去偷，只要隨便找件什麼事，吸引吉溫的注意力，一炷香時間就夠。」

「我一進推事廳，肯定大呼示警，於您不利呀。」趙參軍陪著笑，寧可再暈一次，也不願過去。張小敬一指伊斯：「你可知他是誰？」

趙參軍早注意到張小敬身邊有一個波斯人，面相俊秀，雙眸若玉石之華。張小敬道：「這是我從波斯請來的咒士，最擅長以目光攝人魂魄。你若膽敢示警，不出三日，便會被他脖子上那件法器拘走，永世不得超生。」

這話並非憑空捏造。長安坊間一直傳言西方多異士，常來中土作亂云云。每年都有那麼幾個人，因為散布此類妖言而被抓。張小敬辦得案子太多，隨手便可拈來一段素材。

伊斯嘴角輕輕抽了一下，自己這麼好的面相，居然被說成毒蠱術一流的方士。他不能辯白，只得微微一笑，那一雙眼睛看向趙參軍，果然有種動搖心神的錯覺。

趙參軍被嚇到了，只得答應。他猶自不放心，又叮囑道：「您一會兒若要動手，務必得殺死殺透才成，不然我也要被連累。」

「我他媽沒說要殺他！」張小敬恨不得踹他一腳。

過不多時，趙參軍戰戰兢兢地進了推事廳，吉溫正在寫一封給李相表功的書簡。他寫了抹，抹了寫，好不容易想到一個絕妙的句子，忽然被腳步聲打斷，一抬頭，發現趙參軍恭敬地站在前頭。

他有些不悅，不過趙參軍只比自己低一品二階，又是右驍衛借調，總得給點面子：「參軍何事？」

趙參軍道：「有件關於張小敬的事，下官特來稟報。」吉溫一聽這名字，眼睛一亮，擱下毛筆：「講來。」趙參軍看看左右，為難道：「此事涉及甘將軍，不便明說，只能密報給司丞大人。」

一聽說牽涉到甘守誠，吉溫登時來了興致。他示意趙參軍上前，然後把頭湊了過去。趙參軍抖擻精神，給他講起靖安司劫獄右驍衛的事。

此事趙參軍乃是親歷，加上刻意渲染，吉溫聽得頗為入神，一時間全神貫注。與此同時，一條繩子從房梁上緩緩吊下來，慢慢接近地面。趙參軍一邊講著，一邊用眼角餘光看過去，看到一個影子順繩子吊下，心跳陡然變快。

這影子正是伊斯。他剛才勘察過，這個推事廳乃是個半廳，與鄰近的架閣庫共用同一個房梁。架閣庫是儲存文牘之用，沒人會來。這樣伊斯只要潛入庫中，攀上大梁，便可以悄無聲息地進入推事廳。

這樣一來，只要趙參軍吸引住吉溫的注意力，伊斯便可為所欲為了。

這是最驚險最刺激的一次跑竄，伊斯輕輕落地，距離吉溫不過七步，大氣不敢出一聲。

只要吉溫稍一偏頭，就會發現屋中多了一人。

伊斯環顧四周，除了書案、毾㲪、閣架之外，屋角還堆著一堆錦紋木箱，用屏風隔開。想來是新官嫌亂，一時又不好清走，索性一股腦兒藏到了屏風後頭。伊斯躡手躡腳過去，轉過屏風，打開其中一個，裡面果然有一堆雜物，應該是昌明坊遺留的。不過箱中沒有竹頭，他便又去開第二個。

外頭趙參軍見伊斯還在尋找，只得拚命拖延時間。吉溫幾次想回頭，趙參軍一見苗頭不對，立刻提高嗓門，強行插入一段並沒發生的懸疑情節，好把吉溫的注意力拉回去。他心裡暗暗叫苦，自己平時愛看傳奇故事，沒想到有一天得親自編。

另一邊伊斯手腳迅速，已經開到了第三個箱子，扒拉開一堆散碎木塊和斷木之後，在箱底發現一個紮緊的粗布袋子。他解開繩子，裡面是一把散碎竹頭。伊斯大喜，伸手把袋子撈起，卻忘了撐住箱蓋。蓋子猛然落下，伊斯急忙推掌一墊，總算及時托住，可也輕輕發出一聲砰。

聲音不大，但在屋子裡卻頗為明顯。吉溫猛然回過頭，疑惑地朝這邊看來。伊斯趕緊把身子藏在屏風後頭，屏住呼吸。吉溫抬手示意趙參軍稍等，朝屏風方向走了幾步。這屋子很空闊，唯一不在視線內的，只有這屏風的後面，聲音八成是從那裡傳來。

伊斯與吉溫只有一屏之隔，汗水從鼻尖輕輕沁出來。他正在考慮要不要出手制住吉溫，挾持著硬往外闖。趙參軍見勢不妙，突然一捣腦袋，痛苦地蹲下來，口中慘號：「可恨那張小敬，將下官打暈，至今傷痛未去！痛乎哉？痛也！」

吉溫回轉過去，溫言相勸。伊斯趁著這個空檔，把平日裡的本事發揮出了十二成，拽著那根繩子一口氣便翻上大梁，收回繩索。恰好一隻老鼠跑過，伊斯隨手逮住，丟了下去。那老鼠一落地，只暈了一下，立刻跳起來朝外頭跑去。

吉溫這時剛好回過頭來，看到一隻老鼠飛竄而過，神情一鬆，以為聲音是從牠而來。伊斯抓著袋子退回架閣庫，與外頭張小敬會合。這時趙參軍也滿頭大汗地出來了，吉溫聽完那故事，發現他純粹在訴苦，沒提供任何於今有用的消息，訓斥了一頓，把他攆了出來。

伊斯拽著張小敬要走，張小敬卻看向趙參軍：「你可知道姚汝能在何處？就是那個劫我出去的年輕人。」

趙參軍在新靖安司負責內務，對這些事很熟悉：「他才被抓住不久，現在被拘押在京兆府的監牢裡，罪名是……和您勾結。」

又一個不幸的消息，張小敬顧不得傷感，又問道：「有一個叫聞染的姑娘，你可知道下落？」趙參軍想了半天，搖頭道：「不知道，沒聽過。」

伊斯在旁邊，聽到張小敬一聲很明顯的嘆息。他小聲問道：「要不要順便去監牢劫人？或者先把徐主事弄出去？」張小敬堅決地搖搖頭：「我們現在沒有時間，他們只能等。」

面對長安的大危機，張小敬必須有所取捨。他的大手不由得捏緊了那個裝滿碎竹頭的袋子。今晚他一直在做選擇，至於對與錯，已無暇去考慮。

「下官可以代為照顧，雖然沒法開釋，至少不必吃什麼苦頭。」趙參軍乖巧地主動表態，然後偷偷瞄了一下伊斯的雙眼，又趕緊挪開。

張小敬沒有多做停留，放了趙參軍，然後和伊斯朝京兆府外頭走去。

他們真的沒什麼時間，因為眼下必須去找一個關鍵人物。

＊

興慶宮位於長安東北角的春明門內，本名為興慶坊，乃是天子潛邸[10]。天子登基之後，便把永嘉、勝業、道業三坊各劃了一半給興慶坊，大修宮闕，號曰南內，與太極宮、大明宮遙遙相對。一年下來，天子倒有大半時間在這裡待著，儼然是長安城的核心所在。

興慶宮與尋常宮城迥異，北為殿群，南為御苑。其中最華麗的地方，是位於西南的兩座樓。一棟叫花萼相輝樓，一棟叫勤政務本樓。上元春宴，即是在勤政務本樓舉行。

此時樓中燈火通明，又有銅鏡輝映。賓客觥籌交錯，氣氛熱鬧非凡。宮娥僕役執壺端盤，流水般行走於席間。鼓樂聲中，幾十個伶人跳著黃獅子舞，這是天子之舞，其他人若非今日，根本無緣見到。有興致高的官員和國外使節，甚至起身相舞，引得同僚陣陣喝采。

太子李亨捏著犀角侈杯[11]，努力讓自己鎮定下來。可是微微顫抖的手腕，卻讓杯中滿滿的清酒不停地灑出來，在地毯上洇出一個個水點。他的臉色，和周圍喜氣洋洋的氣氛大相逕庭。

親隨已經打探清楚靖安司的事，回報太子。李亨沒料到情況比檀棋說的更加惡劣，李泌為蚍蜉所擄，靖安司被李相趁勢奪走，而這一切的起因，都是因為張小敬勾結外賊。

李亨忍不住埋怨起李泌來，當初他堅持任用這個死囚，結果捅出這麼個婁子。李亨看了上首一眼，簡直不敢想像，如果這些事傳到父皇耳朵裡，會是怎樣一個結果。

10 天子即位前居住的宅第。

11 中國傳統酒具中最珍貴的一種。

檀棋拿起執壺過來裝作斟酒，低聲對李亨道：「太子殿下，而今至少設法把通緝令收回。」

李亨看了一眼下首，在那幾排席位的最前頭，端坐著李相李林甫。他無奈地搖搖頭：「張小敬是否勾結外賊，眼下還不確知。貿然撤銷，只怕會給李相更多藉口。」

平日有賀知章、李泌為謀主，李亨尚有自信周旋。如今兩人都不在了，面對李相的攻勢，太子只能把自己像刺蝟一樣縮成一團。

檀棋急道：「張都尉一直和我在一起，不可能勾結外賊！」李亨誤會了她話裡的意思，以為兩人有私情，冷冷看了她一眼：「妳家公子的下落，才是妳要關心的事情吧？」

檀棋哪裡聽不出弦外之音，面色漲紅，立刻跪倒在地：「我不是為他，亦不是為公子，而是為太子與長安百姓安危著想。蚍蜉這樣的凶徒，唯有張都尉能阻止。」

「哼，姑且就算張小敬是清白的吧。碰到這種事，恐怕他早就跑了。撤銷不撤銷通緝令，又有何意義？」

「不，張都尉不會放棄！他所求的只是通行自由，好去捉賊。」檀棋抬起頭，堅定地說。

李亨把手一擺：「一個死囚，被朝廷通緝，仍不改初心，盡力查案？這種事連我都不信，妳讓我怎麼去說服別人？」他說到這裡，口氣一緩：「我等一下去找李相，只希望靖安司能盡快找到長源，其他的也顧不得了，大不了我不做這個太子。」

他自覺情真意切，可檀棋內心一團火騰騰燃燒起來，真想把酒潑過去。外面那些人為了長安，殫精竭慮出生入死，可太子反反覆覆糾結的，卻只是這些事。

「那些蚍蜉還逍遙法外，闕勒霍多隨時可能會把整個長安城毀掉啊！」檀棋的聲音大了點，引得附近的賓客紛紛看過來。李亨眉頭一皺：「噤聲！讓別人聽到怎麼得了！此事我自有分寸，妳不必再管了。」說完他把酒杯往案几上一磕，鼓鼓地生起悶氣來。

被一個家生婢女咄咄相逼，太子覺得實在顏面無光。全看在李泌的面子上，他才沒有喝令把檀棋拖出去。

檀棋跪著向後退了幾步，肩膀顫抖起來。太子似乎已決意袖手旁觀，這讓她徬徨至極。她的身分太過低微，太子不管，再也沒有別的辦法可以左右局勢了。

等一下，還有一個辦法。

直接面求聖人呢？

檀棋被自己的念頭嚇了一跳，這得有多瘋狂？可她抬起脖頸，向太子上首看去。天子就在不遠處的燕臺之上，距離不過數十步。如果她真打算衝到天子面前，此時是最好的機會。檀棋知道，衝撞御座是大罪，被護衛當場格殺都有可能，但是至少能讓天子知道，此時長安城的危機迫在眉睫。

「不退，不退，不退。」大望樓的燈光信號，在她的腦中再度亮起。

檀棋呼吸變得急促起來，她本是孤兒，若非李家收養早就成了餓殍。這個世界上除了公子之外，本也無可留戀，也就無可畏懼。檀棋相信，公子碰到這種事情，也會做出同樣的選擇。至於那個登徒子……一定也在某處暗地裡奮戰吧？

這兩個人有一個共同點，他們從不把檀棋當成一個有美麗軀殼的人俑，都相信她能做到比伺候人更有價值的事。

現在正是證明這一點的時候。

檀棋向李亨叩頭請退，然後背靠身後雲壁。這裡的所有牆壁，都用輕紗籠起，上用金線繡出祥雲。有風吹過閣窗，輕紗飄動，便如雲湧樓間一般。所有的宮中侍女，都披一條相同材質的霞帔，無事時背靠雲壁而立，飄飄若天女。

檀棋貼著雲壁，不動聲色地向前靠去。她輕提條帶，好讓裙襬提得更高一點，免得一會兒奔跑時絆倒。

勤政務本樓在設計時，就考慮到了天子與諸臣歡宴的場合，因此整個地板並非平直，而是微微有一個坡度。天子御席就在坡頂，放眼看下去，全域一覽無餘。在這道坡的兩側，則是侍女僕役行菜之道。賓客更衣、退席亦走此道。

今日是節慶，天子以燕弁服[12]出席，以示與臣同樂，是以四周也沒有帷障，只用懸水珠簾略隔了一下。檀棋沿著這條道緩步而上，隔著熠熠生輝的珠簾上緣，能看到那頂天下獨一無二的通天冠[13]，連上頭的十二根梁都數得清楚。

從這個位置到天子御席，之間只隔了一個老宦官和兩名御前護衛。她只消突然發力，便可在他們反應過來之前衝到面前，不過只有喊出一句話的機會。

這句話至關重要，檀棋在心中醞釀一番，強抑住緊張的心情，準備向前邁去。

這時一隻纖纖玉手搭在了她的肩膀上。檀棋身子一震，下意識地回頭，看到身後站著

12 皇帝的燕居服，即退朝後，閒居在家的服飾。
13 皇帝的頭冠。

一個頭戴黃冠[14]，身披月白道袍的女道人，臂彎披帛，手執拂塵，正好奇地看著自己。

這女道士體態豐腴，眉目嫵媚，雙眉之間一點鵝黃鈿，可謂豔色生輝。檀棋脫口而出：

「太真姐姐？」

話音剛落，恰好外頭更鼓咚咚，子時已到。

〈霓裳羽衣舞〉的曲調適時響起，把宴會氣氛推向另外一個高潮。

14 道士所戴的帽子。

第十四章　子初

天寶三載，元月十五日，子初。

長安，長安縣，光德坊。

元載再一次回到京兆府門口，略帶沮喪。

他好不容易逮住聞染，沒想到卻被王韞秀撞見，更沒想到兩人是舊識，親熱得很。想劫持王韞秀的狼衛，錯劫了聞染；想劫持聞染的熊火幫，錯劫了王韞秀。陰錯陽差兩個誤會，讓這兩位女子遭遇了不同的恐慌和驚嚇。

元載對這個原委很了解，所以很頭疼。如果強行要把聞染帶走，勢必要跟王韞秀解釋清楚。可這麼一解釋，所謂「張小敬綁架王韞秀」的說詞就會漏洞百出。

要知道，聞染雖然是個普通女子，她的事卻能從熊火幫一路牽扯到永王。

聞染不過是個附加，王韞秀才是主要利益所在，針對後者的計畫，可絕不能有失。左右權衡之下，元載只能暫且放過聞染，讓王韞秀把她一起帶回王府。

為了保證不再出什麼意外，元載也登上了王韞秀的馬車。聞染很害怕，王韞秀卻挺高興，她一句話，元載立刻就答應了，這說明她的意見在對方心中很重要。

元載把她們一直送到王府門口，這才返回。他內心不無遺憾，這完美的一夜，終於還是出了一個小小的瑕疵，未竟全功。

接下來，只剩下張小敬了。

他沉思著下了車，正琢磨著如何布置，才能抓住這個長安建城以來最凶殘的狂徒。迎面有兩個人走出京兆府的大門，其中一人樣子有些奇怪。元載觀察向來仔細，他瞇起眼睛，發現是個波斯人，居然還穿了件青色的醫師袍。

長安醫館歷來都是唐人供職，胡人很少有從醫者，就算有，也是私人開診，斷不會穿著醫館青衫。再者，吉司丞已經下了排胡令，他怎麼還能在這裡？

「難道……他是混進京兆府的襲擊者？」

元載想到這裡，陡生警覺，繼續朝他看去，越看疑慮越多。腰間怎麼沒有掛著診袋？為何穿的是一雙蒲靴[15]而不是醫師慣用的皮履？最可疑的，是那青衫汙漬的位置。要知道，醫師做外傷救治，往往要彎腰施救，前襟最易沾滿穢物，而這人前襟乾淨，汙漬位置在偏靠胸下，幾乎不可能如此，除非，這袍衫本不是他的，而是屬於一個身高更矮的人。

元載再看向那個同行者，似是病人模樣，衣著並沒什麼怪異之處，只是臉上沾滿了煙灰，髒兮兮的看不清面孔。可他的步伐卻讓元載很驚駭，幾乎每一步距離都是一樣的，整個人很穩。

只有一種人會這麼走路，軍人。

15 蒲心、蒲葉編織而成的鞋子。

元載想起來，不只一個人說過，襲擊靖安司大殿的匪徒，似乎是軍旅出身，難道就是他們？

他沒有聲張，這裡只有區區兩個人，抓住也沒意義，不如放長線，看能不能釣到大魚。元載心裡一喜，今晚的運氣實在是好得過分，難不成連蚍蜉的老巢也能順便剿了？

元載悄悄叫來一個不良人，耳語幾句，祕授機宜。

張小敬和伊斯一路走出京兆府，無人攔阻，心中頗為慶幸。

走到外面，伊斯問接下來如何。張小敬晃了晃那個裝滿碎竹頭的袋子，說要去找高手鑑看。聽到張小敬這麼一說，伊斯不服氣地一抬下巴：「誰還能比我眼力高明？」

張小敬仰起頭，看著大殿上升起的黑煙，感慨道：「靖安司大殿裡，曾有一座長安的縮微沙盤，那可真是精緻入微，鬼斧神工。我要找的，就是製作這座沙盤的工匠。」

張小敬曾聽檀棋約略講過。李泌在組建靖安司時，要求建起一個符合長安風貌的殿中大沙盤。這是個難度極高的工作，不少名匠都為之卻步，最後一個叫晁分的匠人完成了這件傑作。

有意思的是，晁分並非中原人士，他本是日本出雲人，跟隨遣唐使來長安學習大唐技藝。這人極有天分，在長安待了十幾年，技藝磨煉得爐火純青。他的主家，即是大名鼎鼎的衛尉少卿晁衡，也是一位日本人。

晁分住在殖業坊內，距離這裡並不算遠。這長安城裡若有人能看出這竹器的端倪，只可能是晁分了。

兩人離開光德坊，重新投入波濤洶湧的人海之中，不一會兒便趕到殖業坊。這裡緊靠朱雀大道西側，也是甲第並列的上等地段，門口燈架鱗次櫛比，熱鬧非凡。

不知為何，這裡的花燈造型，比別處要多出一番靈動。比如金龍燈的片片鱗甲，風吹過時，會微微掀開，看上去那龍如同活了一般；壽星手托壽桃，那桃葉還會上下擺動，栩栩如生。比起尋常花燈，這些改動其實都不大，但極見巧思，有畫龍點睛之妙。

因此殖業坊附近的觀燈之人，也格外的多。伊斯憂心忡忡：「看這些花燈，想必都是出自那位巧匠之手。他這時候怎可能安坐家中，必然是敝帚自珍，四處去欣賞了。」

張小敬已經放棄指摘他亂用成語，皺著眉頭道：「盡人事，聽天命。」

兩人分開人群，進入坊中。坊內也擺了許多小花燈，一串串掛滿街道兩旁，分外可愛。晁分在這坊裡算是名人，稍微一打聽，便打聽出他的住所。

那是一處位於十字街東北角的尋常門戶，門口樸實無華，若不是掛著一個寫著「晁府」的燈籠，根本沒人相信這裡住著那位捏出了長安城沙盤的巧匠。

張小敬上前敲了敲門環，很快一個學徒模樣的人開了門，說老師在屋裡。他們進去之後，不由得為之一怔。

整個院子裡，扔滿了各種竹、木、石、泥料，幾乎沒地方下腳。各種半成品的銅盞木俑、鐵壺瓷枕，堆成一座座小山。院子旁立起一座黃磚爐窯，正熊熊燃燒，一個虎背熊腰的小矮子正全神貫注地盯著窯口。那古銅色的緊實肌肉上沁著汗水，在爐火照映下熠熠生輝。

伊斯大為驚訝，今天可是上元節啊，這傢伙不出去玩玩，居然還窩在自家宅院幹活，這也太奇怪了吧？

張小敬走近一步，咳嗽了一聲。那矮子卻置若罔聞，頭也不回。旁邊學徒低聲解釋道：「老師一盯爐子，會一連幾天不眠不休，也不理人……」

張小敬哪裡有這個閒心，他上前一步：「我是靖安司都尉張小敬，今夜前來，是有一樣東西請先生鑑定一二。」

聽到「靖安司」三字，晁分終於轉過頭來，漠然道：「鑑定什麼？」

「碎竹頭。」張小敬捏住袋子，在眼前晃了晃。

「沒興趣，請回吧。」晁分拒絕得很乾脆。學徒又悄聲解釋道：「老師就是這樣，他最近迷上燒瓷，對瓷器以外的東西，連看都懶得看。」

張小敬道：「這關係到長安城的安危，事急如火，請務必過目。這不是請求，而是命令！」

沒想到把長安城搬出來，晁分還是漠然處之。他的眼神一直盯著爐口，似乎天地萬物都沒有這爐中燒的東西重要。

若在平時，少不得會稱讚他一句匠人之心，可如今時間寶貴，不容這傢伙如此任性。張小敬伸手過去要拽，不料晁分反手一甩，居然把他的手掌生生抽開。張小敬自負手勁了得，在晁分面前卻走不過一回合。

在長安這麼多年，晁分專注於工匠手藝，早鍛鍊出了兩條鐵臂膀。

伊斯一看也急了：「靖安司遭遇強襲，死傷泰半，司丞被擄，大殿被焚，這是唯一的線索……」一聽到這裡，晁分突然轉動肥厚的脖頸，一對虎目朝這邊瞪過來：「你再說一遍！」

「靖安司遭遇強襲，死傷泰半，司丞被擄……」

「下面一句！」

「大殿被焚。」

晁分雙手猛然抓住伊斯，伊斯頓覺被一對鐵鉗夾住，根本動彈不得。晁分沉聲道：「大殿被焚，那麼我的沙盤呢？」

「自然也被焚燒成灰。」

張小敬說。他已經摸清了這個人的性格。晁分是個痴人，除了手中器物，一無興趣，想觸動他，必須得戳到他最心痛的地方。

果然，晁分一聽沙盤被毀，兩團虬眉擰在一起，竟比聽見真的長安城遭遇危險還痛惜。他忽然低吼了一聲，兩條鐵臂鬆開伊斯，在旁邊木板上重重一撞，喀嚓一聲，上好的柏木板居然斷成兩截。

「那是我借給靖安司的！以後要帶著它返回日本，再造一個長安出來！居然就這麼毀了？誰，是誰下的手？」

張小敬不失時機道：「這些竹頭，是抓住凶手的重要線索。」晁分把覆滿老繭的大手伸出來，眼睛血紅：「拿來！」

伊斯把袋子交過去，晁分把碎竹頭盡數倒出，逐一辨認，學徒連忙把燭光剪得再亮一點。晁分的手指雖然短粗，卻靈巧得緊，那些細碎的竹屑在他手指之間流轉，卻一片都沒掉下去。晁分又拿來一塊磨平的透明玉石，瞇起一隻眼睛觀察。

「這些碎片，出自十二名不同的匠人之手。他們的手勁各不相同，這竹片上的砍痕亦深淺不一。」

伊斯聽得咋舌，他自負雙眼犀利，可也沒晁分這麼厲害。晁分又道：「這削竹的手法，不是出自長安的流派，應該更北一點。北竹細瘦，刀法內收，而且不少碎片邊緣有兩層斷痕，這是切不得法，只得再補一刀的緣故，大概是朔方一帶的匠人所為。」

他不愧是名匠，一眼就讀透了這些碎片。可是張小敬略感失望，這些消息對闕勒霍多沒什麼幫助。

「那麼這個呢？」他把魚腸掉落的那枚竹片也遞過去。

他略看一眼，便立刻侃侃而談：「外有八角，內有凹槽，你看，竹形扁狹，還有火灼痕跡，這是嶺南方氏的典型手法，又吸收了川中林氏的小細處理……」整個大唐的工匠地域特點，晁分都精心揣摩過，這些東西在他面前無所遁形。

「這個和那些碎竹頭，有什麼關聯嗎？」

「我只能說，跟那些散碎竹片結合來看，它們都是做某種大器切削下來的遺料。」

「能看出是誰切削的嗎？」張小敬覺得這事有蹊蹺。

晁分看了他一眼：「長安工匠數萬，我又不是算命的，怎麼看得出來？」張小敬一噎，知道自己這個要求確實過分了。他若真能一眼看出手筆，乾脆當神仙算了。

晁分緩緩開口道：「不過我倒能告訴你，這是幹什麼用的。」

他吩咐學徒取來兩截原竹，隨手拿起一柄造型怪異的長刀，喀嚓喀嚓運刀如風。張小敬和伊斯一看，落在地上的碎竹片和帶來的碎竹形狀差不多。過不多時，晁分手裡多了一個造型怪異的竹筒，兩頭皆切削成鋸齒狀，可與另外一個竹筒彼此嵌合，甚至還能轉動。

僅僅看了幾個竹片邊角料，晁分就能推論出製造的東西，真是驚為天人。

「這能幹什麼用？」

「這是麒麟臂，可以銜梁接柱，驅輪掣架，功用無窮。據我所知，整個長安只有一個人的設計，需要這麼精密的部件。」晁分手撫竹筒，感慨道，「也是我唯一還未超越的人。」

「誰？」

「毛婆羅的兒子，毛順。」

毛婆羅乃是武周之時的一位高人，擅丹青，精雕琢，在朝中擔任尚方丞一職。梁王武三思為巴結武后，和四夷酋長一起上書，請鑄銅鐵天樞，立於端門之前。而這天樞，便是毛婆羅所鑄。

毛婆羅的兒子毛順，比乃父技藝更加精妙，在長安匠界地位極高。只看晁分的讚嘆，便知這人水準如何。

張小敬也聽過這名字，心中飛速思索起來。之前他一直困惑的是，蚍蜉打算拿其餘的石脂做什麼用。現在聽晁分這麼一說，恐怕這個用處，與毛順的某個設計密不可分。只要抓住毛順，用意便昭然若揭。他連忙問道：「大師覺得，這是用在毛順的什麼設計上？」

晁分道：「毛順得天眷顧，兼有資材，深得聖人讚賞。今年上元，他進獻了一座太上玄元大燈樓，做為拔燈之禮。這樓高逾一百五十尺，廣二十四間，外敷彩縵，內置燈俑，構造極複雜，一俟點燃，能輪轉不休，光耀數里，是曠古未有之奇景。聖人十分讚賞，敕許他主持營造，如今只待舉燭了。」

言語之間，晁分十分羨慕，誰不想自己的心血化為實物呢？他沒注意到，張小敬面色已變了數變。

「麒麟臂，正是用在這個燈樓中的嗎？」張小敬顫聲道。

「不錯。那個太上玄元大燈樓上有二十四個燈房，每間皆有不同的燈俑布景。倘若要這些燈俑自行活動，非得用麒麟臂銜接不可。」

張小敬接過晁分手裡的麒麟臂，仔細端詳，發現內中是空心的。晁分解釋道：「太上玄元大燈樓太高，木石料皆太重，只有空心毛竹最適合搭建。」

「可是這樣一來，麒麟臂不是容易損壞嗎？」

「竹質很輕，可以隨時更換。況且燈樓只用三日，問題不大。」

張小敬腦中豁亮，他縱然不懂技術，也大致能猜出蚍蜉是什麼打算。他們先把竹筒切削成麒麟臂的模樣，再灌滿了石脂，就是一枚枚小號的猛火雷。屆時那些蚍蜉以工匠模樣混入燈樓，藉口檢修，在眾目睽睽之下更換「麒麟臂」。

這樣一來，整個太上玄元燈樓便成了一枚極其巨大的猛火雷，一旦起爆，方圓數里只怕都會一片糜爛。

「燈樓建在何處？」

「興慶宮南，勤政務本樓前的廣場。」

今夜丑正，天子將在勤政務本樓行拔燈之禮，身邊文武百官都在樓中，還有萬國前來朝覲的使臣。而勤政務本樓距離太上玄元燈樓，只有三十步之隔。

蚍蜉的野心昭然若揭，他們竟是打算把大唐朝廷一網打盡，讓拔燈之禮變成一場國喪浩劫。

張小敬震驚之餘，忽又轉念一想。猛火雷有一個特性，用時須先加熱，不可能預裝上燈樓。蚍蜉若想達到目的，必須在拔燈前一個時辰去現場更換麒麟臂。丑正拔燈，現在是子初，還有不到一個半時辰。

那些蚍蜉，恐怕現在正在燈樓裡安裝！

張小敬猛然跳起來，顧不得跟晁分再多說什麼，甚至顧不上對伊斯解釋，發足朝門口奔去。這是最後的機會，再不趕過去，可就澈底來不及了。

可他即將奔到門口時，大門卻砰地被推開了。大批旅賁軍士兵高呼伏低不殺，擁入院中，登時把這裡圍了一個水洩不通。

元載遠遠站在士兵身後，滿臉得意地看著「蚍蜉」即將歸案。

＊

今夜負責興慶宮周邊警戒的是龍武軍[16]。他們身為最得天子信任的禁軍，早早地已經把勤政務本樓前的廣場清查了一遍，在各處布置警衛，張開拒馬，力求萬全。

這是一年之中，龍武軍最痛苦的時刻。

再過一個時辰，各地府縣選拔的拔燈車與其擁躉便會開進廣場，進行最後的鬥技。屆時這裡將被百姓圍得水洩不通，連附近的街邊坊角甚至牆上都站著人。更麻煩的是，天子還要站在勤政務本樓上，接受廣場上的百姓山呼萬歲。在聖人眼裡，這是與民同樂，共沐盛世，可在龍武軍眼裡，這是數不清的安全隱患。

今天太特殊了，龍武軍不能像平時一樣，以重兵把閒雜人等隔絕開來，只能力保一些要

16　唐代北衙十軍之一。北衙主要掌皇宮護衛。

津。除了勤政務本樓底下的金明、初陽、通陽諸門之外，今年還多了一個太上玄元大燈樓。「太上玄元」四字，乃是高武時給老子上的尊號。當今聖上崇道，尤崇老聃，所以建個燈樓，也要掛上這個名字。

這個燈樓巍巍壯觀，倒不擔心被人偷走，就怕有好奇心旺盛的百姓跑過來，手癢攀折個什麼飄珠鸞角之類的。因此龍武軍設置了三層警衛，沒有官匠竹籍的一概不得靠近。

十幾輛柴車緩緩從東側進入興慶宮南廣場，因為整個城區的交通幾乎已癱瘓，所以只能取道東側城牆和列坊之間的通道，繞進來。廣場邊緣的龍武軍士兵早就注意到，抬手示意。車隊停了下來，為首之人主動迎上去，自稱是匠行的行頭，遞過去一串用細繩捆好的竹籍。

「燈樓舉燭。」他說道。

警衛早知道會有工匠進駐燈樓，操作舉燭，對他們的到來並不意外。他們接過竹籍，逐一審看。

這些竹籍上寫明了工匠姓名、相貌、籍貫、師承、所屬坊鋪以及許可權等，背面還有官府長官的簽押，並沒什麼問題。警衛伍長放下竹籍，朝車隊張望了一下，忽然覺得有些奇怪，問道：

「張主事呢？」

按照規定，燈樓維修這種大事，必須有虞部的官員跟隨才成。行頭湊過去低聲道：「咳，別提了，張主事剛才在橋上觀燈，讓人給擠下水啦，到現在還沒撈上來呢。我們怕耽誤時間，就自作主張，先來了。」

警衛伍長一聽，居然還有這種事。他為難道：「工匠入駐，須有虞部主事陪同。」

行頭急道：「張主事又不是我推下去的！他不來，我有什麼辦法？」

「規矩就是規矩，要不讓虞部再派個人過來。」警衛建議。他身為龍武軍的一員，身負天子安危，一切以規矩為重。

「外頭都在觀燈，讓我怎麼找啊……」行頭越發焦慮，手搓得直響，「距離丑正還有一個時辰。稍有遷延，我們就沒法按時修完。聖人一心盼著今晚燈樓大亮，昭告四方盛世，萬一燈樓沒亮……就因為龍武軍不讓咱們工匠靠近燈樓？」

一聽這話，警衛伍長開始猶豫了。規矩再大，恐怕也沒有天子的心情大。他看了眼那列車隊：「好吧，工匠可以進去，但這車裡運的是什麼？」

「都是更換的備件，用於維修的。」行頭掀開苫布，大大方方請警衛檢查。警衛伍長一擺手，手下每人一輛車，仔細地檢查了一番。車上確實全是竹筒，竹筒的兩頭切削得很奇特，與燈樓上的一些部件很相似。除此之外，再無他物。

不過這些竹筒很燙手，似乎才加熱過不久。伍長不懂匠道，猜測這大概是某種加工祕法。他放下竹筒，又提了一個疑問：「再一個時辰就舉燭了，還有這麼多備件需要維修？」

行頭這次毫不客氣地一指馬車：「這個問題，你可以直接去問毛監。」伍長抬眼一看，坐在馬車前首的是一個留山羊鬍的瘦弱老者，他面無表情地仰頭看著燈樓，正是尚燈監毛順。

伍長一下子不作聲了。毛順是什麼身分，哪裡輪得到他一個龍武軍士兵質疑？他再無疑心，吩咐抬開拒馬，讓車隊緩緩開進去。

連續兩道警衛，都順利放行了。雖然這些工匠沒有張洛作保，不合規矩，但毛順大師親臨，足以震懾一切刁難。於是車隊順順當當開到了太上玄元燈樓下面。

這座燈樓太高了，所以底部是用磚石砌成的玄觀，四周黃土夯實，然後才支撐起一個碩大無朋的葫蘆狀大竹架。進入燈樓的通道，就在那玄觀之中。

工匠們紛紛跳下馬車，每人抱起數根麒麟臂，順著那條通道進入燈樓。這裡也有龍武軍把守，不過得了前方通報，他們沒做任何刁難，還過來幫忙搬運。

最後下車的是毛順，他的動作很遲緩，似乎心不在焉。行頭過去親切攙住他的手臂，毛順看了一眼行頭，低聲道：「老夫已如約把你們送過來了，你可以放過我的家人了吧？」

「毛監說哪兒的話。」龍波笑道，「燈樓改造，還得仰仗您的才學哪。」

*

檀棋萬萬沒想到，居然會在勤政務本樓上碰到太真。

說起這個女子，可真是長安坊間津津樂道的一個傳奇人物。她本名叫楊玉環，是壽王李瑁的妃子。檀棋與她相識，是在一次諸王春遊之行上。壽王妃不慎跌下馬拐傷了腳踝，檀棋擅於按摩，便幫她救治。兩個人很談得來，壽王妃並不看輕檀棋的婢女身分，很快便與之成為好朋友。

不料，沒過幾年，天子居然把楊玉環召入宮中，說要為竇太后祈福，讓她出家為道，號為太真……宮闈粉帳內的曲折之處，不足為外人道，但整個長安都知道怎麼回事，一時傳為奇談。

說起來，她已經數年沒見過太真，想不到今天在上元春宴上再度相逢。檀棋一看那一身婀娜道袍，就知道她雖然侍在君王之側，可還未得名分，所以仍是出世裝扮，不便公然出現在宴會上；壽王可是正坐在下面呢。

太真見到檀棋大為驚喜，她在宮內日久，難得看到昔日故交，執住檀棋的手：「可是好久沒見到妹妹了，近來可好？」檀棋好不容易鼓起的決心，一下子被打斷，一時不知道該怎麼回答才好。

太真只當她過於激動，把她往旁邊拽了拽，親切地話起家常。檀棋心急如焚，嘴上隨口應著，眼神卻一直看向珠簾另外一側，那頂通天冠正隨著〈霓裳羽衣〉的曼妙音律頻頻晃動。

太真看出檀棋心不在焉，頗有些好奇。她剛才掃了一下座次，太子在，李泌卻不在，莫非是李泌把自己的家生婢送給太子了？可她這一身髒兮兮的穿著，可不像出席宴會的樣子。

「妹妹怎麼這身打扮？是碰到什麼事了嗎？」

檀棋聽到這一句，眼神陡然一亮。

太真修道祈福，純粹是天子為了掩人耳目，其實恩寵無加。她可是聽說宮中皆呼太真為娘子，早把她當成嬪妃一般。若能請她去跟天子說項，豈不比硬闖更有效果？

檀棋心念電轉，忽然抓住太真的袖子哭道：「姐姐，妳得救我！」太真連忙攙扶起她，緩聲道：「何事心慌，不妨說來聽聽。」她雖只是個隱居的女道，語氣裡卻隱隱透著雍容自信。

檀棋抓住她柔軟的纖手，羞赧道：「我與一人私訂終身，不料他遭奸人所嫉，栽贓陷害，如今竟被全城通緝。我奔走一夜，卻無一人肯幫忙。實在走投無路，只好冒死來找太子，可太子也……」說到後來，泫然欲泣。

檀棋很了解太真，她是個天真爛漫的人，講長安毀滅什麼的，她不懂。她只喜歡聽各種傳奇故事，什麼鳳求凰、洛神賦、梁祝、紅拂夜奔，都是男女情愛之事。若要讓太真動心幫忙，只能編造一段自己和張小敬的情事。

果然，太真聽完以後淚眼汪汪，覺得這故事實在淒美，私訂終身，愛郎落難，捨命相救，每一個點都觸動她的心緒。她早年為壽王妃，如今又侍奉君上，一直身不由己，對這樣的故事總懷有些許憧憬。

太真抱了抱檀棋軟軟的身子，發現她連脖頸處都沾著一抹髒灰，可見這一夜真是沒閒著，心痛得不行。

「安心，我去跟聖人說一句。妳那情郎叫什麼名字？」

「叫張小敬。」檀棋說完，連忙又搖搖頭，「千鈞之弩豈為鼷鼠發機。聖人舉動皆有風雷，哪能去管這種小事，反而看輕了姐姐。」太真覺得她到了這地步還在為自己著想，頗為感動，寬慰道：「放心好了，我常為家人求些封賞，聖人無有不准的，求個赦赦很容易。」

檀棋小聲道：「乞求陛下赦免，會牽涉朝中太多，我不能連累到姐姐。姐姐若有心，只消讓陛下過問一句闕勒霍多，也便成了。」

「那是什麼？」太真完全沒聽懂。

檀棋苦笑道：「這是我愛郎所涉之事，被奸人遮蔽了聖聽。所以只要陛下略為關注，他便可以脫難了。」

太真想了想，這比討封賞更簡單，還不露痕跡，遂點頭應允。檀棋身子一矮，要跪下叩謝，卻被太真攙扶起來：「我在宮外除了幾個姐妹，只有妳是故識，不必如此。」

看著檀棋瑩瑩淚光，太真心裡忽然有種非凡的成就感。一言成就一段姻緣，也算替自已完成一個夙願。她又安慰了檀棋幾句，掀開珠簾去了天子身邊。

檀棋停在原地，心中忐忑不安。

此前檀棋已經盤算過，無論是為張小敬洗冤，還是要把靖安司還給東宮，都沒法拿到御前來說。這些事對天子來說，都是小事。要驚動天子，必須是一枚鋒利的毒針，一刺即痛的那種。

這枚毒針，就是闕勒霍多，毀滅長安的闕勒霍多。

眼下太子欲忍，李相欲爭，兩邊都有意無意把闕勒霍多的威脅給忽略了。檀棋能做的，就是澈底掀翻整個案几，把事情鬧大。只要天子一垂問，所有的事情都會擺到檯面上。

檀棋不知道這樣攪亂局勢，能否救得了張小敬，但總不會比現在的局面更糟糕。不過她也知道，這一鬧，自己會同時得罪太子與李相，接下來的命運恐怕會十分淒慘。

可她現在顧不得考慮這些事，只是全神貫注盯著懸水珠簾的另外一側。只見太真的黃冠慢慢靠近通天冠，忽然歪了一下，似乎是把頭偏過去講話。過不多時，檀棋看到兩名小宦官匆匆跑進簾子，又跑出來去了席間。太子和李相一起離席，趨進御案。遠遊冠[17]和烏紗襆頭[18]同時低下，似在行禮，可卻久久未抬起，只有通天冠不時晃動，大概是在訓話。

宮中鐘磬鼓樂依然演奏著，喧鬧依舊。檀棋聽不清御案前的談話內容，只能靠在雲壁，就像一個押下了全部身家的賭徒，等著開盅的一刻。

---

17 太子及諸王所戴之冠。

18 官帽；烏紗帽。

終於，遠遊冠和烏紗襆頭同時抬起，其中一頂晃動的幅度略大，心神似受衝擊。檀棋不知吉凶如何，嚥了嚥口水，也不等太真走出來，悄然退回到太子席位後面。

李亨一臉鐵青地走回來，看到檀棋，眼神一下恍然：「是妳跟太真那女人說的？」

「是。」檀棋挺直著身軀。

「妳……」李亨指著她，指頭微微顫抖，氣得不知說什麼才好，「妳這個吃裡爬外的賤婢！為了一個死囚，什麼都給賣了！」

適才父皇垂問闕勒霍多，兩人都沒法隱瞞。李相趁機發難，指責李泌所託非人，任用一個背叛的死囚以致靖安慘敗。李亨別無選擇，只得硬著頭皮與之辯解。李相說靖安司無能被襲，他就指責御史臺搶班奪權；李相說張小敬勾結蚍蜉，他就拿出張小敬在西市的英勇行為，反駁汙衊。

兩人被一個小小婢女拖入一個全無準備的戰爭，爭吵起來也只是空對空。最後天子聽得不耐煩了，說：「大敵未退，何故呶呶！」他對張小敬如何毫無興趣，可闕勒霍多的目標可是要毀滅整個長安。李亨和李林甫只得一起叩頭謝罪，表示捐棄前嫌，力保長安平安。

檀棋雖不明內情，可聽到「為了一個死囚」這句，便知道靖安司暫時應該不會死咬張小敬了。她已經懶得去跟李亨解釋誤會，把身子往後頭牆壁一靠，疲憊地閉上眼睛。她聽到有腳步聲傳來，惡狠狠地抓住自己的胳膊，往外拖去。

接下來的事情，只能靠登徒子自己了……

＊

士兵們擁入晁分的院子裡，最先反應過來的是伊斯。他二話不說，直接躍上工棚，把草篷一扯，紛紛揚揚的茅草便落了下來，遮住旅賁軍的視線。

張小敬知道局勢已經不容任何拖延，眉頭一皺，轉身朝反方向跑去。可他很快看到，對面屋簷上，十幾名弓手已經站定，正在捋弦。這時候再想越牆而走，立刻就會成為羽箭的活靶。

「張都尉，快走！」

他急忙抬頭喊伊斯下來，伊斯正忙著站在棚頂掀草篷，沒聽見。忽然黑夜中唰唰幾聲箭矢破空，伊斯身子一僵，一頭栽倒在地。

「伊斯！」

張小敬大驚，疾步想要過去接應，可一隊旅賁軍士兵已經撲了過來，阻斷兩人之間的路。隨後元載也在護衛的簇擁下，進了院子。他看了一眼躺倒在地的伊斯，得意揚揚地衝這邊喊道：「靖安司辦事！你們已經走投無路，還不束手就擒？」

為了增加效果，元載親自拿起一把刀，捅在重傷的伊斯大腿上，讓他發出大聲的慘叫。

奇怪的是，這次張小敬居然沒動聲色。

元載對他的冷靜有點意外，可環顧四周，放下心來。這裡只有院門一個入口，眾多士兵持刀謹慎地朝這邊圍過來。周邊還有弓手和弩手，控制了所有的高點。天羅地網之下，這些蚍蜉無論如何也逃不掉。

不過他想起剛才自己險些被聞染挾持，又後退了幾步，把自己藏在大隊之中，真正萬無一失。

「上燈！」元載覺得這個美好的時刻，得更亮一點。

立刻有士兵把燈籠掛在廊柱上，整個小院變得更加明亮。元載忽然歪了歪頭，嘖了一聲。他終於看清楚，眼前這個男子似乎是個獨眼，左眼只剩一個眼窩。

「張小敬？」元載又驚又喜，他本以為是蚍蜉的兩個奸細，沒想到是這麼一條大魚。看來今天的大功，注定要被他獨占了。

元載向前靠了一點，厲聲喝道：「張小敬！你罪孽深重，百死莫贖！今日本官到此，你還不自殺謝罪？」他見張小敬依然沒動靜，又喊道：「你的黨羽姚汝能、徐賓、聞染等，已被全數拿下，開刀問斬，只等你的人頭來壓陣！」

元載壓根不希望張小敬投降。無論是綁架王韞秀還是襲擊靖安司，這兩口大黑鍋都要背在一個死人身上，才最安全。所以他想激怒張小敬，只要對方反擊，就立刻當場格殺。

聽到元載的話，張小敬的肩膀開始顫抖。學徒以為他害怕了，可再仔細一看，發現他居然在笑。嘴角咧開，笑容殘忍而苦澀，兩條蠶眉向兩側高高挑起，似乎遇到了什麼興奮至極的事。

張小敬隨手撿起旁邊晁分劈竹用的長刀，掂了掂分量，從袖子扯下一條布，把刀柄纏在手上，然後轉過身，正面對著那些追捕者。

元載看到他拿起刀來，心中一喜，口中卻怒道：「死到臨頭，還要負隅頑抗？來人，給我抓起來！」

聽到命令，士兵們一擁而上，要擒拿這「蚍蜉之魁首」。不料張小敬刀光一閃，衝在最前頭的人便倒在地上，身首異處，沖天的血腥噴湧而出。後面的人嚇得頓了一下腳，左右看看同伴，眼神一點，齊衝過去。又是兩道刀光閃過，登時又是兩人撲倒。

後面的士兵還未做出反應，張小敬已經反衝入他們的隊伍之中。他一言不發，刀光連閃，手中的砍刀就像是無常的拘鎖，每揮動一下都要帶走一條人命。一時間鮮血飛濺，慘呼四起。

學徒早嚇得瑟瑟發抖，抱頭蹲下。只有晁分本人穩穩坐在爐灶前，繼續看著火焰跳動，對這殘酷血腥的一幕視若無睹。

元載禁不住打了個寒顫，直覺告訴他什麼事不太對勁，他下意識地往後退去，喝令士兵繼續向前。

張小敬的攻勢還在繼續，簡直是殺神附體。旅賁軍士兵可從來沒跟這麼瘋狂的敵人對戰過，那滔天的殺意，那血紅的怒眼，在黑暗中宛若凶獸一般，觸者皆亡。這院子頗為狹窄，地面上雜物又實在太多。旅賁軍士兵聚集在一起，根本沒法展開兵力進行圍攻，只能驚恐地承受著一個人對一支軍隊的攻擊。

倘若封大倫在側，便會發出警告。去年張小敬闖進熊火幫尋仇，殺傷幫員三十多人，連副幫主和幾個護法都慘死刀下，正是這樣一個瘋魔狀態。

張小敬現在確實瘋了。

在這之前，他無論遭遇多麼危險的境地，始終手中留情，不願多傷人命。可伊斯中箭以及元載連番刺激，讓張小敬這一路上壓抑的怒火，終於找到了發洩的出口。

同伴們一個個被擊倒，敵人還在步步前進，官僚們愚蠢而貪婪的面孔，老戰友臨終的囑託，長安城百萬生靈，一個又一個壓力匯合在一起，終於把一股隱伏許久的狂暴力量逼了出來，讓他整個人化身一尊可怕殺魔。眼前再無取捨，遇神殺神，遇佛殺佛，更別說那些脆弱的旅賁軍士兵。

更可怕的是，張小敬的狂暴表現不是瘋狂亂砍，而是極度的冷，冷得像一塊岩石。他沒有任何多餘的動作，沒有任何聲音，沒有任何顧忌和憐憫，甚至沒有任何保全自己的想法。不閃不避，彷彿是沒了血肉與思維的傀儡，唯一殘留的意念就是殺戮。每一刀，都是致命一擊。

在張小敬的獨眼之中，眼前的慘狀、熊火幫的慘狀，以及當年在西域守城時那一幅修羅圖景，這三重意象重疊在一起。隨著殺戮繼續，張小敬已經身陷幻覺，以為自己仍守在西域那一座小堡裡，正與突厥大軍浴血搏殺。

這樣一頭沉默的怪物衝入隊伍裡，讓沉默變得更加恐怖。在叫嚷和慘呼聲中，幾乎每一個人都是一擊斃命。有個特別膽大的士兵想去阻截，卻發現根本攔不住。張小敬手裡那把怪異的刀，削鐵如泥，又極其堅韌，砍入了這麼多人的身體，卻依然沒有捲刃。

僅一個人、一把刀，竟殺得旅賁軍屍橫遍野，很快硬生生給頂出了院子。五尊閻羅，狠毒辣拗絕，享譽一百零八坊。可今夜的長安城見證了第六尊閻羅：瘋。

十來盞燈籠依然掛在廊柱上，燭光閃動，讓地面上那一片片血泊，映出那個凶殘而孤獨的執刀黑影。

元載反應很快，第一時間逃出了院子。他發現自己的心臟幾乎要跳出胸膛，褲子熱乎乎、溼漉漉的，他居然尿褲子了。那一尊殺神的瘋狂表演，澈底扯碎了元載的膽量。

元載現在終於明白，為何永王和封大倫對這個人如此忌憚。這不是疥癬之憂，而是心腹大患！

跟隨元載及時退出院子的不過七八個人，幸虧周邊還有十來個後援，此時紛紛趕到。可他們看到那淒慘的場面，也無不兩股顫顫。

「你們快上啊！」元載催促著身邊的士兵，發現自己的聲音虛弱乾癟，全無氣勢可言。旅賁軍士兵們捏緊了武器，卻個個神色惶然，裹足不前。他們和元載一樣，已經被那一戰摧毀了膽量和士氣。

張小敬一步一步朝著院外走來，周身散發著一股絕望而凜然的死氣。這強烈而恐怖的氣息，壓迫著士兵們紛紛後退。元載在後面驚恐地喊道：「用弩！用弓！」他已經不想別的，只想盡快擺脫這個噩夢，可肌肉緊繃如鐵，根本動彈不得。

聽到提醒的旅賁軍士兵如夢初醒，後排的人紛紛取出手弩。那個人再厲害，也是個血肉之軀，絕不可能和這些弩箭抗衡。

就在張小敬即將邁出院子、士兵扣動扳機的一瞬間，那兩扇院門似乎被一雙無形的大手抓住，砰的一聲驟然關上。噗噗噗噗，那一排弩箭全都釘到了門板上，然後啪嗒一聲，似乎是一條橫閂架起。

元載臉色扭曲，如果不親眼見到張小敬死去的話，未來他恐怕夜夜都會被這個噩夢驚擾。

「快！快去撞門！」元載尖叫著，不顧胯下的尿臊味道。可是沒人聽他的，彷彿那是黃泉之國的大門。

在門內側的張小敬也停住了腳步，他也不知道那兩扇門怎麼突然關上了。他抬起空洞的右眼，發現兩扇門的背後，有一連串提繩和竹竿的機關，一直連接到院子裡。

張小敬現在對這些沒興趣，只想殺戮。他緩緩抬起胳膊，準備砍向兩門之間的橫門。這時，一隻滿是老繭的大手抓住他握刀的手。

「很好，你很好。」晁分的手勁奇大，直接把刀從張小敬手裡奪下來。刀一離手，張小敬的眼神恢復了清明。他看了眼死傷枕藉的院子，蠶眉緊皺，絲毫不見得意。

「你知道這世上最美的東西是什麼嗎？」晁分的聲音一改剛才的冷漠疏離，「是極致，是純粹，是最徹底的執。我從日本來到大唐學習技藝，正是希望能夠見到這樣的美。」

他把刀橫過來，用大拇指把刀刃上的血跡抹掉，讓它重新變得寒光閃閃。

「我走遍了許多地方，嘗試了許多東西，可總是差那麼一點。可剛才我在你身上，看到了我一直苦苦尋找的那種境界。那是多麼美的殺戮啊，不摻任何雜質，純粹到了極點。」晁分說得雙眼放光。

學徒在旁邊露出不可思議的表情，家裡都鬧成這樣了，老師居然還覺得美？他戰戰兢兢地站起身，撒腿跑開。晁分根本不去阻攔，不屑道：「這些人只知器用機巧，終究不能悟道。」

張小敬沉默不語，他還未完全從那瘋魔的情緒中退出來。

晁分把刀重新遞給他：「我已經放棄鑄劍很久，這是最後一把親手打造的刀器。我本來覺得它不能達到我對美的要求，現在看來，只是它所託非人。我現在能聽見它在震顫，在歡鳴，因為你才是它等待的人，拿去吧。」

出乎晁分意料的是，張小敬把刀推回去了，語氣苦澀：「我一生殺業無算，可從不覺得殺人是一件開心的事，恰恰相反，每次動手，都讓我備感疲憊和悲傷。對你來說，也許能體會到其中的美；對我來說，殺人只是一件迫不得已的痛苦折磨。」

「殺戮也罷，痛苦也罷，只要極致就是美。」晁分興奮地解釋著，「只可惜生人不能下地獄，那裡才是我所夢寐以求的地方。」他再一次把刀遞過去。

「你就快要看到了。」

張小敬不去接刀，轉身看向躺在血泊中的伊斯。他身中兩箭，幸運的是，都不是要害，不過雙腿肌腱已斷，今後別說跑窟，恐怕連走路都難。

「都尉，在下力有未逮，不堪大用……」伊斯掙扎著說，嘴角一抹觸目驚心的血。這個波斯王族的後裔眼神還是那麼溫柔，光芒不改。

「我會通知波斯寺的人，把你抬回去。」張小敬只能這樣安慰他。

「……是景寺。」伊斯低聲糾正道，他沒有多餘的力氣，只能可憐兮兮地看著張小敬。這一次張小敬看懂了，從他脖頸裡掏出那個十字架，放在他的唇邊。伊斯心滿意足地嘆了一口氣，口中喃喃，為張小敬禱告。

這是他現在唯一能做的事情了。

張小敬沒有多餘的話，他站起身來，對晁分道：「麻煩你叫個醫館，把他送去救治。」

「你去哪裡？」

「太上玄元大燈樓。」張小敬的聲音，聽起來比晁分的刀還要鋒利。

「可是門外還有那麼多兵等著你。」

「要嘛我順利離開，要嘛當場戰死。如果是後者，對我來說還輕鬆點。」

晁分把刀收了回去：「既然你不要刀，那麼我就來告訴你一點事情吧。」

後續的旅賁軍士兵陸陸續續趕到殖業坊，數量增至三十多人。可元載還是覺得不夠安全，他覺得起碼得有兩百人，才能保證殺死張小敬。

長官都如此畏怯，下面的人更是不願意出力。他們把晁分的住所團團包圍，連一隻飛鳥都出不去，可就是沒人敢進去。門後的一把刀和一尊殺神，可是飲了不少人的血，誰知道今晚他還要飲多少。

這個住所的主人已經查明，是著名工匠晁分，而他的主家，則是那個日本人、衛尉少卿晁衡。他可是從四品上的高官，不能輕舉妄動。所以他改變了策略，不再積極進攻，而是化攻為堵。

這個院子沒有密道。張小敬如果要出去，勢必得走正門。一出門便是活箭靶，這裡有幾十把弩和長弓等著他呢。

元載的額頭不停地滲出汗水，擦都不及擦。他的手至今還在微微顫抖，不明白為何對方一個人，卻帶來這麼大的壓迫感。一想到胯下還熱熱的，元載的恥辱和憤恨便交替湧現。

一定得殺死他！一定得殺死他！

就在這時，一個信使匆匆送來一封信，說是來自中書省的三羽文書。元載一聽居然是鳳閣發的，頗為奇怪。他接過文書一看，不由得愕然。

這份文書並沒指定收件人，是在一應諸坊街鋪等處流轉廣發。信使恰好見到這裡聚集了大量旅賁軍，也符合遞送要求，便先送了過來。文書的內容很簡單：針對張小敬的全城通緝令暫且押後，諸坊全力緝拿蚍蜉云云。而落款的名鑑，除了李林甫外，還有李亨。

這兩股勢力什麼時候聯手了？

張小敬是不是真的勾結蚍蜉，元載並不關心，但他的一切籌劃，都是建立在「張小敬是蚍蜉內奸」這個基礎上。一旦動搖，就有全面崩盤的危險。

目前情況還好，通緝令只是押後，而不是取消。可冥冥中那運氣的輪盤，似乎開始朝著不好的方向轉動。這種感覺非常不好。

這時院門又砰的一聲開啟了，張小敬再度出現在他們眼前。士兵們和元載同時嚥了口唾沫，身子又緊繃了幾分。

張小敬這次手裡沒有拿刀，他面對那麼多人，全無躲閃與畏懼，就那麼坦然地朝前走來。元載知道，如果現在下令放箭，眼前這個噩夢就會澈底消失。

可是他始終很在意文書上那兩個簽押。

李林甫和太子為何會聯手？通緝令押後，是否代表了東宮決定力保張小敬？鳳閣的態度呢？似乎不太情願，但也妥協了。他天生多疑，對於政治上的任何蛛絲馬跡都很敏感。元載思前想後，忽然意識到，張小敬不能殺！

這是個坑！文書裡明確說了，要先全力追查蚍蜉。他在這裡殺了張小敬，就等於違背了上令。萬一蚍蜉做出什麼大事，他就得背黑鍋：「奸人得逞，一定是你的錯，誰讓你不尊上令？」

這不是什麼虛妄的猜測，元載自忖如果換成自己，一定會這麼幹。一想到此節，元載那寬闊的額頭上又是一層冷汗。自己今晚太得意了，差點大意失荊州。

那麼生擒呢？

元載很快就打消了這個念頭。一看張小敬的決絕氣勢，就知道絕不可能，要嘛走，要嘛死，不存在第三種可能。元載經過反覆盤算，發現把張小敬放走，風險最小。

畢竟這是上頭的命令，我只是遵照執行。

張小敬目不斜視地朝前走去，士兵們舉起弓弩，手腕顫抖，等待著長官的命令。可命令卻遲遲不至，讓他們的心理壓力變得更大。

張小敬又走近了十步，那猙獰的獨眼和溝壑縱橫的臉頰都能看清楚了，可元載還是毫無動靜。旅賁軍的士兵們又不能動，一動陣形就全亂了。張小敬又走近五步，這時元載終於咬著牙發話：「撤箭，讓路！」

士兵們正要扣動扳機，手指卻一哆嗦。什麼？撤箭？不是聽錯了吧？元載又一次喝道：「讓路！讓路！快讓開！」旅賁軍士兵到底訓練有素，雖有不解，但還是嚴格執行命令。

他們齊刷刷地放下弩機，向兩側分開，讓出一條通道。張小敬一怔，他做好了浴血廝殺的準備，可對方居然主動讓開，這是怎麼了？

張小敬迷惑不解，可腳步卻不停，一直走到元載身旁，方才站住。元載緊張到了極點，覺得自己被一條毒蛇盯住。他往後躲了躲，萬一對方暴起殺人，好歹還能有衛兵擋上一擋。

「我朋友們的帳以後再算，現在，給我一匹快馬。」張小敬冷冷道。

元載有點氣惱，你殺了我這麼多人，能活著離開就不錯了，居然還想討東西？可他接觸到張小敬的視線，縮了縮脖子，完全喪失了辯解的勇氣。

一匹快馬很快被牽來，張小敬跨上去，垂頭對元載道：「若你們還有半點腦袋，就盡快趕去興慶宮前，蚍蜉全在那兒呢。」

說完他掉轉馬頭，飛馳而去。

從殖業坊到興慶宮，是此時長安城最堵的路段，沿途務本、平康、崇仁、東市都是燈火極盛之地。今年興慶宮前的太上玄元大燈樓高高矗立，比大雁塔還醒目，更讓人們的好奇心無可遏制。如果俯瞰長安的話，就能看到興慶宮前的廣場像是一個巨大的池子，把整個城市的人潮都吸引過來，有如萬川歸海。

為了緩解人潮，諸坊紛紛打開坊門和主要街道，允許遊人通行。但即使如此，交通狀況也不容樂觀。

尤其一過子時，大街上的熱度絲毫不退，反而越發高漲起來。鼓樂喧鬧之聲不絕於耳，香燭脂粉味彌漫四周，滿街羅綺，珠翠耀光。這無所不在的刺激匯成一隻看不見的上元大手，吞噬著觀燈者們，把他們變成氣氛的一部分。這些人既興奮又迷亂，如同著了魔似地隨著人潮盲目前行，跟著歌舞躍動，就連半空飛過一道縉彩，都會引起一陣驚呼。

張小敬的騎術高明，馬也是好馬，可在這種場合下毫無用處。即使從南邊繞行也不成，各地人潮都往這邊流動，根本沒有暢通路段可行。張小敬向前衝了幾步，很快發現照這樣下去，恐怕一個時辰也挪不過去。

這一個時辰對張小敬，不，是對長安城來說，實在太奢侈了。

張小敬索性跳下馬，用獨眼搜尋，看是否還有其他方式能快速到達。可惜他失望了，從這裡到往興慶宮的大路上，全是密密麻麻的人群，別說騾子，就連老鼠都未必能鑽過去。

他又把視線看向附近的坊牆。坊牆厚約二尺，上頭勉強可以走人。可惜如今連那上頭，都爬滿了人，或坐或站，像一排高高低低的脊獸[19]。

張小敬掃了幾圈，實在找不到任何快速通行的辦法。徒步前行的話，至少也得半個時辰。這時一聲高亢清脆的女聲從遠處傳來，有如響鞭凌空，霎時竟蓋過了一切聲響。女聲剛落，千百人的喝采鼓掌化為層層聲浪，洶湧而來，連街邊的燈輪燭光都抖了幾下。

張小敬抬頭看去，發現兩個拔燈的車隊又在當街鬥技。一輛車被改裝成了虎形，連轅馬都披著虎紋錦被，車中間凸起一圈，狀如猛虎拱背。三個大漢站在虎背上，各執一套軍中鐃鼓，一看就知道是效仿〈秦王破陣舞〉。不過他們三個此時垂頭喪氣，顯然是敗了。

而他們對面的勝利者，是一輛鳳尾高車。車尾把千餘根五色禽鳥羽毛黏成扇形，擺成鳳凰尾翼之勢，望之如百鳥朝鳳。中間豎起一根高杆，杆纏彩綢，上有窄臺。一位女歌者身著霓裳，立在上頭，絕世獨立。剛才那直震雲霄的曼妙歌聲，即出自她之口。

周圍無數民眾齊聲高喊：「許合子！許合子！」這是歌者的名字，喝采久久不息。拔燈鬥技，是以圍觀者呼聲最高者勝。這位許合子能憑歌喉引得萬眾齊呼，可見對方真是輸得一敗塗地。

許合子勝了這一陣，手執金雀團扇對著興慶宮一指，意即今晚要拔得頭籌。這提前的勝利宣言，讓民眾更加興奮不已。許合子一臉得意，從高臺上下來，鑽進車廂裡歇息。要等到與下一個拔燈者相遇，她才會登臺迎戰。

19　古代建築屋脊上所安放的獸形裝飾。

馬車緩緩開動，許多擁躉簇擁在鳳尾車四周，喊著名字，隨車一起朝前開去。他們的信念非常堅定，要用自己的喝采，助女神奪得上元第一的稱號。

其中最瘋狂的一個追隨者，看裝扮還是個富家公子，此時襆頭歪戴，胸襟扯開，一臉迷醉地手扶車輦，正準備把隨身香囊扔過去。他忽然見一個獨眼漢子也擠過來，正要喝斥，卻不防那漢子狠狠頂了他的小腹一記，貴公子痛得趴在地上。

那漢子從他腰間隨手摘下一柄小刀，一腳踏上他的背，輕輕一躍，跳進了鳳尾車裡。

鳳尾車的車廂是特製的，四周封閉不露縫隙，不必擔心有瘋狂擁躉衝進來。可這漢子看都不看車廂，噔噔噔幾步來到車前，用小刀頂在車夫的脖子上。

「一直往前開，中間不要停。」張小敬壓著嗓子說。車夫嚇壞了，結結巴巴地說這是許娘子的拔燈車，中途要有挑戰怎麼辦？鬥技的規矩，只要兩車在街上相遇，必有一戰。勝者直行，敗者繞路。

張小敬把刀刃稍微用力，重複了一遍：「一直往前開，中間不要停。」

車夫不知這是為什麼，可刀刃貼身的威脅是真真切切的。他只得抖動韁繩，讓轅馬加速。跟隨的擁躉紛紛加快腳步，呼喊著許合子之名，周圍民眾聞聽，紛紛主動讓路。

張小敬這個舉動看似瘋狂，可實在是沒辦法。路上太堵，唯一能順暢通行的，只有拔燈車。大家都想看其鬥技，沒人會擋在它前面，甚至狂熱的擁躉還會在前方清路。

他沒別的選擇，只能在眾目睽睽之下劫持許合子的車。

隨著前方民眾紛紛散開，這輛鳳尾車的速度逐漸提升，那些擁躉有點追趕不及。它飛快地通過務本開化、平康崇仁兩個路口，對著東市而去。

這時，在它的右側突然傳來一陣鼓聲，一輛西域風情濃郁的春壺車從東市和宣陽坊之間殺了出來，後頭還跟著一大拔擁躉。春壺車頂鼓聲咚咚，一個蛇腰胡姬爬上車頭，擺了個妖嬈姿勢；這是向鳳尾車發出鬥技挑戰。

就在所有民眾都滿懷期待一場驚世對決時，鳳尾車卻車頭一掉，衝著東市北側開去，對春壺車的挑戰視若無睹。

這可是個極大的侮辱。春壺車的擁躉們大聲怒罵，這時鳳尾擁躉們才匆匆趕過來，見到自己的女神挨罵，立刻回罵起來，罵著罵著雙方動起手，路口立時成了戰場。

鳳尾車絲毫沒有減速的意思，只要繞過東市，就是興慶宮了。這時車廂從裡面打開，一個婆子探出頭來。原來車廂裡也聽到挑戰的鼓聲，可馬車卻一直沒停，照顧許合子的婆子便出來詢問怎麼回事。她看到車夫旁邊，多了一個凶神惡煞的獨眼龍，立刻嚇得大叫起來：「禍事了！禍事了！痴纏貨來了！」

每年上元燈會，都會有那麼幾個痴迷過甚的擁躉，做出出格的事。自戕發願的，持刀求歡的，日夜跟定的，竊取褻衣的，什麼都有，都喚作「痴纏貨」。這婆子一看張小敬強行上車，也把他當成一個痴纏貨。

張小敬回過頭，對那婆子一晃腰牌：「靖安司辦事，臨時徵調這輛車。」婆子一聽是官府的人，卻不肯甘休了：「許娘子可是投下千貫，你張嘴就徵調，耽誤了拔燈大事，誰賠？」

張小敬懶得跟她囉唆，一刀剁在婆子頭旁的車框上，連髮髻上的簪子都砍掉半邊。婆子嚇得倒退一步，咕咚一聲摔回車廂裡。借著敞開的小門，張小敬看到一個圓臉女子端坐在裡面，手捧一碗潤喉梨羹，面色淡定，那件霓裳正搭在旁邊小架上。

「媽媽，若是軍爺徵調，聽他的便是。」許合子平靜地說，絲毫沒有驚怒。張小敬拱手道：「耽誤了姑娘拔燈，只是在下另有要事，不得已而為之，還請恕罪。」

「比拔燈還大的事嗎？」許合子好奇道。她的聲音很弱，大概是刻意保護嗓子。

「天壤之別！」

許合子笑道：「那挺好，我也正好偷個懶。」說完捧起羹碗，又小小啜了一口。她此時的舉止恬淡安然，全然沒有在高臺上咄咄逼人的凌厲氣勢。

「姑娘不害怕嗎？」他瞇起獨眼。

「反正害怕也沒用不是？」

張小敬哈哈一笑，覺得胸中煩悶減輕了少許。他衝許合子又拱了拱手，回到車夫旁邊。此時車子已經駛近興慶宮的廣場。距離拔燈尚有一段時間，各處入口仍在龍武軍的封閉中。不少民眾早早聚在這裡排隊，等候進場。那太上玄元大燈樓，就在不遠處高高矗立，裡面隱隱透著燭光，還有不少人影晃動。

張小敬觀察了一會兒，開口道：「好了，停在這裡。」

馬車在距離入口幾十步的一個拐角處停下，還未停穩，張小敬便跳下車去。他正要走，許合子的聲音從身後軟軟傳來：「靖安司的軍爺，好好加油吧。」

張小敬停下腳步，叮囑了一句：「你們最好現在離開，離興慶宮越遠越好。」說完這句，他匆匆離去。

待他走遠了，車夫才敢摸著脖子恨恨罵了一句：「這個痴纏貨！」許合子放下梨羹，兩道黛眉輕輕皺起：「我覺得我們應該聽他的。」婆子從地上爬起來道：「姑娘妳糊塗啦，這個殺千刀的胡話也信？」

許合子望著遠處那背影，輕聲嘆道：「我相信。我從未見一個人的眼神，有那麼絕望。」

張小敬並不知道他走後的這些插曲，也沒興趣。他已經混在排隊的民眾中，慢慢接近廣場。

在不算太遠的地方，勤政務本樓上傳來音樂聲，上元春宴仍在繼續。很多老百姓跑來廣場，就是想聽聽這聲音，聞聞珍饈的味道，彷彿自己也被邀請參加了宴會。

只有張小敬的注意力放在龍武軍身上。如他所預料的那樣，廣場的戒備外鬆內緊，極為森嚴，明暗哨密布，等閒人不得入內。蚍蜉們一定是弄到了匠牒，冒充工匠混進去的。

直接闖關是絕不可能，會被當場格殺。張小敬曾考慮去找龍武軍高層示警，可他的手裡並沒有證據。大唐官員對一個被全城通緝——張小敬此時還不知道情況有變——的死囚是什麼態度，沒人比他更清楚。

一聲嘆息從張小敬口中滑出，李泌、姚汝能、徐賓、檀棋、伊斯等人全都不在了，望樓體系已告崩潰。現在的他，是真正的孤家寡人。沒人支持，沒人相信，甚至沒人知道他在做什麼，陪伴他到這一步的，只有腰間的那一枚靖安司的銅牌。

張小敬伸出手來，撣了撣眼窩。他又看了一眼勤政務本樓，悄無聲息地從隊伍中離開，朝反方向走去，很快閃身鑽進道政坊的坊門之內。

道政坊位於興慶宮南廣場的南側。當初興慶坊擴為宮殿時，侵占了一部分道政坊區，所以兩者距離很近。正因如此，龍武軍在這裡也駐紮了一批士兵，防止有奸人占據高點。不過他們對地勢比較低的地方不那麼上心，也沒有封閉整個區域。

張小敬入坊之後，避開所有的龍武軍巡邏，徑直向東，穿過富戶所住府邸，來到一處槐樹成林的窪地。窪地中央有一個砌了散水[20]的魚池。坊中街道兩側的雨水溝，都流至這裡，然後再通過一條羊溝排入龍首渠。

此時剛是初春，魚池乾涸見底。張小敬小心地摸著池壁下到池底，然後沿羊溝往前摸索前行。在即將抵達龍首渠主流時，他蹲下身子，在排放口的邊緣摸到一條長長的排水陶管。陶管很長，與龍首渠平行而走，最後把張小敬指引到渠堤下一個黑漆漆的入口，四截龍鱗分水柱豎在其間。

這是他臨走前，晁分告訴他的大祕密。

太上玄元燈樓雖是毛順設計，但萬變不離其宗。晁分指出，如果要樓內燈俑自動，非得引入水力不可。龍首渠就在興慶宮以南幾十步外，毛順不可能不利用。最有可能的方式，是從龍首渠下挖一條垂直於管道的暗溝，把水引到燈樓之下，推動樞輪，提供動力。

晁分計算過，以太上玄元燈樓的體積，引水量勢必巨大，再加上還得方便工匠檢修淤塞，這條暗溝會挖得很寬闊，足以容一人通行。

這樣一來，張小敬便不必穿過廣場，可以從地道直通燈樓腹心。

這龍鱗分水柱的表面，是一層層鱗片狀的凸起。如果有人試圖從兩柱之間的空隙擠過去，就會被鱗片卡住，動彈不得，連退都沒法退，就算在身上塗油也沒用。

不過晁分早有準備，他送了一根直柄馬牙銼給張小敬。張小敬很快便銼斷一根龍鱗分

20 用來排水的斜坡。

水柱，然後擠了進去。果然，裡面是一個足夠一人彎腰行進的磚製管道，從龍首渠分過來的渠水流入洞中，發出嘩嘩的響聲。

張小敬整個身子都泡在水裡，仰起頭，把腰間的一柄弩機緊貼著管道上緣，向前一步步蹚去。那把弩機也是晁分給的，他見張小敬不接受那刀，便送了這麼一把特製連弩，可以連射四次。晁分滿心希望，張小敬能再創造一次用弩的「美」。

走了幾十步，管道突然開闊起來，前方變成一個狀如宮殿的地下空間。水渠從地宮正中流過，兩側渠旁各有三個碩大的木輪，被水推動著不停轉動，在黑暗中嘎吱作響。這應該就是太上玄元燈樓的最底層，也是為數以百計的燈俑提供動力的地方。在穹頂之上，還有一片造型奇特的馬口，不知有何功用。

大唐天子為了一個只在上元節點亮三日的燈樓，可真是花費了不少血本。

張小敬從水裡爬上來，簡單地擰了擰衣角的水，循著微光仔細朝前方看去。他看到在地宮盡頭是一個簡陋的木門，裡面似乎連接著一段樓梯，這應該是出入地宮的通道了。門頂懸著一枝火炬，為整個地宮提供有限的光亮。

在火炬的光芒邊緣處，似乎還站著幾個人影。張小敬端平弩機，輕手輕腳摸了過去。快接近時，他聞到了一股強烈的血腥味。

張小敬屏住呼吸，再仔細一看，發現那幾個人影不是站著，而是斜靠在幾個木箱子旁，個個面色鐵青，已經氣絕身亡。這些人穿著褐色短袍、足蹬防水藤鞋，應該是負責看護水車的工匠。

在他們旁邊，站著一個身著緊衣的精悍男子，手裡正玩著一把刀。

張小敬心中一驚，蚍蜉果然已經侵入了燈樓。

這時一陣腳步聲從水車的另外一側響起，一個高瘦漢子從陰影走出來，步調輕鬆，嘴裡還哼著小調。不過光線昏暗，看不清臉。那精悍男子收起刀，恭敬道：「龍波先生，這邊都肅清了。」

高瘦漢子若無其事地走過那一排屍體，嘖嘖了幾聲，說不上是遺憾還是讚賞。

一聽這個名字，張小敬心中一動。龍波？這個靖安司苦苦搜尋的傢伙，終於現身了。最初他們還以為龍波只是突厥狼衛的內線，現在看來，他分明才是幕後黑手、蚍蜉的首領。

張小敬瞇起眼睛，弓起腰蓄勢待發。等待龍波接近門口，走到火炬光芒邊緣的一瞬間。張小敬先是揚手一箭，把門上火炬射了下來，然後利用明暗變化的一瞬間，突然右足一蹬，以極快的速度衝過去，手中弩機一個二連發。

那精悍漢子的額頭和咽喉各中了一箭，一頭栽倒在地。張小敬直撲龍波，把他按倒在地，用手弩頂住他的太陽穴。

火炬在地上滾了幾滾，並沒熄滅。張小敬閃開身子，借助火炬的餘光，看到一張枯瘦的面孔，以及一隻鷹勾鼻。與此同時，對方也看清了他的臉。

「呦，張大頭，別來無恙。」龍波咧開嘴，居然笑了。

第十五章　子正

開元二十三年，七月十四日，午時。

安西都護府，撥換城北三十里，烽燧堡。

沒有一絲雲，也沒有一絲風，只有一輪烈陽凌空高照，肆無忌憚地向這一片土地灑下無窮熱力。整個沙漠薰蒸如籠，沙粒滾燙，可無論如何也蒸不掉空氣中飄浮的濃郁血腥與屍臭味。

龍旗耷拉在劈裂成一半的旗杆上，早被狼煙薰得看不出顏色。殘破不堪的城堞上下堆滿屍體，有突厥突騎施部的騎兵，也有唐軍。沒人替他們收屍，因為幾乎已經沒人了。

真正還在喘氣的，只有十來個士兵。他們個個袍甲汙濁，連髮髻也半披散下來，看起來如同蠻人一般。這幾個人橫七豎八地躺在半毀的碉樓陰影裡，盡量避開直晒，只有一個人還在外頭的屍體堆裡翻找什麼。

張小敬俯身撿起一把環首刀，發現刀口已崩了，搖搖頭扔開，又找到一杆長矛，可是矛柄卻被一個唐軍死者死死握著，無論如何都掰不開。張小敬只得將矛尖卸下，揣到懷裡，雙目四下掃視，搜尋有沒有合用的木杆。

「我說，你不趕緊歇歇，還在外頭晃什麼？」聞無忌躲在一堵破牆的陰影裡，嘶啞著嗓子喊道。

「兵刃都捲刃了，不找點補充，等下打起來，總不能用牙咬吧？」張小敬卻不肯回來，繼續在屍堆裡翻找著。聞無忌和其他幾個躺在陰影裡的老兵都笑起來：「得了吧，有沒有武器，能有多大區別？」

他們已經苦苦守了九天，一個三百人滿編的第八都護團，現在死得只剩下十三個，連校尉都戰死了。突厥人下次發動攻擊，恐怕沒人能撐下來。在這種時候，人反而會變得豁達。

「張大頭，你要是還有力氣，不如替我找找薄荷葉，手有點不穩了。」

在碉樓的最高處，一個鷹勾鼻的乾瘦弓手喊道。他正在重新為一張弓綁弓弦，因為拉動太多次，他的虎口早已開裂。張小敬抬起頭：「蕭規，你殺了幾個了？」

「二十三個。」

「殺了二十五個，我替你親自捲一條。」

「你他媽的就不能先給我？我怕你沒命活到那會兒。」蕭規罵道。

「等我從死人嘴裡給你摳出來吧。」

張小敬抬起頭來看看太陽高度。正午時分突厥人一般不會發動攻勢，怎麼也得過了未時。這幾個人至少還有一個時辰好活。於是他擦了擦汗，又低頭去翻找。

過不多時，他抱著兩把長矛、三把短刀和一把箭矢回到陰影裡，嘩啦扔在地上，直接躺倒喘息。聞無忌扔給他一個水囊，張小敬往嘴裡倒了倒，只有四五滴水流出來，沾在舌尖上，有如瓊漿。周圍的人都下意識地舔了舔乾裂的嘴唇，可惜囊中已是涓滴不剩。

「這狼煙都燃了一天一夜，都護府的援軍就算爬，也該爬到了吧？」一個士兵說。聞無忌瞇著眼睛道：「不好說，突厥這次動靜可不小，也許撥換城那邊也正打著。」

陰影裡一陣安靜，大家都明白這意味著什麼。一旦撥換城陷入僵局，這邊決計撐不到救援。聞無忌環顧四周，忽然嘆道：「咱們大老遠的跑到西域來，估計是回不去了。哥幾個說好了啊，活下來的人可得負責收屍，送歸鄉梓。」

張小敬斜靠在斷垣旁道：「你想得美。老王得送回河東，老樊得送回劍南，還有甘校尉、劉文辦、宋十六、杜婆羅……要送回家的多了，幾年也排不到你。趁早先拿鹽醃屍身，慢慢等吧。」

聞無忌走近那堆破爛兵器，一件件拿起來檢查：「其實我回不回去無所謂，就當為國盡忠了。你們誰活下來，記得把我女兒娶了，省得她一個人孤苦伶仃。」

「你這模樣，生的女兒能是什麼樣？我寧可跟突厥人打生打死。」

另外一個士兵喊道，引起一片有氣無力的笑聲。死亡這個詞，似乎也被烈日晒得麻木了，每一個人都輕鬆地談論著，彷彿一群踏春的年輕士子。

聞無忌嘖嘖兩聲：「哎，你們不知道，我們聞家一手祖傳的調香手藝，都在她手裡。聽說在長安，一封芸香能賣到五十貫，你們倆開個鋪子，那是抱定了金山哪。」

「你去過長安城啊？那到底是個什麼樣子？聽說宮殿裡頭，比這片沙漠還大。」

「瞎扯！上哪兒找那麼大屋頂去。不過我聽說，城裡有一百零八坊呢！地方大得很！」

眾人驚呼，龜茲不過十幾坊，想不到長安居然那麼大。有人悠然神往：「如果活下來，聞無忌得意地說。

真應該去長安看看花花世界。最好趕上你女兒開了香鋪，咱們都去賀喜，順便拿走幾封好香，看你個王八蛋敢不敢收錢。」

聞無忌哈哈大笑：「不收，不收，你們都來，還送杯新豐酒給你們這些兔崽子嘗嘗。咱們第八團的兄弟，在長安好好聚聚。」

「我要去青樓，我還沒碰過女人呢！」

「我要買盒花鈿給我娘，她一輩子連水粉都沒買過！」

「每坊吃一天，我能連吃一百零八天！」

「去長安！去長安！去長安！」一群人說得高興，用刀鞘敲著石塊，紛紛起哄。

張小敬心中一陣酸楚，忽然開口：「老聞，你不如先走吧，回去照顧你女兒，這裡也不差你一個人。」其他人也紛紛開口，讓他回去。說到後來，忽然有人順口道：「趁突厥人還沒來，咱們乾脆都撤了吧。」

大家一下子住口了，這個想法縈繞在很多人心中很久，卻一直沒人敢說出來。就著這個話題，終於有人捅破了窗戶紙。眼下援軍遲遲不來，敵人卻越聚越多，殘存的這幾個人，守與不守，其實也沒什麼分別。

不料聞無忌臉色一沉，厲聲道：「誰說的？站出來！」沒人接話。聞無忌把箭矢往地上一插：「咱們接的軍令，是死守烽燧城。沒便宜行事，也沒見機行事，就是死守。人沒死完，城丟了，這算死守嗎？」

「沒人貪生怕死，可都打到這分上了……」張小敬鼓起勇氣試圖辯解。

聞無忌抬起手臂，向身後一擺：「咱們退了，後頭就是撥換城，還有沙雁、龜茲，還有整個安西都護府。每個人都這麼想，這仗還打不打了？你們又不是沒見過突厥人有多驃悍！」張小敬還要說點什麼，他氣呼呼地轉過身去：「反正要撤你撤，我就待在這兒，這是大唐的國土！我哪兒也不去！」

他伸出右拳，重重地捶在左肩。這是第八團的呼號禮，意思是「九死無悔」。眾人神情一凜，也做了同樣的手勢，讓張小敬頗為尷尬。

蕭規在樓頂懶洋洋地喊道：「我說，你們怎麼吵隨你們，能不能勞駕派個人送捆箭矢上來？」他及時送來一個臺階，張小敬趕緊把聞無忌插在地上的箭矢拔出來，往碉樓上送。

蕭規接過箭矢，拿眼睛瞄了一下：「這根不太直，你捋一下箭翎。」他見張小敬不說話，又罵道：「張大頭你真是豬腦子，知道老聞那個臭脾氣，還去故意挑撥幹嘛？」張小敬接過箭，不服氣道：「又不是我撤！我是勸他走。他老婆死得早，家裡孩子才多大？」

「戰死沙場馬革裹屍，那是當兵的本分。能讓這旗子在我們死前不倒，就算是不負君恩，想那麼多做什麼？」

他說得輕鬆，但表達的意思和聞無忌一樣，這是大唐國土，絕不撤走。張小敬盯著他：「看你平時懶懶散散的，居然也說出這樣的話。你不怕死？」

蕭規仰起頭，背靠旗杆一臉無謂：「我更害怕沒有薄荷葉嚼。」

「行了行了，我已經找遍了，一片都不剩！」

蕭規放棄了索要，盤腿繼續綁他的弓弦。張小敬捋著箭翎嘆道：「我無父無母，無兒無女，死了也不打緊。可老聞明明有個女兒，我記得你還有個姐姐在廣武吧？你們幹嘛都不走？」

「在這裡堅守戰死，總好過在家鄉城頭堅守戰死。」蕭規緩緩道，「咱們每個人，都得為自己的選擇負……」他的頭突然向左偏了一點，「……責。」

下一個瞬間，一枝長箭擦著蕭規的耳朵，牢牢地釘在石壁縫中。

「來了！」蕭規一下子從地上跳起來，拽著長弓站到女牆[21]旁邊。張小敬急忙向下面的人示警，聞無忌等人紛紛起身，拿起武器朝這邊聚攏過來。

沒想到突厥人居然提前動手，看來他們對遲遲攻不下烽燧城也十分焦躁。蕭規視力奇好，手搭涼棚，看到已有三十餘突騎施的騎兵朝這邊疾馳，身後黃沙揚起，少說還有一兩百騎。

「大頭，過來幫我！」蕭規從女牆前起身，筆直地站成一個標準射姿。

張小敬手持一刀一盾，牢牢地守護在他身邊。蕭規手振弓弦，箭無虛發，立刻有三個騎兵從馬上跌下來。其他飛騎迅速散開，搭弓反擊。不過射程太遠了，弓矢飛到蕭規面前，力道已緩，被張小敬一一擋掉。

蕭規練得一手好箭法，又站在高處，比精熟弓馬的突厥人射程還要遠。但他必須保持直立姿態，沒有遮蔽，身邊只能交給其他人保護。聞無忌也飛步上來，與張小敬一起擋在蕭規身旁，準備迎接更密集的攻擊。其他人則死死守在碉樓下方。

唐軍現在只有十幾個人，指望他們守住整個烽燧堡是不可能的。所以他們把防線收縮到了東南側的這一處角堡。這個角堡是全城的制高點，蕭規居高臨下，全城都在射程之內，

21 古代城牆的矮牆，上方呈凹凸狀的缺口多做為射孔，可用於禦敵。

其他人則圍在他身邊和堡下，防止敵人靠近。

只要蕭規的弓弦還在響，突厥人就沒法安心進城。

這是最無可奈何的戰術選擇，也是殘軍唯一有效的辦法。

突厥人在損失了七八個騎士之後，主力終於衝到了堡邊。這些突厥騎士躍過坍塌的石牆，朝著角堡撲過來。他們在前幾次進攻已經摸清了唐軍的戰術，知道純以弓矢與角堡的高度對抗，徒增傷亡，所以這次披著厚甲，朝著角堡前的通道衝來，打算來個釜底抽薪。

蕭規連連開弓，很快手臂開始出現抽筋的徵兆，之前的劇戰消耗了太多體力。他額頭青筋綻起，咬著牙又射出一箭，這次只射中了一個突厥兵的腳面。這是個危險的信號，蕭規不得不暫時停下來休息。張小敬和聞無忌站在高臺之上，面無表情地為他抵擋著越來越多的箭矢。

趁著這個空檔，突厥兵們一擁而上，衝上了角堡旁的斜坡。忽然兩塊碎牆塊從高處砸下，登時把前面五六個人砸得血肉模糊。然後十來個衣衫襤褸的唐軍從各處角落沉默地撲過來，他們先用右拳捶擊左肩，然後與突厥兵戰成一團。

他們的動作不如突厥人靈巧，但打法卻完全不要命。沒刀了，就用牙咬；沒腿了，就用手抱，好給同伴創造機會。每個人在搏殺時，都會嘶啞地高呼著：「去長安！去長安！去長安！」很快這呼聲一聲連一聲，響徹整個烽燧堡。

突厥人的攻勢，在這呼聲中居然又一次被奇蹟般地壓回去了。

但這一次的代價也極其之大，又有五個唐軍倒在血泊中，其他倖存者也幾乎動彈不得。

「第八團，九死無悔！」

蕭規嚷道，飛快地射出最後一箭，對面一個突厥兵滾落城下。他看到又一拔突厥人擁入城中，大概有三十個，知道最後的時刻終於到了。

聞無忌和張小敬對視一眼，同時點了點頭。兩人迅速搬開一塊石板，露出一個通向碉樓的洞。在那個洞的下面，壓著一個碩大的木桶。

蕭規把大弓喀嚓一聲折斷，然後縱身跳了下去。那木桶裡裝的是最後一點猛火雷，是他們為最後一刻特別準備的，整個第八團只有蕭規會弄這危險的玩意兒。

「三十個彈指！」

蕭規冷靜地說，這是引爆一個猛火雷最短的操作時間。聞無忌和張小敬點點頭，回身拿起盾和刀，他們沒有計算到底能撐多久，反正至死方休。

突厥兵開始像螞蟻一樣攀爬碉樓。樓下的傷患紛紛用最後的力氣爬起來，希望遲滯敵人，哪怕一個彈指的時間也好。突厥兵毫不留情地把他們殺死，甩開，然後繼續攀爬。他們的目標只有一個，就是那個礙眼的大唐龍旗。

可惜在他們和龍旗之間，還有兩個人影。

張小敬已經沒什麼體力了，全憑著一口氣在支撐。他的神情開始恍惚，手臂動作也僵硬起來。一陣破風的聲音傳來，張小敬的反應卻慢了一拍，沒有立刻判斷出襲來的方向。

「小心！」旁邊的聞無忌大喊一聲，一腳把他踢開，讓他避開了這必殺的一箭。就在這時，一個突厥兵已經爬上了碉樓，氣勢洶洶地用鋒利的寬刃馬刀斬去，刀切開皮肉，切開骨頭，一下子砍斷了聞無忌的右腿。

聞無忌慘呼一聲，用盡最後的力氣一把抱住突厥兵，用力頂去，兩個人就這樣摔下樓。

張小敬大驚，疾步探頭去看，看到兩個人緊抱著跌在碎石堆上，一動不動，不知是誰的腦漿流出來，染黃了一片石面。

張小敬只覺腦海裡轟的一聲，一股赤紅色的熱流湧遍全身。他低吼一聲，丟掉小盾，只留著一把刀在手裡，瞳孔裡盡是血色，動作勢如瘋魔。剛爬上樓的三個士兵，被這突然的爆發力嚇到了，被張小敬一刀一個砍中脖頸。三團血瀑從無頭的軀幹噴出來，噴濺了張小敬一身。

「快了，還有十五個彈指。」蕭規在洞裡喊道，手裡動作不停。

可是張小敬手裡的刀澈底崩了，剛才的短暫爆發產生了嚴重的後遺症。現在他油盡燈枯，只能靠著龍旗的旗杆，喘息著癱坐等死。幾個突厥兵再度爬上來，呈一個扇形朝他撲來。

就在這時，一抹漆黑的石脂從洞內飛出，沾在那些突厥士兵身上。隨即蕭規飛快地跳出洞口，把點著的艾絨往他們身上一丟，這些人頓時發出尖厲的慘叫，化為幾個人形火炬從樓頂跌下去。

蕭規跌跌撞撞跑到張小敬身邊，也往旗杆旁一靠。他歪歪頭，看到樓下幾十個突厥兵紛紛爬上來，笑了。

「還有七個彈指。這麼多人陪著，夠本了。」

他從懷裡掏出一片腐爛的薄荷葉，要往嘴裡放，可手指突然劇烈痙攣起來，根本夾不住。張小敬勉強抬起手臂，幫他一下塞進嘴裡：

「你哪裡找到的？」張小敬問。

「猛火雷的桶底下，我早說了，你個王八蛋根本沒仔細找。」蕭規罵道，咀嚼了幾下，呸地吐了出來，「一股臭油味！」

張小敬閉上雙眼：「可惜了，咱們第八團，到底沒法在長安相聚。」

「地府也挺好，好歹兄弟們都在……喂，幫幫我。」

蕭規開弓次數太多，手臂已經疼得抬不起來。張小敬把他的右臂彎起來，搭在左肩上。蕭規攥緊拳頭，輕輕敲了肩膀一下，咧開嘴笑了：「九死無悔。」

「九死無悔。」張小敬也同樣行禮。

在他們身下，猛火雷的引子呼呼地燃燒著。突厥人還在繼續朝碉樓上爬。兩個人背靠著背，安靜地等待最後的時刻來臨。

突然，蕭規的耳朵動了一下。他眉頭一皺，猛然直起身子來。張小敬沒提防，一下子向後倒。蕭規急速抬起脖子，朝烽燧堡南邊望去。

在遠處，似乎揚起了一陣沙塵暴。蕭規突然叫道：「是蓋都護，是蓋都護！」他眼力極好，能看到沙塵中有一面高高飄揚的大纛若隱若現。整個西域，沒人不認識這面旗幟。

安西都護府的主力終於趕到了！

蕭規過於興奮，全然忘了如今的處境。張小敬大喊一聲：「小心！」擋在蕭規面前。一個攀上樓頂的突厥士兵惡狠狠地用長刀劈下來，正正劈中張小敬的左眼，登時鮮血迸流，眼球幾乎被切成了兩半。

張小敬滿臉鮮血，狀如鬼魅。他也不捂那傷口，只是死死纏住那突厥士兵，高呼著要蕭規快走。既然蓋嘉運已經趕到，就還有最後一線生機。兩個人裡，至少能活一個。

蕭規看了一眼洞口，距離猛火雷爆炸還有四個彈指不到的時間。他喀嚓一下折斷龍旗的旗杆，握住半截杆子，像長矛一樣捅進突厥士兵的身體，隨即拽住張小敬的腰帶，扯下龍旗裹住兩人身子，義無反顧地朝角樓外側的無盡大漠跳去。

這兩個唐軍士兵在半空畫過一條弧線，龍旗的一角迎風飄起，幾乎就在同時，角樓裡的猛火雷終於澈底甦醒。

這是蕭規親手調配的猛火雷，絕不會有啞火之虞。熾熱的光與熱力一瞬間爆裂開來，連天上的烈日都為之失色。整個角樓在爆炸聲中轟然崩塌，在巨大的煙塵之中，無數碎磚石塊裹挾著烈焰朝四周散射，把在附近的突厥士兵一口氣全數吞噬。

強烈的衝擊波，把半空中的蕭規和張小敬兩人又推遠了一點。他們的身體，重重跌落在鬆軟的黃沙之上。隨後那面殘破不堪的龍旗，方才飄然落地……

＊

天寶三載，元月十五日，子正。

長安，興慶宮地下。

「蕭規？」

張小敬從喉嚨裡滾出一聲沉沉的低吼，弩機不由自主地抖動起來。他萬萬沒想到，一直苦苦追尋的龍波，竟然是昔日出生入死的同袍。

這個意外的變故，讓他不知所措。

「咱們第八團，總算是在長安相見了，卻未曾想過是如此重逢。」化名為龍波的蕭規躺倒在地，任憑弩機頂住太陽穴，表情卻露出舊友重逢的欣慰。

張小敬沒有收回弩機，反而頂得更緊了一些：「怎麼會是你？怎麼會是你？」

「為什麼不會是我？」蕭規反問。

張小敬的嘴脣微微發顫，心亂如麻。他知道，現在應該做的事情，是一箭把這個窮凶極惡的罪犯射死，然後去阻止大燈樓上的陰謀，可手指卻沒辦法扣動懸刀。這可是當年能把後背託付出去的戰友啊！

張小敬不明白，當年那個死守龍旗的蕭規，為什麼會變成殘暴的龍波？他要毀滅的東西，不正是從前極力保護的嗎？在他身上到底發生了什麼？

「你……你這些年都去哪兒了？」這是張小敬最迫切想知道的問題。

那一日，蓋嘉運的大軍趕到了烽燧堡，擊潰了圍攻的突騎施軍隊。事後清理戰場，他們發現張小敬和蕭規摔斷了幾根肋骨，但氣息尚存，而且還在石頭縫裡發現奄奄一息的聞無忌。他從角樓掉下去的時候，被突厥兵墊了一下，隨後滾落到石塊的夾隙裡去，奇蹟般地躲過了猛火雷和碎石的襲擊。

僅存的三個第八團成員先被送回了撥換城，然後又轉送安西都護府的治所龜茲進行治療。軍方對他們的奮戰很滿意，大加褒獎和賞賜。

聞無忌沒了一條腿，沒辦法留在軍中，便把賞賜折成了長安戶籍，算是圓了心願；張小敬擔心聞無忌沒人照顧，利用自己授勛飛騎尉的身分，在兵部找了個步射銓選的差事，也去了長安。至於蕭規，他沒有接受張小敬和聞無忌的邀請，而是解甲前往廣武。從此以後，張小敬和聞無忌再沒聽過他的消息。

直到今天。

龍首渠推動著六個巨大的水車輪持續地轉動，低沉的嗡嗡聲在空曠的地宮中迴盪。落在地上的火炬終於熄滅，黑暗中的兩個人仍舊一動不動，有如兩尊墓旁對立的翁仲[22]。

沉默良久，蕭規的聲音在黑暗中悠悠響起：「當年咱們在龜茲分別以後，我去了廣武投奔姐姐。我帶了許多賞賜，還帶了一份捕吏告身[23]，滿心希望從此能過上好日子。可當我到家一看，卻發現屋子已成了廢墟。多方打聽之後才知道，廣武當地的一個縣丞垂涎姐姐美色，把她侮辱至死。縣丞怕家屬把事情鬧大，竟買通無賴放了一把火，把姐夫和兩個姪兒全都燒死在家中。我要去告官，反被誣陷，說我是馬匪，帶回的賞賜都是當盜匪搶的，還毀去了我的告身。」

他說得很平靜，似乎講的是別人家的事，可那森森的恨意，卻早已深沁其中。張小敬一言不發，只是呼吸粗重了許多。

「我原本指望蘭州都督府能幫我證明清白，可他們沆瀣一氣，非但不去查證，反而通風報信，把我抓到牢裡去。我在牢裡待了一年多，獄裡拿我去給一個死囚做替身，夜半處刑，結果被我抓到空隙，殺死了劊子手，連夜逃亡。我從武庫裡盜出一把強弓，射殺了包括縣丞在內大大小小的官吏十幾個，廣武縣衙為之一空。我在當地無法立足，只好攜弓四處流亡。」

「四處流亡」說起來輕鬆，裡面卻蘊含著無限苦澀。大唐州縣之間設防甚嚴，普通民眾無有公驗[24]，不得穿越關津，也沒資格住店投宿。流亡之人，只能晝伏夜出，永遠擔驚受

22　墓前的石像。
23　唐代朝廷任命官員的符，類似委任狀。
24　官府開立的證件。

怕，不見天日。

蕭規能感覺得到，弩機儘管還頂在太陽穴，但其上的殺意卻幾近於無。他笑了笑，伸手把它輕輕撥開，緩緩坐起身子來。

「為什麼不到長安找我們？」張小敬問。

「找你們又能做什麼？跟著我一起流亡？」蕭規笑了笑，「後來我在中原無法立足，便去了靈武附近的一個守捉城，藏身在那兒，苟活至今。」

聽到「守捉」二字，張小敬有所明悟。那裡是混亂無法之地，像蕭規這樣背命案的人比比皆是。以他的箭法，很容易就能混出頭。

難怪襲擊長安的事情還牽扯到守捉郎，原來兩者早有淵源。

想到這裡，張小敬眉毛一挑，意識到自己有點離題了，重新把弩機舉起來：「那你解釋一下，眼下這個局面，是發的什麼瘋？」

「這句話應該是我問你才對吧？你這是發的什麼瘋？」蕭規的聲音變得陰沉起來，「我的下場如何？聞無忌的下場如何？你被抓入死牢，又是拜誰所賜？為何到了這個地步，你還要甘為朝廷鷹犬？」

張小敬努口一擺：「這不一樣！」

「有什麼不一樣？朝廷的秉性從來都沒變過。」蕭規冷笑，「過去的事情不說，你看看你自己現在，好不容易解決了突厥狼衛，結果呢？到頭來還不是被全城通緝，走投無路。我們為朝廷浴血奮戰，可他們又是如何對我們的？十年西域兵，九年長安帥，你得到了什麼？」

張小敬沉默不語，他沒什麼能反駁的，這是一個清楚的事實。蕭規道：「所以我才要問你，你腦子到底出了什麼毛病，為何要極力維護這麼一個讓你遍體鱗傷的王八蛋？」

張小敬開口道：「朝廷是有錯，但這是我和朝廷之間的事。你為了一己私仇，竟然去勾結昔日的仇敵，這讓死在烽燧堡的第八團兄弟們怎麼想？」

蕭規不屑地笑了笑：「突厥人？他們才不配勾結二字，那些蠢蛋只是棋子罷了。我把他們推到前臺，只是要給可汗挖一個大坑，讓他死得快一點罷了。」說到這裡，蕭規忽然長長嘆了一口氣：「我在廣武的時候，確實為了一己私仇，恨不得所有人統統死了才好。不過我現在做的事情，已經超脫了那些狹隘的仇恨。」

「嗯？」張小敬眉頭一皺。

「我在中原流亡那麼久，又在守捉城混了許多年，終於發現，咱們第八團誓言守護的那個大唐，已經病了。守捉城裡住的都是什麼人？被敲詐破落的商戶、被凌虐逃亡的奴婢、被租庸壓彎了脊梁的農夫、被上峰欺辱的小吏，還有沒錢返回家鄉的胡人……你可知道為何那麼多人跟隨我？他們都是精銳老兵，有的來自折衝府，有的來自都護府，有的甚至還是武舉出身。他們幾乎都有和我同樣的故事，為朝廷付出一切之後，到頭來發現被自己守護的人從後頭捅了一刀。」

蕭規的眼神在黑暗中變得灼灼有神：「一個人有這樣的遭遇，也許是時運不濟；五個人有這樣的遭遇，可以說只是奸人作祟；但一百個、五百個人都有類似的遭遇，就說明這個朝廷已經病了！病入膏肓！放眼望去一片盛世景象，歌舞昇平，其實它的根已經爛了，需要用火和血來洗刷，讓所有人警醒。」

張小敬盯著這位昔日同袍，覺得他是不是瘋了。

蕭規說得越發亢奮：「這個使命，守捉郎是做不來的，他們只想苟活。所以我奔走於各地，把這些遭到不公平待遇的老兵聚集起來。我們就像是一隻隻蚍蜉，一個人微不足道，但聚在一起，卻有撼動整個局面的力量！」

「你們……到底想幹什麼？」

蕭規仰起頭來，對著地宮的頂部大聲喊道：「我要讓那些大人物領教一下蚍蜉的力量，讓他們知道，不是所有的蟲蟻都可以任意欺壓。我沒有違背咱們第八團的誓言，我還是忠於這個大唐，只是效忠的方式不同罷了。我是蚍蜉，是苦口的良藥。」

說到這裡，他在黑暗中用力揮動手臂，似乎要做給地面上的人看。張小敬低吼道：「焚盡長安城，傷及無辜民眾，這就是你的效忠方式？」

蕭規忽然哈哈大笑起來：「不不，焚盡長安城，那是突厥人的野心，我可做不了這麼大的事。我的目標，只有這麼一座樓罷了。」他的手指在半空畫了一圈，「只有這座太上玄元燈樓。

「你知道這樓的造價多少嗎？整整四百萬貫！就為了三日燈火和天子的盛世臉面而已。你不知道為了這個樓，各地要額外徵收多少稅和徭役，多少人為此傾家蕩產、家破人亡！所以我要把它變成長安最明亮、最奢靡的火炬，讓所有人都看到，大唐朝廷是如何燒錢。」

說著說著，蕭規已經重新站了起來，反頂著弩機，向前走去。張小敬既不敢扣動懸刀，也不敢撤開，被迫步步後退，很快脊背咚的一聲，頂在了門框之上。看兩人的氣勢，還以為手握武器的是蕭規。

蕭規的鼻尖，幾乎頂到張小敬的臉上：「你可知道我蟄伏九年，為何到今日才動手？

還不是因為你和聞無忌……」

張小敬眼角一顫，不知他為何這麼說。

「我在長安城中也安插了耳目，知道聞記香鋪的慘事。從那時候起，我加快了腳步，好為你們討回一個公道。恰好突厥的可汗有意報復大唐，連絡守捉郎。守捉郎一向不敢跟官府為敵，拒絕了。於是我便主動與突厥可汗連繫，借他們的手定下這個計謀。」

張小敬這才明白，為何突厥人懂得使用猛火雷。蕭規當年在烽燧堡，就是首屈一指的猛火雷專家。一想到今天所奔忙的危機，追根溯源居然還是因自己而起，張小敬在一瞬間彷彿聽到命運在自己耳邊訕笑。

蕭規後退了半步，凌人的氣勢略微減弱，語氣變得柔和起來：「你仔細想想，距離燈樓最近的是什麼？是興慶宮的勤政務本樓，上頭是歡宴的天子和文武百官。太上玄元燈樓炸起來，倒楣的也只有這些害你的蠹蟲。怎麼樣？大頭，過來幫我？」

聽到這句話，張小敬一瞬間整個身體都僵硬了。這句話，他在烽燧堡裡曾聽過無數次，多年不聽，現在卻代表著完全不同的含義。

更讓張小敬恐懼的，不是蕭規的陰謀有多恐怖，而是他發現找不到拒絕的理由。

張小敬本來就對朝廷懷有恨意，那些害死聞無忌的人至今仍舊逍遙法外。他之所以答應李泌追查這件事，完全是以闔城百姓為念。可現在老戰友說了，闕勒霍多只針對這些王公大臣，正好可以報仇雪恨，不必傷及無辜，然後讓突厥人承受後果，多麼完美。

更何況，現在連靖安司也沒了。李泌、檀棋、姚汝能、徐賓、伊斯這些人或不知所終，或身陷牢獄，一切和他有關的人都被排除、被懷疑，不再有任何人支持他。

他找不到拒絕的理由，也找不到一個可以讓自己再堅持下去的理由。

張小敬閉上眼睛，弩機噹啷一聲跌落在地。他後悔自己答應李泌的請求，早知道還不如老老實實待在死牢裡來得輕鬆。蕭規盯著自己這位老戰友，沒有急著追問，而是後退一步，任由他自己天人交戰。

過了良久，張小敬緩緩睜開眼睛，語氣有些乾澀：「我加入。」

蕭規眼睛一亮：「好！就等你這一句！咱們第八團的袍澤，這回可又湊到一起啦。」他激動地抱住張小敬，就像在烽燧堡時爽朗地笑了起來：「張大頭，咱們再聯手創造一次奇蹟。」

張小敬僵硬地任憑他拍打肩膀，臉卻一直緊繃著，褶皺裡一點笑意也無。

蕭規俯身把弩機撿起來，毫不顧忌地扔還給張小敬，做了個手勢，讓他跟上。兩人離開水力宮，沿著一條狹窄的臺階走上去，約莫二十步，掀開一個木蓋，便來到了太上玄元燈樓底層。

高者必有厚基。整個太上玄元燈樓高逾一百五十尺，即便都是竹製，整體重量仍舊十分可觀，必須有一方厚實的地基撐住才成。所以毛順索性把這個燈樓的底層修成了一座寬大的飛簷玄觀，縱橫二十餘楹，屋簷皆呈雲狀，遠遠望去，有如祥雲托起燈樓，更見仙氣。

他們從水力宮爬上來，正好進入這祥雲玄觀的後殿。此時殿中堆滿了馬車上卸載下來的麒麟臂，十幾個人在低頭忙碌著。他們一看蕭規進來，並不停手，繼續井然有序地埋頭做事。至於張小敬，他們連正眼都不看一下。

外面的龍武軍恐怕還不知道，蚍蜉已悄然控制了整個大燈樓。這不再是一個能給長安帶來榮耀的奇觀，而是一件前所未有的殺人利器。

有觀必有鼎。在玄觀後殿正中，按八卦方位擺著八個小鼎，原本是用來裝飾的，現在被用來當作加熱器具。每一個鼎中，都擱著幾十根麒麟臂。鼎底燒著炭火，不斷有人拿起一枚小冰瓶，插進竹筒。

不用介紹，張小敬也立刻猜出來，這就是他一直苦苦追尋的闕勒霍多，這裡正在做最後的加熱工序。那冰瓶其實是一個細頸琉璃瓶，狀如錐子，裡面插著一根冰柱，瓶外有刻度。把它伸進竹筒裡頭，看冰柱融化的速度，便可推算石脂是否已達到要求的溫度。

張小敬沒想到，他們連這種器物都準備了。蕭規注意到他的眼神：「這是道士們煉丹用的，被我偷學來了。猛火雷物性難馴，不把溫度控制好一點，一不留神就炸了。」他興致勃勃地又伸出手臂一指鼎底：「你可知這炭是從何而來？」

張小敬看了一眼，那條炭呈雪白顏色，只見火光，卻沒有煙氣。蕭規道：「這是南山上一個賣炭翁燒的。那老頭燒的炭雪白如銀，火力十足，且雜煙極少。他原本每年都會拉幾車來城裡賣，結果宮裡的採買經常拿半匹紅紗和一丈綾，強行換走一車，至少有一千多斤哪。所以老頭聽說我們要做件大事，主動來幫我們燒製，錢都沒要。可見咱們要做的這件大事，實在是民心所向呀。」

張小敬默然不語，只是盯著那炭火入神。蕭規道：「好了，好了，我知道你一時半刻心思還轉不過來。咱們先去探望一下李司丞吧。」

他引著張小敬來到玄觀二樓，這裡分出了數間靈官殿閣，都是祈福應景之用，所以裡面布設極簡陋。不斷有人把加熱達到要求的麒麟臂抱出來，經由這裡的通道攀上燈樓，進行最後的安裝。

蕭規把其中一閣的門推開，張小敬一看，裡面站著一人，直身劍眉，正是李泌。他也被偷偷運進了燈樓，看起來神情委頓不堪，但仍勉力維持著最後的尊嚴。

「李司丞，看看是誰來探望你了？」蕭規親切地喊道，摟住了張小敬的肩膀。

李泌聞言，朝這邊一看，先是愕然，接著兩道眉毛一挑，連聲冷笑道：「好！好！」

張小敬面無表情，既不躲閃也不辯解，就這麼盯著他，一動不動。蕭規笑咪咪地說道：「這事可巧了，想不到靖安司的都尉，竟是我當年的老戰友。在烽燧堡的時候，是我們倆從死人堆裡滾出來的。」

「嗯？」李泌一怔。

「不錯，第八團一共活下來三個人，那時候我還叫蕭規。哦，對了，還有另外一個倖存者叫聞無忌。他到底在哪兒，我想司丞也知道。」

憑李泌的才智，立刻猜出了前後因果。他看向張小敬的眼神，變得冰冷無比，可在那冰冷裡，又帶著那麼一點絕望的意味。

一個出生入死的袍澤，和一個屢屢打壓懷疑的組織，張小敬會選哪邊，不言而喻。

張小敬避開李泌的眼神，抬起手臂，手指在眼窩裡輕輕一撣。這不是下意識的習慣動作，而是為了不那麼尷尬。蕭規看看李泌，又看看張小敬，咧嘴笑道：「李司丞慧眼識珠，一眼就挑中了我這兄弟。若不是我有幾分僥倖，說不定真被他給搞砸！只可惜你們蠢，不能一信到底。」

李泌一言不發。蕭規把弩機塞到張小敬的手裡，輕鬆道：「大頭，為了慶祝咱們重逢，插個茱萸唄？」

「插茱萸？」張小敬聽到這個詞，臉色一變。這可不是民間重陽節佩戴茱萸的習俗，而是西域軍中行話。茱萸果成熟後呈紫紅色，插茱萸的意思，是見血。

蕭規笑意盈盈，下巴朝李泌擺了擺。

他的意思很明白。半個時辰之前，張小敬還是敵對的靖安都尉，現在轉變陣營，為了讓人信服，必須得納一個投名狀，而靖安司丞李泌的人頭，再合適不過。

殺死自己的上司，就徹底沒有回頭路可走了，如此才能真正取得蚍蜉們的信任。

蕭規盯著張小敬，臉上帶著笑容，眼神裡卻閃動著幾絲不善的光芒。這個生死相託的兄弟，到底能否繼續信任，就看這道題怎麼解了。他身旁的幾名護衛，虎視眈眈，隨時準備拔刀相向。

靈官閣裡一時安靜下來。李泌仰起頭，就這麼盯著張小敬，既沒哀求，也沒訓斥。張小敬也沒動，他沉默地肅立於李泌面前，那一隻獨眼微微眯著，旁人難以窺破他此時的內心想法。

見他遲遲不動手，護衛們慢慢把手向腰間摸去。只聽喀嚓一聲，張小敬抬起右臂，把弩機頂在李泌的太陽穴上，手指緊緊鉤住懸刀。

「李司丞，很抱歉，我也是不得已。」張小敬道，語調沉穩，不見任何波動。

「大局為重，何罪之有。」李泌閉上眼睛。他心中苦笑，沒想到兩人在慈悲寺關於「殺一人，救百人」的一番對話，竟然幾個時辰後就成真了。更沒想到，他居然成了那位被推出來獻祭河神的無辜者。

張小敬面無表情，毫不猶豫地一扣懸刀。

噗的一聲，李泌的腦袋彷彿被巨錘砸中似的，猛地朝反方向一擺，整個身軀以一個滑稽的姿勢撲倒在地，一動不動。

靖安司的司丞，就這樣被靖安司都尉親手射殺在太上玄元燈樓裡。

張小敬垂下弩機，閉上眼睛，知道從這一刻開始，他再沒有回頭路可以走。為了拯救長安，他不後悔做出這個選擇，可這畢竟是錯的。每一次應該做的錯事，都讓他心中的包袱沉重一分。

屋子裡一時間安靜無比，張小敬突然睜開眼睛，覺得有些不對勁。

不對，這並不是弩箭貫腦該有的反應。他看了看手裡的弩機，把視線投向躺倒在地的李泌，發現他的太陽穴有一圈紫黑色的瘀血。張小敬的視線朝地面掃去，不由得瞳孔一縮。

那枝射出的弩箭，居然沒有箭頭。

手弩的箭杆和弓箭杆不同，頂端要削圓，前寬後窄。因為手弩一般應用於狹窄、曲折的近戰場合，強調在顛簸環境下的威力。眼前這枝弩箭，沒有尖鐵頭，只剩一個橢圓的木杆頭。這玩意兒打在人身上劇痛無比，但只會造成鈍挫傷，不會致命。

張小敬疑惑地看向蕭規。蕭規拍了拍巴掌，滿臉洋溢著開心的笑容：「大頭，恭喜你，你通過了考驗。」

「怎麼回事？」

「我對大頭你並不懷疑，不過總得給手下人一個交代。」蕭規俯身把箭杆撿起來，「我本以為你會猶豫，沒想到你殺上司真是毫不手軟，佩服，佩服。」

他對張小敬的最後一點疑惑終於消失了。一個人是否真的起了殺心，可瞞不過他的眼睛。剛才張小敬扣動懸刀時的眼神，絕對是殺意盎然。

張小敬輕輕地喘著氣，他的右手顫抖著：「你給我弩機之前，就把箭頭去掉了？」蕭規笑道：「你能扣動懸刀，就足以說明用心，不必真取了李司丞的狗命。他另外還有用，暫時不能死在這裡。」

這時李泌咳嗽著試圖把身體直起來，可是剛才那一下實在太疼了，他的腦袋還暈沉沉的，神情痛苦萬分，有鮮血從鼻孔裡流出來。蕭規拎起他的頭髮：「李司丞，謝謝你為我找回一位好兄弟。」

「張小敬！」

一聲大喝響徹整個靈官閣。李泌流著鼻血，從來沒這麼憤怒過：「我還是不是靖安司的司丞？你還是不是都尉？」

「是。」張小敬恭敬地回答。

「我給你的命令，是制止蚍蜉的陰謀！從來沒說過要保全長官性命！對不對？」

「是。」

「你殺本官沒關係，但你要拯救這長安城！元凶就在旁邊，為何不動手？」

蕭規從鼻孔裡發出嗤笑，李泌這腦袋是被打糊塗了？這時候還打什麼官腔！張小敬緩步走過去，掏出腰間那枚銅牌，恭恭敬敬插回李泌腰間。

「李司丞，我現在向你請辭都尉之職。在你面前的，不再是靖安司的張都尉，而是第八團浴血奮戰的張大頭，是悍殺縣尉、被打入死牢的不良帥，是被右驍衛捉拿的奸細，是被全城通緝的死囚，是要向長安討個公道的老兵！」

他每報出一個身分，聲音就會大上一分，說到最後，幾乎是吼出來的。

李泌的臉色鐵青，張小敬入獄的原因，以及在這幾個時辰裡的遭遇，他一清二楚，更了解其中要承受何等的壓力和委屈。現在張小敬積蓄已久的怨氣終於爆發出來，那滔天的凶蠻氣勢洶湧撲來，讓李泌幾乎睜不開眼。

偏偏他沒辦法反駁。

吐出這些話後，張小敬雙肩一墜，彷彿卸下了千斤重擔。蕭規在一旁欣慰地笑了。在他看來，張小敬之前的行為純屬鬧彆扭，明明對朝廷滿腹怨恨，卻偏偏要為了一個虛名大義而奔走，太糾結。

現在張大頭把之前的顧慮一吐為快，又真真切切對上司動過了殺心，蕭規終於放下心來。他握緊右拳，在左肩上用力一捶，張小敬也做同樣動作，兩人異口同聲：「九死無悔。」

那一瞬間，第八團的盛況似乎又回到兩人眼前。蕭規的眼眶裡泛起一點溼潤。

這時李泌勉強開口道：「張小敬，你承諾過我要擒賊，莫非是要食言嗎？」

「不，我當時的回答是，人是你選的，路是我挑的，咱們都得對自己的選擇負責。」

李泌聽到這句話，不由得苦笑起來：「你說得不錯，我看走了眼，應該為自己的愚蠢承擔後果。」

張小敬道：「您不適合靖安司丞這個職位，還不如回去修道。拜拜三清[25]，求求十一

25 道教的三神：元始天尊、太上道君、太上老君。

曜[26]，推推八卦命盤，訪訪四山五嶽，什麼都比在靖安司好。不過若司丞想找我報仇，恐怕得去十八層地獄了。」

蕭規大笑：「說得好，我們這樣的人，死後一定得下地獄才合適。大頭你五尊閻羅的名頭，不知到時候管用與否。」

「言盡於此，請李先生仔細斟酌。」張小敬拱手。

稱之為「先生」，意味著張小敬徹底放棄了靖安司的身分，長安之事，與他再無關係。聽到這一聲稱呼，李泌終於放棄了說服張小敬，垂頭不語。

蕭規吩咐手下把李泌從地上扶起來，讓兩個護衛在後頭押送，然後招呼張小敬朝燈樓上頭去。

「怎麼他也去？」張小敬頗有些不自在。

蕭規道：「剛才我不是說了嘛，他另外有用處。」

張小敬這才想起來，之前就有一個疑點。蚍蜉們襲擊靖安司大殿，為何不辭辛苦地劫持李泌？讓他活著，一定有用處，但這個用處到底是什麼？

蕭規看出張小敬的疑惑，哈哈一笑，說：「走，我帶你去看個東西就明白了。」

一隊人魚貫走出靈官閣。張小敬剛邁出門檻，蕭規突然臉色一變，飛起一腳踢向張小敬腰眼。張小敬沒想到他會猝然對自己出手，登時倒地。就在倒地的瞬間，一道寒光擦著他頭皮掃過。

---

26 透過十一曜（天體）進行消災解咒的儀式。

*

元載正陷入巨大的矛盾。他半靠在一棵槐樹旁，盯著那扇鮮血淋漓的大門，久久沒能作聲。

那個殺神在他眼皮底下溜走了，還把自己嚇得屁滾尿流。可是他臨走前說的那句話，卻讓元載很在意。

「若你們還有半點腦袋，就盡快趕去興慶宮前，蚍蜉全聚在那兒呢。」

這是個圈套，還是忠告？元載不知道。若說是假的，張小敬撒這個謊毫無必要；可若是忠告，張小敬會這麼好心？主動給追捕他的人提供線索？元載可不相信。

一貫以目光敏銳而自豪的他，面對張小敬這個謎，竟然不知所措。他真想乾脆找一朵菊花算了，一瓣一瓣地揪下來，讓老天爺決定。

這時他身邊的旅賁軍伍長湊過來，悄聲道：「我們要不要衝進去抓人？」

他們剛才抓住一個從院子裡跑出來的學徒，已經問清楚了這家主人的底細，叫晁分，背後是日本人晁衡。院子裡面似乎還有一個受了重傷的波斯人。張小敬特意跑來這裡，肯定跟他們有勾結，抓起來總沒錯。

旅賁軍在這院子裡起碼躺倒了十幾個人，顏面盡失，他們急於報仇。

對這個建議，元載搖搖頭。他不關心旅賁軍的臉面，也不怕晁衡，他只覺得這件事沒想像中那麼簡單。

部下不知道，元載心裡可再清楚不過。張小敬並不是內奸，這個罪名只是為了方便有人背黑鍋而捏造出來的。用它來整人沒問題，但如果真相信這個結論去推斷查案，可就南轅北轍了。

南轅北轍？

元載忽地猛拍了一下槐樹樹幹，雙眼一亮，霎時做出了決斷。

「整隊，去興慶宮！」

旅賁軍的伍長一愣，以為聽錯了命令。

「去興慶宮！」元載又重複了一遍，語氣斬釘截鐵。

他不知道張小敬的話是否屬實，不過與生俱來的直覺告訴元載，興慶宮那邊的變數更大。

變數大意味著風險，風險意味著機遇。

元載相信，今晚的幸運之神還未澈底離開他，值得賭一賭。

＊

張小敬倒地的一瞬間，蕭規發出了一聲怒吼：「魚腸！你在幹嘛！」

靈官閣外，一個黑影緩緩站定，右手拿著一把窄刃的魚腸短劍，左手垂下。張小敬這才知道，蕭規踹開自己，是為了避開那必殺的一劍。他現在心神恍惚，敏銳度下降，若不是蕭規出手，恐怕就莫名其妙地死在魚腸劍下了。

「我說過了，我要親自取走張小敬的命。」魚腸啞著聲音，陰森森地說。

蕭規擋到張小敬面前，防止他再度出手：「現在張小敬是自己人了，你不必再與他為敵。」

「你怎麼知道他不是假意投降？」

「這件事我會判斷！」蕭規怒道，「就算是假意投降，現在周圍全是我們的人，又怕什麼？」

這個解釋並未讓魚腸有所收斂：「他羞辱了我，折斷了我的左臂，一定要死。」蕭規只得再次強調，語言嚴厲：「我再說一次，他現在是自己人，之前的恩怨，一筆勾銷！」

魚腸搖搖頭：「這和他站哪邊沒關係，我只要他死。」

靈官閣外，氣氛一下子變得十分詭異。張小敬剛剛轉換陣營，就面臨內訌。

「這是我要你做的第九件事！不許碰他！」蕭規幾乎是吼出來的，他一撩袍角，拿起一串紅繩，那紅繩上有兩枚銅錢。他取下一枚，丟了過去。魚腸在半空中把錢接住，聲音頗為吃驚：「你為了一個敵人，居然動用這個？」

「你聽清了沒？不許碰他。」蕭規道。

「好，不過記住，這個約束，在你用完最後一枚銅錢後就無效了。」魚腸強調道，「等我替你做完最後一件事，就是他的死期。」

張小敬上前一步：「魚腸，我給你一個承諾，等到此間事了，你我公平決鬥，生死勿論。」魚腸盯著張小敬的眼睛：「我怎麼知道你會信守承諾？」

「你只能選擇相信。」

魚腸沉默了片刻，他大概也覺得在這裡動手的機會不大，終於點頭：「好。」

魚腸的身影很快消失在黑暗中，留下了一句從不知何處飄過來的話：「若你食言，我便去殺聞染。」

蕭規眉頭一皺，轉頭對張小敬滿是歉疚道：「大頭，魚腸這個渾蛋和別人不一樣，聽調不聽宣。等大事做完，我會處理這件事，絕不讓你為難。」

張小敬不動聲色道：「我可以照顧自己，聞無忌的女兒可不會。」

蕭規恨恨道：「他敢動聞染，我就親自料理了他！」

他們從靈官閣拾級而上，一路上蕭規簡短地介紹了魚腸的來歷。

魚腸自幼在靈武附近的守捉城長大，沒人知道他什麼來歷什麼出身，只知道誰得罪了魚腸，次日就會曝屍荒野，咽喉一條極窄的傷口。當地守捉郎本來想將魚腸收為己用，但很快發現這傢伙太難控制，打算反手除掉。不料魚腸先行反擊，連續刺殺數名守捉郎高官，連首領都險遭不測。守捉郎高層震怒，撒開大網圍捕。魚腸遭圍攻瀕死，幸虧被蕭規所救，才撿回一條命。

張小敬心想，難怪魚腸冒充起守捉郎的火師那麼熟練，原來兩者早有淵源。如果守捉郎知道，他們險些捉到的刺客竟然是魚腸，只怕事情就沒那麼簡單了。

蕭規繼續講。魚腸得救以後，並沒有對他感激涕零，而是送了十枚銅錢，用繩子串起來給他，說他會為蚍蜉做十件事，然後便兩不相欠。所以蕭規說他聽調不聽宣，不易掌控。

現在蕭規已經用掉了九枚，只剩下最後一枚銅錢。

「真是抱歉，害你白白浪費了一枚。」

蕭規道：「沒關係，這怎麼能算浪費。再說，我也只剩一件事，需要拜託魚腸去做。結束之後，也就用不著他了……」他磨了磨牙齒，露出一個殘忍的笑意，旋即又換上一副關切的表情。

「大頭，接下來的路，可得小心點。」

張小敬一看，原來靈官閣之上，是玄觀頂閣。頂閣之上，便是燈樓主體的底部。眼前的場景讓張小敬和李泌不由得屏住了呼吸。

在他的頭頂，是一個如蜘蛛巢穴般複雜的恢宏穹頂。整個太上玄元燈樓，是以縱橫交錯的粗竹木梁為骨架，外蒙錦緞彩綢與竹紙。它的內部空間大得驚人，有厚松木板搭在梁架之間，彼此相搭，鱗次櫛比，形成一條條不甚牢靠的懸橋，螺旋向上伸展。附近還垂落著許多繩索、樞機和輪盤，用處不明，大概只有毛順或晁分這樣的大師，才能看出其中奧妙。

他們踏著一節一節的懸橋，一路盤旋向上，一直攀到七十多尺的高度。忽然一陣夜風吹過燈樓骨架，張小敬能感覺到整個燈樓都在微微搖動，發出嘎吱嘎吱的聲音。

夜風吹起外面的一片蒙皮，張小敬從空隙向北方看過去，發現勤政務本樓近在咫尺。他知道兩者之間距離不遠，但沒想到居然近到了這種地步。只消拋一根十幾尺的井繩，便足以把兩棟樓連接起來。

張小敬的獨眼，從這個距離可以清晰地看到樓中宴會的種種細節。那些賓客頭上的方冠，案几上金黃色的酥香烤羊，席間的觥籌交錯，還有無數色彩豔麗的袍裙閃現其間。還有人酒酣耳熱之際，離席憑欄而立，朝著燈樓這邊指指點點。

「所有人都在等著太上玄元燈樓亮起，那將是千古未有的盛大奇景。我賭十貫錢，他們肯定肚子裡憋了不少詩句，就等著燃燭的時候吟出來呢。」

蕭規調侃了一句，邁步繼續向前。張小敬收回視線，忽然發現李泌的臉色不太好。他的雙臂被牢牢縛住，左右各有一個壯漢鉗制，以這種狀態去走搖搖欲墜的懸橋，很難控制平衡，隨時可能會掉下去。

他要伸手去扶，蕭規寬慰道：「別擔心，他不會有事。這麼辛辛苦苦把李司丞弄得這麼高，可不是為了推下去聽個響聲。」說到這裡，蕭規伸出右手高舉，然後突然落下，嘴裡還模擬著聲音：「咻——啪！」

一行人又向上走了數十尺，終於抵達整個燈樓的中樞地帶：天樞層。

這一層是個寬闊的環形空間，地板其實是一個碩大的平放木輪，輪面差不多有一座校場那麼大。在竹輪正中，高高豎起一根大竹天樞，與其他部件相連，由木料和竹料混合拼接而成，大的縫隙處還用鐵角和銅環鑲嵌。

很多蚍蜉工匠正攀在架子上，圍著這個大輪四周刀砍斧鑿，更換著麒麟臂。他們身邊都亮著一盞小油燈，遠遠望去，星星點點，好似這大輪上鑲嵌了許多寶石。

張小敬沒看出個所以然。但李泌抬頭望去，看到四周有四五間凸出輪廓的燈屋，立刻恍然大悟。

這個太上玄元燈樓，就基本結構而言，和蕭規展示的那個試驗品是一樣的。中央一個大樞輪，四周一圈獨立小單元，隨著樞輪轉動，這些單元會在半空迴圈轉動。不同的是，試驗品用的是紙糊的十二個格子，而這個太上玄元燈樓的四周，則是二十四間四面敞開的大燈屋，每一間屋子內都有獨立的布景主題，有支樞接入，可以驅使燈俑自行動作。

可以想像，當整個燈樓點火之時，高至天際的大輪緩緩轉動，這二十四間燈屋在半空中升降起伏，該是何等震驚的華麗景象。喜好熱鬧的長安人看到這一切，只怕會為之瘋狂。

一個佝僂著背的老人正蹲在天樞之前，一動不動，不時伸手過去摸一下，好似在撫摸自己即將死去的孩子。

蕭規走過去拍拍他肩膀：「毛大師，準備得如何了？」毛順頭也不抬：「只要下面的轉機與水輪扣上，這總樞便會轉動，帶動二十四間燈房循循相轉。」他的心情很不好，任何一個得知自己的傑作要被炸掉的人，心情都不會太好。

張小敬一驚：「這就是毛順？他也是你們蚍蜉的人？」蕭規道：「我們自然是求賢若渴，不過大師顯然更重視自己的家人。」張小敬沉默了，多半是蚍蜉綁架了毛順的家眷，強迫他合作。

難怪蚍蜉混進來得如此順利，有毛順擔保，必然是一路暢通。

「你們到底有什麼打算？」張小敬終於忍不住問道。

蕭規似乎早就在等這個問題了。一個人苦心孤詣籌劃了一件驚人的大事，無論如何也希望能跟人炫耀一番。他一指那根巨大的天樞，興致勃勃地開始解說起來。

原來那根至關重要的天樞大柱裡，已灌滿了石脂。在它周圍的二十四間燈房裡早安放了大量石脂柱筒。一旦燈樓開始運作，燈房就會陸陸續續燃燒起來。觀燈之人，肯定誤以為是燈火效果，不會起疑。當這二十四間燈房全部燒起時，熱量會傳遞到正中天樞大柱。真正調配好的猛火雷，即藏身柱中。屆時一炸，可謂天崩地裂。近在咫尺的勤政務本樓一定灰飛煙滅。

張小敬聽完解說，久久不能言語。原來這才是闕勒霍多的真正面目，它從來沒有蟄伏隱藏，就這麼大剌剌地矗立在長安城內。

這要何等的想像力和偏執才能做到？

蕭規對張小敬的反應很滿意，他仰起頭來，語氣感慨：「費這麼大周折，就是要讓一位天子在最開心、最得意的瞬間，被他最喜愛的東西毀滅。這才是最有意義的復仇嘛。」

張小敬看著這位老戰友，想開口說些什麼，但終究還是默默地閉上了嘴。

「哦，對了，在這之前，還有一件事要麻煩李司丞。你在這裡等一會兒。」蕭規讓張小敬留在天樞，跟毛大師多聊聊天，然後扯走了李泌。

離開天樞這一層，蕭規把李泌帶到了燈樓周邊的一間燈屋裡。這些燈屋都是獨立的格局，四面敞開，便於從不同方向觀賞。它和燈樓主體之間有一條狹窄的通道相連。

蕭規和李泌來到的這間燈屋，主題叫作棠棣，講的是兄友弟恭，裡面有趙孝、趙禮等幾個燈俑。蕭規推著李泌進去，一直把他推到燈屋邊緣，李泌雙腳幾乎要踩空，才停下來。

李泌低頭一望，腳下根本看不清地面，少說也有幾十尺的高度。他的雙手被縛，在這搖搖晃晃的燈樓上，只靠腿維持平衡，很是辛苦。

「李司丞，辛苦你了。」蕭規咧開嘴，露出一個神祕莫測的笑容。他抬起手，打了個響指。

李泌閉上眼睛，以為對方有什麼折磨人的手段。可等了半天，卻什麼事也沒發生。他再度睜開，發現棠棣燈屋相鄰的兩個燈屋，紛紛亮起燈來。

一屋是孔聖問老子，以彰文治之道；一屋是李衛公掃討陰山，以顯武威之功。兩邊的燈燭一舉，恰好把棠棣燈屋映在正中。勤政務本樓上的賓客看到有燈屋先亮了，誤以為已經開始，紛紛呼朋喚友，過來憑欄一同欣賞。

就這麼持續了二十個彈指，蕭規又打了一個響指，兩屋燭光一起滅掉。遠處的賓客們這才知道是在測試，發出一陣失望的嘆息。

「好了，李司丞，你的任務完成了。」蕭規把他從燈屋邊緣拽了回來。李泌不知就裡，只好保持沉默。

當他們再度回到天樞後，蕭規叫來一名護衛，把李泌押下燈樓，送到水力宮的地宮去，然後親熱地摟住張小敬的肩膀，帶著他去了天樞的另外一側。從頭到尾，李泌和張小敬連對視一眼的機會都沒有。

李泌被反綁著雙手，由那護衛從天樞旁邊押走。他們沿著懸橋一圈圈從燈樓轉下去，下到玄觀，再下到玄觀下的地宮。那六個巨大的水輪，依然在黑暗中嘩嘩地轉動著。再過不久，它們將會接上毛大師的機關，讓整個燈樓徹底活過來。

「真是巧奪天工啊。」李泌觀察著巨輪，不由得發出感慨。比起地表燈樓的繁華奢靡，他覺得這深深隱藏在地下的部分，才是真正的精妙所在。

護衛同情地看了他一眼，這個當官的似乎還不知道自己的命運，居然還有閒心賞景？他把腰間的刀抽了出來：「李司丞，龍波大人要我捎句話，恭送司丞屍解升仙。」

李泌沒有動，他也動不了，雙臂還被牢牢地捆縛在背後。但李泌的神情淡然，似乎對此早有預感。

護衛獰笑著說道：「我的媳婦，就是被你這樣的小白臉給拐走的。今天你就代那個兔崽子受過吧，我會殺得盡量慢一些。」他的刀緩緩伸向李泌的胸口，想要先挑下一條心口肉來。

突然，李泌動了。他雙臂猛然一振，繩子應聲散落。這位年輕文弱的官員，右手握緊一把小鐵銼，狠狠地刺入護衛的太陽穴。護衛猝然受襲，下意識飛起一腳，把李泌踢倒在牆角。

這瀕死的反擊力道十足，李泌感覺自己的五臟六腑都被撞散，一縷鮮血流下嘴角。他喘息了半天，方才掙扎著起身。那個護衛已經躺在地上，氣絕身亡，左邊太陽穴上，只看到鐵銼的一小截把手。剛才那一刺，可真夠深的。

噹啷一聲，一枚銅牌從李泌身上跌落在地。這是張小敬剛才在靈官閣還給李泌的腰牌，那枚小鐵銼即扣在內裡，一同被掖進了腰帶。除了他們兩個，沒人覺察到。

李泌背靠著土壁，揉著痠痛的手腕，內心百感交集。他的腦海裡，不期然又浮現張小敬那段突兀的話：

「您不適合靖安司丞這個職位，還不如回去修道。拜拜三清，求求十一曜，推推八卦命盤，訪訪四山五嶽，什麼都比在靖安司好。不過若司丞想找我報仇，恐怕得去十八層地獄了。」

張小敬並非修道之人，他一說出口，李泌便敏銳地覺察到，這裡面暗藏玄機。以他的睿智，只消細細一推想，便知道其中的關鍵，乃是數字。

三、十一、八、四、五、十八。

這是《唐韻》裡的次序，靖安司的人都很熟稔。三為去聲，十一隊，第八個字是「退」；四為入聲，第五物，第十八字是「不」。

翻譯過來就是兩個字。

這是姚汝能的心志、檀棋的心志，也是張小敬從未更改的心志：

不退。

第十六章　丑初

天寶三載，元月十五日，丑初。

長安，興慶宮。

四更丑正的拔燈慶典，還有半個時辰就開始了。廣場周邊的幾百具纏著彩布的大松油火炬，紛紛點燃，把四下照得猶如白晝。龍武軍開始有次序地打開四周的通道，把老百姓陸陸續續放入廣場。

興慶宮前的南廣場很寬闊，事先用石灰粉劃出了一塊塊區域。老百姓從哪個入口進去，就只能在哪個區域待著。一旦逾線，輕則喝斥，重則杖擊。為了安全，龍武軍絕不介意打死幾個人。

除了圍觀區之外，在廣場正中還有二十幾個大塊區域。華美威風的拔燈車隊結束了一夜鏖戰，在擁躉們的簇擁下開進廣場，停放在這裡。他們都是拔燈周邊戰的勝利者，每一輛都至少擊敗了十幾個對手，個個意氣風發。

這些拔燈繡車將在這裡等待丑正時刻最後的決戰，一舉獲得拔燈殊榮。

不過藝人們並沒閒著，他們知道在不遠處的勤政務本樓上，大部分官員貴胄已經酒足飯飽，離開春宴席站在樓邊，正俯瞰著整個廣場。如果能趁現在引起其中一兩個人的青睞，接下來幾年都不用愁了。所以這些藝人繼續施展渾身解數，拚命表現，把氣氛推向更高潮。

在他們的帶動之下，興慶宮廣場和勤政務本樓都陷入熱鬧的狂歡之中。老百姓高舉著雙手，人頭攢動，喝采聲與樂班的鑼鼓聲交雜，火樹銀花，歌舞喧天，放眼望去盡是花團錦簇，就像是這大唐國運一般華盛到了極致。

在這一片熱鬧之中，唯獨那座太上玄元燈樓還保持著黑暗和安靜。不過人們並不擔心，每個人都在期待，丑正一到，它將一鳴驚人。

此時在太上玄元燈樓裡的人們，心思卻和外面截然不同。

李泌走後，張小敬明顯放鬆了很多。他似已卸下了心中的重擔，開始主動問起一些細節。蕭規對老戰友疑心盡去，自然是知無不言。

不過眼看時辰將近，而蚍蜉們安裝麒麟臂的進度，卻比想像中慢，蕭規開始焦躁起來。任何計畫都不可能順暢如想像的那樣，蕭規對此早有準備。不過麒麟臂和別的不同，它裡面灌注的是加熱石脂，一旦過了時辰，溫度降下來，就失去了爆裂的效用。所以蕭規不得不親自去盯著那些進度落後的地方。

看到首領站在身後，臉色沉得如鍋底，那些蚍蜉心情也隨之緊張起來。忽然一個蚍蜉不小心，失手把一枚麒麟臂掉到懸橋之下。那竹筒朝腳下的黑暗摔去，過了好一陣，從地面傳來啪的一聲。

蕭規毫不客氣，狠狠地在他臉上剜了一刀，血花四濺。蚍蜉發出一聲慘叫，卻不敢躲閃。蕭規陰森森地說道：「留著你的雙手，是為了不耽誤安裝。再犯一次錯誤，摔下去的可就不只是竹筒了。」蚍蜉唯唯諾諾，撿起一條麒麟臂繼續安裝。

張小敬把蕭規拽到一旁：「沒有更快的替換方式了嗎？」

蕭規搖搖頭：「這是毛順大師設計的，誰能比他高明？」

「如果毛順大師藏了私，恐怕也沒人看得出來……」張小敬眯起獨眼，提醒道，「他可不是心甘情願。」

經他這麼一說，蕭規若有所思。毛順並不是蚍蜉的人，他之所以選擇合作，完全是因為家人的咽喉前橫著鋼刀。那麼他玩一些小動作，也不是沒可能。

「技術上的事，只有毛順明白。如果他故意不提供更好的替換方式，我們是很難發現的。這樣一來，他既表現出了合作的態度，不必禍及家人，也不動聲色地阻撓了我們的事。」張小敬已經開始使用「我們」來稱呼蚍蜉。

蕭規點點頭，轉頭朝天樞方向看去。毛順依然蹲在那兒，一動不動，老人佝僂的背影看不出任何喜怒。他正要走過去，張小敬按住他肩膀：「讓我來吧。」

蕭規略覺意外，張小敬衝他一笑：「九年長安的不良帥，可比十年西域兵學到太多東西。」蕭規也笑起來，一捶他肩膀：「那就交給大頭你吧。」

張小敬走到毛順跟前，直接抓住他的後襟拎起來。毛順全無準備，被這突然的舉動嚇了一跳。張小敬也不說話，拖著毛順一路走到燈樓的邊緣，一掀外面蒙著的錦皮，把毛順往外一推。

旁觀的護衛發出驚訝的叫喊，下意識要阻攔。蕭規卻攔住他們，示意少安勿躁。只見張小敬伸腿往外邁去，一腳踏在斜支的竹架上，手中一揪衣襬，堪堪把要跌出去的毛順拽住。

這樣一來，他們兩個人的身子都斜向燈樓外面，伸向夜空。平衡全靠張小敬的一條腿。只要他手一鬆，或者腿一縮，毛順就會摔下燈樓，摔成一坨爛泥。

毛順驚慌地掙扎了幾下，卻發現根本無濟於事。他的腦袋比張小敬聰明得多，力量卻差得很遠。

「你……你要幹什麼？」毛順喊道，白頭髮在夜風中亂舞。

張小敬盯著他大聲道：「怎樣才能把麒麟臂裝得更快？」

毛順氣憤地說：「我已經告訴你們了！」

「我想知道的是更快的辦法。」

「沒有了，這是最快的！」

「哦，就是說，你已經沒用了？」張小敬手一鬆，讓毛順的身子更往下斜，老人嚇得大叫起來，響徹整個天樞層。有人擔心萬一毛順死了怎麼辦，蕭規擺擺手，讓他們等著看。

張小敬把手臂一收，把毛順又拽上來一點：「現在想起來沒有？」

毛順喘著粗氣，絕望地搖搖頭，張小敬的腳微微用力，竹架發出吱嘎吱嘎的聲音，似乎要被踩裂。毛順瞳孔霎時急縮，高喊道：「別踩那個！會塌的。」他可一點也不想死在自己的造物下面。

「那我們不妨換個更好玩的地方，也許你就想起來了。」張小敬的語氣裡充滿惡意，他把毛順拽上來，沿著懸橋走到旁邊的一座外置燈屋裡去。

這個燈屋恰好就是棠棣隔壁的武威。裡頭的主題是李靖破陰山，所以匠人用生牛皮做了一座陰山形狀的小丘，上頭有李靖、頡利可汗兩個騎馬燈俑，一個前行舉槊[27]，一個敗逃回頭。一經啟動，李靖會自動上下揮槊，頡利可汗則會頻頻回頭，以示倉皇。牛皮裡面還放了一排排小旗，燈燭一舉，遠遠看去漫天遍野皆是唐軍旗號。

張小敬把毛順拽進燈屋，回頭看了一眼，燈屋與燈樓之間還有一道草簾做為區隔，正好可以擋住其他人的視線。他將毛順揪到燈屋邊緣，按住腦袋往外一推，讓毛順上半身折出去，做出一個脅迫的姿態，然後貼著他耳邊道：「別害怕，我是來救你的。」

毛順哪裡肯信，以為又是什麼圈套，憤怒地搖著頭。張小敬用蠻力狠狠捏住他下頷，不讓他發出聲音：「聽著，我是靖安司的都尉張小敬，混入蚍蜉，是為了阻止他們的陰謀。」

毛順眼神中狐疑未去，可掙扎的力度卻小了許多，畢竟張小敬沒必要說謊。張小敬壓低聲音道：「我知道你的家人被蚍蜉綁架，身不由己。我會盡量保證你和家人的安全，但你必須要配合我。」

毛順嗚嗚了幾聲，張小敬道：「我現在會慢慢鬆開你的嘴，你先發出一聲慘叫，讓他們聽見，我會繼續保持這個姿勢，避免起疑。」然後他的手緩緩挪開下頷，毛順身子一掙，從嗓子裡發出一聲尖厲的悲鳴。張小敬同時用手臂往下猛壓，把毛順推得再靠外一點。

「很好，很好。」張小敬小聲寬慰道，「接下來，你得告訴我一件事。」

「什麼……」毛順警惕地反問，始終不敢完全放心。

「怎樣才能阻止太上玄元燈樓運轉？要最快的方式。」

---

27 長茅。

這是釜底抽薪之計，只要太上玄元燈樓不運轉，蚍蜉的陰謀也就無法實現了。張小敬強調最快的方式，因為距離發動的時辰迫在眉睫，而他只有一個人。

毛順猶豫了片刻，這等於是要親手殺掉自己的孩子。張小敬冷冷道：「時辰已經不多，你不想用自己的東西把整個大唐朝廷送上天吧？」

毛順打了個寒顫，這絕對是噩夢。他終於開口道：「太上玄元燈樓的動力，皆來自地宮水輪。到了丑初三刻，會有人把水輪與轉機相連，帶動總樞。若是轉機出了問題，燈樓便如無源之水，再不能動彈半分。」

「轉機在哪裡？怎麼搗毀？」張小敬只關心這個。

「轉機在玄觀天頂，因為要承接轉力，是用精鋼鍛成。一時之間，可沒法毀掉。」毛順轉頭看了張小敬一眼，「但我得說，這只能讓燈樓停轉，卻不能阻止天樞內的猛火雷爆裂。」

張小敬有些煩躁，這些匠人說話永遠不直奔主題，要前因後果囉唆半天。他的語氣變得粗暴起來：「那你說怎麼辦？」

「只有一個辦法。」毛順深吸一口氣，痛苦地閉上眼睛，「轉機與上下機關的咬合尺寸都是事先計算過的，如果能讓轉機傾斜一定角度，傳力就會扭曲，時間一長便可把天樞絞斷。裡面的石脂洩出來，最多也只能燃燒，無爆炸之虞。」

「是不是就像打造家具，榫卯位置一偏，結構不僅承不了重，反而會散架？」

「差不多。」

「那要如何讓它傾斜？」

毛順道：「我在設計燈樓時，最怕的就是傳力不勻，絞碎天樞。所以為了避免這種事，我讓轉機本身與整個玄觀頂簷固定在一起，整個天頂都是它的固定架。天頂不動，轉機就不動。唉，這個很難、很難……」他聲音低下去，陷入沉思。

張小敬淡淡道：「那就把天頂一併毀掉便是。」毛順一噎，他的思路一直放在轉機本身，沒想到這粗豪漢子提出這麼一個蠻橫的法子。

「天頂是磚石結構，怎麼毀？」

張小敬沉默了一下，把視線投向燈屋上方。那裡有一節節的傳力杆，從燈樓連到屋內，其中造型最醒目的一節，正是剛剛裝好的麒麟臂。

毛順先是一怔，覺得這太荒唐，可仔細一想，還真是個以力破巧的法子。麒麟臂裡裝的也是加熱過的密封石脂，一旦引爆，不一定能毀掉天頂，但足夠讓轉機發生傾斜。他腦子內快速計算了一下，點了點頭，表示可行。

「很好。」張小敬把毛順從外頭拉回來，「那我再問一個問題。真的沒有更快的麒麟臂安裝方式嗎？我得問出點什麼，好去取得他們的信任。」

毛順沉默半晌，嘆了一口氣：「有……可如果他們按時裝上，闕勒霍多就會成真，萬劫不復啊。」

「如果我失敗了，那才是萬劫不復。」

蕭規看到張小敬拎著毛順從武威燈屋裡出來，後者瑟瑟發抖，一臉死灰。

「問到了，這傢伙果然藏私。」張小敬道，然後把毛順往前一推。毛順趴在地上，戰戰兢兢地把安裝方式說出來。旁邊有懂行的蚍蜉，對蕭規嘀咕了幾句，確認這個辦法確實可行。

這訣竅說穿了很簡單，就是省略了幾個步驟而已。可若非毛順這種資深大匠，誰敢擅自修改規程！

「大頭，原來人說你是張閻王，我還不信呢。」蕭規蹺起大拇指，然後恨恨地踢了毛順一腳，「這個老東西，若早說出來，何至於讓我們如此倉促！」

毛順趴在地上，一直在抖，全無一個大師的尊嚴。

「既然我們都知道了，你也沒什麼用了。」蕭規的殺氣又冒了出來。張小敬連忙攔住他：「我答應饒他一命。」蕭規看著張小敬：「大頭，你這會兒怎麼又心軟了？這樣可不成。」

「別讓我違背承諾。」

蕭規看了張小敬一眼，見他臉色很認真，只好悻悻把腳挪開：「先做事，其他的到時候再說。」他看看時辰，吩咐把新的安裝方法傳給各處燈屋的蚍蜉，盡快去辦。

燈樓裡登時又是一陣忙亂。張小敬環顧四周，心裡盤算著，麒麟臂那麼多，蚍蜉們肯定存有餘量，應該就放在玄觀的小鼎裡吧？他應該盡快找一個理由下去，拿到麒麟臂，並安裝好。

只要拿到麒麟臂，把轉機一炸，最大的危機就算解除。至於燈樓能不能保全，天子會不會丟面子，就不是張小敬關心的事情了。

他正在沉思，蕭規又走過來：「大頭，等會兒有一個驚喜給你。」

「嗯？」

「燈樓裡的麒麟臂安裝完以後，你跟我撤出燈樓，下到水力宮。現在那兒有三十個精銳老兵等著，你我帶隊，做件痛快事。」

「三十個精銳老兵？在水力宮？」張小敬嚇了一跳。

「當然，今晚的驚喜，又豈止是太上玄元燈樓呢。」蕭規笑道，沒注意到張小敬的眉毛跳動了一下。

李泌站在黑暗的水力宮裡，有些茫然。

雖然他順利地幹掉了護衛，可是卻不知道接下來該怎麼辦。四面看起來都是封閉的土壁，頂上有縱橫的十字形撐柱，就像礦坑裡用的那種。整個空間裡只有一處臺階通向上方，可是那上面都是敵人，絕對不能去。

張小敬或許有一個絕妙的主意，可他們兩個卻一直沒有單獨接觸的機會，能傳送那兩個字過來，已經是極限了。

李泌在轉了兩圈之後，終於確認這裡既沒有敵人，也沒有別的出口。李泌感覺自己身陷一個謎團，答案就在附近，可就是遍尋不到。他估算了一下，現在是丑初，距離拔燈只剩半個時辰了。

一個疲憊的念頭襲上心頭。

要不，乾脆就躲在這裡，等到事情結束？

這個想法似乎合情合理。現在的自己，沒什麼能做的事，只要盡量保全性命，不給別人添麻煩就夠了。這個水力宮造得很牢固，就算上頭炸翻天，也不會波及這裡。

可李泌只遲疑了一個彈指，便用一聲冷哼把這個心魔驅散。堂堂靖安司丞，豈能像走犬一樣只求苟活？被人綁架已是奇恥大辱，若再灰心喪氣等別人來救，那我李泌李長源還有何顏面去見太子？再說，張小敬還在上頭拚命，難道他還不如一個死囚來得可靠？

一想到這個人，極複雜的情緒便湧上李泌心頭。在靈官閣裡，張小敬吼向他的那些話，並非完全作偽。李泌能分辨得出來，那是發自內心的真實怒吼，因此才更令人心驚。

第八團浴血奮戰的張大頭；悍殺縣尉、被打入死牢的不良帥；被右驍衛捉拿的奸細；被全城通緝的死囚；向長安討個公道的老兵！

每一個身分都是真的，可張小敬仍舊沒有叛變，這才讓李泌覺得心驚。他忽然發現，自己並沒看透張小敬這個人，沒看透的原因不是他太複雜，而是太單純。在那張狠戾的面孔和粗暴行事下，到底是怎樣一顆矛盾之心？

李泌相信，適才張小敬舉弩對準自己，是真的起了殺心。只有如此，才能獲得蕭規的信任。為了拯救更多的人，哪怕要犧牲無辜之人，張小敬也會毫不猶豫地動手；李泌也是。

他們曾經討論過這個話題，一條渡船遭遇風暴，須殺一人祭河神以救百人，殺還是不殺？張小敬和李泌的答案完全一樣：殺。可張小敬對這個答案並不滿意，他說這是必然的選擇，並不代表它是對的。

張小敬身分與行事之間的種種矛盾之處，從這個答案可以一窺淵藪。有時候張小敬比誰都單純，李泌心想。

拋開這些紛雜的念頭，李泌緊皺著眉頭，再一次審視這片狹窄的區域。

周邊都是龍武軍，龍波能靠工匠身分混進來，但張小敬肯定不成。他應該有另外進來的途徑。這水力宮，應該就隱藏著答案。

等等，水力？

李泌把目光再度投向那六個巨輪。水推輪動，那麼水從哪裡來？他眼神一亮，撲通一聲跳進水渠，逆著水勢走到牆壁旁邊，果然發現一個渠洞。

這渠洞邊緣很新，還細緻地包了一圈磚，尺寸有一人大小，裡面的水位幾乎漫到洞頂。李泌相信，沿著這條管道逆流而上，一定可以走到某一條外露的水渠。李泌不太會游泳，但他測量了一下，只要把鼻子挺出水面，勉強還有一絲空間可以呼吸。

喜悅的心情在李泌心中綻放。只要能出去，他立刻就去通知龍武軍包圍燈樓，這樣便可把蚍蜉一網打盡。

他深吸一口氣，剛剛彎下腰，正要鑽進去，忽然聽到一陣響動。李泌生怕敵人會注意到這裡，循聲追來，連忙停止了動作，就這麼泡在水裡。

很快他先看到幾把火炬，然後是一支二三十人的隊伍進入水力宮。他們全副武裝，其中有幾個人很眼熟，正是突襲靖安司那批人。

他們進來以後，把火炬圍成一圈，分散在各處，開始檢查身上的裝備。幸虧李泌把那個護衛的屍體扔到了維護工匠的屍體旁邊。這些人略掃一眼，並未發現什麼異狀。

李泌默默地矮下身子，只留半個腦袋在水面。水車輪子的聲音，可以幫他蓋掉大部分雜訊。從這個黑暗的位置，去看火炬光明之處，格外清楚。

這些蚍蜉大概也是來這裡避開爆炸的吧？不對……李泌突然意識到，這些人帶的全是武器，一副要出擊的架式，不像是躲避爆炸那麼簡單。可如果他們想打仗，為何還要跑到水力宮裡來呢？難道也要從水渠入口的通道離開？

這時李泌看到其中一人掀開箱子，拿出一堆淺灰色的鯊魚皮水靠，分給每一個人。這個舉動佐證了他的猜想。

李泌悄無聲息地把身子潛得再深一點，朝著水渠入口的通道退去。他不能等了，必須立刻離開。不然一會兒這些人下水，他會被抓個正著。

李泌小心地移動著身體，逆流而行，慢慢地深入水渠入口的通道。走到一半，他突然停下來，腦海中迅速勾勒出附近的長安城布局。李泌驀然想到，蕭規剛才讓他站在燈屋上的詭異舉動，一個可怕的猜想漸漸在他的腦海中成形。

他站在漆黑的通道內，驚駭回望，心一下子比渠水還要冰涼。

水力宮的水渠有入口，必然就有出口。入口在南方，那麼出口就在北方。水力宮正上方是太上玄元燈樓，燈樓北方只有一個地方。

興慶宮苑。

*

元載帶著旅賁軍士兵一路朝著興慶宮疾行，沿路觀燈人數眾多，十分擁堵。他也不客氣，叫著：「靖安司辦事！」喝令大棒和刀鞘開路。前頭百姓沒頭沒腦被狠抽一頓，他們趁機在斥罵風浪中猛進，很快便趕到了興慶宮前。

一路上，帶隊的那個旅賁軍伍長一直在詢問，到底去哪裡，去做什麼。他是個標準的軍人，與含糊的命令天生抵觸。可惜元載自己也答不出來，被問急了就用官威強壓下去。

當他們抵達興慶宮廣場附近時，元載首先注意到的，不是那棟高聳入雲的太上玄元燈樓，而是旁邊的勤政務本樓。那屋脊兩端的琉璃吞脊鴟尾、飛簷垂掛的鎏金鑾鈴、雲壁處飄揚起的霓裳一角，斗拱雕漆彩繪，每一個奢靡的細節，都讓元載心旌動搖，對那裡舉辦的酒席不勝嚮往。

此時樓上燈火通明，隱隱有音樂和香氣飄過來，鑽入他的耳朵和鼻孔。元載聳聳鼻子，聞出了安息香和林邑[28]龍腦香的味道，這都是平時很少碰到的珍品，可在樓上，卻只是給宴會助興的佐料。

「不知何時，我也有資格在那裡歡飲。」元載羨慕地想到。他感慨了一陣，拚命讓自己神遊的思緒歸位，這才把視線移向太上玄元燈樓。

一看到這棟黑壓壓的怪物，元載突然迸發出一股強烈的預感，張小敬說的地方，就是那裡。

按那個死囚的說法，蚍蜉們很可能就藏身在這個樓裡。若真是如此，果然應了那句「大隱隱於市」的俗話，居然藏到了天子的鼻子底下。

不過張小敬的話，不能全信，得先調查清楚才成。元載掃視了一圈，發現首先要解決的問題，是如何靠近燈樓。

在這裡負責警戒的是龍武禁軍。他們和一般的警戒部隊不一樣，代表的是皇家威嚴，所在之處即是禁地。元載身後是一群攜有兵刃的旅賁士兵，這麼貿然跑過去，別說打，就是

28 占族人建立的古國，在今越南中部。

碰他們一根指頭，都會被視為叛亂。

就算龍武軍放行，廣場裡頭也已聚滿了百姓，根本寸步難行。在這個地界，元載不敢拿刀鞘抽人，一旦引起混亂踩踏，只怕自己都沒命逃出去。

幾匹高頭戰馬在廣場前緩緩掠過，借著火光，元載認出他是龍武軍的大將軍陳玄禮。以元載現在的身分，見到陳玄禮應該不難，只消把前因後果說明白，未必不能獲得對方合作。

但是，這豈不是把功勞白白分給別人嗎？

在元載的想法裡，功勞這種東西，是有限的稀缺珍品，不可輕易假人。直覺告訴他，恐怕這是一個比謀奪靖安司還大的好處，自然更不能與人分潤。

能單幹還是單幹的好。

他憑高仔細地觀察了一陣，指示手下那些旅賁軍士兵，從外圍繞到廣場的東南角。這裡是廣場、道政坊和春名門之間的夾角，人群最少，同時距離大燈樓也最近。

在這附近的街道上有許多車轍印，有新有舊，而且很深，應該是有大量貨車經過。元載研究了一番，認定這裡一定是建設大燈樓的原料出入通道。長安城的人大多迷信，所以一般營造現場都把出入料口設在東南，和廁所方位一樣，視為穢口，不得混走其他隊伍。

穢口附近的百姓比較少，道路通暢，而且與玄觀之間只隔了五十餘步。不過在這段距離上，龍武軍一共設下了三道警戒線，還在路中橫攔拒馬，戒備森嚴。旅賁軍走到拐角處就不再前進了，避免過於刺激禁軍。

「要衝進去嗎？」伍長冒冒失失地問道。

「等。」元載回答。

他依靠在一根火炬柱子旁，仰起頭，注視著眼前這座巨大建築。如果大燈樓什麼都沒發生，那麼最多也只是白跑一趟，如果大燈樓發生了什麼變化，這裡是能最快做出反應的位置。

元載需要的，只是一點點耐心，以及運氣。

＊

蕭規的話，讓張小敬震驚不已。

一是他沒想到，除了太上玄元燈樓，蚍蜉們還有另外一個計畫；二是那一批精銳老兵的集結地，居然是在水力宮。要知道，李泌可就在那裡。如果他動手幹掉了護衛，立刻就會被老兵發現，等於自己的意圖也將暴露。

更麻煩的是，聽蕭規的意思，張小敬要隨他一起走。這樣一來，他根本沒機會去玄觀竊取麒麟臂，炸壞轉機也就無從下手。

他必須要製造一次單獨行動的機會才成。

「大頭，你傻呆呆的想什麼呢？」蕭規拍拍他。

「哦哦，沒什麼，沒什麼……」

「我知道你現在腦子還有點亂，沒鬧清怎麼回事。不過相信我，烽燧堡都堅持下來了，這點麻煩算得了什麼？」蕭規勾了勾手指，「別忘了，你還欠我幾片薄荷葉呢。」

「那你只能等我從死人嘴裡摳了。」張小敬回答。

蕭規哈哈大笑，那是昔日在烽燧堡的對話。笑罷之後，蕭規把手放在張小敬肩膀上，忽然嚴肅道：「大頭啊，你我在突厥人圍攻之下都不曾背叛彼此，我相信你這次也不會。你可莫要辜負我，辜負整個第八團。」

張小敬不太敢直視那雙眼睛，只得含含糊糊地點了一下頭。

「所以我希望你能參加水力宮的行動，這樣我便能對手下有個交代。」蕭規眨眨眼睛，「放心好了，這次行動不會讓你為難，很過癮，保證對你胃口。」

「到底是什麼行動？」

「很快你就知道了。現在還不到時候，免得驚動了外頭的龍武禁軍。」蕭規賣了一個關子。聽到這句話，張小敬心念電轉，突然想到一個絕好的藉口：「外面是龍武禁軍嗎？」

「當然，天子在勤政務本樓，衛戍自然得用他們。」蕭規很奇怪，張小敬怎麼會問這麼初階的問題。

「我是說，大燈樓的周邊保衛工作，也是龍武軍負責？不是左驍衛？不是千牛衛[29]？」

蕭規說肯定是龍武軍，他們的車隊進入廣場時，接受過好幾道崗的檢查，一看那些哨兵肩盔上的虎賁標記就知道。他不明白張小敬糾結這個做什麼。

張小敬臉色凝重：「如果是龍武軍的話，那我們可能會有麻煩。」

「嗯？」

「龍武禁軍的大將軍叫陳玄禮。我當萬年縣不良帥時，跟他打過幾次交道。這個人做事十分仔細，凡事都會親自過問。大燈樓這麼重要的設施，他在舉燭之前，絕對會前來視察，你做了應對準備沒有？」

29　南衙十六衛之一，不領府兵，只負責護衛，是皇帝內圍的貼身衛兵。

蕭規立刻聽明白了張小敬的顧慮所在。

他事先也不是沒有考慮過，很可能會有人進入燈樓窺破內情，所以在玄觀裡留了幾個機靈的，化裝成虞部的小吏和守衛。這些人已被面授機宜，無論誰要闖入檢查，一概擋住，理由就一個：「耽擱燈樓舉燭，只怕天子震怒。」如此一來，對方多半就會放棄。

可如果真像張小敬所說，前來視察的是陳玄禮，那幾個人恐怕擋不住。其實張小敬並不清楚陳玄禮是否會親自來，但這是目前唯一可用的藉口，他必須把五成可能說成十成。

蕭規皺眉道：「那該怎麼辦？」

「只有一個人能擋住陳玄禮。」

「誰？」

張小敬把目光往旁邊瞥去，毛順從地上剛剛爬起來，正痛苦地揉著腰。

蕭規立刻了然。毛順這個人性格雖然懦弱，可在匠技上卻有著無上權威。若他以危害機關為由，拒絕外人進入，就算是陳玄禮，只怕也無可奈何。

張小敬見蕭規已經上鉤，立刻開口道：「反正我在此間也無事做，不妨讓我帶毛大師下去，在玄觀以防萬一。你們安裝完之後，下去與我等會合，再去水力宮。」

蕭規沉思片刻，覺得這提議不錯，便點了點頭。他又叫了兩個護衛，護送張小敬及毛順下去。這個安排說明蕭規的疑心仍未澈底消除，張小敬心想，蕭規果然不會放心讓一個剛投誠的人，帶著一個深諳內情的工匠離開；即使這個人是他的老戰友。

他故意表現得無所謂，主動走到毛順那邊去，讓蕭規給兩個護衛叮囑的機會。毛順這時還未明白發生了什麼，張小敬粗暴地把他拎起來，湊在他耳邊道：「一切聽我的。」

毛順連忙點點頭，放鬆身體，任由張小敬牽動。那邊蕭規也交代完了，兩名護衛過來，一前一後，保護著他們朝樓下走去。蕭規則轉身過去，繼續督促工匠完成最後的安裝工作。

從燈樓上下到玄觀，也非易事。那些懸橋彼此之間空隙很大，有限的燭光只能照亮周圍一圈。他們必須謹慎地沿著樓邊一圈圈地轉，一個不小心，就可能一腳踩空，直接跌落到漆黑的樓底。

在昏暗的空間裡，一行四人上下穿行，懸橋與竹架不時發出吱呀的聲音，隨時可能斷裂似的，遠看有如鬼魅浮空。外頭的喧天歌舞，透過燈樓蒙皮陣陣傳來，在這個陰森空曠的燈樓裡形成奇妙的音響效果。那種感覺，就好像是陰陽兩界被撬開了一條縫隙，從人間透了一點陽氣過來。

「你是哪裡人？」張小敬忽然開口問道。帶路的護衛剛開始沒反應過來，直到他感覺肩膀被拍了一下，才意識到是跟自己說話。

「在下是越州的團結兵，柱國子。」

「哦？」張小敬略覺意外，團結兵都是土鎮，只守本鄉，但若是父祖輩加過「柱國」的榮銜，身價可就不同了，少說也能授個旅帥。

這種級別的軍官，也跟著蕭規搞這種掉腦袋的營生？張小敬暗想著，頭向後一轉：「那你呢？」後面的護衛連忙道：「在下來自營州的丁防。」

緣邊諸州，皆有戍邊人丁，地方軍府多從中招募蕃漢健兒。張小敬道：「哦？河北那邊啊，我記得你們那兒出了個平盧節度使？」

「對，安祿山安節度，就是營州的。」護衛恭敬地回答，「我是他麾下的越騎[30]。」

聽到這名字，張小敬就著燭光又看得仔細了一點，果然這個護衛有點胡人血統：「那你怎麼會從平盧軍跑到這裡來？」

護衛苦笑道：「長官擅動軍糧，中飽私囊。轉運使派帳房來查，反被他一把火連糧倉一起給燒死了。我因為之前得罪過長官，被他誣賴是縱火之人。無從辯白，只能逃亡了。」

「咳，哪兒不是這樣？天下烏鴉總是一般黑。」前面的護衛插嘴道，想必他也碰過什麼怨恨之事。後面的護衛辯解了一句：「安節度倒是個好人，講義氣，可惜這樣的官太少了。」

張小敬只是起了一個頭，這兩個護衛便大倒起苦水來了。看來蕭規找的這些人經歷都差不多，都是受了大委屈的軍中精英。

「您又是怎麼認識龍波長官的？」其中一個護衛忽然好奇地問道。

「呵呵，這可說來話長了。」張小敬把自己和蕭規在烽燧堡的經歷講了出來，聽得兩個護衛一陣驚嘆，眼裡閃著欽佩與同情。

他們可沒想到，眼前這獨眼漢子，居然和蕭規是同一場死戰中倖存下來的，難怪兩人關係如此融洽。他們對曾經一起上陣殺敵的人，自然產生好感和信任。

張小敬繼續講了他回長安當不良帥的經歷、聞記香鋪的遭遇，還有在靖安司受的種種委屈，很坦誠，沒有什麼添油加醋的地方。兩個護衛都聽傻了，這個人一個時辰之前還是最危險的敵人，現在卻成了首領的好友，可仔細一想，他轉變立場的原因，實在太容易理解了，

30 南越人組成的騎兵。

把人逼到這個分上，怎麼可能不叛變？

這一段路走下來，兩名護衛已經為張小敬完全折服，無話不說。沒費多大功夫，張小敬便套出了蕭規對他們的叮囑：「只要張小敬和毛順不主動離開玄觀外出，就不管。」不外出，便不能通風報信。換句話說，在燈樓和玄觀內隨意行動都沒問題。

張小敬摸到了蕭規的底線，心裡就有底了，他忽然拋出一個問題：「你們恨朝廷嗎？」

兩名護衛異口同聲：「恨。」

「如果你有一個機會，讓大唐朝廷毀滅，但是會導致很多無辜百姓喪生，你會做嗎？」

張小敬的聲音在黑暗中不徐不疾。

「當然做。」又是異口同聲。很快一個聲音又弱弱地問道：「很多是多少？」

「五十。」

「做！」

「如果你們報復朝廷的行動，會讓五百個無辜平民死去呢？」

「會……吧？」這次的回答，明顯虛弱了不少。

「那麼五千人呢？五萬人呢？到底要死多少百姓，才能讓你們中止這次行動？」

「我們這次只是針對朝廷，才不會對百姓動手。」一個護衛終於反應過來。

張小敬停下腳步，掀開蒙皮朝外看看：「你來看看，現在聚集在廣場上的，差不多就有五萬長安居民。如果燈樓爆炸，勤政務本樓固然全毀，但這五萬人也會化為冤魂。」

兩名護衛輪流看了一眼，呼吸明顯急促起來。外頭人頭攢動，幾乎看不見廣場地面，五萬條性命只怕說少了。哪怕是不信佛、不崇道的凶殘之徒，一次要殺死這麼多人，也難免會心中震顫吧。

營州籍的護衛疑惑道：「您難道不贊同這次行動嗎？」張小敬瞥了他的刀一眼，不動聲色：「不是不贊同，而是得要未雨綢繆。我聽一位青雲觀的道長說過，人若因己而死，便會化為冤魂厲鬼，糾纏不休，就算輪迴也無法消除業孽。有一人冤死，便算一劫，五萬人死，你算算得在地獄煎熬多長時間？」

唐人祭神之風甚濃，篤信因果。兩名護衛聽了，都面露疑慮：「那您說怎麼辦？」

「我剛才上來時，見到玄觀頂簷旁有一個頂閣，裡面供奉著真君。如果在這裡祈禳一番，我想多少能消除點罪愆。」張小敬說是商量，可口氣卻不容反對。

「可咱們不是去玄觀……」

張小敬看了他一眼，淡淡道：「這又不會花太多時間，就這麼說定了。」

剛才一番閒聊，張小敬在兩位護衛心目中的形象已頗為高大。他說的話，無形中有強大的迫力。這一舉動並不突兀。兩名護衛小聲商量了一下，覺得這個要求沒有違背蕭規的叮囑，應無不可。

「你們兩個人的生辰八字拿來，我略懂道術，祈禳的時候可以額外幫你們消除些許業障。」

兩名護衛自然是千恩萬謝。

玄觀頂閣是一個正方形的高閣，頭頂即是燈樓最底部，下方則是整個玄觀和地下的水力宮。這高閣可謂是連接上下兩個部分的重要樞紐。

張小敬推門進去，看到閣中什麼都沒有，柱漆潦草，窗櫺粗糙，一看就知沒打算給人住。

在屋子正中有一個精銅所鑄的大磨盤，質地透亮，表面還能隱隱看到一層層曲紋，不過沒做什麼紋飾。這磨盤一共分為三層，每層都有三尺之高，上下咬合，頂上最窄處有一個機關，正頂在天樞的尾部。這個物件，應該就是毛順說的轉機了。

張小敬仔細觀察了一下，這轉機的邊緣是用內嵌法固定在玄觀地板之間，兩者渾然一體，極為牢固。看來不用猛火雷還真撼動不了它。

張小敬走出來，衛兵覺得很詫異，怎麼這麼快就出來了？張小敬道：「這裡連火燭都沒有，沒法拜神，我們先下去吧。」

四人離開頂閣，沿樓梯一路下到玄觀大殿。那六個小鼎，還在殿後熊熊燒著，不過大部分麒麟臂已經送上去了，鼎裡的竹筒所剩無幾，放眼望去不超過十枝。

張小敬衝毛順使了一個眼色。毛順趕緊過去，從鼎裡撈起一根，從頭到尾撫摸了一遍，對看守道：「上頭還需要一根。」看守連忙伸手要去送，毛順一攔：「時辰不早，那個位置比較特殊，還是我自己去吧。」說完把麒麟臂一抱，轉身走了上去。

看守者雖覺奇怪，可毛大師在技術上的發言，誰敢質疑？

與此同時，張小敬找火工要了打火石、艾絨以及幾束青香，在護衛眼前一晃：「我上去補個香，很快下來。」兩名護衛連忙要跟去，張小敬道：「外頭不知何時會有人闖進來，你們守在這裡便是，我去去就回。」

張小敬只是祭神而已，並未離開玄觀，於是兩人樂得少爬幾層樓閣，就在殿中歇息，等他回來。

擺脫了兩位守衛，張小敬隻身返回頂閣，毛順已經在勘察轉機位置了。他不時伸出手指比量，口中念著算訣。張小敬問他計算得如何，毛順回了句：「催不來。」張小敬便不敢催促了，只得在一旁耐心等候。

毛順在工作之時，氣質和平時截然不同。平時不過是個羸弱怯懦的老頭，可一涉及專業領域，立刻顯出一派宗師的氣概，捨我其誰，難怪晁分對他讚嘆不已。

為了阻止爆炸，必須要讓轉機傷而不毀。轉機角度偏斜，轉起來才能把天樞像絞甘蔗一樣緩緩絞碎。只要破開一處，讓石脂洩出來，失了內勁，便沒有爆炸之虞了。要做到這一點，麒麟臂的安放位置，必須非常精細。這份工作，除了毛順沒人能做到。

頂閣裡安靜無比，只有外界的喧囂聲隱隱傳來。經過一番計算後，毛順解開前襟的扣襻，從懷內掏出一片滑石，弓著腰，在轉機下方的石臺上畫了幾道線，然後略為猶豫地把麒麟臂輕輕擺過去，比量一番。

張小敬長吁一口氣，覺得應該差不多了吧？不料毛順弄著弄著，忽然雙膝一軟，把麒麟臂往地板上匡噹一扔，帶著哭聲道：「不成啊……不成，這是我畢生的心血，我不能把它毀掉啊！」

張小敬低聲喝道：「你現在不毀，馬上就會被奸人所毀！不是一樣嗎？」

「可它多麼美、多麼精緻啊！這一次若是毀了，不可能再有第二次重建的機會……」毛順崩潰似地癱坐在地上。無論他之前受了多少脅迫和委屈，臨到下手的一刻，匠人之心終於占了上風。在這一點上，晁分會非常理解他。

「難道你家人的性命，也不顧了嗎？」張小敬沒心思去讚嘆這種美學。

毛順被這幾個字動搖了一下，他忽然抬起頭，抱住張小敬的大腿，苦苦哀求道：「別炸這個了，我設法帶你出去，去報官如何？」

「來不及了！」張小敬一腳把他踹到頂閣角落，然後如同一隻猛獅卡住他的脖子，「快點裝好！否則你會比燈樓先死，我保證你的家人也會死得很慘！」

「你……你不是官府的人嗎？」

「我剛才跟那兩個護衛講的故事，你也聽到了，句句屬實。」

那一隻獨眼的銳利光芒，幾乎要把毛順凌遲。毛順畢竟不是晁分，無法做到眼中無我、六親不認的境界。重壓之下，毛順只得百般不情願地重新撿起麒麟臂，朝著畫好線的地方塞去。

就在這時，頂閣裡傳來輕微的一聲笑。

張小敬眉頭猝皺，連忙掏出腰間弩機，毛順驚問怎麼了。張小敬讓他專心做事，然後半直起身子，左顧右盼。頂閣的天花板四角都是白灰衢角，不可能有任何隱蔽之處。

他忽然想到，這個頂閣之上，就是太上玄元燈樓的主體結構，所以屋頂不可能很厚。如果有人趴在上面偷聽，完全有可能聽到之前的對話。張小敬悄悄抬起弩機，一點點湊過去。他忽然又聽到輕輕的腳步聲，二話不說，立刻對著天花板連射兩箭，旋即又向前後各補了一箭。

這天花板果然形同虛設，四枝弩箭皆射穿而過。聽聲音，似乎有一枝射中了什麼。張小敬本想順著箭眼往上看，可一個陰森森的聲音先傳了下來：

「張小敬，你果然有異心。」

是魚腸！

原來這傢伙根本沒走遠，一直跟在後頭。張小敬的腹部一陣絞痛，眼下這局面可以說是糟到了極點，被最棘手的敵人發現了真相，只怕沒機會挽回了。

他再豎起耳朵聽，天花板上的動靜消失了，魚腸已經遠去。以這傢伙的身手和燈樓的複雜環境，張小敬根本不可能追上他去滅口。

一旦消息傳入蕭規的耳裡，他也罷，李泌和毛順也罷，恐怕都會立刻完蛋。

張小敬有點茫然地看著天花板上的四個箭眼，真的一點機會也沒有了嗎？

不，還有機會！

一股倔強的意念從胸口升起，張小敬一咬牙，回頭對毛順吼道：「拿好火石和艾絨！立刻點捻子！」只要轉機一炸偏，蕭規就算覺察，也來不及修理。

毛順手一抖，境在就要炸？那他們兩個可來不及撤退。

「現在不炸就沒機會了！」張小敬也知道後果，可眼下這是唯一的機會。毛順為之一怔，他沒想到，這傢伙居然對性命全不在乎。

上頭有密集的腳步聲傳來，還有那木橋竹梁咯吱咯吱的響動。他們的時間不多了。他轉過身去，把火石和艾絨塞到毛順手裡，讓他點火。毛順蜷縮在轉機石臺旁邊，一下一下敲打著火石，可是手抖得厲害，半天沒有火星。

「拒敵殉國，迪敵自斃，你給你家人選一個吧！」張小敬冷冷丟下一句話。

炸毀轉機，死了算壯烈殉國，至少家人會得褒獎旌揚；沒炸毀轉機，等到燈樓一炸，全天下都知道是他毛順的手筆，他一死了之，家人什麼下場可想而知。

毛順的精神瀕臨崩潰。

這時腳步聲已經接近頂閣，張小敬知道最後的時刻已經到了。他顧不得等毛順表態，挺身站在頂閣門口，從腰間摸出四枝弩箭，裝上弩機。

他估算了一下，守住這個門口，至少還能拖延上十來個彈指，勉強夠讓毛順引爆麒麟臂。

腳步聲越來越近，人數可不少。張小敬手持弩箭，背貼閣門，獨眼死死盯著外面，額頭有汗水沁出。頂閣裡沒什麼光線，外頭的人都打著燈籠，敵明我暗，蚍蜉會如何強攻頂閣，他必須提前做好判斷。

突然，頂閣的門刷地被大剌剌推開了，蕭規的腦袋探了進來。

這可完全出乎張小敬的意料。他預想敵人會破門而入，或破天花板而入，或乾脆站在門口放箭射弩，可沒想到蕭規居然隻身推門而入，全無防備。張小敬的動作，因此有一瞬間的僵直。

「大頭？你怎麼跑這兒來了？」蕭規問。

他的視線受限於光線，只看得到張小敬的一張臉。張小敬正要扣動懸刀，猛然聽到這句話，不由得一愣。他迅速把弩機藏起來，表情僵硬，不知該說什麼。蕭規狐疑地打量了他一下：「你不是應該在樓下等著嗎？」

魚腸沒告訴他我們的事？

這是張小敬的第一個判斷，但是，這怎麼可能？

「哦，我上來拜拜神。」張小敬含糊地回答，心裡提防著對方會不會是故意裝傻，借機偷襲。

蕭規神情不似作偽，嘖嘖笑道：「你還信這個？這裡頭就是個空架子，根本沒神可拜呀。」

張小敬忽然發現，蕭規用的是「你」，而不是「你們」。這間頂閣外亮內暗，而毛順安裝麒麟臂的位置，在轉機的另外一側，高大的轉機石臺，擋住了毛順的身影，蕭規根本沒注意到他的存在，恐怕還以為毛順在玄觀大殿呢。

他心中有了計策，把身子轉過去，擋住門口的視線，悄悄將弩機掛回腰間，勉強笑道：「我這不是正準備下去嗎？」

蕭規覺得哪裡有古怪，盯著張小敬看了一會兒，又越過肩膀去看那臺轉機。他忽然一揮手，張小敬心跳差點漏跳一拍。

「別在這兒瞎耽擱了，下去吧。」蕭規說，「上頭已全部弄好，機關馬上就要發動，咱們盡快下去水力宮集合。」他頓了頓，得意地強調道：「然後就踏踏實實，等著聽長安城裡最大的爆竹嘍。」

張小敬終於確認，魚腸應該還沒告訴蕭規，不然蕭規不可能跟他廢話這麼多。這個意外的好運，讓他暗暗吁出一口氣。

張小敬瞥了一眼轉機的陰暗角落，故意往頂閣外走去，邊走邊大聲道：「這次可得好好把握機會，不然遺憾終生。」蕭規嗯了幾聲，顯得躊躇滿志。

轉檯另一側一直保持著安靜，說明窩在那裡的毛順也聽到了。

在頂閣外頭，張小敬看到長長的通道裡站著許多人，都是剛才在上頭忙碌的工匠。他們按時完成了替換的任務，扔下不用的工具，一起撤退。這意味著，太上玄元燈樓已完全化為闕勒霍多。

決定性的丑正時分即將到來，而它的命運，將由創造者來決定。

帶著惴惴不安的心思，張小敬和蕭規離開頂閣，朝下方走去，工匠們沉默地跟在後頭。張小敬裝作不經意地問道：「魚腸呢？」

「嘿嘿，你是擔心他向你報復？」蕭規促狹地看了他一眼。

「是。」

「放心好了，他以後不會再煩你了。」蕭規把手伸向腰間的帶子，晃了晃，那上面有一根紅繩，上頭空蕩蕩的，一枚銅錢都沒有。

這是魚腸交給蕭規的，十枚銅錢，換十件事情。

「啟動闕勒霍多，得有人在近距離點火。所以我委託他的最後一件事，是留在燈樓裡，待啟動後立刻點火。他身法很好，是唯一能在猛火雷爆炸前撤出來的人——只要他能及時撤出。」

張小敬看著蕭規，恍然大悟：「你從來就沒打算讓他活著離開？」

「這種危險而不受控的傢伙，怎麼能留他性命？」蕭規仰著頭，用指頭繞著紅線。

看來蕭規和魚腸一直存著互相提防的心，也幸虧如此，張小敬才賺來一條死中求活的路。

外面的歡呼聲一浪高過一浪，那些在廣場上的拔燈藝人，彼此的對決已到了白熱化的階段。最終的「燈頂紅籌」即將產生，勝利者將有幸登上勤政務本樓，在天子、群臣和諸國使節面前，為太上玄元燈樓燃燭。

「啊，真是羨慕樓下那些人啊，在死前能度過這麼開心的一段時光，真是幾輩子修來的福分呢。」蕭規掀開一塊蒙皮，冷酷地評論道。

張小敬望著他：「我記得你從前可不是這樣的人。」

「人總是會變的，朝廷也是。」蕭規陰沉地回答。

很快他們抵達了玄觀。兩名護衛正等得坐立不安，看到張小敬和蕭規一起下來，鬆了一口氣。蕭規環顧一圈：「毛大師呢？」

小鼎的看守道：「毛大師抱著一根麒麟臂又上去了。」

「去哪裡了？」蕭規皺著眉頭問。看守表示不知道。蕭規看向張小敬：「大頭，他不是跟著你嗎？怎麼又自己跑了？」

「毛大師說想起一處疏漏要改，非要回去。我想他既然不是出去告密，也就由著他了。」張小敬又試探著說了一句，「要不我再上去找找？」

他下意識地瞟了上面一眼，頂閣還是沒有動靜，不知毛順到底在幹些什麼。

蕭規站在原地，有些惱火。別人也就算了，毛大師可是這燈樓的設計者，他帶著麒麟臂要搞出點什麼事，很容易危及整個計畫。

可丑正即將到來，燈樓馬上會變成最危險的地方，而且水力宮還有更重要的行動等著他們，蕭規一時之間有些兩難。張小敬主動道：「此事是我疏忽，我回去找他。你們先下去，別等我。」蕭規一聽，立刻否決：「不成，燈樓一轉，馬上就成火海，你上去是死路一條。」

「二十四個燈屋順序燃燒，最後才到天樞，距離爆炸尚有點時間。我想我能撤得出來。」張小敬道，「烽燧堡都挺住了，咱們第八團還怕這個小場面嗎？」

蕭規轉過頭去，對那兩名護衛喝道：「讓你們看人都看不住！你們也去，讓小敬有個照應！」兩個護衛雖不太情願，可只能諾諾應承。

「你殺了毛順，盡快撤下來。到了水力宮，你會知道接下來該去哪裡找我們。」蕭規叮囑了一句，語氣滿是擔心。

如果說之前他還對張小敬心存懷疑的話，現在也已完全放心。沒有臥底會主動請纓去送死，只有生死與共的戰友，才會做出這樣的選擇。

張小敬和蕭規按當年禮儀，彼此擁抱了一下，然後便帶著兩個護衛匆匆掉頭向上而去。旁邊的人請蕭規趕緊下水力宮，蕭規卻沒有動，一直望著張小敬消失的樓梯口，眼神閃動。

他們離開不久，燈樓外頭忽然掀起一股巨大的歡呼聲，如同驚濤拍岸，頃刻間席捲了整個燈樓，久久不息。看來今年上元節的拔燈紅籌已經決出來了。

密集的更鼓聲，從四面八方咚咚傳過來。丑正已到。

蕭規長長嘆了一口氣，彈了彈手指，下達了最後的命令：「開樓！」然後轉頭下到水力宮去。

在旁邊的機關室內，十幾個壯漢一起壓動數條鐵杆，這股力道通過一連串複雜的機關，讓水力宮頂緩緩下沉。隨著數聲喀嗒傳來，宮頂馬口與六個水巨輪彼此銜接，完美契合。六輪匯聚的恢宏力量，順著宮頂馬口一路攀升，穿龍骨，轉撥舵，最終傳遞到那一枚精鋼鑄就的轉機，驅動著天樞緩緩地轉動起來。

天樞一動，整個太上玄元燈樓發出一聲低沉的長吟，樓身略抖，終於甦醒過來。

第十七章　丑正

天寶三載，元月十五日，丑正。

長安，興慶宮廣場東南角。

元載是一個理性的人，他認為所有的事情都可以分為兩類：能享受到的，不能享受到的。人生的意義，就在於不斷把後者轉化成前者。

所以他始終不能理解，長安城的那些老百姓，為了一個自己永遠沒資格享受的拔燈紅籌，怎麼會激動成這副模樣。元載冷靜地看著遠處廣場上鼎沸到極點的人聲，那些愚婦氓夫癲狂的面孔，讓他覺得可悲。

低沉的隆隆聲忽然從頭頂傳來，元載抬起頭，看到那太上玄元燈樓終於甦醒了。它的身軀先是震了幾下，發出生澀的摩擦和擠壓聲，然後幾根外裝旋杆開始動起來。二十四個燈屋圍繞著燈樓的核心部位，徐徐轉動。

現在拔燈紅籌正趕往興慶宮內，那一道道繁瑣的安檢措施沒法省略，估計還得花上一段時間。因此燈樓雖然啟動，卻還未燃燭，黑幢幢的巨影在興慶宮廣場的火炬映照下，不似仙家真修，反倒有些猙獰，如同上古夸父在俯瞰眾生。

「這種規模的燈樓，一定得花不少錢吧？」元載盯著燈樓，心裡感嘆著。

突然，他眼神一凜。只見一個人影和一樣東西從燈樓裡衝出來，撞破了蒙皮，在半空劃過一道弧線，四肢無力地擺動幾下，然後重重地跌到地面上，恰好就離元載不遠。

意外果然出現了！

別人還沒反應過來，可元載等待已久。他眼睛一亮，三步併兩步衝了過去，看到那人躺在地面上，四肢扭曲，後腦杓流著鮮血。他把對方扶起來，先觀察了一下面貌，發現是個佝僂著背的老人。

老人意識已經不清了，舉起顫抖的手：「麒麟臂……爆炸……轉機……天樞。」然後腦袋一晃，沒了聲息。元載聽得一頭霧水，他伸手過去想扶住老人脖子，結果發現他脖子上有一道狹長的血痕。

這人跌出來之前，就被割開了咽喉。

這時旅賁軍士兵把掉出來的東西也撿過來了，元載一看，是個造型特別的長竹筒，晃了晃，裡面似乎還有水聲。他把竹筒一頭的塞子拔掉，黏糊糊的黑色液體流出來。

「這是猛火雷！」有士兵驚叫道，他參與了之前對突厥狼衛的圍堵，對這玩意兒心有餘悸。

元載嚇得一下子把竹筒扔開，他讀過報告，一桶延州石脂做的猛火雷，可以夷平小半個坊。這玩意兒若是在手裡炸了，可怎麼得了？

這時龍武軍也被驚動了，檢查哨的伍長帶著幾個人過來，詢問發生了什麼。元載亮出自己的靖安司腰牌，表明在查一個案子，正好看到這人和這件東西掉出燈樓，凶手還在裡面。

伍長湊近老人屍體一看，大驚：「這不是毛順毛大師嗎？」

「那是誰？」

「燈樓的大都料[31]。」

元載一聽這個職務，腦子裡飛速轉動，很快便想了個通透。他拽住龍武軍伍長，語氣嚴重：「只怕有奸人潛入玄元燈樓，意圖破壞。你看，這麒麟臂裡裝的都是猛火雷，一旦爆炸，燈樓盡毀。毛大師恐怕是阻止不及，被蚍蜉悍然丟出樓來。」

這段話信息太多，聽得伍長有點不知所措，急忙說去匯報上峰。

「來不及了！」元載斷喝，「毛大師已慘遭毒手，蚍蜉一定已經在樓內準備動手了。」

伍長習慣服從命令，對於這種突發事件卻缺乏應變。元載道：「我們靖安司追查的，正是這件案子，也帶了足夠人手。現在叫上你的人，咱們立刻進樓！」

「可是，這不合規矩……」

「等到玄元大燈樓毀了，第一個被砍頭的就是你！」元載威脅道。伍長臉都嚇白了，奸人入樓，他這守衛無論如何也脫不了責任。在元載的勸說下，伍長只得呼喚同僚搬開拒馬。

元載此時的腦袋分成兩個部分，一部分拚命整合目前所收到的資訊，試圖還原襲擊計畫的全貌；另外一部分卻在飛速計算，這次能得到多大好處。

阻止蚍蜉毀掉燈樓的陰謀，若是辦成了，直接可以上達天聽，乃是不世奇功！而且，叫上這一個小小的龍武軍伍長，非但不會分薄功勞，反而在必要時刻，可以當盾牌和代罪羔

31 木工。

羊。

元載計議已定，振作起精神。龍武軍和旅賁軍各自有十來個士兵，匯成一隊朝著燈樓下的玄觀衝去。

今晚，注定是我元載建功成名之夜！

＊

張小敬和兩名護衛再度回到大殿。此時大殿裡已經空無一人，張小敬道：「我猜毛順已經爬到上面去了。現在上去太危險，你們留下來接應。」

兩人對視一眼，異口同聲：「我們奉命保護您，豈能半途而廢？」

「好吧，那你們跟上。」

張小敬沒有廢話，沿著樓梯朝上飛速爬去，兩名護衛緊隨其後。在陡峭狹窄的樓梯上，三人上下爬成一排。這一層是關押李泌的靈官閣，張小敬最先登上樓梯，後頭兩人還在低頭攀爬。他猛然回身，抽出手弩，先啪啪兩發射中最後一人，然後又是一次二連發，射中身後的護衛。

這個次序很重要，如果先射身後的人，很可能他一摔下去，反成了最後一人的肉盾。兩輪四發幾乎在瞬間射完，兩個猝不及防的護衛慘叫著跌落到樓梯底部。張小敬瞄準的是他們的頭顱頂部，這麼近的距離，有十足把握射穿。就算他們沒有立刻死，也絕不可能再爬起來了。

「對不起……」張小敬的獨眼裡濃濃的都是悲哀神色，隨手把最後四枝弩箭裝填好，轉身飛速從靈官閣朝頂閣爬去。他的腳下能感覺到地板在顫，整個玄元燈樓已經正式運轉，啟動的力量實在壯觀。

頂閣的爆炸聲遲遲不來，張小敬很擔心毛順是不是又臨時反悔了。這個該死的匠人首鼠兩端、猶豫不決，不盯著還真是不放心。

現在他總算爭取到了最好的局面。蕭規已經下到水力宮，去執行其他任務，兩個護衛也已幹掉，無人掣肘。他只要趕到頂閣，逼著毛順引爆麒麟臂，應該還有時間撤出來。

很快他到了頂閣，一腳踹開門，發現裡面竟然空無一人，只有轉機在喀嗒喀嗒地轉動著。毛順不在，麒麟臂也不在。

張小敬一下子渾身冰涼，他能跑哪裡去？他轉了一圈，飛快走出頂閣，朝上頭的玄元燈樓望去。還未燃燭的燈樓內部，如同一張巨獸的大嘴，滿口都是大大小小的獠牙。

他的腳似乎踩到什麼東西，一低頭，發現是火石和艾絨，還有一抹血跡。看來毛順不是自願，而是被人拖出頂閣的。

「魚腸！」張小敬從嘴裡擠出兩個字。

有能力做這件事的人，只有魚腸！他這是在挑釁，逼著張小敬去找他決鬥。

張小敬回過頭去，看到轉機旁邊有一段毛順用滑石畫出的線，這是標定的引爆位置。也就是說，就算毛順不在，張小敬自己也能操作。

可是麒麟臂也不在，它很可能被魚腸一併帶走了。

望著徐徐帶動天樞旋轉的轉機，張小敬拚命讓自己冷靜下來。他忽然想起，玄觀大殿旁的那一排小鼎中，應該還剩下幾根，之前毛順就是從那裡拿的。蕭規撤離時，並沒有全部帶走，現在返回，應該還在！

張小敬離開頂閣，順著剛才那段樓梯，又返回到大殿中。那兩名護衛癱倒在樓梯底部，張小敬顧不上檢查他們生死，大步流星衝到殿後。那六個小鼎的火已經滅了，但其中幾個鼎裡，還斜放著幾根麒麟臂。

張小敬隨手挑出一根，扛在肩上，從殿後跑回大殿。他正準備攀爬樓梯，就聽玄觀大門轟的一聲被人強行衝開，龍武軍和旅賁軍士兵混雜著衝了進來。

元載自從吃了張小敬的虧，再不敢身先士卒，所以一馬當先的，是龍武軍的那個伍長。他一見張小敬扛著麒麟臂往上去，大喝道：「奸人休走！」直直往前衝來。

張小敬暗暗叫苦，他眼下的舉動無法不引起誤會。可時間緊迫，根本不容他解釋。他掏出弩機，朝前一射，正中伍長大腿。張小敬又連射三箭，分別擊倒三人，迫使先鋒停下腳步。他趁機朝樓梯口衝去。

「快！射箭啊！」元載在門外憤怒地大吼。

如夢初醒的士兵們紛紛抬腕，無數飛弩如飛蝗般釘到這一側的牆壁上。幸虧張小敬早一步爬上樓梯，避開箭雨，穿過靈官閣，再次回到頂閣。

他飛快地把麒麟臂擱到畫線的位置，捋出火捻，然後猛烈擊打火石。外頭的官軍已經快速趕來，蹬在樓梯上的腳步聲，比外面的歡呼聲還響亮。張小敬覺得命運這東西實在太奇妙了，沒想到把他圍堵在這裡的，居然是同一陣營的官軍。

不過也怪不得他們，任誰看到一個通緝犯抱著猛火雷要炸燈樓轉機，都會認定是在搞破壞吧？要跟他們解釋清楚炸轉機其實是在救人，得平心靜氣對談。張小敬可不奢望那些人會給自己機會。

無論如何，得堅持到麒麟臂爆炸！

張小敬皺著眉頭，聽著外面越來越近的腳步聲，手腕突然一振，火鐮劃出一道耀眼的火花，直接濺在火捻上，火捻開始燃燒。

*

李泌在冰冷的水中跋涉了很久，終於走到通道的出口。這裡豎著四根龍鱗分水柱，柱子上是一層層的鱗片覆蓋，不過其中一根柱子已經斷開，顯然是被人銼開的。

說不定張小敬就是從這裡潛入的，李泌心想。他拖著溼漉漉的身體，側身穿過分水柱，揪著渠堤上的水草，爬上岸去。此時的他，髮髻已經完全散開，臉色也非常不好，在冷水裡泡得一絲血色也無。

他顧不得喘息，抬頭觀望了一下方位，猜測自己應該是在道政坊的某處。

這個很好判斷，因為從北方傳來了洶湧的歡呼聲和鼓聲，那棟巨大無比的玄元燈樓也開始運轉了。李泌用手簡單地綰了一下頭髮，拂去臉上的水珠，一腳深一腳淺地朝人多處跑去，他知道自己的時間不多了。

如果他猜得不錯，蚍蜉是打算入侵興慶宮，直抵大內！

毛順在道政坊水渠挖的那條地下水道，從南至北流入燈樓，勢必要有一個向北的排水口，而最近的地方，正是興慶宮內的龍池。

龍池位於興慶宮南邊的宮苑之內，水深而闊，其上可走小舟畫舫。池中有荷葉蘆蕩，池邊周植牡丹、柳樹，宮苑內的諸多建築如龍亭、沉香亭、花萼相輝樓、勤政務本樓等，皆依池而立，號稱四時四景。

道政坊龍首渠的水流入燈樓水渠，再排入龍池，無形中構成了一條避開禁軍守備、潛入興慶宮的隧道。燈樓一炸，四周將糜爛數十坊。蚍蜉便可以趁機大搖大擺進入龍池，突入興慶宮，對倖免於難的皇族、高官乃至天子本人發起第二輪攻擊，所以他們要準備水靠。如果讓蚍蜉這個計謀得逞的話，這次上元節將會是大唐有史以來最恥辱的一天。

他跌跌撞撞沿著管道跑了一段，終於看到前方影影綽綽，有幾個坊兵正站在那裡聊天。他們是負責守衛龍首渠的，可是馬上就拔燈了，他們都忙著伸長脖子朝那邊看去。

李泌衝過去，大聲喊道。坊兵們看到一個披頭散髮的黑影忽然從水渠裡跳出來，都嚇了一跳，紛紛端起長矛和棍棒。

李泌把張小敬給他的銅牌亮出來，說：「我是靖安司丞，立刻帶我去找龍武軍。」坊兵們對這個變故有點意外，終於有一個老兵接過銅牌看了看，又見李泌細皮嫩手，雙手無繭，那一身袍子雖然溼透了，可還能看出官服痕跡，這才確認無誤。

很快李泌連繫到了在道政坊門布防的龍武軍，他們一聽是失蹤的靖安司丞，都大為驚訝。李泌說：「你們必須馬上採取措施，去疏散興慶宮和廣場觀燈人群。」

龍武軍的軍官為難地表示，這是不可能的。現在廣場上五萬人擠得嚴嚴實實，動彈不得，龍武軍分駐各處，也根本沒法集結。如果這時候強令疏散，光是百姓彼此踩踏就會死傷慘重。

李泌也知道，他們這些低階軍官，根本沒辦法定奪，便說：「立刻帶我去見陳玄禮陳將軍。」軍官見李泌氣勢洶洶，不敢怠慢，連忙備了一匹馬。龍武軍有自己的臨行通道，李泌沿著這條通道飛馳，繞過水洩不通的廣場，一口氣奔到了興慶宮的西南角。

此時陳玄禮身為禁軍主帥，正在金明門前坐鎮。

興慶宮南邊一共有三座城門，西南金明門，正南通陽門，東南初陽門，合稱三陽。勤政務本樓正對廣場的位置，是通陽門。拔燈紅籌會在眾目睽睽之下，穿過這個門登上樓臺，向天子謝恩，向廣場諸多擁躉致謝。它主要是做為禮儀方面的用途。

而靠近西南的金明門，則是一條功能性的通道。上元宴會的諸多物資與人員、醉酒過度的官員貴胄、各地通傳和飛騎、梨園的歌者舞者樂班等，都經由此門出入興慶宮。

所以對安保來說，最關鍵的節點是在金明門，而不是通陽門。陳玄禮親自坐鎮，也就不足為奇。

李泌飛馳到金明門前，遠遠已經看到陳玄禮一身明光甲，威風凜凜地站在門頂敵樓[32]。他轉頭看了眼那更加威風凜凜的玄元燈樓，雖然開轉，但樓上仍是一片黑，還未燃燭，還有少許時間。

「陳將軍，靖安司急報！」

李泌騎在馬上，縱聲高呼，可很快他就像是被人猛然掐住脖子，一下子啞掉了。胯下坐騎感受到主人猛勒韁繩，不甘心地發出嘶鳴。

他瞪大了眼睛，看到金明門的重門半開，一輛華貴的四望車從裡面匆忙駛出。本來四望車該是駟馬牽引，可此時車轅上只挽了兩匹馬，車尾連旗幡也沒插，若是被御史們見到，少不得會批評一句「有失典儀」。

32 築於城牆上，用來瞭望敵人的樓臺。

李泌一眼就認出來了，那是太子的座駕，而且太子本人就在車中。他不只一次跟太子同車出行，知道李亨怕車廂憋悶，每次乘車都會把旁窗拉開三分之一，習慣性地把手搭在窗櫺上。

此時在馬車的右側窗櫺上，正搭著那隻雍容富貴的手。手指輕輕敲擊，顯示主人有些心緒不寧。

上元春宴剛剛結束，拔燈之後，尚有群臣賞燈之聚、御前獻詩、賞飲洞天聖酒等環節，怎麼太子偏偏選在這個時刻匆匆離去？李泌一時之間竟不知所措，想要喊住馬車，嗓子卻被什麼東西堵住似的。

他勒住馬匹，呆呆地望著四望車從自己身旁呼嘯而過。

*

與此同時，遠處通陽門前爆出一陣巨大的喝采聲。拔燈紅籌已經登上勤政務本樓，步上七層摘星殿，站在外展露臺之上，親手向太上玄元燈樓拋去一根燃燭。

張小敬眼見火撚已被點燃，微微鬆了一口氣。這撚子是麻藤芯子浸油製成，一經點燃，便不會輕易熄滅，美中不足的是速度略慢，燒進竹筒裡怎麼也得七八個彈指，引爆少說也在十個彈指之後。

張小敬扔下火鐮，起身衝到了頂閣門前，希望能暫時擋住後頭的追兵，只消擋住一下，便可爭取到足夠引爆的時間。

諷刺的是，這是張小敬在短短半個時辰之內，第二次在同一地點面臨幾乎相同的境況。更諷刺的是，兩次在外面的追兵是彼此敵對的立場。

龍武軍和旅賁軍士兵已經撲到了門前，張小敬的弩機已經空了，手裡沒有別的武器，只能靠一雙肉掌抵擋。他大吼一聲，拆下頂閣的門板當作盾牌，傾斜著壓出去，登時壓倒一片追兵。

可無論是旅賁軍還是龍武禁軍，都是京中百裡挑一的精銳之師。樓梯下不斷有人衝上來，壓力持續增大，士兵們雖然單挑不及張小敬，卻可以群起攻之。張小敬只能空手抓住門板，利用狹窄的走廊通道拚命把他們往外推。無數刀光剁在門板上，木屑飛濺，眼看門板就要被劈成籬笆。

一個龍武軍士兵見刀砍暫時不能奏效，索性雙臂伸開，整個人壓上去。其他人得到提示，也紛紛如法炮製。張小敬既無法傷敵，也沒辦法對抗這麼多人的體重，一下子竟被反壓在門板下，動彈不得。

直到這會兒，元載才登上樓梯。張小敬一看是那個在晁分門前被自己殺破膽的新靖安司官員，開口大叫道：「是我提示你來興慶宮的，我不是蚍蜉！自己人！是自己人！」

元載盯著張小敬，心中越發複雜。這個人當面殺死了自己十幾個部屬，還嚇得自己尿褲子，但確實是他提示，自己才來到興慶宮，難道說張小敬真是冤枉的？可元載很快又否定了。他明明抱著猛火雷來炸燈樓，難道不是個叛賊嗎？

這個獨眼死囚的種種矛盾行為，聰明如元載，完全摸不透怎麼回事。元載決定不去想了，總之先把他抓住就對了！

「不要相信他的話！」元載正要清清嗓子，發布下一條命令，卻被張小敬先聲奪人。「這燈樓裡已經灌滿了猛火雷，馬上就要炸了！必須馬上派人去阻止！」張小敬聲嘶力竭地在門板下叫著。這個說法讓元載一哆嗦，連忙抬頭向太上玄元燈樓的裡面望去。可惜裡面太空曠了，什麼都看不清。

我的天，這燈樓裡如果全是猛火雷，那豈不是連興慶宮都要炸上天？元載的腦子一蒙。

「長、長官！小心！」一名龍武軍士兵突然指著頂閣尖叫道。門板已經卸掉，所以走廊裡的人能看到裡面的情景。

一根麒麟臂正緊靠在轉機的背面，那火捻子已經燒入了竹筒內部。冰冷的死亡預感一下子又襲上元載心頭，他二話不說，抱頭就朝樓梯下滾去。而壓在張小敬門板上的士兵們，一見長官如此，也紛紛跳開。

只見那麒麟臂的捻子燃到盡頭，閃了幾朵火花就消失了。不過張小敬知道，火花不是消失，而是鑽入竹筒內部，很快將喚醒一個極可怕的火焰怪獸。

他攥緊拳頭，閉上眼睛，等待自己被火焰席捲而得到解脫的那一刻。

一個彈指、兩個彈指、三個彈指……到了五個彈指，頂閣裡還是一片安靜。張小敬沒聽到意料中的爆炸聲，反而覺得臉龐有些灼熱，他睜開獨眼，看到一團烈火在轉機旁飛舞。

這枚猛火雷是個啞彈。

張小敬很快就找到原因所在。這根麒麟臂的尾部在剛才的爭鬥中被撞開了一條縫，黑色黏稠的石脂洩出，灑在地板上。

猛火雷的製造要訣，就是內部必須壓緊壓實，把油勁牢牢地蓄在一處，才能成功引爆。若是密封破損，洩了勁力，便只會燃燒，徒有猛火之威而失了雷霆之勢。早些時候，突厥狼衛們攜帶的桶裝猛火雷，正是因為密封欠佳，導致數枚猛火雷變成啞彈。

顯然張小敬運氣不夠好，這一根麒麟臂尾部破損，勁力外洩，讓它變成了一枚只會燃燒的猛火雷。燃燒起來固然凶猛，可對於金屬質地的轉機毫無影響。

它在熊熊烈火中依然冷漠地轉動著，驅使天樞旋轉。張小敬無奈地閉上眼睛，他已經盡力了，這莫非是天意？

躲到樓下的士兵，看到沒有爆炸，又準備再次衝上來。這時外面的巨大聲浪撲面而來，廣場上舉起了無數雙手，無數個人聲匯成了一句話：「拔燈！拔燈！拔燈！拔燈！」

拔燈之禮最高潮的一個環節，即是拔燈紅籌站在勤政務本樓上，天子會賜予他一根今年宮苑內最早發芽的柳木枝，由樂班奏起〈清平樂〉。拔燈紅籌手持柳枝，將其點燃，再拋向燈樓，引燃燭火。當然不是真的引燃，只是個儀式，燈樓裡的人會同時舉燭，取意春發在即。

「拔燈」的呼喊傳來之時，張小敬明白，這座太上玄元燈樓，即將完成它最後的使命。魚腸將點燃燈樓火頭，讓闞勒霍多吞噬掉所有人。

但不是現在！

為了確保發揮最大的效果，魚腸會分為兩步操作。第一步，他會啟動正常的機關，讓二十四個燈屋依次亮起，把天子、群臣和諸國使節都吸引到勤政務本樓的邊緣；當全部燈屋都點燃之後，魚腸會點燃預先埋設的二十四枚猛火雷，讓它們一起爆發，然後催炸天樞中暗藏的闞勒霍多。

也就是說，只要二十四個燈屋還未全部亮起，就還有一線生機。

張小敬的眼神射出危險的光芒，他從門板下掙扎著爬起來。士兵們已經戰戰兢兢地第二次衝上來，張小敬二話不說，雙手護住面孔，冒著大火再次衝進頂閣。

追兵們很驚訝，那裡明明是死路一條，又燃燒著大火，這人難道要自尋死路？元載卻不敢小覷這死囚，他催促著手下盡快衝過去，看個究竟。

幾名士兵衝到頂閣前，看到大火依舊燃燒，轉機依舊旋轉無礙，可人卻沒了。元載一聽，親自跑過來，抬頭一看，卻看到天花板上破了一個大大的洞。

剛才張小敬襲擊魚腸時發現，這個天花板非常薄，只是做做樣子而已，他的弩箭隨便就射穿了四個洞。他再一次進入頂閣後，用撿來的一把旅賁軍制式障刀，猛劈四個射洞之間的脆弱區域，很快劈出一個大洞，然後踩著滾燙的轉機爬上去，進入太上玄元燈樓的內部。

一個聲音從洞內傳來：「燈樓即將為猛火雷所炸，速發警報！」然後傳來一連串逐漸遠去的腳步聲。

士兵們抬腿要追，卻被元載攔住了。

「如果那傢伙說得不錯，現在燈樓裡頭全是猛火雷，太危險了。」元載瞇起眼睛，看著上方黑漆漆的燈樓內部。他的預感越發強烈，斷然不能繼續前進了。「咱們得盡快對外頭發出警報。」

「您剛才不是說，不要相信他的話嗎？」一個傻乎乎的大頭兵提出質疑。

元載瞪了他一眼，卻沒有解釋。事實上，連元載自己都莫名其妙，不知該如何看待張小敬。如果燈樓裡都是猛火雷，他不是應該立刻逃走嗎？現在他連追兵都不顧，強行往裡鑽，難不成還想阻止？他到底是站哪邊的？

「我們追捕的，到底是好人還是壞人？」傻乎乎的大頭兵也仰起頭，一臉糊塗。

這次元載沒有喝斥他：「我不知道。不過有一點可以肯定，他是個瘋子。」

拔燈紅籌拋出燃燭的一瞬間，興慶宮前的廣場一下子變得鴉雀無聲。彷彿有一位無形的武士奮起陌刀，一刀將所有的喧囂斬斷。無論是看熱鬧的百姓、拔燈車上的藝人，還是站在露臺邊緣的官員、宗室以及諸國使節，都不約而同地閉上嘴，等待一個盛世奇景的誕生。

勤政務本樓距離太上玄元燈樓很近，那燃燭在半空劃過一個優雅的弧線，輕輕落在了燈樓預先準備好的燭龍仰首托槽裡。

太上玄元燈樓巋然不動，依然冷漠地站在黑暗中，似乎對這燃燭的叩門視若無睹。人群裡掀起了小小的漣漪，樓上的官員們也紛紛交頭接耳。他們擔心會不會中間出了什麼差錯。

沒過多久，一聲宛若巨獸低吼的吱呀聲從燈樓內部響起，打消了每一個人的疑惑。他們齊齊仰起脖頸，注意到那夸父般的巨大旋臂開始運作，推動著燈樓周邊的二十四個燈屋緩緩旋轉，此升彼降，輪轉不休。

最先轉到太上玄元燈樓上端的，是仁德燈屋。起初只是亮起了一點點光亮，幽幽如豆，勉強看到屋內似有人影在動。它搖搖晃晃地越過燈樓天頂，從一處狻猊[33]樣式的撥片下方掠過。隨著燈屋向前移動，固定架上的撥片撥開了位於屋頂的一管斜油斛口。

斛口一開，裡面的燈油便流瀉而出，沿溝槽流遍整個燈屋周身，最後流到了那如豆燭光處。幾乎是一瞬間，整個溝槽的燈油化為一條火線，點燃了溝槽旁邊的幾十根白身大龍燭。

整座燈屋霎時變得極為明亮，如同一顆璀璨星辰在夜幕綻放，居高臨下睥睨著塵世。

*

33 獅子。

它的光芒與夜幕的黑形成了鮮明的對比，圍觀者可以清楚地看到，屋內有一男子負手而立，不住點頭；諸多燕雀鴻鵠在四周飛翔，一張大網立起三面，只有一面垂地。

這是商湯網開一面的典故，以示仁德。那尊男子燈俑，即是湯；他身邊的鳥雀做得十分精緻，是用真鳥羽黏貼而成，而且每一隻鳥的雙翅都在上下翻飛，就像真的從羅網衝出來似的。

圍觀者張口結舌，震驚於眼前的畫面。他們何曾見過這等景象。那些高高在上的燈俑能夠自行動作，栩栩如生。伴隨著周邊燈屋逐漸下降，四角彩繒飄飄，流光溢彩。老百姓們如痴如醉，有人甚至跪拜在地，如同膜拜神仙下凡。

在接下來的半個時辰裡，還有二十三個同樣的奇景會依次點燃。每一個人都壓抑住心頭的興奮，屏息凝氣等著接下來要發生的事。

此時在燈樓內部的張小敬，可沒有外面的人那麼興奮。他憑著剛才的記憶，朝著天樞層摸去，魚腸應該就在那裡控制機關。方向他倒不會擔心找錯，因為那一根貫穿整個燈樓的天樞柱絕對不會偏移，非常醒目。

但是燈樓開始運轉之後，內部的情況變得更加複雜。那些旋柱、懸橋和無處不在的木柱吊臂，構成了錯綜複雜的迷宮，而且這迷宮還在時時運轉、變化。張小敬努力睜圓獨眼，在各處平臺之間跳躍。

唯一值得欣慰的是，隨著一個又一個燈屋亮起，燈樓內部的光線更加明亮，不必摸黑前進了。

張小敬一路向上攀爬，很快發現自己的身體狀況很不樂觀，每跑幾步便不得不停下來喘息一陣。今天從上午離開死牢開始，他就沒停歇過，先後數次受傷，也只是在慈悲寺裡稍微休息了片刻。就是鐵打的漢子，恐怕也是強弩之末了。

張小敬很擔心這樣沒辦法與魚腸對抗。那傢伙是最危險的殺手，在這種複雜環境下更是如魚得水，自己的勝算其實很小，必須要調整策略才行。

他仰起頭來，向上看去。此時已經有四間燈屋點亮，而距離天樞層還有幾十尺。張小敬思忖片刻，仰頭大吼道：「魚腸，我們來做個了斷！」

聲音在燈樓裡迴盪，久久不散，可是卻沒得到任何回應。張小敬本想用自己為誘餌，把魚腸引下來，可顯然對方不理睬他。

張小敬只得咬緊牙關，定了定神，朝上方躍去。不料這時燈樓發生了變動，懸板一錯，讓他突然腳下一空，差點跌下去。幸虧張小敬眼疾手快，一把拽住一條垂吊下來的粗麻繩子，整個人幾乎吊在半空。

他把障刀咬在嘴裡，騰出另外一條手，左右交替攀爬，勉強爬升一點之後，身子再一點點擺動，在半空中盪到最近的一個凹處。張小敬剛一踏上去，那繩子便不堪重負，連同上面的幾片搭板，劈里啪啦地跌落到燈樓底部。

這一下子，向上的通路便被扯斷了，生生把張小敬困在這一塊狹窄的凹處，進退兩難。

張小敬落腳的這個地方，是燈樓向外凸出的一處鶻喙，是工匠用來校正旋臂用的觀察孔。從這裡向外探頭，恰好可以看到旋臂在眼前掠過，臂心是否偏斜，一望可知。取名鶻喙的原因，一是這裡落腳處極窄，有如鶻嘴；二是鶻鷹眼睛最為銳利，可以看到最小的錯誤。

在旋臂運轉的線路上，每隔一段距離，就會有一個鶻喙孔，而且所有鶻喙孔的位置都嚴格一致。張小敬想要繼續攀爬，只有一個辦法，就是從內部攀到燈樓外側的鶻喙孔，抓住緩緩抬升的旋臂，吊到更高處的觀察孔後，再次跳入燈樓內部。

這是一條風險極高的路線。燈樓的旋臂都是用粗大的圓竹所製，周身打磨得非常光滑，不太容易抓住。只要稍有不慎，整個人就會跌到樓下，摔成一坨肉泥。就算僥倖抓住，能否在旋臂不斷運動中保持平衡，能否在合適的時機跳出，也都是未知數。

這時候第五間燈屋也已點亮，時間更加緊迫。張小敬別無選擇，只得把身子勉強向外探出。這裡距離地面已有四十多尺高，地面上的人和物看上去像是一隻隻小螞蟻。夜風呼呼地吹著，幾乎讓他睜不開眼睛。

一根旋臂從遠處緩緩地轉過來，張小敬死死盯著它，默默地計算著速度和距離。他心裡一點把握也沒有，可這是他唯一的選擇。

這個燈樓外側有八根旋臂，每一臂都驅動著三個燈屋。它們的杆子表面塗成了黑色，這樣一來，觀燈者遠遠看去，黑臂會被夜幕隱去，恍惚間好似燈屋懸在半空一般。這個細節對張小敬來說，無形中增加了對準的難度。

「聞無忌啊，你若覺得我做得對，就請保佑我吧。」

張小敬在心中默默祈禱，然後把刀別在身後，縱身跳出燈樓外面。他沒有等待，也沒有猶豫，這兩樣都是現在最奢侈的東西。張小敬飛到半空，伸出雙臂迎向旋臂。他很快發現自己選對了方向，但估錯了速度。在手臂環抱住旋臂之前，整個身子已經砰地重重撞了上去。

這一撞讓張小敬眼冒金星，幾乎失去意識。幸虧他的四肢本能地彎曲，像猴子一樣死死地抱住了大竹竿的邊緣，總算沒有掉下去。旋臂發出一聲輕微的吱呀聲，顫了幾下，繼續向上抬升。

此時太上玄元樓將近三分之一的燈輪已次第亮起，個個光耀非常。大唐百姓最喜歡看這些神仙之景，一點也不吝惜歡呼與喝采。每個人的視線都集中在這榮耀精緻的人間奇觀上，根本不會注意到在黑漆漆的旋臂附近，一個試圖拯救他們的人正向天際攀升。

過了一會兒，張小敬的視力稍微恢復了一點。他口中發出粗重的呼吸聲，肌肉疼得厲害，卻不敢稍有鬆懈。整個人懸吊在旋臂上，就像是溺水之人抓著浮木。一陣凜冽的風吹過來，把他已經鬆掉的髮髻吹散。

他艱難地轉動脖子，看到眼前的燈樓外壁緩慢下降，再往上大約十尺的距離，有一個凸出如鶻鷹之喙的地方。

那就是他的目標。

只要再等十五個彈指左右，旋臂就能夠轉到鶻喙孔旁邊，也就是躍回燈樓的最佳時機。可這時張小敬卻發現自己的姿勢不對。以現在這個姿態，只能確保不被甩下旋臂，卻很難讓他取得施力點在半空躍起。

張小敬緊貼著竹竿挪動身子，逐漸放鬆兩腳，把壓力都集中在緊抱的雙手，中間有數次差點就摔下去。他好不容易把身子調整成雙手垂吊的姿態，開始像擺動的秤砣一樣大幅擺動。

當鶻喙和他之間的距離終於達到最短，張小敬猛然鬆開雙手，整個人脫離旋臂，飛向燈樓。只聽噗的一聲，他的身子竟然把蒙皮撞破了一個洞，直直跌進燈樓內。張小敬當機立斷，回身以右手死命扳住鶻喙，把整個身子死死吊住，才沒跌下去。

這個鶻喙的連絡通道並未損毀，張小敬雙腳踢蹬了幾次，搆到邊緣，然後把整個身子翻了上去。一上去，張小敬只能趴在地上，喘息不已。

他知道時間緊迫，可是整個人確實已經到了極限。這一連串動作下來，耗時不長，可幾乎耗盡了張小敬的體力。尤其是右手手腕，因為剛才承受了全身的重量，已有肌肉痙攣的徵兆。

他抬起頭，數了數，燈屋已經亮到了第十間。興慶宮廣場上的百姓已經掌握了大燈樓燃燭的節奏，他們會在每一個燈屋亮起時大聲歡呼，然後音調逐漸低沉，直到另外一個燈屋亮起。勤政務本樓裡恐怕已經空了，所有參與宴會的人員都擁到了外側高欄，近距離觀賞如斯美景。

「十五，十五，只要第十五個燈屋亮起之前爬起來，就還來得及，來得及……」張小敬說服自己。他實在有點撐不住了，必須要休息一下。可一停下來，身子便一動都不想動了。

張小敬抽出刀來，狠狠在自己手腕上割了一刀，劇烈的疼痛像燒紅的鐵錐，把他身體裡最後的凶性逼了出來。他一咬牙，強行支起身子，搖搖晃晃地朝上頭走去。

這裡距離天樞層已經很近了。張小敬一抬頭，就能看到頭頂那一片緩慢轉動的木板。

天樞層是太上玄元燈樓的核心，它最明顯的標誌，就是在天樞周圍嵌套著一輪寬闊無比的環形黃褐色木板，它太寬闊了，隔斷了整個燈樓內部，看上去就好像地板在轉動。

張小敬把刀重新掂了掂，朝著通向上層的樓梯走去。他把腳步放輕，屏住呼吸，盡量不發出聲響。可當他一踏上臺階，一道寒光突如其來。幸虧張小敬早有準備，把一塊丟棄在附近的木板當盾牌，伸在前頭。

寒光一掃，那木板登時被劈成兩半，而張小敬則趁機躍入天樞層，橫刀一斬。守在樓梯口的魚腸因為只有單臂能用，收刀不及，索性一個後翻滾，避開了張小敬的鋒芒。

不過詭異的是，魚腸並沒有發起攻擊，反而後退數步，露出欣慰而殘忍的神情：「你沒死可真是太好了，我等了你很久。」沙啞的聲音伴隨著天樞間隆隆的雜訊。

張小敬也沒有急忙上前，他想多爭取點時間恢復體力。於是兩人三目相對，彼此相距數十步，陷入沉默的對峙。兩個人腳下踩著的地板一直在徐徐轉動，讓他們的背景似走馬燈般變化，光線時明時暗，兩張面孔的神情變得頗為微妙。

張小敬忽然注意到，魚腸身後有一處方形木臺，外表塗著黑漆，上頭有兩根醒目的長柄，一根靛藍，一根赤紅。那應該就是控制天樞引爆的機樞所在。蕭規計畫的最後一步非得有人操作不可，所以魚腸才留到最後。只要把它毀了，這一場陰謀就算是失敗了。

「為什麼你沒有向蕭規告發？」張小敬問。

「沒有用，那個傢伙一定不會殺你，還是我親自動手比較放心。」魚腸舔了舔嘴脣，目光裡殺意盎然。

「所以你沒有告發我，卻殺了毛順？」

「沒錯。毛順一死、麒麟臂一丟，你若想解決這件事，別無選擇，只能上樓來找我。這樣一來，我可以安心地在燈樓裡操作機關，順便等你上來送死，兩件事我都不耽誤。」

張小敬皺眉道：「那你知不知道，蕭規原本也打算讓你死？」

他本以為這句話會讓魚腸震驚憤怒，進而放棄炸燈樓，可魚腸卻認真地回答：「那又如何？我答應過為他做十件事，這是最後一件，不會因為他要殺我就半途而廢。」

張小敬沒想到魚腸是這麼重承諾的人。魚腸伸出手來，像野獸一般盯著他，準備要動手。張小敬試圖勸誘道：「你先把機關停下來，我答應出去跟你決鬥。」

「不，這裡很完美！」

話音剛落，魚腸就如鬼魅般衝了過來。他的速度極快，張小敬無法躲閃，只能揮動障刀，與他正面相抗。天樞間叮叮噹噹，傳來十數聲金屬相格的脆響。

魚腸的攻擊方式以快為主，講究出其不意。所以當張小敬沉下心來，全力禦守，魚腸一時間也難以找到什麼破綻。魚腸攻了數次，一見沒什麼效果，忽然退開，利用身法上的優勢飄到天樞層附近的燈架上去。

這一帶的竹支架交錯縱橫，比莽莽山林還要密集。魚腸在其中穿來躍去，張小敬很快便失去了他的蹤跡，左右看顧，不知這個危險的殺手將會從哪個角度攻擊。

張小敬的臨陣經驗很豐富，知道在這種情況下，絕不能被對手掌握節奏。他想了想，忽然向後疾退數步，背靠在燈樓的內壁上，雙足蹬住兩個竹節的凸起。

整個天樞層除了天樞本身以外，地板一直緩慢旋轉著。張小敬背靠燈樓內壁，雙足懸空，一可以保證不會後背遇敵；二來讓身子不隨地板轉動，這樣只消等上片刻，那個操控機樞的木臺便會自行轉到面前。

他的目的從來就不是殺死魚腸，而是毀掉機樞木臺。採取如此站位，張小敬便可以取得主動，以不變應萬變。魚腸要嘛跟他正面對決，要嘛眼睜睜看著機樞木臺轉到他面前，然後被毀掉。

果然，張小敬這麼一站，魚腸便看清了形勢，意識到自己不得不現身。他幾下跳縱，突然從竹架上以一個匪夷所思的角度惡狠狠地撲過來。張小敬背靠樓壁，很容易判明襲來的方位，揮起障刀，噹的一聲脆響，又一次擋住了偷襲。

魚腸慣於奇襲，一擊不得手，便會習慣性地立刻退去。張小敬卻把長刀一絞，纏住了對手，生生將其拖入纏戰的節奏。兩人情況各有優劣，張小敬吃虧在體力耗盡，力道不夠；而魚腸一條胳膊負傷，一時間竟打了個旗鼓相當。

「你還能撐多久？」魚腸邊打邊說。

「彼此彼此。」張小敬咧開嘴。

此時頭頂的燈屋，已經有十五間亮起，只剩九間還未轉到天頂燃燭。如果魚腸一直被拖在這裡，就沒人能扳動機關，讓這二十四間燈屋的麒麟臂爆發。

所以這兩個人，誰都拖延不得。

眼看那木臺即將轉過來，魚腸手裡的攻擊加快了速度，試圖壓制住張小敬。張小敬不甘示弱，也同樣予以反擊。在暴風驟雨般的攻勢間隙，魚腸那隻殘手突然抖了抖袖子，數滴綠色的綠礬油飛出袖口，朝著張小敬灑去。

誰知張小敬早就防著這一招，長刀一橫，手腕順勢半轉。障刀的寬闊刀背狠狠抽中飛過來的綠液，把它們反抽了回去。其中一滴綠液正好點中了魚腸的左肩，在布面上發出輕輕的嘶聲。

魚腸肩頭一陣劇痛，不由得眉頭一動。他做為一名暗影裡的殺手，這種與人正面纏戰的情況少之又少，很不習慣。而對面的這個傢伙，就好似一塊蘸了白芨[34]汁液的糯米漿子，刀法未必有多精妙，可就是死纏不退，韌勁十足。

魚腸覺得不能再這麼下去。他偏過頭去，看到木臺已快接近這裡，索性擺出同歸於盡的架勢，朝張小敬衝過去。

張小敬一見他這樣做，張嘴哈哈大笑起來。

他一眼便看穿，魚腸這是在詐唬人。一個殺手，豈有與人同歸於盡的決心？

這種情形下，無懼生死者才能獲勝。

張小敬雙足穩穩踏著，又是一刀揮出。魚腸一看對方不為所動，只得中途撤力，迅速飄遠。那個木臺已距離張小敬不足三尺，臺上那兩根木製長柄清晰可見，一側靛青，一側赤紅。

「你知道毀哪一邊嗎？」魚腸的聲音惡意地從上空傳來。

張小敬原本已經抬起的長刀，停滯在半空。

他不懂機關營造之術，這一刀劈下去，誰知道是福是禍？究竟是靛青還是赤紅？萬一劈錯了，反倒提前引爆，又該如何？張小敬原本是沒想過這些的，只求一刀劈個痛快，被魚腸這麼一點，反倒成了心魔，下不了手。

就在張小敬恍神的瞬間，機樞木臺已掠過他的身前，逐漸遠去。張小敬急忙身子前傾，伸手去抓，背部終於離開了燈樓內壁。

這一個小小的破綻，立刻被蓄勢待發的魚腸抓住。他一下子從架上躍下來，飛刺過去。

---

34 植物，鱗莖可供藥用或做糊料。

張小敬要嘛去抓木臺，被他刺死；要嘛回刀自保，坐視木臺遠去。

現在燈屋已經亮起了二十一間，張小敬沒有時間再等它轉一圈回來了。

張小敬對此也心知肚明，可他面對靛藍和赤紅雙色，無從下手。他一咬牙，先回刀擋住魚腸的突襲，可也因此錯過了與機樞木臺接觸的機會。

旋轉的地板，穩穩地載著機樞木臺，逐漸遠去。

魚腸沒有作聲，雙眼卻閃動著興奮的神色。這一番爭鬥的結果，終於要水落石出。他忽然發現，不殺掉這個傢伙，任由他滑落絕望的深淵，比殺掉他更解恨。

可經過這一番纏鬥，魚腸也知道，這傢伙絕不會輕易放棄。

果然，張小敬一見固守的策略失敗，也感受到時辰的壓力，索性撲了過來。這一次他什麼都不顧，直衝木臺。

第二十二間燈屋在高高的天頂亮起。

張小敬的衝勢如同一頭野豬，對周圍不管不顧。魚腸趁機出手，寒光一閃，割開了他的右邊肋下，飛起一片鮮血。可這個傷勢絲毫沒有減緩張小敬的速度。

魚腸再一次出手，這次割傷的是他的左肩。張小敬虎吼一聲，渾身鮮血淋漓地繼續衝，對身上的傷口置若罔聞。

魚腸的表情變得僵滯，對方升起一股令他無比畏懼的氣勢，這還是生平第一次。魚腸有預感，即使現在割開張小敬的咽喉，他也會先把自己撕成數塊再死去。

來自童年陰影的恐慌，油然在他的心頭升起。他在七歲那年，孤身流落在草原上，被一頭受傷的孤狼跟上。一人一狼對峙了半個夜晚，幸虧後來有牧民趕到，打跑了那頭狼。不過牠綠色的眼神，給魚腸留下了難以忘卻的噩夢印記。

這個噩夢，今天又化身成了張小敬，出現在魚腸面前。魚腸第一次失態，他有一股強烈的衝動，想要後退躲避。

他低吼一聲，拚命想擺脫這些混亂思緒，可張小敬已經接近機樞了。

魚腸不再想與張小敬正面對決，他抑制住想要逃走的衝動，飛起一刀，砍斷旁邊的一根黃竹架。沉重的木輪缺少了一個支撐，登時往下沉了幾分，連累正在衝鋒的張小敬身子一歪。魚腸連忙又砍斷了另外一處竹架，木輪又歪倒了幾分。

張小敬看到眼前的平路，忽然變成了傾斜的上坡。他只得掣起鋼刀，加快速度向前奔去。魚腸發狂般舉起刀來，砍斷了第三根支撐。

嘩啦一聲，天樞層的木輪坍塌了一半，木屑飛濺。張小敬的體力已瀕臨極限，加上受傷過重，一時控制不了平衡，一路滑跌到木輪邊緣。他想要抓住周圍的東西，可胳膊疼疼無力，整個身子一下子滑出半空，只靠一隻手死死摳住邊緣的凹槽。那柄障刀在半空旋了幾圈，掉到燈樓底部的深淵中。

與此同時，第二十三間燈屋點亮了。

魚腸爆出一陣瘋狂的大笑，他很少如此失態，可今天是例外。這一場決鬥，終究還是他贏了。張小敬這頭野獸，最終還是被他打敗了。

他走到木輪邊緣，用皮靴踩住張小敬的五根指頭，發出咯吱咯吱的聲音。張小敬的身體無助地在半空晃動，面色猙獰，始終不肯鬆開指頭。

「到頭來，你誰也保不住。」

魚腸俯視著這個手下敗將，他現在可以輕易殺死張小敬，可卻突然改變了主意。剛才張小敬的瘋狂，讓他感受到了恐懼。單純殺死這個渾蛋，已不足以洗刷這種屈辱。只有讓這個仇敵在絕望和痛苦的情緒中煎熬良久，然後死去，才能平息心中的憤怒。

他不再繼續踩壓張小敬的手指，而是指了指那個機樞木臺，走過去。張小敬吼道：「你來殺我好了！不要去扳動機關！」

魚腸側耳傾聽，腳步放慢，這哀鳴比教坊的曲子還好聽，他要好好享受這個過程。張小敬單手摳住凹槽，雙目充血，聲音嘶啞如破鑼：「不要扳動，你會後悔的！」

在這聲聲吼叫中，魚腸慢慢地踏到木臺上。伸手握住兩條長柄，仰起頭來，向天頂望去。最後一間明理燈屋，點亮了。

太上玄元燈樓上的二十四間燈屋，至此終於全數點燃。二十四團璀璨的巨大燈火，在夜幕映襯下宛若星宿下凡。

它們以沛然莫禦的恢宏氣勢次第旋轉著，在半空構成了一個明亮而渾圓的輪迴軌跡，居高臨下睥睨著長安城的一百零八坊。屋中燈俑個個寶相莊嚴，彷彿眾妙之門皆從此開。

在這座燈樓的頂端，有十幾根極長的麻繩向不同方向斜扯，懸吊半空，繩上掛滿了各色薄紗和彩旗。燈沒亮時，這些裝飾毫不起眼，此時燈屋齊亮，這些薄紗撲簌簌地一起抖動，把燈光濾成緋紅、葡萄紫、翠芽綠、石赭黃等多彩光色，讓燈樓內外籠罩在一片迷離奇妙的彩影之中，有如仙家幻境。

無論是升斗小民還是天潢貴胄，有幾人曾目睹神仙臨凡？而今天，每一個人的夢想都變成了眼前的實景，這是值得談論許多年的經歷。驚濤駭浪般的歡呼聲，從四面八方拍擊而來。興慶宮內外早已準備好的樂班，開始齊奏〈上仙遊〉。長安城的上元節歡慶，達到了最高潮。

魚腸看了張小敬一眼，刻意側過身子，讓他看清楚自己的動作。接著手腕一用力，將那赤紅色的長柄推至盡頭。

第十八章　寅初

天寶三載，元月十五日，寅初。

長安，萬年縣，安邑常樂路口。

從剛才拔燈紅籌拋出燃燭開始，李泌便一直跟在那輛東宮所屬的四望車後面。不過他沒有急於上前表明身分，而是拉開一段距離，悄悄跟隨著。

李泌手握韁繩，身體前傾，雙腿虛夾馬肚，保持著一個隨時可以加速的姿勢。但他不敢太過靠近，因為一個可怕的猜想正浮現腦海。這念頭是道家所謂的「心魔」，越是抗拒，它越是強大，一有空隙便乘虛而入，藤蔓般纏住內心，使人艱於呼吸，心下冰涼。

這一輛四望馬車離開興慶宮後，通過安邑常樂路口，一路朝南走去。這個動向頗為奇怪，因為太子居所是在長樂坊，位於安國寺東附苑城的十王宅內，眼下往南走，分明背道而馳。

既不參加春宴，又不回宅邸，值此良夜，太子到底是想要去哪裡？

這一帶的街道聚滿了觀燈的百姓，他們正如痴如醉地欣賞著遠處燈樓的盛況，可不會因為四望車上豎著絳引幡[35]，就恭敬地低頭讓路。馬車行進得很急躁，在擁擠的人群中粗暴地衝撞，掀起一片片怒罵與叫喊，但與其說是跋扈，更像是慌不擇路的逃難。

四望車兩側只配了幾個護衛兵隨行，儀仗一概欠奉。那隻擱在窗櫺上的手，始終煩躁地敲擊著，不曾有一刻停頓。

李泌伏在馬背上，偶爾回過頭去，看到太上玄元燈樓的燈屋次第亮起。身旁百姓們連連發出驚喜呼喊，可他心中卻越聽越焦慮。等到二十四個燈屋都亮起來，闕勒霍多便會復活，到那時候，恐怕長安城就要遭遇大劫難了。

他在追蹤馬車之前，已經跟陳玄禮將軍打過招呼，警告他燈樓裡暗藏猛火雷，讓他立刻疏散勤政務本樓。至於陳玄禮聽不聽，就非李泌所能控制的了。話說回來，就算現在開始疏散也太晚了。勤政務本樓上的賓客有數百人，興慶宮廣場上還有數萬民眾，倉促之間根本沒辦法離開爆炸範圍。

只能指望張小敬及時阻止燈樓啟動，那是長安城唯一的希望。

一想到這裡，李泌眉頭微皺，努力壓抑住那股心魔。可這一次，任何道法都無效，心魔迅速膨脹，幾乎要侵染李泌的整個靈臺，強迫他按照一個極不情願的思路去思考。

在這個微妙的時間點，任何離開勤政務本樓的人，都值得懷疑。

那麼，太子為何在這時候離開興慶宮？是不是因為他早知道燈樓裡有猛火雷，所以才會提前離開？

35　古代皇家儀仗中的赤色引旛（下垂的長旗）。

一念及此，思緒便好似開閘洪水，再也收攏不住：只要猛火雷一炸，整個勤政務本樓頓時會化為齏粉，從天子到李相，絕無倖免，整個朝廷高層將為之一空。

除了太子，不，到那個時候，他已經是皇帝了。

李泌的心陡然抽緊，指甲死死摳進牛皮韁繩裡，留下極深的印痕。他沒法再繼續推演下去，越往下想，越覺心驚。李泌與太子相識許多年，他不相信那個忠厚而怯懦的太子，會做出這樣的事情來。

可是……李亨畢竟是李氏之後，這一族人的血液裡，始終埋藏著一縷噬親的凶性。玄武門前的斑斑血跡，可是擦不乾淨的。想到這裡，李泌的身子在馬上晃了晃，信心動搖。

前方馬車已經逐漸駛離了人群擁擠的區域，速度提升起來。李泌咬了一下舌尖，強迫自己冷靜下來。他一抖韁繩，讓坐騎加快速度，別被甩掉。

四望車走過常樂、靖恭、新昌、升道諸坊，車頭始終往南。李泌發現，車轅所向非常堅定，車夫過路口時沒有半分猶豫，這說明這輛車有一個明確的目的地。

街上燈火依然旺盛，可畢竟已至南城，熱鬧程度不可與北邊相比。這一帶的東側是長安城的東城牆，西側是樂游原的高坡，形成一條兩翼高聳、中部低陷的城中谷道。長安居民都稱這一段路為「遮溝」，白天是遊賞的好去處，可到了晚上，街道兩側皆是黑色高壁陰影，氣勢森然。

四望車走到遮溝裡，車速緩緩降了下來。當它抵達修行升平道路口時，忽然朝右側轉去，恰好從樂游原南麓邊緣而過。

李泌潛藏在後，腦子飛快地轉動，心想這附近到底有什麼可疑之處。還未等他想到，那四望車已經遠遠地停了下來。

這附近居民不多，沒有大型的燈架，只在重要的位置掛起幾盞防風的厚皮燈籠，光線不是很好。馬車停下的位置，南邊可見一座高大的塔尖，那是修行坊的通法寺塔；而在北邊，則是一道高大的青色坊牆，坊牆上開了一道倒碑小門。這種門在啟用時，不是左右推開，而是整個門板向前倒去，平鋪於地，兩側用鐵鍊牽引，可以收回。因為狀如石碑倒地而得名。

在長安，坊牆當街開門只有兩種情況，要嘛是嘉許大臣功績，敕許開門；要嘛是有不得已的實際用途，比如突厥狼衛藏身的昌明坊磚窯，因為進出貨物量太大，必須要另開一門。

那麼這裡到底是什麼地方，必須在坊牆開一扇倒碑門？李泌的眼神掃過去，注意到那門上方是一條拱形的鏤空花紋，紋路頗為繁複，有忍冬、菖蒲、青木、師草子等花草葉紋，皆是入藥之物。

李泌立刻想起來了，這裡是升平坊，裡面有一個藥圃，專為東宮培植各類草藥。藥圃需要大量肥料、土壤以及草木，又是太子所用，當街開門很正常。李泌記得李亨曾經賞賜過自己一些草藥膏子，還不無得意地誇耀是自種自焙自調，原來就是從這裡拿的料。

可是太子大老遠跑來藥圃幹什麼？

李泌內心疑竇叢生，光顧得思考，忘記扯住韁繩。那坐騎看到前方有光，主人又沒攔阻，便自作主張朝那邊靠去。

附近行人很少，馬車四周的護衛聽到馬蹄聲，立刻發現了李泌的行藏。他們十分緊張，發出警告聲，亮出武器。四望車的窗櫺上擱著的那隻手，彷彿受到驚嚇的兔子，一下子縮了回去。

李泌聽到呼喊，知道自己的行蹤暴露，索性翻身下馬，大聲道：「我是靖安司丞李泌！」那些護衛跟李泌都很熟悉，一聽是他，紛紛放下手中武器。護衛們沒注意到，四望車微微地顫動了一下。

「我要見太子。」李泌一邊朝前走，一邊大聲喊道。護衛們面面相覷，有點不知所措。太子就在四望車內，外面的對話一定聽得很清楚，可是車裡始終保持沉默，沒有任何命令下來。

「臣，靖安司丞李泌，求見太子！」李泌的聲音又大了幾分，腳下不停，距離四望車又近了幾分。他的情緒變得激動起來，必須要把這件事情弄明白，哪怕付出最慘重的代價。四望車內還是沒有反應，李泌的腳步突然停住了，皺著眉頭朝北方望去。馬車旁的馬匹，也同時轉動了一下耳朵，噴出不安的鼻息。護衛們顧不得安撫坐騎，也齊齊把脖頸轉向北方。

無論是人還是馬，都感應到了，有微微的轟轟聲從遠處傳來，隨之而至的還有腳下不安的震顫。儘管在這個位置，北方的視野全被樂游原擋住，可李泌知道，一定是太上玄元燈樓出事了。

*

太上玄元燈樓的二十四個燈屋主要分成三塊：燈燭部、燈俑部以及機關部。機關部深藏在燈屋底層，外用木皮、綢緞遮擋，裡面是牽動燈俑的鉤杆所在，百齒咬合，是毛順大師的不傳之祕。

當魚腸推動木臺上的赤紅長柄後，層層傳力，剎那便傳到二十四間燈屋的機關部內。

一個銅棘輪突然喀嗒一聲，與鄰近的麒麟臂錯扣一齒。這個小小的錯位，讓一枚燃燭滑到麒麟臂的正下方，熾熱的火苗，恰好撩到裸露在外的油捻子。油捻子呼啦一下燃燒起來，它的長度只有數寸，火星很快便鑽入麒麟臂內部，一路朝著內囊燒去。

燈樓上的巨輪依然隆隆地轉動著，光芒莊嚴，熠熠生輝，此時的長安城中沒有比它更為奪目的建築。圍觀者如痴如醉，沉浸在這玄妙的氛圍中不能自拔。

數十個彈指之後，武威燈屋的下部爆出一點極其耀眼的火花。在驚雷聲中，火花先化為一團赤色花心，又迅速聚集成一簇花蕊。然後花蕊迅速向四周舒張，伸展成一片片躍動的流火花瓣。遠遠望去，就像是一朵牡丹怒放的速度放快了幾十倍，瞬間就把整個燈俑布景吞噬。

沒有一個觀眾意識到這是個意外，都認為這是演出的一部分，拚命喝采，興奮得幾乎發了狂。

太上玄元燈樓沒有讓他們失望。沒過多久，其他燈屋的火色牡丹也次第綻放，一個接連一個，花團錦簇，絢爛至極，整個夜空為之一亮。那震耳欲聾的爆炸聲接二連三，好似雷公用羯鼓敲起了快調。

這一連串強烈爆炸在周圍掀起了一場狂風。樂班的演奏戛然而止，勤政務本樓上響起聲聲驚呼，許多站得離欄杆太近的官員、僕役被掀翻在地，現場一片狼狽。興慶宮廣場上的百姓也被震倒了不少，引起了小範圍的混亂。不過仍舊沒有引起大眾警惕，更多的人哈哈大笑，饒有興趣地期待著接下來的噱頭。

最初的爆炸結束後，燈屋群變成了二十四具巨大的火炬，熊熊燃燒起來，讓興慶宮前亮若白晝。幾十個燈俑置身於烈焰之中，面目彩漆迅速剝落，四肢焦枯，有火舌從身體縫隙中噴湧而出，可它們仍舊一板一眼地動作著，畫面妖冶而詭異。如果晁分在場，大概會喜歡這地獄般的景象吧。

在燈樓內部，魚腸得意地注視著張小敬，欣賞那個幾乎跌落深淵的可憐蟲。他已經啟動了機關，儀式已經完成，距離闕勒霍多完全復活只剩下幾十個彈指。

燈屋裡隱藏的那些猛火雷，都是經過精心調整，爆炸還在其次，主要是助燃。現在二十四道騰騰的熱力從四面八方籠罩在天樞周圍，天樞還在轉動，就如同一隻在烤架上緩緩翻轉的羊羔。當溫度上升到一定程度後，天樞體內隱藏的大猛火雷就會劇烈爆炸。到那時候，方圓數里都會化為焦土。

而那個可憐蟲只能眼睜睜看著這一切發生，無力阻止。

魚腸很高興，他極少這麼赤裸裸地流露出情緒，他甚至捨不得殺掉張小敬了。那傢伙臉上浮現的絕望實在太美了，如同一甕醇厚的新豐美酒倒入口中，真想多品嘗一會兒。

可惜這個心願注定不能實現。啟動完機關後，他和蕭規之間便兩不相欠。接下來，他得趕在爆炸之前，迅速離開燈樓，還有一筆帳要跟蕭規那渾蛋算。

至於張小敬，就讓他和燈樓一起被闕勒霍多吞掉吧。

魚腸一邊盤算，一邊邁步準備踏下木臺。他的腳底板還沒離開地面，忽然感覺到腳心一陣灼熱。魚腸低下頭想看個究竟，先是一道豔麗的光芒映入他的雙眼，然後火焰自下而上炸裂開來，瞬間將他全身籠罩。

張小敬攀在木輪邊緣，眼看著魚腸化為一根人形火炬，被強烈的衝擊拋至半空，然後劃出一道明亮的軌跡，朝著燈樓底部的黑暗跌落。

蕭規說過，不會容這個殺手活下去。張小敬以為他會在撤退路線上動手腳，沒想到居然這麼簡單粗暴。木臺之下，應該也埋著一枚猛火雷。魚腸啟動的機關，不只讓二十四個燈屋甦醒，也引爆了自己腳下的這枚猛火雷。他親手把自己送上了絕路。

整個身子懸吊在木輪下方的張小敬，幸運地躲開了大部分衝擊。他顧不得感慨，咬緊牙關，在手臂肌肉痙攣之前勉強翻回木輪。

此時二十四個熊熊燃燒的火團環伺於四周，如同二十四個太陽同時升起，讓燈樓裡亮得嚇人。張小敬可以清楚看到樓內的每一處細節。青色與赤色的火焰順著旋臂擴散到燈樓內部，像是一群高舉號旗的傳令兵，所到之處，無論蒙皮、支架、懸橋、連繩還是木輪，都紛紛響應號召，揚起朱雀旌旗。

沒過多久，整個燈樓內外都開滿了朱紅色的牡丹，簇擁在天樞四周，火苗躍動，跳著渾脫[36]舞步，配合著嗶嗶剝剝的聲音，等待著最終的綻放。

張小敬頹然靠坐在方臺旁，注視著四周越發興盛的火獄，內心陷入無比的絕望與痛苦。他披荊斬棘、歷經無數波折，終於衝到了闕勒霍多身旁。可是，這已經是極限，再無法靠近一步。一切努力，終究無法阻止這個災難發生，他倒在距離成功最近的地方。只差一點，但這一點，卻是天塹般的區隔。

天樞莊嚴地轉動著，在大火中巋然不動，柱頂指向天空的北極方向，正所謂「天運無窮，

36　流行於蒙古、中亞的舞蹈。

三光迭耀，而極星不移」[37]。可張小敬知道，在大火的燒灼之下，樞中內藏的猛火雷已經甦醒，隨時可能爆發，為長安城帶來無可挽回的重創。

這是多麼殘忍的事，讓一個失去希望的拯救者，眼睜睜看著一切邁向無盡深淵。張小敬不是輕易放棄的性子，可到了這時候，他無論如何也想不出還有什麼辦法消弭這個災難。

這一次，他真的是窮途末路了。

*

二十四個燈屋相繼爆燃時，元載恰好率眾離開太上玄元燈樓的警戒範圍，朝外頭匆匆而去。

爆炸所釋放出來的衝擊波，就像是一把無形的鐮刀橫掃過草地。元載只覺得後背被巨力一推，匡噹一聲被掀翻在地，摔了個眼冒金星。周圍的龍武軍和旅賁軍士兵也紛紛倒地，有個離燈樓近的倒楣鬼發出慘叫，抱著腿在地上打滾。

元載狼狽地從地上爬起來，耳朵被爆炸聲震得嗡嗡直響。他連滾帶爬地又向前跑出幾十步，直到衝到一堵矮牆後頭，背靠牆壁，才覺得安全。元載喘著粗氣，寬闊額頭上滲出涔涔冷汗。

他的心中一陣後怕，剛才若不是當機立斷，命令所有人立刻退出，現在可能就被炸死或燒死在燈樓裡了。

那些愚蠢的觀燈百姓不知厲害，還在遠處歡呼。元載再次仰起頭，看到整個燈樓在火焰

37 出自《觀象玩占》，講述觀測北極星。唐朝李淳風（政治人物、天文學家、數學家）撰寫。

中變得耀眼無比，二十四團騰騰怒焰，把天空燎燒成一片赤紅。這絕對不是設計好的噱頭，再精巧的工匠，也不會把主體結構一把火燒掉。那火焰已經蔓延到旋臂了，這絕對是事故，而且是人為的事故！

這就是張小敬說的猛火雷吧？

一想到這個名字，元載的腦袋又疼了起來。他明明看見張小敬把一枚猛火雷往轉機裡塞，這不明擺著是幹壞事嗎？現在陰謀終於得逞，燈樓終於爆炸，無論怎麼看，整件事都是張小敬幹的。可元載始終想不明白，張小敬的行為充滿矛盾，他最後從頂閣衝入燈樓時，還特意叮囑要元載去發出警告，又有哪個反派會這麼好心？

元載搖搖頭，試圖把這些疑問甩出腦袋。自己是不是被那些爆炸聲給震傻了？張小敬如何，跟我有什麼關係？現在證據確鑿，所有的罪責有人擔著，幹嘛還要多費力氣？還有更重要的事情要做。

元載有一股強烈的預感，這件事還沒完，更大的危機還在後頭。而今之計，是盡快發出警報才是。這個警報不能讓別人發，必須得元載親自去，這樣才能顯出「危身奉上」之忠。

元載伸出雙手，搓了搓臉，讓自己盡快清醒過來。

此時燈樓附近的龍武軍警戒圈已經亂套了，一大半士兵被剛才的爆炸波及，倒了一地，剩下的幾個士兵不知所措，揮舞著武器阻止任何人靠近，也不許任何人來救治傷者。

元載沒去理睬那個亂攤子，他掀起襴衫塞進腰帶，飛速地沿著龍武軍開闢出的緊急連絡通道，朝著金明門狂奔而去。在奔跑途中，元載看到勤政務本樓上也是一片狼藉，燭影散亂，腳步雜遝，就連綿綿不絕的音樂聲都中斷了。

元載熟知宮內規矩。這可是一年之中最重要的春宴場合，一曲未了而突然停奏會被視為大不吉，樂班裡的樂師們哪怕手斷了，都得堅持演奏完。現在連音樂聲都沒了，可見是遭了大災。

他一口氣跑到金明門下，看到陳玄禮站在城頭，已沒了平時那威風凜凜的穩重氣勢，正不斷跟周圍的幾個副手交頭接耳，不停有士兵跑來通報。

剛才燈樓的那一番火燃景象，陳玄禮已經看到了。春宴現場的狼藉，也在第一時間傳到了金明門。可陳玄禮是個謹慎的人，並沒有立刻出動龍武軍。即使在接到李泌的警告之後，他也沒動。

龍武軍是禁軍，地位敏感，非令莫動。大唐前幾代宮內爭鬥，無不有禁軍牽連其中。遠的不說，當今聖上親自策動的唐隆、先天兩次攻伐，都是先掌握了禁軍之利，方能誅殺韋后與太平公主。這兩件事陳玄禮都親身經歷過，深知天子最忌憚什麼。

試想一下，在沒得天子調令之時，他陳玄禮帶兵闖入春宴，會是什麼結果？就算是為了護駕，天子不免會想，這次你無令闌入，下次也會無令闌入，然後……可能就沒有然後了。

所以陳玄禮必須先搞清楚，剛才燈樓到底是怎麼回事。是設計好的噱頭，還是意外事故？或者真如李泌所說，裡面被人刻意裝滿了猛火雷？如此龍武軍才能做出最正確的反應。

陳玄禮正在焦頭爛額，忽然發現城下有一個人跑向金明門，而且大呼小叫，似乎有什麼緊急事態要通報。看這人的青色袍服，還是個低階官員，不過他一身髒兮兮的灰土，連頭巾都歪了。

「靖安司元載求見。」很快有士兵來通報。

陳玄禮微微覺得訝異，靖安司？李泌剛走，怎麼這會兒又來了一個？元載氣喘吁吁地爬上城頭，一見到陳玄禮，不顧行禮，大聲喊道：「陳將軍，請盡快疏散上元春宴！」

陳玄禮一怔，剛才李泌也這麼說，怎麼這位也是一樣的口氣？他反問道：「莫非閣下是說，那太上玄元燈樓中有猛火巨雷？」

「不清楚，但根據我司的情報，燈樓已被蚍蜉滲透，一定有不利於君上的手段！」元載並不像李泌那麼清楚內情，只得把話盡量說得模擬兩可。

陳玄禮追問道：「是已經發生了，還是還未發生？」

若是前者，倒是不必著急了。春宴上只是混亂了一陣，還不至於出現傷亡；若是後者，可就麻煩大了。

元載回答：「在下剛自燈樓返回，親眼所見毛順被拋下高樓，賊人手持猛火雷而上。只怕蚍蜉的手段，不只燈屋燃燒這麼簡單。」陳玄禮輕捋髯鬚，游移未定，元載上前一步，悄聲道：「不須重兵護駕，只需將聖人潛送而出，其他人可徐徐離開。」

他很了解陳玄禮畏忌避嫌的心思，所以建議不要大張旗鼓，只派兩三個人悄悄把天子轉移到安全地方。這樣既護得天子周全，也不必引起猜疑。陳玄禮盯著元載，這傢伙真是好大的膽子，話裡話外，豈不是在暗示只要天子安全，其他人死就死吧？那裡還有宗室諸王、五品以上的股肱之臣、萬國來拜的使者，這些人在元載嘴裡，居然死就死了？可陳玄禮再仔細一想，卻也想不到更妥善的法子。

沉默片刻，陳玄禮終於下了決心。先後兩位靖安司的人都發出了同樣的警告，無論燈樓裡有沒有猛火雷的威脅，天子都不能待在勤政務本樓了。

他立刻召集屬下吩咐封閉興慶宮諸門，防備可能的襲擊，然後把頭盔一摘：「我親自去見天子。」執勤期間，不宜卸甲，不過若他戴著將軍盔闖進春宴，實在太醒目了。

元載拱手道：「那麼下官告辭……」

「你跟我一起去。」陳玄禮冷冷道。不知為何，他一點都不喜歡這個講話很有道理的傢伙。元載臉色變了幾變：「不，不，下官品級太過低微，貿然登樓，有違朝儀。」

「你不必上樓，但必須留在我身邊。」陳玄禮堅持道。他沒時間去驗證元載的身分和情報，索性帶在身邊，萬一有什麼差池，當場就能解決。

元載表面上滿是無奈，其實內心卻樂開了花。他算準陳玄禮的謹慎個性，來了一招「以退為進」。只要跟著陳玄禮，一定能有機會見到聖人，在他老人家心中留下印象，這可是多少錢也買不來的天賜良機。

當然，這一去，風險也是極大，那棟燈樓不知何時會炸開。可元載決定冒一次險，富貴豈不都是在險中求來的？

陳玄禮對元載的心思沒興趣，他站在城頭朝廣場方向看去。那燈樓已變成一個碩大的火炬，散發著熱力和光芒，即使在金明門，都能感覺到它的威勢。那薰天的火勢，似乎已非常接近某個極限。到了這個時候，所有人都開始覺得不對勁了。

上元燈樓再華貴，也不至於燒到這個程度。

陳玄禮緊鎖眉頭，大喝一聲：「走！」帶著元載和幾名護衛匆匆下了城樓。

＊

張小敬半靠在木臺前，呆呆地望著四周的火牆逐漸向自己靠近。

能做的事情都已經做了；可逃生的通道也已經為火舌吞噬，想下樓也不可能了。用盡了所有選擇的他，唯有坐等最後一刻到來。

據說人在死前，可以看到自己一生的回顧。可在張小敬眼前閃現的，卻是一張張人臉。蕭規、聞無忌、第八團兄弟們、李泌、徐賓、姚汝能、伊斯、檀棋、聞染……每一張臉都似乎要對他說些什麼，可他們無法維持太久，很快便在火光中破滅。

張小敬集中精力注視許久，才勉強辨認出他們想說的話，其實只有一句：你後悔嗎？你後悔嗎？你後悔嗎？

這是一個很尖銳的問題。張小敬閉上眼睛，腦海裡浮現昨天上午巳正時分，自己走出死囚牢獄的場景。如果能重來一次，他還會不會做出同樣的選擇？

張小敬笑了，他蠕動乾裂的嘴唇，緩緩吐出兩個字：「不悔。」

他並不後悔今日所做的選擇，這不是為了某一位帝王、某一個朝廷，而是為了這座長安城和生活其中的許許多多普通人。

張小敬只是覺得還有太多遺憾之處：沒能阻止這個陰謀，辜負了李司丞的信任；沒看到聞染安然無恙；沒有機會讓那些欺辱第八團老兵的傢伙得到應有的報應；還連累了徐賓、姚汝能和伊斯……對了，也很對不起檀棋，自己大言不慚承諾要解決這件事，結果卻落到這般田地，不知她現在怎麼樣了？

想到這裡，一個曼妙而模糊的身影浮現在瞳孔裡，張小敬無奈地嘆了口氣，搖搖頭，那身影立刻消散。

回顧這一天的所作所為，張小敬覺得自己犯了很多愚蠢的錯誤。假如再給他一次機會，也許情況會完全不同。如果能早點抵達昌明坊，猛火油根本沒機會運出去；如果能在平康坊抓到魚腸，就能讓蚍蜉的計畫更早暴露；如果安裝在轉機上的猛火雷沒有受損洩勁，順利起爆，也就不會有後面這些麻煩了……

張小敬在火光中迷迷糊糊地想著，眼皮突然跳了一下。他略覺奇怪，自己是怎麼了？被高溫烤糊塗了？於是把思緒重新倒回去，又想了一遍，果然，眼皮又跳了一下。

如是再三，他刷地睜開眼睛，整個人扶著木臺站了起來。原本逐漸散去的生機，霎時又聚攏回來。

對了！如果猛火雷密封受損，洩了勁！就不會爆炸了！無論大小，這個道理都講得通！毛順要把轉機炸偏，正是想利用偏斜的角度絞碎天樞的底部，把石脂洩出來。現在雖然沒有轉機可以利用，可天樞就在旁邊轉動不休，它是竹製，靠人類的力量，就算沒辦法絞碎，也能在外壁留下幾道刀口，讓石脂外洩。

張小敬沒計算過，到底要劈開多少道口子，流失多少石脂，才能讓這一枚巨大的猛火雷澈底失去內勁。他只是意識到這種可能性，不想帶著遺憾死去，於是做最後一搏。

一抓到希望，張小敬重新迸發出活力。他掃視左右，看到在木臺附近的條筐裡面，扔著一件件工具。是蚍蜉工匠們安裝完麒麟臂之後，隨手棄在這裡的。張小敬從筐裡拿起幾把斧子，斧柄已被烤得發燙，幾乎握不住。

張小敬抓著這些斧子，回身衝到天樞前。天樞仍舊嘎嘎地轉動著，彷彿這世間沒什麼值得它停下腳步。周圍熾熱的火光，把那坑坑窪窪的泛青樞面照得一清二楚。

天樞與燈樓等高，世間不可能有這麼高的竹子。毛順在設計時，是將一節節硬竹貫穿接起，銜接之處用鑄鐵套子固定。若說它有什麼弱點，應該就在鐵套附近。

張小敬毫不客氣，揮起大斧狠狠一劈。可惜天樞表面做過硬化處理，斧刃只留下一道淺淺的白痕。張小敬又劈了一下，才勉強開了一條小縫，有黑色的石脂滲出，如同人受傷流出血液。張小敬第三次揮動斧子，竭盡全力劈在同一個地方，終於狠狠砍開一道大口子。

黏稠的黑色石脂從窄縫裡噴了出來，好似噴泉澆在木輪之上。此時外面的溫度已經非常高了，石脂一噴到木輪表面，立刻轟一下燒成一片。一會兒功夫，木輪地板已完全燃燒起來，成了一個火輪。

張小敬知道，這還不夠。對於和燈樓幾乎等高的天樞來說，這點傷口如九牛一毛，還不足以把威力洩乾淨。他還需要砍更多的口子，洩出更多石脂。

可此時木輪已燒得沒法落足，張小敬只得拎起斧子，沿著殘存的架子繼續向上爬去。每爬一段，他都揮動斧子瘋狂劈砍，直到劈出一道石脂噴洩的大口，才繼續上行。

這些噴洩而出的石脂，讓燈樓內部燃燒得更加瘋狂，反過來促使天樞更快爆發。張小敬不光在與時間競賽，還在奔跑途中催促對手加速。在這熊熊燃燒的燈樓火獄裡，一個堅毅的身影穿行於烈火與濃煙之中。他一次又一次衝近行將爆發的天樞大柱，竭盡全力去爭取那小到幾乎可以忽略不計的可能性。

大火越發旺盛，赤紅色的火苗如春後野草，四處叢生，樓內的溫度燙到可以媲美煮羊肉索餅[38]的爐子。張小敬的眉毛很快被燎光，頭皮也被燒得幾乎起火，上下衣物無力抵禦，紛

38 麵條。

紛化為一個個炭邊破洞，全身被火焰烤灼，尤其是後背，他之前在靖安司內剛被燒了一回，此時再臨高溫，更讓人痛苦萬分。

可張小敬的動作卻絲毫不見停滯。他靈巧地在竹架與木架之間躍動，不時撲到天樞旁邊，揮斧猛砍。他所到之處，留下一柱柱黑色噴泉，讓下方的火焰更加喧騰。

砰砰！喀！嗶——

天樞上又多了一道口子，黑油噴灑。

張小敬不知道這是破開的第幾道口子，更算不出到底有多少斤石脂噴出，他只是憑著最後一口氣，希望在自己死去之前，盡可能地減少燈樓爆炸的危害。他把已經捲刃的斧子扔掉，從腰間拔出了最後一把。

他抬起頭，努力分辨出向上的路徑。這一帶的高度，已經接近燈樓頂端，火焰暫時還未蔓延，不過煙霧卻已濃郁至極。整個燈樓的濃煙，全都匯聚在這裡，朝天空飄去。張小敬的獨眼被薰得血紅，幾乎無法呼吸，只能大聲咳嗽著，向上爬去。

他腳下一蹬，很快又翻上去一層。這一層比下面的空間更加狹窄，只有普通人家的天井大小，內裡除了天樞之外，只有寥寥幾根木架交錯搭配，沒有垂繩和懸橋。張小敬勉強朝四周看去，濃煙滾滾，什麼都看不見。

再往上走，似乎已經沒有出路了。張小敬能感覺到身子在微微晃動，不，不是身體，而是整個空間都在晃動，而且幅度頗大。他左手向前摸去，摸到天樞，發現居然摸到頂了。

原來，張小敬已經爬到了燈樓的最頂端，天樞到這裡便不再向上延伸，頂端鑲嵌著一圈銅製凸浮丹篆。其上承接一個狻猊形的木跨架，架子上斜垂一個舌狀撥片。當天樞啟動時，運轉的燈屋會穿過狻猊跨架之下，被那個撥片撥開屋頂油斛，自動點燃火燭。

張小敬揮動斧子，在天樞頂端劈了幾下，先把那個銅製的丹篆硬生生砸下來，然後又鑿出一個口子。在這個高度，天樞裡就算還有石脂，也不可能流出來了。張小敬這麼做，不過是為了讓心中踏實，就像是完成一個必要的儀式。

做完這一切，張小敬把斧子遠遠丟下樓去，感覺全身都快燙熟了。他用最後的力量爬到狻猊跨架之上，背靠撥片，癱倒在地。

這次真的是徹底結束了。他已經做到了一切能做的事情，接下來就看天意了。

太上玄元燈樓高逾一百五十尺，待在它的頂端，可以俯瞰整個長安城。可惜此時是晚上，四周又煙霧彌漫，什麼都看不見。張小敬覺得挺遺憾，難得爬這麼高，還是沒能最後看一眼這座自己竭盡全力想要保護的城市。

四周濃煙密布，下方燈樓主體已經完全淪為火海，灼熱的氣息翻騰不休。此時的燈樓頂端，算是僅有的還未被火焰占領的淨土。張小敬將身子軟軟地靠著撥片，歪著頭，內心一陣平靜。

十九年前，他也是這麼靠在烽燧城的旗杆上，安靜地等待即將到來的結局。十九年後，命運再度輪迴。只是這次，不會再有什麼援軍了。

張小敬迷迷糊糊地想著，突然感覺身下的燈樓似乎微微顫動了一下，然後發出一聲低沉的轟鳴。

＊

興慶宮的龍池，在長安城中是一個極其特別的景致。

早在武后臨朝之年，這裡只是萬年縣的普通一坊，叫隆慶坊。隆慶坊裡有一口水井，突然無故噴湧，清水瘋漫不止，一夜之間淹沒了方圓數畝的土地，此處淪為一大片水澤。日出之時，往往有霧氣升騰，景色極美。長安城的望氣[39]之士認為這是一個風水佳地，坊間更有私傳，說水泊升龍氣。於是李氏皇族的成員紛紛搬到這片水澤旁邊居住，其中就包括了當今聖上李隆基。

後來天子踐祚，把隆慶池改名為龍池，以示龍興之兆。這下子，龍池旁邊的宗親們都不敢久居，紛紛獻出宅邸。天子便以龍池為核心，兼併數坊，修起了興慶宮。而龍池因為沾了帝澤，多次擴建，形成一片極寬闊的湖泊，煙波浩渺，可行長舟畫舫，沿岸亭閣無數，遍植牡丹、荷花、垂柳，還豢養了不少禽鳥。

龍池湖畔，即是勤政務本樓、花萼相輝樓，彼此相距不過百十餘步。此時勤政務本樓上燈火輝煌，熱鬧無比，宴會正酣。反觀龍池，沿岸只在沉香亭、龍亭等處懸起幾個燈籠，聊做點綴，大部分湖面是一片黑暗的靜謐。

一隻丹頂仙鶴立在湖中一座假山之上，把頭藏在翅膀裡，沉沉睡去。突然，牠猛地抬起長長的脖頸，警惕地朝四周看去。四周一片黑暗，並沒有任何異狀。可鶴不安地抖了抖翎毛，一拍翅膀飛過水面，遠遠離開。

喀嗒。

就在仙鶴剛才落腳之處，假山上的一塊石頭鬆動了一下。這些石頭都是終南山深處尋

39 古代的占候方法。由觀望雲氣得知人事吉凶的徵兆。

獲的奇石，造型各異，被工匠們以巧妙的角度堆砌在一塊，彼此之間連接並不牢固。過不多時，石頭又動了動，居然被硬生生推開。

假山上露出一個黑洞，渾身溼漉漉的蕭規從洞裡彎著腰鑽出來，鷹勾鼻兩側的眼神透著興奮。這裡可是興慶宮啊，是大唐的核心、長安的樞紐，能有幸進入這裡的人極為稀少，而他卻置身其中。

假山距離岸邊很近，蕭規謹慎地伏在山邊，環顧四周。這一帶沒有禁軍，龍武軍的注意力全都放在勤政務本樓、南廣場與興慶宮殿的周邊警戒，誰也不會特別留意龍池這種既寬闊又不重要的地方。

蕭規確認安全後，對著黑洞學了一聲低沉的蟋蟀叫聲。很快從黑洞裡魚貫而出二十幾個精實的軍漢。他們個個穿著緊身魚皮水靠，頭頂著一個油布包，渾身散發著凜凜的殺氣。

毛順為了方便太上玄元燈樓的動力運轉，把水源從道政坊引到太上玄元燈樓之下，但是這麼大的水量，必須要找一個排洩的地方。另外再修一條排水渠太過麻煩，直接排入龍池是最好的選擇。龍池既深且寬，容納這點水量不在話下。

對天子來說，也樂見龍池水勢增厚，於是這件工程就這麼通過了。龍武軍雖然是資深宿衛，可他們不知變通，眼睛只盯著門廊旱處，完全想不到這深入大內的排水管道，竟被蚍蜉所利用。

蕭規帶著這二十幾個人進入湖中，高舉著油布包游了十幾步，便踏上了鵝卵石砌成的岸邊。這些鵝卵石都是一般大小，挑揀起來可要費一番功夫。蕭規嘖嘖了兩聲，在幾株柳樹和灌木叢之間找了處隱祕的空地。

二十幾人紛紛脫下水靠，打開油布包，取出裡面的弩機零件與利刃。靜謐的柳林中，響起喀喀嚓嚓的組裝聲，卻始終沒有一人說話。

蕭規最先組裝完，他抬起弩機，對準前方柳樹試射了一下，弩箭直直釘入樹幹，只剩下翼尾在外。蕭規滿意地點點頭，看來機簧並未浸水失效。馬上他們將要見到天子，若是弩機出了差錯，可就太失禮了。

他準備妥當，走到灌木叢邊緣，掀開柳枝朝南邊看去。視線越過城牆，可以看到那棟高聳的燈樓已經變成巨大的火炬，熊熊烈焰正從每一處機體竄升。那二十四團火球仍兀自轉動。毛順大師的手筆，就是經久耐用，不同凡響。

計畫進展得很順利，相信魚腸也已經被炸死了。可惜不知道張小敬如今在何處，是不是已經安全撤到了水力宮。不過這個念頭只在蕭規腦海裡停留了一剎那，現在他身在興慶宮內，馬上要去做一件從來沒有人做過的大事，必須要專注，把所有的顧慮都拋在腦後。

「大頭啊，讓你看看，我是怎麼為聞無忌報仇的。」蕭規暗自呢喃了一句。

這時太上玄元燈樓發出一聲低沉的轟鳴，似乎有什麼東西從內部爆裂。「開始了！」蕭規瞪大了眼睛，滿懷期待地望去。身邊的部下也簇擁在空地旁邊，屏住呼吸朝遠處望去。

幾個彈指之後，只見一團比周圍火焰耀眼十倍的光球，從燈樓中段爆裂開來。暴怒的闞勒霍多從內部伸出巨手，整個燈樓瞬間被攔腰撕成兩截，巨大的身軀在半空扭成一個觸目驚心的形狀，隱約可見骨架崩裂。興慶宮的上空登時風起雲湧，霹靂之聲橫掃四周，龍池湖面霎時響起無數驚禽的鳴叫，無數眠鳥騰空而起。

可在這個時候，沒人會把眼神投到牠們身上。在燈樓的斷裂之處，翻滾的赤焰與煙雲向四周瘋狂放射，豔若牡丹初綻，耀如朱雀臨世。只一瞬間，便把毗鄰的勤政務本樓、花萼相輝樓和南廣場吞沒。

長安城在這一刻，從喧囂變為死寂。無論是延壽坊的觀燈百姓、樂游原上聚餐的貴族、諸祠中做法事的僧道信士、東市歡飲歌舞的胡商，還是在光德坊裡忙碌的靖安司官吏，都在一瞬間抬起頭來。原本漆黑的夜空，被一道突如其來的光芒刺中。然後整個城市彷彿被邪魔攫住了魂魄，每一處燈火都同時為之一黯。

蕭規緊緊抓住柳梢，激動得渾身發抖。苦心孤詣這麼久，蚍蜉們終於撼動了參天大樹。當年他承受的那些痛苦，也該輪到那些傢伙品嘗一下了。

可是他忽然發現，似乎不太對勁！太上玄元燈樓的天樞真真切切地炸開了，可是爆炸的威力，卻遠比蕭規預期的要小。

要知道，闕勒霍多最主要的殺傷手段不是火，而是瞬間爆裂開來的衝擊力，它無形無質，卻足以摧毀最堅固的城垣。按照之前的計算，那些石脂的量，會讓燈樓上下齊裂，產生的衝擊足以把鄰近的勤政務本樓夷為平地。可現在，太上玄元燈樓僅僅是被攔腰炸斷，看似煙火滾滾，聲勢煊赫，殺傷力卻大打折扣。

這種炸法說明天樞爆炸並不完全，只引爆了中間一段。蕭規睜大了眼睛，看到在煙霧繚繞中，勤政務本樓的挺拔身影還在。雖被炸得不輕，但主體結構巋然不動。

「該死，難道算錯了？」蕭規咬著牙，把手裡的柳枝狠狠折斷。

過不多時，燈樓的上半截結構，發出一聲被壓迫到極限的悲鳴，從變形的底座完全脫離，斜斜地朝興慶宮內倒來。這半截熊熊燃燒的高樓有七十多尺高，帶著無與倫比的壓迫感，從高處呼嘯著傾倒下來，與泰山壓頂相比不遑多讓。

而它正對著勤政務本樓。那寬大的翹簷歇山屋脊傲然挺立著，準備迎接它建成以來最大的挑戰。這是兩個巨人之間的對決，凡人只能觀望，絕不可能挽大廈於將傾。

燈樓上半截毫不遲疑地砸在勤政務本樓的直脊之上，發出巨大的碰撞聲，一時間木屑飛濺，烏瓦崩塌。燈樓畢竟是竹木製成，又被大火燒得酥脆，與磚石構造的建築相撞，登時潰散，而勤政務本樓的主體依然挺立。不過燈樓並沒有澈底失敗，它的碎片殘骸伴隨著無數火苗，四散而飛，落上梁柱，散入屋椽，濺進每一處瓦當的間隙中。

如果不加以撲救的話，恐怕勤政務本樓很快也將淪為祝融的地獄。

「動手！」

蕭規把柳枝一拋，邁出空地，眼中凶光畢露。雖然未能達到預期效果，但這麼一炸一砸，勤政務本樓裡想必已亂成一團。龍武軍恐怕還沒搞明白發生了什麼，這是興慶宮防禦最虛弱的時候。

他舉起手，伸出食指朝那邊一點，再攥緊拳頭。身後的士兵們齊刷刷地站起來，端平弩機，緊緊跟隨其後。

蚍蜉最後也是最凶悍的攻擊，開始。

*

即便隔著高高的樂游原，東宮藥圃裡也能聽到興慶宮傳來的巨響。李泌面色蒼白，身子一晃，幾乎站立不住。

這個聲音，意味著張小敬終於還是失敗了，也就是說，勤政務本樓恐怕已經被闕勒霍多吞噬，樓中之人的下場不問可知。如果陳玄禮沒有及時把天子撤走的話，接下來會引發的一連串可怕後果，讓李泌的腦子幾乎迸出血來。

四望車的帷幕緩緩掀開，露出一張略帶驚慌的面孔。他朝著爆炸聲的方向望去，似乎不知所措。

「太子！」李泌上前一步，極其無禮地喊道。

「長源？」李亨的第一個反應居然是驚喜。他從車上噌地跳下來，一下子抱住李泌，興奮地喊道：「你果然還活著！」

李泌對太子的反應十分意外，他原來預期李亨見到自己的反應，要嘛是愧疚，要嘛是冷漠，要嘛是計謀得逞的快意，可實在沒料到居然會是這種反應。憑著兩人多年的交情，他能感覺得到，太子的喜悅是發自真心，沒有半點矯飾。

這可不像一個剛剛縱容賊人炸死自己父親的儲君，所應該有的情緒。要知道，理論上他現在已經是天子了。

李泌推開李亨，後退一步，單膝跪下：「太子殿下，臣有一事不明。」李亨滿臉笑容地伸出雙手要去攙他，李泌卻倔強地保持著原來的姿勢。

「太子何以匆匆離宴？」李泌仰起頭，質問道。

李亨聽到這個問題，一臉迷惑：「當然是來找長源你啊！」

「嗯？」

又是一個出乎意料的回答。李泌眉頭緊皺，死死瞪著李亨。李亨知道，李泌一旦有什麼意見，就會露出這樣的表情。他變得局促不安，只好開口解釋。

此前檀棋告訴李亨，說靖安司被襲、李泌被擄走，讓他在春宴上坐立不安。後來檀棋還把這事鬧到了天子面前，害他被父皇訓斥了一頓。沒過多久，他接到一封密信，但不是有人送來的，而是在〈霓裳羽衣舞〉後，不知被誰壓在琉璃盞下。

信裡說，他們是蚍蜉，現在掌握著李泌的性命，如果太子不信的話，可以憑欄一望。

聽到這裡，李泌恍然大悟，當初蕭規為何把他押到燈屋裡站了一陣，居然是給太子看的。他記得當時兩側的燈屋都點亮，原來不是為了測試，而是為了方便太子分辨他的容貌。

「那麼然後呢？」

「我確認你落到他們手裡以後，就再沒心思待在宴會上了，一心想去救你。可我又投鼠忌器，生怕追得太狠，讓你遭到毒手。這時候，第二封信又憑空出現了。」李亨講道，「信裡說，要我立刻前往東宮藥圃，不得耽擱。在那裡會有指示我要做的事，換回你的性命。還警告我，如果告訴別人，你就死定了。」

「也就是說，殿下是為了臣的性命，而不是其他原因，才匆匆離開春宴嗎？」

「當然了！」李亨毫不猶豫地回答，「長源你可是要丟掉性命了啊，春宴根本不重要。父皇要如何責怪都無所謂了。」

他的表情不似作偽，而且從語氣裡能聽出，他甚至還不知道剛才那聲響動意味著什麼。

李泌心中微微一暖，他這個童年玩伴，畢竟不是狠辣無情的人。可是更多的疑問相繼湧現，若李亨所言不虛，那麼蕭規這麼做，到底圖什麼？費盡周折綁架李泌，就為了把李亨從勤政務本樓調開？而且從李亨的描述來看，至少有一個蚍蜉的內奸混入了勤政務本樓，那又是誰？

蚍蜉是不是還有後續的陰謀？

李泌剛剛鬆弛下來的心情，再一次絞緊。李亨盯著李泌，見他臉上陰晴不定，追問到底是怎麼回事。李泌張了張嘴，不知道該怎麼回答才好。

該怎麼說？燈樓爆炸，勤政務本樓被毀，你的父皇已經被炸死，你現在是大唐天子？事情已經演變到最壞的局勢，現在全城都亂成一團，凶險無比。在搞清楚情況前，李泌可不敢貿然下結論。這位太子性子太軟，又情緒化，聽到這個驚天的消息會是什麼反應，根本無法預測。

當此非常之時，踏錯一步，都可能萬劫不復。

面對這前所未有的災難，有人也許會號啕大哭，或六神無主，但李泌不會。既然闕勒霍多已然爆炸，無論如何後悔震驚，也無法逆轉時辰，而今最重要的，是接下來該怎麼辦。

李泌努力把驚慌與憤怒從腦海中驅走，讓自己冷靜下來。

「信還在嗎？」

「在。」李亨把兩封信交過去，李泌拿過來簡單地看了一下，是蠅頭小楷，任何一個小吏都能寫出這樣的字來。

李泌把信揣到懷裡，對李亨道：「殿下，你可知道蚍蜉要你在東宮藥圃做什麼事？」

李亨搖搖頭：「還不知道，我剛到這裡，你就來了。哎，不過既然長源你已經脫離危險，我豈不是就不用受脅迫，為他們做事了？」

李泌微微苦笑：「恐怕他們從來就沒指望讓太子你做事。」

「啊？」

「把殿下調出勤政務本樓，就是他們的最大目的。」李泌說到這裡，猛然呆立片刻，似乎想到什麼，隨後急促問道，「除了殿下之外，還有誰離開了上元春宴？」

李亨思忖良久，搖了搖頭。春宴現場的人太多了，他又是匆匆離去，根本無暇去清點到底誰缺席。李泌失望地皺了皺眉頭，冷冽的目光朝樂游原望去，試圖穿過那一片丘陵，看透另外一側的興慶宮。

這時四望車的馬車夫怯怯地探出頭來：「卑……卑職大概知道。」李亨不滿地瞪了他一眼：「上元春宴，五品以下都沒資格參加，你憑什麼知道？」李泌卻把李亨攔住：「說來聽聽？」馬車夫抄著手，畏畏縮縮：「卑職也只是猜測，猜測。」

「但說無妨，太子不會怪罪。」李泌道。馬車夫看看李亨，李亨冷哼一聲，算是認可李泌的說法。馬車夫這才結結巴巴說起來。

興慶宮內不得騎乘或車乘，所以參加宴會的人到了金明門，都得步行進入。他們所乘的牛馬輿乘，都停放在離興慶宮不遠的一處空地駐場。而宴會期間，車夫都會在此待命。四望車地位殊高，有專門的區域停放，附近都是諸王、勛階三品以上的車馬，密密麻麻停成一片。在寅初前後，馬車夫接到了太子即將離開的命令，趕緊套車要走。他記得在通道前擋著一輛華貴的七香車，必須將它挪開才能出去，但他一抬頭，不知何時那輛車已經不見了，他還挺高興，因為省下了一番折騰。

「那輛七香車是誰家的？」李泌追問。

「是李相的，他家最喜歡這種奢靡玩意兒。」馬車夫們有自己的圈子，誰家有什麼樣的車，套什麼馬，喜好什麼樣的裝飾風格，他們全都如數家珍。

沒等馬車夫說完，李泌已經重新跳上馬，一字一頓對李亨道：「請太子在此少歇，記住，從現在開始，不要去任何地方，不要聽信任何人的話，除非是臣本人。」

李亨聽他的語氣極其嚴重，不由得一驚，忙問他去哪裡。李泌騎在馬上，眼神深邃：

「靖安司。」

第十九章　寅正

天寶三載，元月十五日，寅正。

長安，萬年縣，興慶宮。

蕭規帶領著精銳蚍蜉們，飛快地沿龍池邊緣前進。不過二十幾個彈指，便已接近勤政務本樓的入口。

嚴格來說，勤政務本樓並不在興慶宮內，而是興慶宮南段城牆的一部分。它的南側面向廣場，左右連接著高聳的宮城石牆，這三面都沒有通路。唯一的登樓口是在北側，位於興慶宮內苑，在禁軍重重包圍之中。當初這麼設計，是為了降低被襲擊的風險，不過現在反倒成了麻煩……

此時的勤政務本樓已完全被濃密的煙霧所籠罩，眼前的視野極差，看什麼都是影影綽綽。霧中不時有火星飛過，暗紅色與昏黃交錯閃動。蕭規等人不得不放慢速度，繞過各種殘破的燈樓殘骸與散碎瓦礫，免得誤傷腳底。

蕭規走在隊伍最前頭，努力分辨著前方的景象，心中並不焦慮。環境越惡劣，對他們越有利。這二十幾隻蚍蜉，若是跟龍武軍正面對上，一定全軍覆沒。只有在混亂複雜的環境裡，他們才能爭取到一絲勝機。

他忽然停下腳步，腦袋稍稍歪了一下，耳邊聽到一陣斷斷續續的喧囂。這聲音不是來自勤政務本樓，而是來自更南的地方，那是無數人的呼喊。

興慶宮的廣場上此時聚集著幾萬人，擠得嚴嚴實實，散個花錢就足以造成慘重的事故，更別說發生這麼恐怖的爆炸。

儘管沒有發揮真正的爆發威力，但長安百姓何曾見過這等景象？光聽聲音，蕭規就能想像得到，那幾萬駭破了膽的百姓同時驚慌地朝廣場外跑去，互相推擠，彼此踩踏，化為無比混亂的人流漩渦。這是個好消息，四面八方趕來的勤王軍隊，必會被這巨大的亂流裹挾，無暇旁顧。

蕭規只停留了一下，便繼續向前奔跑，很快看到前方出現兩尊高大猙獰的獸形黑影，不由得精神一振。

蚍蜉已事先摸清了勤政務本樓周邊的情況，知道在入口處的左右，各矗立著一尊靈獸石像；東方青龍，北方白虎，象徵著興慶宮在長安的東北方向。

只要看到這兩尊石像，就說明找到了正確的入口。蕭規抖擻精神，向身後的部下發出一個短促的命令。他們紛紛停下腳步，把掛在腰間的弩機舉起來，架在手臂上端平。

勤政務本樓的入口處，除了靈獸還有不少龍武軍的守衛。陳玄禮練兵是一把好手，這些守衛雖然被突如其來的爆炸所震驚，但沒有一個人擅離職守，反而提高了戒備。蕭規看到入口處的活動門檻已被抬高了幾分，形成一道半高的木牆，防止外人闖入。

對這種情況，蚍蜉早有備案。濃煙是最好的掩體，他們紛紛占據有利的射擊位置，十幾把弩機同時抬起。

「動手！」蕭規低聲下令。

砰！砰！砰！

彈筋鬆弛的聲音此起彼伏。這些蚍蜉都曾是軍中精銳，百步穿楊是基本功夫。龍武軍士兵雖然身覆盔甲，可那十幾枝刁鑽的弩箭恰好鑽進甲片的空隙，刺入要害。

只短短的一瞬間，門口的守衛便倒下大半。剩下的守衛反應極快，紛紛翻身跳過門檻，矮下身子去。可惜蚍蜉這邊早已點燃了幾管猛火油，丟出一條弧線越過木檻。很快另外一側有躍動的火焰升起，伴隨著聲聲慘呼。

負責近戰的蚍蜉趁機躍入，一刀一個，把那些守衛殺光。就在這時，一夥胡人樂師驚慌地從旁邊跑來。他們是宴會的御用樂班，正在樓底的休息室內待著，聽到爆炸聲便懷抱著樂器，想要逃出來。

蚍蜉自然不會放過他們。無論箜篌還是琵琶，面對刀鋒的犀利，都顯得孱弱無比。不過數個彈指的光景，這些可憐的樂師便倒在屠刀之下，弦斷管折。幹掉他們之後，蕭規意識到，勤政務本樓上的倖存者，會源源不斷地從樓上跑下來。於是他迅速把弩機重新上箭，躍過門檻，來到一層的勤政廳內。

這個大廳極為空曠，有十六根紅漆大柱矗立其間，上蟠虯龍。柱子之間擺滿了各種奇花異草，或濃豔，或幽香，鬱鬱蔥蔥，造型各異，把這大廳裝點成「道法自然」之景。

在大廳正中，斜垂下來一道寬闊的通天梯，通向二層。其實就是一道寬約五尺的木製樓梯，梯面烏黑發亮，狀如雲邊，樓梯扶手皆用檀木雕成彎曲龍形。登高者扶此梯而上，如步青雲，如驂龍翔，可通至頂層的宴會大廳。天子和諸多賓客登樓，即是沿這裡上去。

不過這通天梯如今卻變了個模樣。它原本的結構是主體懸空，只在每一層轉折處靠樓柱吊起，不占據樓內空間，但缺點是根基不牢。剛才的劇烈震動，讓樓梯一層層坍塌下來，梯木半毀。蕭規沿天井向上望去，看到甚至有數截樓梯互相疊傾，攪成一團亂麻。

這裡每一層的層高都在三丈以上，人若強行跳下，只怕死得更快。也就是說，勤政務本樓的上層，已暫時與外界隔絕。

蕭規略微回想了一下這棟樓的構造，一指右邊：「這邊走！」

右邊有一條雜役用的通道，下接庖房，上通樓內諸層，為傳菜走酒之用。正路不通，只能嘗試走這邊。

雜役樓梯設在樓角，以兩道轉彎遮掩其出入口，以避免干擾貴人的視線。蚍蜉們迅速穿過去，來到樓梯口。這裡的樓梯自然不如通天梯那麼華貴，幾無裝飾，但為了搬運重物，梯底造得很扎實，所以完好無損。

蕭規二話不說，登樓疾上。中途不斷有僕役和宮女驚慌地往下逃，都被乾淨俐落地解決掉。偶爾有幸運的傢伙躲過攻擊，尖叫著掉頭逃離，蚍蜉們也沒興趣追擊。

他們的目標只有一個：天子。

＊

燈樓爆炸的瞬間，陳玄禮和元載剛剛走過興慶宮進門處的馳道，勤政務本樓已歷歷在目。

突如其來的巨大轟鳴，以及隨即而至的烈焰與濃煙，讓兩人停下腳步，臉色煞白。他們的視線同時投向樓頂的宴會廳，可惜在燈樓爆裂的驚天威勢遮掩下，根本看不清那裡發生了什麼。

一直等到太上玄元燈樓轟然倒塌，重重砸在勤政務本樓的正面，兩人才如夢初醒，可他們寧願這是一場幻夢。

堂堂大唐天子，居然在都城的腹心被人襲擊，宮城圮毀，這簡直就是一場最可怕的噩夢。

「救駕！」陳玄禮最先反應過來，大喝一聲，往前跑去。

元載跟在他身後，動作卻有些猶豫。看剛才那威勢，天子搞不好已經駕崩了，這時候再冒險闖入，表現出一番忠勤護駕的舉動，到底值不值得？

他一邊想著，一邊腳步緩了下來。不料陳玄禮回頭看了他一眼，語氣裡滿是狠戾：「興慶宮已全面封閉，擅離者格殺勿論！」元載面色一僵，昂起頭道：「元載身負靖安之責，又豈是貪生怕死之輩？此非常之時，救駕為重！靖安司願為將軍前驅！」

他話裡話外，暗示靖安司已通報過敵情，龍武軍得負起更多責任。陳玄禮冷哼一聲，眼下不是推責的時候，得先把天子從樓上撤下來；如果他還活著的話。

他們原本就帶著三四個護衛，途中又收攏了十幾名內巡的衛兵，形成了一支頗有戰鬥力的小隊伍。陳玄禮心急如焚，不斷催促著隊伍，很快趕到了勤政務本樓的入口處。

在樓門口，他們首先看到了橫七豎八的龍武軍士兵屍體，以及升高的門檻。陳玄禮的臉色鐵青到了極點，眼前這番慘狀，說明事情比他預想的還要糟糕。蚍蜉不光引爆了燈樓，甚至還悄無聲息地潛入了興慶宮，人數不明。

身為禁軍將領，這已不只是恥辱，而是嚴重瀆職，百死莫贖。

元載也看出了事態的嚴重性。很顯然，蚍蜉的目標只有一個，那就是御座。他在心裡盤算了一下，勤政務本樓內的警衛，在剛才的爆炸中估計死傷慘重；而現在廣場上一定也亂成一團，把龍武軍的主力死死拖住；至於把守興慶宮諸門的監門衛，第一反應是嚴守城門，越是大亂，他們越不敢擅離崗位。

陳玄禮直屬的龍武親衛倒是可以動用，可是他們駐紮在金明門外，而金明門剛剛應陳玄禮的要求，落鑰封閉，重新開啟也得花上不少時間。

也就是說，在陰錯陽差之下，短時間內能趕到勤政務本樓救駕的，只有目前這十來個人。至於敵人來了多少，手裡有什麼武器，他們完全茫然無知。

元載憂心忡忡地對陳玄禮建議道：「敵我不明，輕赴險地，必蹶上將軍。不如等羽林、千牛衛諸軍趕至，再做打算吧。」

羽林軍屬北衙，千牛衛屬南衙，皆是保護天子的宿衛禁軍。燈樓一倒，他們必然會立刻出動，從四面八方趕來勤王。

但這個建議被陳玄禮斷然否決，開玩笑，現在遭遇危險的可是皇帝！坐等別軍趕到救駕，等於給自己判處死刑。眼下這個局面，勤王軍隊的人數根本不重要，重要的是速度！速度！多一彈指，少一彈指，可能就是天壤之別。

「必須現在就進去！現在！」

陳玄禮抽出配刀，一改往日的謹慎。這時候沒法再謹慎了，必須強行登樓，哪怕全軍覆沒，也不能讓天子有任何閃失。

主帥既然下了命令，龍武軍士兵們自無二話，毫不猶豫地衝進一樓大廳。他們很快發現，通天梯已經半毀，此路不通。

「走旁邊的雜役樓梯！」陳玄禮對樓層分布很熟悉，立刻吼道。士兵們又衝到樓角，仰頭一看，發現雜役樓梯蔓延起熊熊大火，也沒法走了。陳玄禮眯起眼睛檢查了一番，發現梯子上端有人為破壞的痕跡。

該死的蚍蜉，果然從這裡登樓，而且還把後路給斷了！陳玄禮一拳重重砸在樓梯扶手上，竟把硬木打斷了一截，斷裂處沾著這位禁軍大將軍的鮮血。

兩個樓梯都斷了，龍武軍士兵站在大廳裡，一籌莫展。元載轉動脖頸，忽然指著旁邊道：「我有辦法！」

「嗯？」

「踩著那些花草！就能摸到一樓木梯的邊緣。」

陳玄禮一聽，雙目凶光畢露，這都什麼時候了，還他媽的說這種胡話？他伸手要去揪元載的衣襟。元載一彎腰躲過陳玄禮的手掌，自顧自朝著朱漆柱子之間的花叢跑去。

陳玄禮正要追過去，卻看到元載蹲下身子，然後將他身前的一塊，不是一叢，是一塊方方正正的花畦，從那一片花叢裡單獨移了出來。花畦上面是紫碧的鬱金香和黃白色的那伽花，下面卻發出隆隆的聲音。

陳玄禮這才明白這傢伙是什麼意思。

勤政務本樓底層的花草，並非真的生長在地裡，而是栽在一種叫移春檻的木圍車上。這種車平日停放在御苑之內，廂內培土，土中埋種，有花匠負責澆灌。一俟車頂葉茂花開，這些移春檻即可被推到任何場所，成為可移動的御苑風光。元載一向最好奢侈之物，這等高妙風雅的手段，他比誰都敏感。也只有他，才會注意到這種細節。

陳玄禮連忙命令所有人上前幫忙，七手八腳把那幾輛移春檻推出來，傾翻車身，把裡面的花草連帶泥土全數倒掉。可憐這些來自異國的奇花異草，在靴子的踐踏下化為春泥，無人心疼。

士兵們把空車一輛輛摞起，高度接近天花板，然後他們依次攀到車頂，手臂恰好能搆到二樓的斷梯邊緣，略一用力便能上去。

過不多時，所有人包括元載都順利爬上了二樓。這一層聚集了不少僕役和婢女，也有穿著雅服的貴人。這些人個個灰頭土臉，癱軟在地，見到有救兵到來，紛紛呼救。

陳玄禮根本顧不上他們，大踏步朝著通往三樓的樓梯衝去。所幸這一段樓梯完好無損，並無阻滯，這一隊人噔噔噔一口氣踏上三樓，卻不得不停住腳步。

勤政務本樓的三樓是個四面敞開的通間，沒有牆壁，只有幾排柱子支撐。這一層的高度，恰好高於兩側城牆，遠近沒有建築物阻擋。到了夏季，四面皆有穿堂的涼風吹過，是絕佳的納涼之所，美其名曰邀風堂。

可這全無遮護的布局，正面遭遇燈樓那等規模的爆炸，簡直是羊羔遇虎，慘遭蹂躪。整整一層，無論銅鏡、瓷瓶、螺屏、絲席，還是身在其中的活人，先被衝擊波震得東倒西歪，然後又被火雲洗過一遍。緊接著，燈樓上層轟然塌砸下來，燃燒的樓尖撞在外壁被折斷，旋轉著切入這一層，帶來無數橫飛的碎片與火星，場面淒慘之至。

等到陳玄禮一行衝到第三層，只見滿目瘡痍，皆是煙塵與廢墟，地板一片狼藉，幾乎寸步難行，也聽不見任何呼救和呻吟，只怕沒什麼倖存者。幾處火頭呼呼地躍動著，若不管的話，過不多時就會釀成二次火災。

陳玄禮壓住驚駭的心情，揮手趕開刺鼻的煙氣，朝著通向第四層的通天梯跑去。上元春宴會場是在第七層，天子也在那裡，這是陳玄禮唯一的目標。

元載緊隨著陳玄禮，眼前這一幕肆虐慘狀，讓他咋舌不已。到底該不該繼續上行？這個險值不值得冒？要知道，天子就算沒在爆炸中身亡，現在也可能被蚍蜉控制了。風險越來越大，好處卻越來越小，元載的內心不由得動搖起來。

可是，他暫時找不到任何離開的藉口。陳玄禮目前的精神狀態，只要元載稍微流露出離開的意思，就會被當作逃兵當場斬殺。

這一層的地面上散落著尖利的殘骸，還有大量的碎瓷，很難讓人放開腳步。陳玄禮以下，個個都小心翼翼地跳著前進。元載趁機不停地向四周搜尋，突然他眼睛一亮，不敢相信自己看到了什麼。

在距離他十幾步遠的樓層邊緣，有一根擎簷方柱，撐起高翹的樓外簷角，而在這根方柱的下緣，正靠著一個人，衣服殘破，似乎昏迷不醒。這人渾身都被燎傷，幾乎看不清面目，可那隻獨眼他再熟悉不過，還曾經為此嚇尿了褲子。

「張小敬？」

元載先驚後喜，他沒想到會在勤政務本樓裡又一次與這傢伙相見。他顧不得多想，大喊著把陳玄禮叫住。陳玄禮回過頭，急吼吼地問他怎麼回事。

元載一指張小敬：「炸樓的元凶，就是他。我們靖安司一直在找他。」陳玄禮朝那邊掃了一眼，他聽過這個名字，似乎原本是靖安都尉，然後不知怎的被全城通緝，可很快通緝令又取消了。

不過這名字只是讓陳玄禮停了一霎，他對破案沒興趣，天子的安危最重要。他正要繼續前進，元載又叫道：「這是重要的欽犯，將軍你可先去！這裡我來處置！」

陳玄禮聽出來了，這傢伙是在找藉口不想走。不過這個藉口冠冕堂皇，他也沒法反駁。炸樓的凶手當然不能置之不理。他沒時間多做口舌之辯，只好冷哼一聲，帶著其他人，匆匆衝向四樓。

元載目送著陳玄禮離開，然後一腳深一腳淺地走到張小敬面前。他低頭玩味地笑了笑，從腰間抽出一把刀來。

這刀屬於一位在入口殉職的龍武衛兵，是陳玄禮親手撿起來交給元載的。他不太習慣這種軍中利器的重量，反覆掂量了幾下才拿穩。

「你在晁分家囂張的時候，可沒想過報應來得這麼快吧？」元載晃著刀尖，對張小敬滿是怨毒地說。那一次尿褲子的經歷，簡直就是奇恥大辱，他恨透了這頭狂暴的五尊閻羅。

張小敬緊閉著眼睛，對元載的聲音毫無反應，生死不知。

元載把刀尖對準張小敬，開始緩緩用力。他已經盤算妥當了，張小敬死在這勤政務本樓裡，是最好的結果。不光是出於仇怨，也是出於利益考慮。他今晚辛苦布的局，只有張小敬一死，才算是徹底穩妥。

元載現在深深體會到封大倫的心情，這傢伙太危險了，只要活著，就是一個極大的變數，不死掉，實在讓人無法安心。

「你做的惡事，足以讓朝廷重啟凌遲之刑。現在我殺你，也是為你好。」

元載念叨著無關痛癢的廢話，把刀慢慢伸過去。他從來沒殺過人，略為緊張，所以運力不是很精準。那刀尖先挑開外袍，對準心口，然後刺破了沾滿汙煙的粗糙皮膚，立刻有鮮血湧出。這讓元載嚇了一跳，不由自主地後撤了一點，然後再一次進刀。

這一次刀尖很穩，只消最後用一次力，便可以徹底刺入心臟。這時元載突然感到後腦杓一陣劇痛，眼前一黑，登時暈了過去。

「登徒子！」

檀棋抛開手裡的銅燮牛燭臺，踩過元載的身體，朝張小敬撲了過去。

對於自己攀上燈樓頂端之後發生的事，張小敬的記憶有點模糊。

他隱約記得，自己靠在狻猊跨架上，等著最後時刻的到來，眼前五光十色，絢麗無比。開始張小敬以為這是人死前產生的幻覺，可耳邊總有一個強烈的聲音在吶喊。他的理智雖然已經放棄逃生，可內心那一股桀驁堅忍的衝動，卻從未真正服輸，一直努力尋找著求生的可能。

他努力睜開獨眼去分辨，終於發現那是一大片五彩的薄紗，想必也是出自毛順的設計，燈屋的燈火透過它們，可以呈現出更有層次感的光芒。此時燈樓熊熊燃燒著，火焰燎天，這些薄紗懸浮在半空，隨著上升氣流舞動不休。

它們是怎麼固定在燈樓上的呢？

張小敬抬起頭，忽然發現在他的頭頂，有十幾條麻繩固定於狻猊跨架之上，下端星散，分別牽向不同方向。各色薄紗，即懸掛在麻繩之上，密密麻麻地懸吊在燈樓四周，宛若春鈿。這個叫牽春繩，不過張小敬並不知道，也不關心。

他關心的是繩子本身。經過短暫觀察，他發現其中有一根格外粗大的麻繩，繩子一端拴在狻猊的脖頸處，而另外一端則被斜扯到興慶宮的南城牆邊緣，與堞口固定在一起。遠遠看去，就像在城牆與樓頂之間，斜斜牽起了一根粗線。

一個求生的念頭，就這樣莫名浮現上來。

魚腸是個很仔細的人，肯定早早預留好撤退的路線，以便在啟動最後的機關後，可以迅速離開。這條路線不會是往樓下走，時間必然來不及，他的撤退通道只能在上面，那麼手段就只剩一個：

牽春繩。

沿著這根牽春繩滑離燈樓，是最快的撤退方式。

接下來的事情，張小敬委實記不清楚了。他恍惚記得自己掙扎著起身，全憑直覺抓住了最粗的那根繩子，然後用一根凌空飛舞的絹帶吊住雙手，身子一擺，一下子滑離了燈樓頂端。

他的身子飛快滑過長安的夜空，離開燈樓，朝著興慶宮飛去。

就在他即將抵達興慶宮南城牆時，燈樓驟然炸裂開來，強烈的衝擊波讓整條繩子劇烈擺動。緊接著，燈樓的上半截傾倒，砸向興慶宮，這個動作完全改變了繩子的走向。張小敬本來雙腳已幾乎踏上城牆，結果又被忽地扯到半空，伴隨著大量碎片滾進了第三層……

……張小敬緩緩睜開眼睛，看到了檀棋的面孔。

檀棋的烏黑長髮東一縷西一條地散披在額前，臉頰上沾滿髒灰，那條水色短裙殘破不堪，有大大小小的灼洞，裸露出星星點點的白皙肌膚。

可她此時沒有半點羞怯，身軀向前，抱住張小敬的腦袋，大聲呼喚著他的名字。張小敬嘴唇蠕動，卻說不出話來。檀棋看看左右，從瓦礫中翻出一個執壺，把裡面的幾滴殘酒滴進他的咽喉。張小敬拚命張開嘴，用舌頭承接，之前在燈樓裡，他整個人幾乎快被烤乾了，這時有水滴入口，如飲甘露。

張小敬慢慢地恢復了清醒，問她怎麼跑這裡來了。

檀棋自己也沒想到會在這裡跟張小敬重逢。之前她惹惱了太子，被護衛從上元春宴拖離，暫時關在了第三層邀風堂的　處庫房。

這一層沒有牆壁，所以庫房的設計是半沉到二層。當燈樓爆炸時，灼熱的烈風席捲了整個邀風堂，這一層被蹂躪得極慘，唯獨這間庫房勉強逃過一劫。檀棋聽到庫房外一片混亂，意識到是闕勒霍多爆發，內心絕望到了極點。

待得外面聲音小了些，她才推開已經扭曲變形的房門，在煙塵彌漫中跌跌撞撞，卻不知該去何處。

恰好就在這時，檀棋看到元載正準備舉刀殺人。她不認識元載，但立刻認出了張小敬的臉。情急之下，她舉起一根沉重的銅夔牛高腳燭臺，狠狠地對元載砸去，這才救下張小敬的性命。

聽完檀棋的講述，張小敬轉動脖頸，面露不解：「妳不是在平康里嗎？為何會出現在勤政務本樓？」

他不問還好，一問，檀棋一直強行靠意志壓抑的情緒，終於四散崩塌。她撲在他的胸膛上，放聲大哭，口中不斷重複著：「對不起，對不起，對不起……」她覺得自己真是什麼用都沒有，什麼事情都沒做好，終究還是讓闕勒霍多爆發了，枉費公子和登徒子的一番信任。

「不要哭，到底怎麼回事？」張小敬的語調僵硬。

檀棋啜泣著，把自己借太真之手驚動天子的事講了一遍。張小敬欣慰道：「若非妳在御前這麼一鬧，讓他們撤掉全城通緝，只怕我在晁分門前已經被這個傢伙射殺，所以妳的努力，並沒有白費。」

他試圖伸手去摸她的髮髻，不過一動胳膊，牽動肌肉一陣生疼。

「可是，闕勒霍多還是炸了……」檀棋的眼淚把髒臉沖出兩道清渠。剛才那一場混亂帶給她的衝擊實在太大，靖安司同仁奔走這麼久，卻終究未能阻止這次襲擊，強烈的挫敗感讓檀棋陷入自我懷疑的流沙之中，難以自拔。

張小敬虛弱地解釋道：「剛才那場爆炸，本來會死更多的人，多虧有妳在啊。我早說過，妳能做比端茶送水更有意義的事，多少男子都不及妳。」

檀棋勉強一笑，只當是張小敬在哄騙自己。他的身軀上血跡斑斑，衣衫破爛不堪，她簡直難以想像，自己被囚在勤政務本樓的這段時間，他獨自一人要面對何等艱難的局面。就算闕勒霍多真的被削弱了，那也一定是這個男人前後奔走的功勞吧？

張小敬掙扎著要起來，檀棋連忙攙扶著他半坐在柱子旁。這時元載也悠悠醒轉，他揉著劇痛的後腦杓，抬起頭來，發現砸自己的是個婢女，不由得惱怒：「大膽賤婢，竟敢襲擊靖安司丞？」

其實真正的靖安司丞是吉溫，元載這麼說，是習慣性地扯張虎皮。誰知這觸及了檀棋的逆鱗，她杏眼一瞪：「你這夯貨，也配冒充靖安司丞？」拿起銅燭臺，又狠狠地砸了一下。這次力度比剛才更重，砸中大腿，元載不由得發出一聲慘叫，又一次跌倒在地板上。

「檀棋……」張小敬叫住她，無奈道，「他確實是靖安司的人。」

一聽這話，檀棋扔開燭臺，眼淚撲簌簌地落了下來。這種人都進了靖安司，豈不是說公子已然無倖？元載一見求生有戲，急忙高聲道：「在下與張都尉之間，或有誤會！」

張小敬盯著這個寬闊額頭的官僚，自己的窘迫處境有一半都是拜他所賜。他沉著臉道：「我之前提醒你興慶宮有事，如今可應驗了？」元載忙不迭地點了點頭。剛剛被這瘋婆娘砸得生疼，他不敢再端官架子。

「既然如此，那你為何還要殺我？」

元載心思轉得極快，知道叩頭求饒沒用，索性一抬脖子：「那麼多人都親眼看到都尉你準備炸掉燈樓，縱然我一人相信，也沒法服眾。」

這句話很含糊，也很巧妙，既表示自己並無敵意，又暗示動手是形勢所迫，還隱隱反過來質疑張小敬的行為。張小敬知道他誤會了，可是這個解釋起來太費脣舌。如今局勢緊迫，他沒時間辯白，直接問道：「外面現在到底什麼情況？」

元載只得一邊揉著大腿，一邊簡單扼要地講了講勤政務本樓遭人入侵，陳玄禮帶隊赴援。張小敬緊皺著眉頭，久久未作聲。他知道除了闕勒霍多之外，蕭規還有另外一手計畫。沒想到的是，這個計畫比他想像得還要大膽凶狠，居然一口氣殺到了御前。

這傢伙的實力，雖然在大唐的對手裡根本排不上號，可無疑是最接近成功的敵人。

「我得上去！」

張小敬掙扎著要起身，可他的身子一歪，差點沒站住。剛才那一連串惡鬥和逃離，讓他的體力和意志力都消耗殆盡，渾身傷痛，狀態極差。

檀棋睜大了眼睛，連忙扶住張小敬的胳膊，顫聲道：「登徒子，你已經做得夠多了，不要再勉強自己……」張小敬搖搖頭，嘆了口氣：「援軍趕到，至少還得一百彈指之後，可蕭規殺人，只要動一動指頭。」

「不是還有陳玄禮將軍在嗎？他總比你現在這樣子強吧？」檀棋道。不知為何，她不想看到這個男人再一次去搏命，一點也不想。哪怕樓上的天子危在旦夕，她也只希望他老老實實躺在這裡。

「陳玄禮是個好軍人，可他不是蕭規的對手。能阻止他的，只有我。」張小敬道。他再一次狠咬牙關，勉力支撐，先是半跪，然後用力一踏，終於重新站立起來。臉上的神情疲憊至極，只有獨眼依舊透著凶悍的光芒。

元載像是在看一頭怪物，這傢伙都傷成什麼樣子了，還要上樓去阻止那夥窮凶極惡的蚍蜉？他怎麼計算，也算不出這個舉動的價值何在。

檀棋也不明白。

「路是我選的，我會走到底。」一個嘶啞的聲音在邀風堂裡響起。

在廢墟和躍動的火中，張小敬搖搖晃晃地朝著樓上走去。他的身影異常虛弱，卻也異常堅毅。直到這一刻，檀棋才澈底明白為何公子當初會選他來做靖安都尉，公子的眼光，從來不會錯。

一想到李泌，檀棋心中一痛，忍不住又發出一聲啜泣。這個細微的聲音，立刻被張小敬捕捉到了。他停下腳步，背對著她道：「哦，對了，告訴妳一個好消息。妳家公子還活著，嗯，應該說至少我見到時，還活著。」

檀棋雙目一閃，心中湧出一線驚喜。不知為何，她強烈地感覺到，公子一定是被他所救。可她知道現在不是追問細節之時，便猶豫地伸出手臂，從背後環抱住張小敬，一股幽香悄然鑽入張小敬的鼻孔，讓他不由自主想起在景教告解室裡的片刻曖昧。

「謝謝你。」檀棋低聲道，把臉貼在那滿是灼傷的脊背，感到那裡的肌肉有一瞬間緊繃。

*

李泌幾乎創造了一個奇蹟。

他從升平坊趕到光德坊，橫穿六坊，北上四坊，居然只用了不到兩刻的時間。以上元節的交通狀況，這簡直是不可能完成的任務。至少有十幾個人被飛馳的駿馬撞飛，他甚至沒時間停下查看。

太上玄元燈樓意外爆炸，在西邊的萬年縣產生了極大的混亂。可在更遠處，不知就裡的老百姓只當它是個漂亮的噱頭。尤其是到了東邊長安縣，大家依然逛花燈，找吃食，完全沒意識到一場大災難正悄然發生。

按道理，這時京兆府應該發布緊急命令，敲響街鼓中止觀燈，讓百姓各自歸坊，諸城門落鑰。可整個朝廷中樞也困在勤政務本樓裡，一時間連居中指揮的人都沒有。承平日久，整個長安城的警戒心和效率都已磨蝕一空。

只有興慶宮附近的諸多望樓依然堅守崗位，武侯們瘋狂地發著救援信號，可是缺少了大望樓支撐，根本沒人留意這些消息。那些紫色燈籠只能一遍遍徒勞地閃動著。

李泌一口氣衝到光德坊門口，遠遠便看到坊中有餘煙嫋嫋，那是來自靖安司大殿的殘骸，至今未熄。他顧不得感慨，縱馬就要衝入坊內。

坊門口的衛兵一看驚馬突至，正要舉起叉杆阻攔，可聽到騎士一聲斷喝，動作戛然停止。這不是……這不是李司丞嗎？被賊人擄走的李司丞，居然自己回來了？

衛兵這一愣，李泌一躍而入，直奔京兆府而去。

京兆府內外仍在有條不紊地處理著靖安司被焚的善後事宜，還沒人意識到遙遠的那一聲驚雷意味著什麼。靖安司居然遲鈍到了這個地步。

李泌衝到府前，跳下馬來一甩轡繩，徑直闖入大門。一個捧著卷宗的小吏正要出門，抬頭一看，霎時驚呆，啪的一聲，十幾枚書卷滾落在地。他旁邊有一個燒傷的輕傷患，正拄著拐杖往門口挪。那傷患瞥到李泌，不由得失聲叫了一聲：「李司丞！」然後跪倒在地大哭起來。

對於旁人的反應，李泌置若罔聞。他擺動手臂，氣勢洶洶地往裡闖去。沿途從衛兵到官吏無不震驚，他們紛紛讓開一條路，對鋒芒避之不及。

李泌一直走到正廳，方才停下腳步，環顧四周，然後揪住一個小文吏的前襟：「現在主事的是誰？」

「是吉御史……啊，不對，是吉司丞。」小文吏戰戰兢兢地回答，然後指了指推事廳。

「吉溫？」李泌眉頭一揚。這人說起來和東宮還頗有淵源，乃是宰相吉頊的從子，曾被太子文學薛嶷引薦到御前，結果天子說了一句：「是一不良，我不用。」從此仕途不暢。想不到這傢伙居然投靠了李林甫，甘為馬前卒跑來奪權。

想到這裡，李泌冷笑一聲，鬆開小文吏，走到推事廳門前。門前站著幾個吉溫帶來的護衛，他們並不認識李泌，可懾於他的強大氣場，都惶惶然不敢動。李泌飛起一腳，直接踹開內門。

此時吉溫正在屋裡自斟自飲，心中陶陶然。他的任務是奪權，至於靖安司的其他事情，反正有元載在外頭跑，不用他來操心。所以吉溫喚人弄來一斛葡萄酒，關起門來，一個人美美地品了起來。

李泌猛然一闖進來，吉溫嚇得手腕一顫，杯中美酒嘩啦全灑在地毯上。這葡萄酒是千里迢迢從西域運來，所費不貲。吉溫又是心疼又是惱怒，抬眼正要發作，卻驟然被一隻無形大手扼住咽喉，發不出聲音。

「吉副端真是好雅興。」李泌的聲音如浸透了三九冰水。

吉溫一時頗有點惶惑。這傢伙不是被擄走了嗎？怎麼突然又回來了？如果是被救回來的，為何元載不先行通報？他回來找我是打算幹什麼？

一連串疑問在吉溫腦中迅速浮現，最終沉澱成了三個字：吉副端。副端是殿中侍御史的雅稱，他叫我副端，擺明不承認我是靖安司丞，這是來奪權的呀！吉溫判斷出關鍵，臉上肌肉迅速調整，堆出一個僵硬的笑容：「長源，你這是怎麼回來的？」

李泌直截了當道：「興慶宮前出了大事，閣下竟還在此安坐酗酒？」

「啊？」吉溫沒想到他一開口，問了這麼一個突兀的問題，「興慶宮前？不是正在拔燈和春宴嗎？」

李泌心中暗暗嘆息。這麼大的事，身為靖安司丞居然渾然不覺，這得無能到什麼地步？他上前一步，厲聲喝道：「蚍蜉伏猛火雷於燈樓，如今興慶宮一片狼藉，前後糜爛，長安局勢危殆至極！」

吉溫的鬍鬚猛地一抖，難怪剛才聽見西邊一聲巨響，本以為是春雷萌動，原來竟是這樣的慘事！勤政務本樓上可是天子和群臣，若是遭了猛火雷，豈不是……豈不是……他不敢再往下想。

「我、我盡快調集人手，去勤王……」吉溫聲音乾澀。李泌卻毫不客氣地打斷他的話，步步緊逼：「來不及了！你若有心勤王，只有一件事可以做！」

「什麼？」

「李相，如今身在何處？」

吉溫迷惑地看了他一眼：「李相，不是正在勤政務本樓上參加春宴嗎？」

李泌沉著臉道：「他在爆炸之前，就已經離開勤政務本樓了，他去了哪裡？」

吉溫的鬍鬚又是一顫。他並不蠢，知道在這個節骨眼離開的人，到底意味著什麼。他不由得苦笑道：「在下一直在京兆府收拾殘局，哪裡有暇旁顧？」

「你是他的人，豈會不知主人去向？」李泌根本不打算虛文試探，單刀直入。

吉溫聽到這話，正色道：「長源你這麼說就差了。在下忝為左巡使、殿中侍御史，為朝廷糾劾嚴正，裨補闕漏，豈是一人之私僕？李相何在，你去問鳳閣還差不多。」

「你確實不知？」

「正是！」吉溫回答得很堅決，心裡卻略為悵然。他終究不是李相的心腹，後者就算有什麼計畫，也不可能透露給他。

李泌道：「很好！那麼就請吉副端暫留此處。待靖安司查明李相去向，再來相詢！」吉溫心想，果然重頭戲來了，翻了翻眼皮：「閣下為賊人所執，靖安司群龍無首。在下以長安城治為慮，這才暫時接手，並無戀棧之心。不過在下接的乃是鳳閣任命，不敢無端擅離。」

說白了，我的任命是中書省發的，你要奪回去，得先有調令才成。吉溫意識到，興慶宮出了這麼大的事，李相的去向又成疑，當此非常之時，必須要把住一處重要衙署，才能在亂局中占據主動。這靖安司的權柄，絕不能放開。

李泌眼神犀利：「若我堅持呢？」

吉溫冷笑著一拍手，門外的護衛迅速進來。這些護衛都是他帶來的，不是靖安司舊部，指使起來更為放心。

「來人哪，扶李翰林下去休息！」

李泌正職是待詔翰林，吉溫這麼稱呼，是打定主意不承認他靖安司丞的身分了。

護衛們聽到命令，一起衝過來，正要動手。李泌卻微微一笑，也同樣一拍手，一批旅賁軍士兵突然從外面出現。那幾個護衛反被包圍，個個面露驚慌。

吉溫舉起大印，怒喝道：「正官在此，你們要造反嗎？」李泌緩緩從腰間也解下一枚印來，面色冷峻：「正官在此。」

京兆府的推事廳內，兩人同時亮出了兩枚大印，彼此對峙。吉溫拿起的官印，獬紐銀綬，乃是御史臺專用。今夜奪權事起倉促，中書省還不及鑄新印，就行了一份文書，借此印以專事機宜之權。

至於李泌那一枚靖安司丞的龜紐銅印，按照常理，要比御史臺的官印來得有力。可他此前被賊人擄走，中書省行下的文書裡已特別指出，為防賊人利用，特註銷該印。換句話說，吉溫接手靖安司那一刻，這就變成一枚毫無用處的廢印了。

吉溫哈哈大笑：「李翰林，這等廢印，還是莫拿出來丟人了！」可李泌高擎著官印，神情依然未變。吉溫的笑聲到了一半，戛然而止，他的雙眼越瞪越大，發現有點不對勁。

這不是龜紐銅印，而是龜紐金邊銅印，那一道暗金勒線看起來格外刺眼。

這不是靖安司丞的印，而是靖安令的印！

賀知章雖重病在床，可從法理上來說，他的靖安令之職卻從未交卸。

李泌申時去宣平坊「探望」過賀知章，這一枚正印順便被他拿走了。此時亮出來，意味著他有權力「暫行靖安令事」。吉溫驚駭地發現，繞來繞去，自己反而成了李泌的下屬。

「這、這是矯令！賀監已經病倒，不可能把印託給你！」吉溫氣急敗壞。李泌道：「正因為賀監抱病，才特意把此印託付給我，若有疑問，可自去詢問他老人家。來人哪，給我把吉司丞的印給下了！」

到了這會兒，他才稱其為「吉司丞」，真是再嘲諷不過。靖安司諸人早看這位長官不順眼，下手毫不客氣，劈手奪過官印。那幾個護衛絲毫不敢反抗，也被繳了武器，推搡到了一邊。吉溫面如死灰，沒了中書省文書的法理庇護，他在靖安司根本毫無根基。

「我要見李相！我要見李相！」吉溫突然瘋狂地高呼起來。

「你若能見到他最好，我們也在找他！」

李泌把吉溫和他那幾個護衛都留在推事廳裡，派人守住門口，形同軟禁。然後他迅速把幾個倖存的主事召集起來，詢問了一下情況，才發現事情有多棘手。

蚍蜉的襲擊加上大火，讓靖安司傷亡慘重。吉溫接手以後，什麼正事沒幹，反而驅逐了一批胡裔屬員。從戌時到現在，將近五個時辰，整個靖安司就如同無頭蒼蠅一般，連望樓體系都不曾修復。更讓李泌氣憤的是，吉溫唯一做的決定是抓捕張小敬，把大量資源都浪費在這個錯誤的方向。

真是個澈頭澈尾的爛攤子。

「成事不足，敗事有餘！」李泌重重地哼了一聲，內心對這個廢物充滿鄙夷。幾個主事小心翼翼地問道：「李司丞，咱們現在怎麼辦？」

「盡快派人前往興慶宮，搞清楚情況。」李泌下了第一個命令。興慶宮的安危，或者說得再直白點，天子的生死，將直接影響接下來的一連串決策。

「還有，盡快修復大望樓，通知各處衙署與城門衛，燈會提前結束，恢復宵禁，所有民眾迅速歸坊，所有城門落鑰封閉，無令晝夜不開。」

主事們聽到這個命令，個個斂氣收聲。連燈會都要取消，可見事態嚴重到了何等地步。

「還有，得盡快找到李相。他記錄在案的每一處宅邸，都要去調查清楚。」

李泌的眼神裡閃過一道寒芒。倘若整件事是宰相所為，他一定還隱藏著極危險的後手。已經發生的事情不必去想，重要的是如何在接下來的亂局中占據先機。要知道，到了這個層級的鬥爭，不是你死就是我活，李泌必須估計最壞的情況，提前做出準備。

一聽還要查李相，主事們更是面面相覷，都不敢深問。李泌仰起頭，微微嘆道：「大廈已傾，盡人事而已。」幾名主事看到長官神情如此嚴肅，心中凜然，紛紛拱手表示遵命。

說來也怪，他一回來，整個靖安司的魂魄也隨之歸來，京兆府的氣氛為之一變。即使是那些吉溫調來的官吏，也被李泌雷厲風行的風格所感染，迅速跟上步調。比如來自右驍衛的趙參軍，就覺得管理風格大變，比原來的懶散拖遝強太多了。

殘破不堪的靖安司，在李泌的強力驅動下，又嘎吱嘎吱地運轉起來。

這時一個主事小心翼翼地又問了一句：「李相的宅邸，未必都在李府名下，司丞可還有什麼提示？」

長安城裡的宅子太多，李林甫就算有密宅，也不會大剌剌地打出自己的招牌。若沒個方向，這麼找無異於大海撈針。

李泌略做思忖，腦子裡忽然靈光一現：「你們可以去查查，京中富豪宅邸，誰家裡有自雨亭。」

李泌遭蚍蜉綁架之後，被帶去了一處豪奢宅院，親眼見到他們做了一個燈樓的爆炸測試。這處宅院裡最引人注意的地方，是一座簷上有堤的自雨亭。這種亭子源自波斯，興建所費不貲，不是隨便什麼人都能建的。

當初蚍蜉抓住李泌，沒打算留他活口，所以並未特意遮掩。他如今既然已生還，便不能放過這個顯眼的線索。查到這個宅邸，到底是誰在幕後資助蚍蜉，也就一目了然。

可主事們還是憂心忡忡：「司裡的文卷已經被燒沒了。所涉營造之事，還得去虞部調閱，時間恐怕來不及。」

李泌環顧左右：「徐賓何在？他活下來了嗎？」徐賓有著超強的記憶力，若他還在，靖安司查閱起來事半功倍。

一名官吏說徐主事受了傷，止在設廳修養，因為吉司丞認為他可能是蚍蜉內奸，還加派人手看管。李泌氣極反笑：「徐賓是我派去查內鬼的，這吉溫真是瞎了狗眼！」

他吩咐下人帶路，前往設廳親自查看。

設廳裡的秩序比剛才稍微好了一點，醫師們已經完成了救治，不過傷患們的呻吟聲仍不絕於耳。人力已經用盡，接下來就看他們自己的造化了。李泌聳了聳鼻子，這股混雜著人體燒焦和油藥的味道，讓他很不舒服。可這個場面很大程度上算是他的責任，李泌只好帶著贖罪的心情，強忍腹中翻騰。

徐賓的休養處是在設廳一角，被兩扇屏風隔出一個空間，兩名士兵忠心耿耿地守在外面。李泌走過去，揮手趕開衛兵，踏了進去。徐賓正側躺在床榻上，臉部向外，閉目不語，頭上還纏著一圈圈白布條。

李泌放輕腳步走近，突然瞳孔驟縮，整個人僵在原地。

徐賓的身子是向著床榻內側反躺蜷曲。

也就是說，他的整個頭頸被人硬生生地扭轉了過來。

*

做為天子燕居歡宴之地，勤政務本樓的裝潢極盡奢華之能事。樓闕山出，雕梁畫棟，上有飛簷懸鐺，中有彩綾飄絹。樣式看起來極其華麗，可一旦經火，處處皆是助燃之地。無論廳間廊下，如今都被滾滾黑煙籠罩，充塞每一個空隙，像是一個瘋子在到處潑灑濃墨一般。

從第三層到第七層的距離不算很遠，可張小敬的身體狀況已跌至谷底，加上沿途一片狼藉，讓這段路途猶如荊棘密布。他咬著牙，盡量避開地面上的碎瓷殘板，朝著樓梯口摸去。

這一路上，他看到許多僕役和大小官員，以各種姿勢躺倒在地，生死不知，身前案几四腳朝天，玉盤珍饈撒落於地，說不出的淒慘。這些人前一刻還在歡宴暢飲，下一瞬便突遭衝擊。張小敬還發現一些穿著與賓客不同的屍體，有蚍蜉的，也有龍武軍的。

看來陳玄禮登樓之後，遭遇了蚍蜉的強力阻擊，不過一直繼續前進。

張小敬一口氣趕到六樓，不得不停下來喘息片刻。今天他基本上沒怎麼進食，只在幾個時辰前吃了點素油餅子，此時腹中空空，眼前隱有金星。他略一低頭，看到在一扇倒下來的石屏下，露出一截烤羊腿。那羊腿烤得金黃酥軟，腿骨處還被一隻手捏著。

看來在爆炸發生時，這位不幸的賓客正拿起羊腿，準備大快朵頤。結果震動一起，他還沒來得及吃一口，便被壓在石屏之下。張小敬俯身把羊腿拽起來，那手一動不動，看來已然罹難。諷刺的是，正是四周火勢大起，讓這個羊腿保持著溫度，不至於腥膻凝滯。

張小敬張開大口，毫不客氣地撕下一條肉，在口中大嚼。不愧是御廚手藝，這羊肉烤得酥香鬆軟，不僅加了丁香、胡椒等名貴香料調味，還澆了杏漿在上面。一落肚中，立刻化為一股熱流散去四肢百骸，稍微填補回一點元氣。

他也是餓急了，邊走邊吃，一條肥嫩羊腿一會兒功夫便啃得只剩骨頭。張小敬總算感覺好了些，攥著這根大腿骨，來到六樓通往七樓的樓梯入口。往上一掃，眼神變得凌厲。

在樓梯上，橫七豎八躺著四五具屍身，以龍武軍的居多，可見陳玄禮在這裡遭遇了一次伏擊。元載說他們趕來的不過十幾個人，這麼算下來，陳玄禮手下的人已經所剩無幾。就算他僥倖突破，也是損失慘重。

不過這也代表，蕭規的人絕不會太多，否則這些屍體裡應該會有陳玄禮。

張小敬把骨頭插在腰間，正要登上樓梯，忽然心中一動，把腳又縮了回來。第六層和第七層之間，只有客用與貨用兩條通道，一定有嚴兵把守。貿然上去，恐怕會被直接射死。

他輕手輕腳地走到樓邊，這裡的壓簷角都很低，邊緣翻出一道外凸的木唇。張小敬摳住木唇，腳踩闌干，用力一翻，整個人爬到一條鋪滿了烏瓦的斜脊之上。沿斜脊坡度向上小跑數步，躍過一道雕欄，便抵達了第七層。

勤政務本樓的第七層叫摘星殿，以北斗七星譬喻七層。這是一間軒敞無柱的長方大殿，地板有一點刻意傾斜，北邊最高處是天子御席，面南背北，其他席位依次向南向下排列，拱衛在御席下首，此所謂「為政以德，譬如北辰，居其所而眾星共之」。

在大殿的南邊，還有一座小小的天漢橋，從大殿主體連接到外面一處寬闊的平木露臺，兩側俱是雲闕。站在露臺之上，可以憑欄遠眺，下視萬民，視野極佳。露臺與燈樓距離極近，剛才燈樓初啟，拔燈紅籌就是在這裡拋出燭火，啟動燈樓。

可惜正因如此，在剛才的爆炸中，那平木露臺第一時間坍塌下去，和站在上面賞燈的倒楣蛋一起摔下城牆。天漢橋也損毀了一半，剩下半截淒慘的木架半翹在空中，好似殘龍哀鳴。

張小敬翻上第七層的位置，恰好是天漢橋殘留的橋頭。他迅速矮下身子，躲在柱獸旁邊，朝裡面仔細觀察。樓下的煙霧飄然而上，形成了絕佳的保護。

這一層大殿是半封閉式的，外面還有一圈興慶宮的南城牆阻擋，加上張小敬拚命洩去了闕勒霍多不少氣勁，所以剛才的爆炸和撞擊並未傷及筋骨，沒有出現死傷枕藉的情況，只是場面略混亂了些。

此時在摘星殿中，分成了三組涇渭分明的人群。百餘名華服賓客聚集在一起，瑟瑟發抖如一群鵪鶉；站在他們旁邊的，是十來個蚍蜉，手持短弩長刀，隨時可以舉刀屠戮。在更遠靠南的地方，陳玄禮和十個人不到的龍武軍士兵，平舉手弩，卻沒有向前，形成對峙。其他無關人等，諸如雜役舞姬樂班婢女之類，都被趕到樓下去了。

看來龍武軍的戰鬥力還是非常驚人，連續突破防衛，一口氣衝到七樓。從雙方的站位來看，蚍蜉恐怕是剛剛控制局勢，還沒來得及做其他事，龍武軍就衝上來了。

可惜陳玄禮不能再進一步了。張小敬清楚地看到，在最高處，蕭規正笑咪咪地把弩箭對準一個身穿赤黃色袍衫的男子，他頭戴通天冠，身佩九環帶，足蹬六合靴[40]；正是大唐天子李隆基。

難怪陳玄禮不敢輕舉妄動，天子的性命正掌握在那個昔日老兵的手裡！

大唐律令有規定，持質者，與人質同擊。不過這條規矩在天子面前，就失去意義了。

而且在諸多賓客身上，都沾著大大小小的黑斑汙漬，像是剛剛噴上去的黏物，地面上則散落著同一規格的唧筒。無須多看，這一定是觸火即燃的延州石脂，也就是說，蚍蜉們隨時可以用一點小火種，把大唐精英全部付之一炬。

張小敬有點頭疼，眼前這個局面太微妙了，幾方都處於高度緊張的狀態，稍有變化，就可能演變成最糟糕的局面。人質又太過貴重，一點點閃失都不能有。

40　九環帶及六合靴皆為帝王貴臣的穿戴。

時間上更沒法拖，再過一會兒，就會有無數援軍蜂擁而至，所以蕭規一定會盡快採取行動。

打不能打，拖不能拖，這根本是一局死棋。

可惜張小敬的身體狀況太差，實在是打不動，沒法強行破局。唯一的辦法只有……張小敬的大手握住斷橋的橋柱，忽然猛力一捏，似乎在心裡做出了一個極其艱難的決定。

他矮下身子，從斷橋處悄悄潛入殿中。這個摘星殿太寬闊了，人又特別多，根本沒人注意到他。張小敬借助那些翻倒的案几和托架，迅速接近對峙的核心地帶。

蕭規挾持著天子，而陳玄禮的弩箭對準了蕭規。張小敬算準時機，故意先踢碎一個瓷盤，引起所有人注意，避免過於緊張而發弩。然後他緩緩站起身來，高舉雙手大聲道：「靖安司張小敬辦事！」

這個聲音在大殿中響起，顯得頗為突兀。陳玄禮不由得側頭看了一眼，想起這個張小敬之前曾經被全城通緝，然後通緝令又撤銷了，這讓他心中略有疑惑。張小敬從腰間掏出一塊腰牌，亮給龍武軍的人看，確實是靖安都尉不錯。這讓對峙中的士兵們多少鬆了一口氣，靖安司的人已趕到，說明援軍不遠了。

蕭規的弩箭仍舊頂在天子腦袋上，臉上神情不改。

陳玄禮仍舊全神貫注盯著蕭規，手中弩箭紋絲不動。張小敬走到他身旁，低聲道：「陳將軍，諸軍將至，請務必再拖延片刻，一切以天子性命為重。」

這是一句廢話，還用你來叮囑？陳玄禮冷哼一聲。張小敬又道：「不過在這之前，有一件至急之事，要先讓將軍知道。」

「講！」陳玄禮雙目不移。

「我也是蚍蜉。」

說完這一句，張小敬猝然出手，用那根吃剩下的羊腿骨砸中陳玄禮手中短弩。這邊弩口一低，那邊蕭規立刻掉轉方向，對著陳玄禮就是一箭，射穿了他的肩頭。張小敬腳下一鉤，順勢將其絆倒，抬手接住蕭規剛拋過來的匕首，對準陳玄禮的咽喉。

這一連串動作行雲流水，兩人配合得親密無間，就像已演練過千百次似的。張小敬騎在陳玄禮身上，匕首虛虛一劃，對周圍士兵喝道：「把武器放下，否則陳將軍就得死！」

對此驚變，龍武軍士兵面面相覷，不知該如何做才好。陳玄禮抬頭猛喝：「擊質勿疑！」張小敬揮掌切中他的脖頸，直接將他擊昏。

士兵們群龍無首，只得紛紛扔下弩機。有幾個蚍蜉迅速衝了過去，把這些士兵也捆縛起來，扔到一邊。

賓客一陣騷動，陳玄禮剛才衝上七層，他們本來覺得有點指望。可是被這個意外的傢伙攪亂，瞬間逆轉了局勢。有人聽見他自稱靖安都尉，原來卻是個內鬼，甚至忍不住罵出聲來。蚍蜉們立刻動手，把這陣騷動彈壓下去。

張小敬對那些騷動置若罔聞，他直起身子，把視線投向御席。蕭規抓著天子的臂膀，欣慰地朝這邊喊道：「大頭，我知道你一定會來的！」

「我來晚了。」他簡短地說道。

「來，來，你還沒覲見過天子吧？」蕭規大笑道，把天子朝前面拽了拽，像是拽一條狗，引起後者一陣不滿的低哼。蕭規冷笑一聲：「陛下，微臣與您身分之別不啻天壤，不過你我尚有一點相同，我們都只有一條命。」

天子無可奈何，只得勉強向前挪了一步。

張小敬仰起頭來，緩緩地朝著他和天子走去。

上一次他離開蕭規，是藉口去抓毛順。現在毛順、魚腸和兩名護衛都死了，蕭規並不知道他在燈樓裡幾乎壞了蚍蜉的大事，仍舊以為他是自己人。所以，若要破開這一局，張小敬別無選擇，只能繼續偽裝成蚍蜉，為此他不惜襲擊陳玄禮。

只要不讓蕭規起疑心，伺機接近，將其制伏，其他蚍蜉也就不是威脅了。

這個舉動最大的風險是，稍有不慎，就會造成天大誤會，再也無法翻身，可他沒別的辦法。

張小敬一級一級朝上走去，距離御席越來越近。這還是他第一次近距離觀察天子，那是一個六十歲的微胖老者，劍眉寬鼻，尖頷垂耳，看他的面相，年輕時一定英氣逼人。御宇天下三十多年，讓他自然生出一股威嚴氣度，即使此時被蕭規挾持，仍不失人君之威。那一雙略有渾濁的眼裡，並沒有一絲慌亂。

是這個人，讓大唐國力大盛，悉心營造出開元二十年的盛世之景；也是這個人，讓大唐的疆域擴張到了極限，威加四海。但也是這個人，間接創造出蚍蜉這麼一頭怪物。

張小敬距離蕭規和天子還有十步，再近一點，他就可以發起突襲了。

走到第八步，他的肌肉微微繃緊，努力地榨出骨頭裡的最後一絲力量，要突然發難。

這時蕭規忽然開口：「對了，大頭，你等一下。」

張小敬只得停下腳步。

「我給你準備了一份禮物，拿去吧！」蕭規做了個手勢，一個蚍蜉衝進賓客，從裡面揪出一個人，摔在張小敬的眼前。

張小敬定睛一看，躺倒在地瑟瑟發抖的，是頭戴折上巾的錦袍貴公子，凸額團鼻，脖子始終歪斜著；正是永王李璘。

兩人三目相對，一瞬間把張小敬拉回去年十月的那一幕。

第二十章　卯初

天寶二載，十月七日，午正。

長安，萬年縣，靖恭坊。

一股濃烈刺鼻的血腥味彌漫在整個馬球場上，那些矯健的西域良馬都焦慮不安，不停踢著蹄子，踏起一片片黃色塵土。

張小敬站在球場中央，喘著粗氣，一隻獨眼赤紅如瘋獸。在不遠處，地上丟著一把長柄陌刀，旁邊一匹身材巨碩的良馬躺倒在地，宛若肉山。牠的脖子上繫著彩帶，尾束羽繩，彰顯出與眾不同的地位，可惜牠的腹部多了一道大大的刀口，鮮血從軀體裡潺潺流出，滲入黃土，很快把球場沁染成一種妖異的朱礫之色。

此時他的左手，正死死抓著永王李璘的髮髻，讓這位貴胄動彈不得。永王驚恐地踢動著雙腿，大聲喊著救命。

球場四周聚集了許多人，有來打馬球的公子哥，有永王府邸的僕從護衛，有球場附近的民眾，還有剛剛趕到的大批萬年縣不良人。可是他們投鼠忌器，誰都不敢靠近，誰敢保證這個瘋子不會對永王動手？

張小敬低下頭，睥睨著這位貴公子：「聞無忌死時，可也是這般狼狽？」

「我不知道！我不認識他！」永王歇斯底里地喊道。

他到現在仍未從剛才的震驚中恢復。他本來正高高興興打著馬球，突然，一個黑影衝入球場，帶著滔天的殺意，用一柄巨大的陌刀斬殺了他心愛的坐騎，然後把他死死按在地上。球友們試圖過來救援，結果被乾淨俐落地殺掉了兩個人，其他人立刻嚇得一哄而散。

永王沒見過這個獨眼龍，心裡莫名其妙。直到獨眼龍口吐「聞無忌」的名字，他才真正害怕起來。

張小敬的刀晃了晃，聲音比毒蛇還冷澈：「在下是萬年不良帥，推案刑訊最在行不過。既然已查到了這裡，永王殿下最好莫要說謊。」永王被這個威脅嚇住了，他能感覺得到，這尊殺神什麼都幹得出來。他停了停，急忙道：「我真不知道！」

張小敬面無表情地從懷裡掏出一個小竹管，強行倒入永王口中，永王只覺得一股極苦的汁液順著咽喉流入胃中，然後張小敬用一塊方巾緊緊罩在他嘴上。

他嗚嗚直叫，試圖掙扎。張小敬一拳打中永王肋部：「莫擔心，這是魚腥草和白薇根熬製的催吐湯，隨便哪個藥鋪都常備，是救中毒者的良方，嗯……不過若是嘴上有東西擋著，就不一樣了。」

彷彿為了證明張小敬所言不虛，永王忽然弓起腰，劇烈地嘔吐起來。胃中的粥狀消化物順著食管反湧到嘴邊，正要噴洩而出，卻被嘴前的方巾擋住，重新流回去，其中一部分進入呼吸道，嗆得永王痛不欲生。

一邊是胃部痙攣，不斷反湧，一邊是口中不洩，反灌入鼻。兩下交疊，讓永王涕淚交加，無比狼狽，甚至還有零星嘔吐物從鼻孔噴出來。如果再這麼持續下去，很可能會被活活嗆死。

張小敬看差不多了，伸手把方巾解下，永王如蒙大赦，趴在地上狂吐了一陣，這才消停。張小敬冷冷道：「這叫萬流歸宗，乃是來俊臣當年發明的刑求之術，來氏八法之中最輕的一種。若殿下有閒情，咱們可以一樁一樁試。」

這傢伙居然打算在眾目睽睽之下，對一位皇子用刑？永王終於確定，他就是個澈頭澈尾的瘋子。對瘋子，權勢和道理都沒用處，只能乖乖服軟。

「我、我說……」永王的咽喉裡火辣辣的，只能啞著嗓子說。

「從頭講。」

原來在天寶二載，七月七日，永王偶然路過敦義坊，恰好看到聞染在院子裡擺設香案，向天乞巧。他見到聞染容貌出眾，就動了心思。回到府邸，永王跟心腹之人聊了幾句，就把這事拋在腦後。後來過了幾日，心腹興沖沖來報，說不日便可將聞染買入王府為奴，永王才知道這些人把事給搞大了。

「本王垂涎聞染美色不假，但絕無強奪之心。實在是熊火幫、萬年縣尉那些人有心討好，肆意發揮，這才釀成慘禍，絕非我的本意啊！」

張小敬一聽便明白了。這種事實在太多，上頭也許只是無意一句，下面的人卻拿出十倍的力氣去推動。恐怕熊火幫是早看中了聞記的地段，這次借永王的招牌，把一樁小事硬生生做到讓人家破人亡。

「本王也狠狠責罵過他們，這些人真是無端生事！」

「無端生事？」張小敬的嘴角一抽搐，「然後還罰酒三杯是不是？你們眼中，只怕這些草民都如螻蟻蚍蜉一樣，對嗎？」永王這才意識到自己說錯話了，半是討好道：「壯士你有心報仇，應該去找他們才對，本王陪你一道去便是。」

「不勞殿下費心，熊火幫已經被我洗了一遍，縣尉大人也被我宰了。」張小敬淡淡道。永王額頭一跳，感覺胃裡又隱隱作痛，知道今日絕不能善了。

張小敬此前去外地查案，一回長安就聽到這個驚變。他不動聲色，暗中著手調查。以他不良帥的手段，輕而易舉就查明涉事的幾方勢力。於是張小敬先找了個理由，帶領不良人把熊火幫幾乎連根拔起，可惜封大倫跑得快，留得一條性命。

萬年縣尉聞訊趕來，連忙喝止了張小敬。他與張小敬合作過數年，關係尚可，所以張小敬本想講講道理。不料縣尉明裡假意安撫，卻在酒水裡下了毒，周圍伏有大批刀手，要把張小敬格殺當場。幸虧有相熟的手下通風報信，張小敬率先反擊，當場把縣尉一刀捅死。

張小敬知道，滅掉熊火幫尚有理由，殺了上司，一定會被追究為死罪。他索性直衝到馬球場來，先把最後一個罪魁禍首拿住再說。

永王抬起頭來，試圖勸誘道：「你犯下了滔天大罪，只怕是要死的。本王在父皇那裡還能說得上話，說不定能寬宥幾分。」不料張小敬伸出大手，一把揪住永王的髮髻，拎起脖子，一步步拖離球場。

永王嚇壞了，以為他準備下毒手。可惜張小敬那手如同鐵鉗一般，根本掙脫不開。「甘校尉、劉文辨、宋十六、杜婆羅、王河東、樊老四……」張小敬一邊拖著，一邊念叨著一些人名。永王不明白這是些什麼人，也不知道他們和這次的事件有什麼關係。

「他們都死了，都死在了西域，讓突厥人給殺了。我和聞無忌把他們的骨灰都帶來了，就放在聞記香鋪裡，第八團的兄弟們，除了蕭規那小子之外，好歹都來過長安了……」張小敬的聲音原本平穩，可陡然變得殺氣十足，「可你們卻生生拆了聞記的鋪子，那些個骨灰壇也都被打碎了，灑到泥土和瓦礫裡，再也找不回來了。」

「不是我，是他們！他們！」永王聲嘶力竭地喊著，他覺得自己太冤枉了。

張小敬用力踏了踏馬場的土地：「從此以後，第八團的兄弟們，就像是這腳下的黃沙一樣，每日被人和馬蹄踐踏。」

永王聽到這種話，脊梁一股涼意攀上。他像是被一條毒蛇咬中，四肢都僵住了，任憑張小敬拖動。

周圍的不良人和王府長隨們緊跟著他們，可誰都不敢靠近。五尊閻羅的名字，在他們心裡的威勢實在太大，他們只敢在周邊結陣，遠遠觀望。

永王的呼聲絲毫沒有打動張小敬，他面無表情地拖著這位十六皇子一路離開馬球場，來到只有一街之隔的觀音寺。

這座位於靖恭坊內的觀音寺，規模並不大，廟裡最有名的是供奉著一尊觀音玉像。這座寺廟和永王有著很深的淵源。他出生之時，遭遇過一場大病，母親郭氏親自來到此寺祈禱三天三夜。結果沒過多久，郭氏便去世了。說來也怪，就在郭氏去世那天，永王居然奇蹟般地痊癒了。宮裡都說，郭氏感動了菩薩，以一命換了一命。她的牌位也被擺在了廟裡。

有了這層緣分，永王對這座觀音寺關切備至，時常打賞，逢年過節還會過來上香，一拜觀音二拜母親。他對馬球的興趣，正是因為觀音寺臨街有個馬球場，他每次來上香都順便去打兩手，慢慢成了箇中高手。

他發現張小敬把他往觀音寺拖，心中直發毛，不知這瘋子到底打算做什麼。張小敬踹開廟門，用眼神狠狠地趕走了住寺的僧人，直奔觀音堂而去。

那尊滴水觀音矗立在堂中，溫潤剔透，品相不凡。旁邊還立著一尊蓮花七寶側龕，裡面豎著一塊牌位，自然就是永王的母親郭氏了。

張小敬鬆開手，一腳把永王踢翻在地，讓他跪在觀音像前。永王抬頭看到自己母親的牌位，不由得失聲哭了出來。

「你在菩薩和你娘親面前，給我起個誓，我便饒你一條命。」張小敬淡淡道。永王簡直不敢相信自己的耳朵：「起什麼誓？」

「從今以後，你不得報復或追究聞染與聞記香鋪，如有違，天雷殛之。」

永王心想這也太容易了，不會又是什麼折磨人的新招數吧？他張了張嘴，不敢輕易答應。

張小敬面無表情，內心卻在微微苦笑。

將涉事之人統統殺個精光，固然痛快，可聞染一定會遭打擊報復。那些人的手段，他再熟悉不過。

他孑然一身，死也就死了。可聞染還年輕，她還有很長的人生路要走。聞無忌在天有靈，絕不會允許張小敬為了給自己報仇，去犧牲女兒的幸福。

因此張小敬瘋歸瘋，卻不能不顧及聞染的命運，她可算是整個第八團留在人間唯一的骨血。

張小敬擒拿永王，從一開始就沒打算殺他，而是逼著他做出保證，不許對聞染再次下手。張小敬做過調查，永王對這觀音廟誠意篤信，在這裡起誓，他應該會認真對待。只要永王不敢出手，手下必然會有所收斂，聞染便能過上平靜的生活。

張小敬想到這裡，又一腳踢過去，催促快點。永王只好不情願地跪在地上，用袖子擦乾淨嘴角的汙漬。給觀音上香，叩拜，再給自己娘親上香，叩拜，然後手捏一根線香，扭扭捏捏說道：「從今之後，本王與聞家恩怨一筆勾銷，絕無報復追究之狀，如有違，天雷殛之！」

說完之後，永王恭恭敬敬叩了三個頭。無論他如何頑劣，在觀音和娘親面前，始終持禮甚恭。做完這些，他把線香一折為二，遞給張小敬：「這樣就行了？」

張小敬接過線香，用指頭碾成細細的粉末：「若你違誓，就算觀音菩薩不追究，我也會來尋你。」永王把頭低了下去，不敢與那隻恐怖的獨眼對視。

張小敬長吁一口氣，不再理他，轉身走出佛堂，雙臂一振，推開寺門走了出去。寺外已是大兵雲集，一見他出來，紛紛拔刀張弩。見張小敬負手出來，那些不良人的第一反應，居然是同時往後退了一步。

「萬年不良帥張小敬，出降自首！」

張小敬收斂起殺氣，昂起頭，面對人群大聲喝道，驚起門前大樹上一窩漆黑的老鴰撲啦啦飛起……

＊

事隔數月，張小敬沒想到能夠再次見到永王，而且是在這麼一個場合。

永王也沒想到能再見張小敬。自從那一次馬球場襲擊之後，他落下了一個病根，一提張小敬，胃部就會一陣痙攣想吐。此時見到本尊，更是臉色一陣青紅，嘴唇一張一闔，哇地吐出了一地的珍饈美酒。酸臭之氣，撲鼻而來。

蕭規大笑：「大頭，先前你留他一條性命，是為了保全聞染。如今不必再有顧慮，這個殺死聞無忌的凶手，就交給你處理了！」

張小敬沉默著朝前走了一步，永王驚慌地擺動右手：「你答應過的，我不動聞染，你不殺我！」

「今天熊火幫綁架了聞染，你可知道？」張小敬問。

「呃……呃……我事先並不知情！」永王面色陰晴不定。他並沒說謊，封大倫是事後才跟他通報的，並得到了默許。在永王心裡，這不算違誓，可問題是，這事並不由他說了算。

「大頭，別跟他囉唆，一刀挑出心肝來，祭祭聞無忌。」蕭規在上頭喝道。

大殿裡的空氣陡然緊張起來。所有人都知道，天子對這個十六皇子頗為寵愛，現在這些賊子要當著他的面，把永王活活開膛剖心，這該如何是好。

張小敬面無表情地揪起永王的衣襟，突然伸出手臂，狠狠地給了他幾個耳光。永王被打得暈頭轉向，臉頰高高腫起。蕭規以為他要先出出氣，並未催促，饒有興趣地等著看他動手。

張小敬開口道：「這等昏王，挑心實在太便宜他了。來氏八法，得一個一個上給他。」他咧開嘴，透出一股陰森怨毒之氣。永王一聽，渾身如篩糠般抖動。去年「萬流歸宗」已經折磨得他生不如死，那還是來氏八法裡最輕的……

蕭規看看外頭的火光：「不是掃你的興啊大頭，咱們的時間可不多了。」張小敬把永王一腳踢倒，踏在胸膛上，獰笑道：「沒關係，我想到一個好主意。」

他就像是數月之前那樣，拖著永王的髮髻，狠狠地把他拽到第七層的斷橋旁邊，往外一推。永王登時有半個身子都懸在勤政務本樓外頭。蕭規饒有興趣地看著，期待著會有什麼精采的戲碼。天子站在他的身旁，一動不動，可眼神裡卻透著憤怒。

永王已經嚇得魂飛魄散，大聲嘔吐著，彷彿噩夢重現。張小敬揪住他的衣襟，壓低聲音道：「想活命的話，就聽我的話。」

永王還在兀自尖叫著，張小敬重重給了他一耳光：「我很想現在就殺了你，但現在我還需要你去做一件事。」永王一愣，不明白這個凶神到底什麼意思。張小敬道：「接下來我會把你推下樓去，你要仔細聽好……」

他在永王耳邊輕輕說了幾句，永王先是睜大了眼睛，隨後又拚命搖頭。可惜張小敬沒有給他機會，用力一推，永王慘叫著從七層斷橋上直直跌落下去。這裡既然叫摘星殿，自然距離地面非常高，這麼摔下去，肯定變成一坨肉泥。

殺完了皇子，張小敬氣定神閒地折返大殿。蕭規舔了舔嘴脣，覺得有點不過癮：「大頭，你就這麼便宜他了？」張小敬淡淡道：「如你所說，時間不多了，咱們還是切入主題更好。」說完把眼神飄向天子。

「夠了！你們有話直接跟朕說。」

剛剛經歷了喪子之痛的天子，終於開口了。他緊皺著眉頭，腰杆卻挺得筆直。旁邊一個胖胖的老宦官見狀，咕咚一聲跪倒在地，不顧蚍蜉的威脅，放聲大哭起來。這哭聲如同信號，所有賓客全都跪倒在地，這賊人竟把天子逼到了這地步，群臣心中無不誠惶誠恐，羞愧不已。

蚍蜉們警惕地端平勁弩，誰敢出頭，就會受當頭一箭。

「陛下你終於開口了。」蕭規似笑非笑。

剛才他們突入第七層時，宴會廳裡一片混亂，四處鬼哭狼嚎，唯有這位天子仍留在御席之上，不肯屈尊移駕。即使被蚍蜉挾持，他也未置一詞，保持著居高臨下的鄙夷，努力維護著最後一點尊嚴。

永王的死，讓這一層矜持終於遮掩不住。

「你們到底是誰？」天子把兩條赤黃色的寬袖垂在兩側，微微低首，像是在垂詢臣子。

在火光環伺之下，蕭規心滿意足地閉上眼睛，似乎很享受這一刻的美妙。他伸出指頭，點了點自己額頭：「我們是西域都護府第八團的老兵。若陛下記性無差，九年前，你還曾下旨褒獎過我們。」

天子的眼神略有茫然，顯然根本不記得了。蕭規道：「九年前，蘇祿可汗犯境，圍攻撥換城。第八團悍守烽燧堡二十餘日，最終僅有三人倖存，今日到場的就有兩人。陛下日理萬機，這點小事自然不放在心上。」

天子不動聲色：「你們是怪罪朕窮兵黷武？還是敘功不公？」

「不，不。」蕭規晃了晃手指，「我們十分榮幸能夠參與其中，為陛下盡忠。保境衛國，是我們的本分。朝廷頒下的封賞，我們也心滿意足。今日到此，不為那些陳年舊事，而是為了兵諫。」

「兵諫？」天子的眉頭抖動了一下，幾乎想笑。天底下哪兒有這種「兵諫」。

「陛下是真龍，我們只是卑微的蚍蜉。可有時候，蚍蜉要比真龍更能看清楚這宮闕的虛實。」

他隨手一指其中一隻蚍蜉：「這個人叫伍歸一，河間人，家中連年大旱而租庸不減，妻兒離散。他離營歸鄉，反被誣以逋逃。」然後又指向另外一隻蚍蜉：「他叫莫窪兒，金城雜胡，舉貸養馴駱駝良種，結果被宮使驅走大半，貸不得償，只能以身相質，幾乎瘐死。「對了，還有這位索法惠，河南縣人。他和上元燈會還有點關聯哩。陛下你愛看燈會熱鬧，所以各地府縣競相重金豢養藝人，來爭拔燈紅籌之名。每一隊進京的拔燈車背後，都有幾十輛備選，花費皆落於當地縣民身上。索法惠本是個高明的車匠，為官府抽調徭役，疲於勞作，幾乎破產。」

說到這裡，眾人不由得一起回頭，把視線集中在人群中一個姑娘身上。那是今年的拔燈紅籌，她聽到那個凶人提及自己，不由得臉色一變，朝後退去。

好在蕭規並沒在這話題上太過糾纏。

「在這樓上的每一隻蚍蜉，都曾是軍中老兵，他們的背後都有一個故事。故事雖小，不入諸位長官法眼，卻都是真真切切的。這樣的遭遇，放之民間，只怕更多。這一個個蚍蜉蛀出來的小眼，在大唐的棟梁之上歷歷在目。」

「所以你們打算復仇？」

「曹劌那句話怎麼說來著？肉食者鄙，未能遠謀。陛下，咱們大唐已經病了，看起來枝繁葉茂、鮮花團簇，是盛世美景，可是根子已經爛啦，爛透了，被蛀蝕空了，眼看就要像這勤政務本樓一般，轟然坍塌。需要一劑烈火和鮮血的猛藥，以警醒世人。」

天子大概許多年未曾聽過這樣刺耳的話了，他沉聲道：「你們到底想要什麼？」

蕭規一字一頓道：「非巨城焚火，無以驚萬眾；非真龍墜墮，無以警黎民。微臣所想，是在這長安城百萬百姓面前，要陛下你的一條命。」

雖然眾人對蚍蜉的做法早有預感，可他這麼堂而皇之地說出來，還是引起了一陣騷動。

天子不動聲色，伸開雙臂：「朕的命，就在這裡。你若想要，自己來拿。若天命如此，朕絕不退縮。」

不料蕭規忽又笑道：「陛下不必這麼著急。我們蚍蜉的計畫分為兩層。若是那燈樓能把陛下在眾目睽睽之下炸死，最好不過。若天不佑德，未竟全功，微臣便會親自登樓覲見，到了這時候，自然是陛下活著最好。」

他一直在笑，可笑容中的惡意卻越發濃郁起來。

「希望陛下暫移龍趾，猥自枉屈，跟著微臣去看看長安之外的世界，去親眼看看蚍蜉和螻蟻的世界。」

驚訝和憤怒聲從人群裡泛起來。這個賊子好大的膽子，竟要綁架天子出京，還要巡遊各地，公開羞辱。就算是隋煬帝，也沒受到這種侮辱。倘若真的成行，大唐的臉面可就澈底丟盡了，簡直比天子當場被殺還要可怕。

聽到這個要求，天子臉色終於有了變化：「你可以殺了朕，卻別想朕跟你走。」

蕭規一抬手，蚍蜉們刷地抬起短弩，對準了那群賓客：「陛下就不憐惜這些臣子賓客？」

天子沉著臉道：「群臣死節，可陪祭於陵寢。」他的意思很明白，今天這樓裡的人都死完了，也絕不會跟著這些蚍蜉離開。

「君憂臣勞，君辱臣死！」

一個高亢的聲音從賓客群裡響起，這是《越語》裡的句子。這一聲呼喊，瞬間點燃了賓客們被絕望壓抑住的憤怒。他們紛紛高喊起來，人群湧動。

二十幾個蚍蜉，連忙舉弩彈壓，可亂子卻越演越烈，賓客們似乎不再畏懼死亡的威脅。他們終於意識到，如果天子在這裡被擄走或死亡，恐怕每一個人都不會有好下場。他們呼喚著，簇擁著，無數雙腳踩在瓷盤與錦緞上，朝著御席的方向衝來。

張小敬悄悄彎下膝蓋，蓄起力量，想趁局面再亂一點，好對蕭規發起突襲。可就在這時，突然傳來一聲弩弦擊發的聲音，然後那個率先喊出口號的官員直挺挺地倒了下去，腦門多了一枝弩箭。

蕭規放下弩機，一臉不耐煩。大殿內的叫喊聲霎時安靜下來，飛濺的血花，讓他們重新認識到死亡的可怕。那可是一位四品大員，是跺跺腳能震動京城的人物，可他就這麼死了，死得如同一條狗。

剛才永王墜樓，大家只聽見慘叫，可現在這人真真切切死在身邊，一下子，所有人都被震懾住了。

只有一個人例外。

一個人影猛然衝到蕭規面前，趁著他的弩箭未能上弦之際，發起攻擊。蕭規猝不及防，只覺得腦袋被一根玉笛砸中。玉笛應聲而碎，可蕭規也被撞得失神了一剎那。那人趁機纏上來，一拳砸中他的小腹。

直到幾個彈指之後，大殿內的人才看清楚，那道黑影，居然是天子本人。周圍的蚍蜉都嚇呆了，不敢發箭，以防誤傷首領，只能看著這兩個人扭成一團。

天子的搏擊之道頗為高明，蕭規一時之間居然被壓制在下風。

承平的日子太久了，大家似乎已經忘記，這位高高在上的九五之尊，年輕時也曾經是一位弓騎高手，慣於驅馬逐鷹，飛箭射兔。在唐隆、先天兩場宮廷政變之中，他曾親率精銳上陣廝殺，才有了今日之局面。

雖然如今天子年逾六十，可年輕時的底子還在。包括蕭規在內所有人，都把他當成一個年老體衰的老頭子，可骨子裡與生俱來的烈性，不會輕易被美酒所澆熄。

兩個人打了幾個回合，蕭規到底是老兵，慢慢調整好節奏，開始逐漸扳回局面。天子氣喘吁吁，很快已是強弩之末。蕭規正要發起致命一擊，忽然身子一個趔趄。

適才的爆炸衝擊了整個宴會大殿，滿地狼藉。蕭規的右腳恰好踩進一個半開的黑漆食盒，整個身子歪斜了一下。天子覷中了這絕無僅有的機會，拎起腰間蹀躞帶上的一把小巧象牙柄折刀，狠狠捅進蕭規的右眼。

蕭規發出一聲痛苦的慘叫，急速後退。天子捅得太急，連繫繩都來不及從蹀躞帶上解下，被蕭規反拽著朝前衝去。兩個人一起撞翻御席，沿著斜坡滾落下來，通天冠和弩機全摔在了地上。

張小敬意識到自己的機會到了，飛身而上，想去抓住蕭規。可天子已經從地上爬了起來，見他靠近，格外警惕，抓起一個唾壺朝他丟去。張小敬閃過，急忙低聲說了一句：「陛下，我是來幫你的！」可天子的回答，則是再丟過來一柄割肉的叉子。反正地面亂七八糟，什麼都能撿得著。

這不能怪天子，張小敬先打昏陳玄禮，又殺死永王，恐怕誰都不會把他當自己人，只當他是來幫蕭規的。

如果張小敬體力充沛，對付十個天子都不在話下，可他現在太衰弱了，反應速度明顯下降，只能一邊躲閃，一邊靠近。張小敬心中一橫，實在不行，就只能先把天子打昏。

他正想著，旁邊那老宦官突然伸開雙臂，死死抱住了張小敬的腿腳。張小敬掙扎不開，天子趁機衝過來，用那一把象牙柄折刀刺中了張小敬的咽喉。

刀尖已經刺破了一層薄薄的皮膚，只要再用半分力度，便可擊斃這個襲擊宮城的巨魁。可天子還不及用力，便聽大殿中響起一聲女子的尖叫。天子臉色陡變，手腕一顫，這一刀竟沒有刺下去。

蕭規站在十幾步開外，右眼鮮血淋漓，左手狠狠扼住了一個身穿坤道袍女子的纖細脖頸。

「太真！」天子驚叫道。

＊

李泌站在徐賓的屍身面前，久久未能言語。

徐賓是他在戶部撿到的一個寶。他籌建靖安司之時，從各處抽調人手。諸多衙署陽奉陰違，送來的都是平時不受待見的文吏，無論脾性還是辦事能力都慘不忍睹。李泌大怒，請了賀知章的牌子，毫不客氣，全部退回。

唯一一個留下來的，正是戶部選送的徐賓。

這個人年紀不小，可對官場一竅不通，在戶部混得很差，不然也不會被送過來。李泌發現他有一個優點，記憶力驚人，只要讀過的東西尤其是數字，過目不忘。這樣一個人才，恰好能成為大案牘之術的核心。

於是，在李泌的悉心培養之下，徐賓很快成為靖安司裡舉足輕重的一員。這人不善言詞，態度卻十分勤懇，整個長安的資料都裝在他的腦袋裡，隨時調閱，比去閣架翻找要快得多。靖安司有今日之能力，與徐賓密不可分。李泌知道徐賓家裡還有老母幼兒，曾向他親口允諾，此事過後，給他釋褐轉官。

可現在，這一切都成了浮雲。

此時徐賓躺在榻上，頭折成奇怪的角度，雙目微閉。他太怯懦了，即使死得如此冤屈，都不願瞪向別人，而是選擇了垂頭閉目。

李泌閉上眼睛，鼻翼抽動了一下，把本來湧向眼眶的液體吸入鼻腔，發出呼嚕嚕的聲音，有一種輕微溺水的痛感。他和徐賓只是上下級，連朋友都不算，可他卻感到格外悲傷。這不只是為了徐賓，而是為了所有在今天付出犧牲的人。

李泌強忍著內心的翻騰，伸出手去，把徐賓的頭扳正，然後將他的雙手交叉擱於小腹，讓他看起來好似熟睡一樣。「對不起……」李泌在心裡默念著。

他輕輕將被子拉起來，想要蓋住徐賓的面孔，可蓋到一半，胳膊忽然僵住。李泌睜大了眼睛，發現徐賓的手指有些古怪，他再湊近了仔細一看，發現徐賓指甲裡全是淡灰色的牆泥。

京兆府掌京城機要，所以牆壁尚白，只是塗灰的年頭一長，便會轉成淡淡灰泥。李泌急忙繞到床榻的另外一側，借著燭光，看到在貼牆的一側，有些許指甲刮成的抓痕。

李泌之前問過，徐賓神志尚未完全清醒，身體動不了，但可以做簡單對話。所以最大的可能是凶手進入屏風，與徐賓交談。徐賓在談話期間覺察到了不妥，可無法示警或逃離，只得悄悄用指甲在牆上留下痕跡，然後才被滅口。

無論是突厥狼衛還是蚍蜉，都沒有殺徐賓的理由。看來凶手是徐賓的熟人，搞不好正是那個一直沒捉到的內奸。

李泌蹲下身子，把燭臺貼近牆壁。設廳的牆壁很厚實，抓痕太淺，而且筆畫潦草。李泌看了半天，只能勉強分辨出是兩個字，第一個是「四」字，第二個似乎沒寫完，只勉強能看清是「日」字。

四日？元月四日？還是去年某一個月分的四日？那一天，莫非發生了什麼事，能聯想到凶手？可為何他不直接寫凶手名字，豈非更方便？

無數疑問在腦中盤旋，李泌霍地站起身，把燭臺輕輕擱在旁邊。

他退出屏風，立刻召集相關人等，發出了兩道命令：「拘押在此看守的士兵，同時封閉所有大小門口，禁止任何人出入京兆府。」他停了一下，發覺第二個命令不太合理，於是修改成「禁止原屬靖安司的官吏出入京兆府」。

那個內奸一定原來就是靖安司的人，那麼其他人便沒有嫌疑了。

這兩個命令迅速執行。看守屏風的兩名士兵被自己的同袍死死按住，押去了僻靜的房間等待審訊。同時有更多士兵前往京兆府內外出入口，取代了原來的守衛。

這是絕對必要的措施，那個內奸的破壞力實在太大，李泌可不希望做事的時候還被人拿刀子頂在背心。現在的京兆府已經成了一個滴水不漏的人甕，至於如何從水裡撈起鱉來，就看他的手段了。

審訊看守士兵的進展很快。兩個倒楣的大兵一聽說徐賓被殺，臉都嚇綠了，忙不迭把所知道的事都抖了出來。據他們交代，這段時間進入屏風的人很多，有醫師，有小厮，也有各種各樣的官吏，並沒有留下紀錄。

李泌又問，究竟是誰給他們下的命令，要看守徐賓？

士兵們回答，是從元載那裡得到的命令，要把徐賓當作重要的疑犯來對待。

「元載是誰？他為何有權力這麼做？」李泌厲聲問道。一個吉溫就夠了，怎麼又冒出一個元載？一個主事低聲把元載的來歷解釋了一下。

「他在哪兒？」

「幾個時辰前帶著一批旅賁軍士兵外出，還沒回來。」

李泌冷哼一聲，雖然元載的行為讓他十分不悅，但至少排除了內奸的嫌疑。

「為什麼元載會認定徐賓是疑犯？理由是什麼？」李泌問。

士兵們回答不出這個問題。最後還是趙參軍站出來回答。他來的時日雖短，可內情卻摸得頗為清楚：「徐主事是在後花園昏倒的。在襲擊事件之後，他被人發現，送來京兆府進行治療。蚍蜉潛入靖安司大殿，正是從後花園的水道而入。元評事認為，是徐主事打開水網，放蚍蜉進來，然後故作昏倒，以逃避嫌疑。」

李泌沉默下來，修長的手指敲擊著桌面。元載所說並非全無道理，徐賓自然不是內奸，但他應該正好撞見內奸放蚍蜉進靖安司。內奸出手滅口，說不定是因為擔心徐賓看到了他的臉。

仔細想來，這是最合理的推測。

這個內奸真是狠毒大膽。一想到自己身邊盤踞著一條吐著信子的毒蛇，李泌就忍不住脊梁發涼。他站起身來，留下一個主事繼續審訊，讓衛兵把所有接近過徐賓的人都寫下來，再和靖安司的成員進行比對。

李泌接下來要做的事情太多了，不能把時間都耗在這裡。

他走出審訊室，雙手負後，微微地嘆息了一聲。這時候，終於暴露出靖安司的短處了。這是一個新設立的衙署，缺少根基，只是強行凌駕於京兆府兩縣、金吾衛、巡使與城門衛之上。當有強力人物在上頭鎮著時，整個靖安司如臂使指；可一旦亂起來，人才便捉襟見肘。

「除了徐賓，元載還把什麼人打成了內奸？」李泌忽然問道。

「還有一個姚汝能，他在大望樓上給敵人傳遞信號，結果被制伏，現在正關在京兆府的監獄裡。」站在一旁的趙參軍恭敬地答道。他在右驍衛失寵，希望能抱到另外一條大腿。

「他？給敵人傳遞消息？」

「具體情形不太清楚，不過應該是給一個叫張小敬的人傳消息。」趙參軍提起這個名字，面孔微微發窘。

李泌面色一凜，腳下步伐加快了幾分，大聲催促左右隨從：「快帶我去，姚汝能很可能知道內奸是誰……」

*

在蕭規挾持住那個女坤道的瞬間，所有人包括張小敬，都鬆了一口氣。

只要天子脫離了蚍蜉的威脅，最大的危機就消失了。這個女道人雖得帝王恩寵有加，可在這種場合下，她的性命顯然不能和天子相比，死就死了，不會有人覺得惋惜。

只有一個人例外。

這回，又是天子。

天子本來已經反制住了張小敬，一擊便可殺死他。可一見太真被蕭規挾持，天子的動作立刻停住了，眼神流露出極度的驚懼。

「你不許傷她！」天子憤怒地大喝。剛才永王被推下樓去，他都不曾這樣憤怒過。

「先把我兄弟放了！」蕭規吼道。他的眼睛受了傷，整個人的手勁控制不足，太真的脖頸被他越扼越緊，呼吸越發困難，白皙的面頰一片漲紅，豐滿的胸部一起一伏。

天子二話不說，把象牙柄折刀撤了回來。這位老人剛才打鬥了一場，也是氣喘吁吁，只是雙目精光不散。

張小敬沒料到天子居然會為一個坤道服軟，可他已經沒力氣去表示驚訝。張小敬只覺得雙膝一軟，癱坐在地上，四肢的肌肉開始劇烈痙攣。剛才那一番惡鬥，耗盡了他最後的力量。

「陛下你過來！」蕭規依舊鉗制著那女人的脖子，命令道。

「先把太真放了，我跟你走。」天子道。

「請恕微臣不能遵旨。」蕭規的手又加大了幾分力道，太真的嬌軀此時變得更軟。

天子沒有半分猶豫，一振袍袖，邁步走了過去。另外兩個蚍蜉撲過去，踢開試圖阻攔的老宦官，把天子再度控制在手裡。另外一個人則扶起張小敬，也朝這邊走來。

蕭規獰笑道：「早知道陛下是個多情種子，剛才何須費那許多脣舌！」天子卻根本不看他，而是急切地注視著太真，眼神痛惜不已。

蕭規略鬆了鬆手，太真發出一聲長長的呼吸聲，淚流滿面。

那些賓客呆立在原地，感覺剛才那一番「君辱臣死」的熱血呼號，變成了一個大笑話。

天子因為一個女人，僅僅因為一個女人，就放棄了大好翻盤的機會，這未免太荒唐了吧？想到這裡，不少人在心裡腹誹，這女人是天子從兒子手裡搶走的，這麼荒唐的關係，再引出點別的荒唐事也不奇怪。

勤政務本樓四周的黑煙越發濃烈，燈樓倒塌後的火勢已逐漸蔓延到樓中主體。外面隱隱可以聽見兵甲鏗鏘聲和呼喊聲，禁軍的援軍應該就在不遠處了。

蕭規知道時辰差不多了。他打了個呼哨，蚍蜉們得到指令，立刻開始忙碌。他們先把天子和太真，還有沒什麼力氣的張小敬拽到大殿內西南角的銅鶴之下，然後像趕綿羊群似的把賓客們向大殿中央趕去。

這時陳玄禮在地板上悠悠醒來，他的雙手被反綁，可嘴卻沒堵上。他昂起頭高喊道：「現在宿衛禁軍正從四面八方趕來，你們就算挾持了陛下，又能逃去哪裡？」

蕭規瞥了陳玄禮一眼，隨手從雲壁上扯下一片薄紗，把眼眶裡溢出的鮮血一抹，臉上的笑意卻依然不變：「這個不勞將軍費心！蚍蜉上天下地，無孔不入。」

蚍蜉們對自己的首領很是信服，他們絲毫不見擔憂，有條不紊地用火把和弩箭逼迫賓客，讓他們向中央集結。賓客們意識到，這恐怕是為了方便一次把他們燒完，可是燃油在身，弓弩在外，誰也不敢反抗。

突然，有一個不知哪國的使節不堪恐懼，發出一聲尖叫，不管不顧地發足向外狂奔。那個叫索法惠的蚍蜉，面無表情地舉起一具燃燒燭臺，丟了過去。一團燭火在半空畫過一道精準的曲線，正好砸中那個使節，瞬間把他變成一個火人。火人淒厲高呼，腳步不停，一直衝到樓層邊緣，撞破扶闌，跌下樓去……

這個慘烈的小插曲給其他賓客留下了深刻印象，他們只得繼續順從地朝殿中移去。如今唯一能做出的反抗舉動，就是腳步挪動得更慢一些。

蕭規沒再理睬這些事，他施施然走到西南角的銅鶴之下，天子、太真和張小敬等人都在那裡站著。

蕭規把那片沾滿血的薄紗在手裡一纏，然後套在頭上，擋住了眼前的血腥。包紮妥當後，他對張小敬笑了笑：「大頭，這回咱倆一樣了。」張小敬背靠銅鶴，渾身無力，只得勉強點了一下頭。

在他旁邊，天子環抱著太真，一臉絕望和肅然，張小敬甚至有種錯覺，這位皇帝似乎被自己的選擇所感動，完全沉醉在這一齣決絕淒美的悲劇裡。傳聞他痴迷於在梨園賞戲，這種虛實不分的情緒，大概就源出於此。

張小敬可沒有天子那麼粗神經。他的身體雖然虛弱無比，可腦子裡卻不斷盤算接下來怎麼辦。

壞消息是，他始終找不到機會制住蕭規或救出天子，接下來會更加渺茫；好消息是，至今蕭規還當他是自己人，立場還未暴露。

而今之計，只能利用蕭規的信任，繼續跟隨他們，走一步算一步。

可是他很好奇，蕭規打算怎麼撤退？這裡是第七層摘星殿，距離地面太高，不可能跳下去。而樓內兩條樓梯俱不能用，就算能用，也必須面對無數禁軍，根本死路一條。

蕭規似乎讀出了張小敬的擔憂，伸出指頭晃了晃：「還記得甘校尉在西域怎麼教咱們的嗎？凡事預則立，不預則廢。預甲之外，永遠還得有個預乙。他的教誨，我可是須臾不忘。」

說到這裡，蕭規轉過頭去，對大殿中喊道：「再快點，敵人馬上就到了！」

蚍蜉們聽到催促，都紛紛加快了速度，把那些故意拖延的賓客連踢帶打，朝著殿中趕去。身上沾滿油漬的諸人跌跌撞撞，哭聲和罵聲連成一片。他們在殿中的聚集地點，正是從底層一路通上來的通天梯入口，也是援軍的必經之路。

此時旁邊已經有人把火把準備好了，一俟聚集完成，就立刻點火。這一百多具身分高貴的人形火炬，足以把援軍的步伐拖緩，蚍蜉便可從容撤退；如果真的有那麼一條撤退通道的話。

賓客們終於被全數趕到了通天梯附近，圍成一個絕望的圓圈。每一個在附近的蚍蜉，都浮出興奮的笑意。他們受過折辱和欺壓，今天終得償還，而且是以最痛快的方式。

蚍蜉們不約而同地站開一段很遠的距離，舉起火把或蠟燭，打算同時扔過去，共襄盛舉。要知道，不是每一個平民都有機會，一下燒死這麼多高官名王。

就在這時，整個樓層發出一陣古怪的聲音。這聲音細切而低沉，不知從何處發出來，卻似乎無處不在。手持火種的蚍蜉們面面相覷，不知這聲音是從哪裡傳來的。

在銅鶴旁邊的蕭規和天子、太真，也露出驚奇的神情，四下去尋找聲音的來源。只有張小敬閉著眼睛，一縷氣息緩緩從鬆懈的肺部吐出來，身子朝蕭規的方向悄悄挪了幾步。

聲音持續了片刻，開始從下方向上方蔓延。有細微的灰塵從天花板上飄落，落在人們的鼻尖上。每個人都感覺到腳下華貴的柏木貼皮地板在微微顫動，好似地震一般。

過不多時，七層的四邊地板牆角，同時發出嘎吱嘎吱的清晰聲音，就像是在箜篌奏樂中猛然加入一段高亢笛聲。隨後各種雜訊相繼加入，演變成一場雜亂不堪的大合奏。

還沒等眾人做出反應，劇變發生了。

七層大殿的地板先是一震，然後與四面牆體猛然分離，先是一邊，然後又扯開了兩邊，整個地板一頭傾斜，朝下方狠狠下跌，一口氣砸沉入第六層。這個大動作扯碎了主體結構，頃刻之間，牆傾柱摧，煙塵四起，站在殿中的無論賓客、蚍蜉還是宴會器物盡皆亂成一團，紛紛傾落到第六層去。整個摘星殿為之一空，連帶著屋頂也搖搖欲墜。

唯一倖免的，是摘星殿四周的一圈步道，它們承接四角主柱，與地板不屬於同一部分。而那只銅鶴，恰好就在西南步道一角。站在銅鶴的角度看過去，第七層的中央突然坍塌成一個大坑，地板下沉，留下一個觸目驚心的漆黑大洞。

隨著那一聲震動，銅鶴附近的人也東倒西歪。張小敬在搖擺中突然調整了一下方向，肩膀似是被震動所牽引，不經意地撞到了蕭規的後背。蕭規猝不及防，身子一歪，朝著洞口邊緣跌下去。

可蕭規反應真快，身子歪倒的一瞬間，伸手一把揪住了太真的玄素腰帶。太真一聲尖叫，被他拽著也要跌出去。虧得天子反應迅速，一把抱住太真，拚命往回拽。得了這一個緩衝，蕭規調整姿態，一手抓住斷裂的地板邊緣，幾名蚍蜉趕緊上前，七手八腳把他拉上來。

張小敬暗自嘆息，這個天子真重情義，若不是他攔了一下，蕭規和太真就會雙雙摔下去，整個局面便扳回來了。錯過這個千載難逢的最後機遇，恐怕再沒什麼機會。他搖搖頭，等待蕭規來興師問罪。

蕭規倒沒懷疑張小敬的用心，畢竟剛才的震動太出乎意料，誰往哪個方向跌撞都不奇怪。他怒氣沖沖地瞪向天子：「這是怎麼回事？」

這意外的變故幾乎埋葬了大部分蚍蜉和賓客，雖然第七層和第六層之間有六丈的距離，但只要運氣不是太差，就不會摔死，可大批援軍現在已經登樓，不可能留給蚍蜉們點火的餘裕。

他燒殺百官的計畫，實際上已經失敗。

「怎麼回事？」蕭規又一次吼道，眼傷處有血滲出紗布。

天子緊緊摟住太真，搖了搖頭。他的表情居然比蕭規還要更憤慨。這裡可是勤政務本樓，自開元二十年以來，他在這裡歡宴無數，可從來不知道有這麼大的建築隱患。這……這豈不是大逆不道嗎？

知道發生什麼事的人，只有張小敬。

勤政務本樓的結構和其他宮闕迥異，它是一座建在石垣上的木造高建，為了能遍覽四周景觀，不能如尋常樓閣一樣，靠大柱橫椽支撐。尤其第三層邀風閣和第七層摘星殿，無遮無擋，四面來風，若有環豎廊柱，實在是大煞風景。

為了能夠兼顧景觀與安全，工部廣邀高手，請來毛順和晁分兩位大師解決這個難題，最終毛順的想法勝出。

他認為關鍵在於如何減少上四層與屋頂的重壓之力。按照毛順的計畫，從第五層以上，每一層的地板都用榫卯法接成一體，不壓在四角殿柱，而是把壓力透過斂式斗拱和附轉梁，往下傳遞。換句話說，就是在勤政務本樓內，建起一套獨立的地板承壓結構。

這樣一來，主柱不承受太多壓力，即可以減少根數；同時每一層地板也有可靠的獨立支撐，沒有坍塌之虞。毛順把這套獨立支撐體系，巧妙地隱藏在樓層裝飾中，毫無突兀，外行人根本看不出來。毛順還為其起了個名字，叫「樓內樓」。

晁分對此大為讚嘆。不過他憑藉專業眼光，指出這個設計有一個缺陷。如果有人存心破壞的話，不必對主體出手，只消把關鍵幾處節點的斂式斗拱和附轉梁破壞掉，便會導致地板無法支撐重量，層層坍塌下去。

不過工部對此缺陷不以為然，誰會大膽到來天子腳下拆樓呢？遂任命毛順為大都料，總監營造。勤政務本樓落成之後，以開闊視野與通透的內堂大得天子歡心。毛順身價因此水漲船高，為日後贏得太上玄元燈樓的營造權奠定了基礎……

張小敬離開之前，晁分也把這個隱患告訴了他。剛才張小敬在樓下，注意到第三層殿角外那幾處斂式斗拱和附轉梁，都受到不同程度的損壞，便吩咐檀棋，去動員一批倖存下來的雜役，準備破壞三到六樓之間的「樓內樓」節點。

他力氣衰微，經驗仍在，知道如果摘星殿陷入對峙，靠個人的力量是沒辦法打破的。這個破壞「樓內樓」的計畫，就是在發現事不可為時的最後手段。以力破巧，弄塌地板造成大混亂，才好亂中取利。

至於會不會造成天子以及群臣傷亡，張小敬沒辦法護得那麼周全。

他故意把永王從斷橋那裡摔下去，正是這個計畫的關鍵一步。在斷橋下方，也就是六層展簷的位置，有一根斜伸上來的長頸獸頭，凸眼寬嘴，鱗身飛翅，名曰摩羯。永王被張小敬推下斷橋的位置，是精心計算過的，恰好落在摩羯獸頭之上，可以溜回六樓。

張小敬讓永王下樓報信，轉告檀棋上面的局勢已無可挽回，讓她立刻按事先商定的計畫動手。

從效果來看，永王確實老老實實去報信了，檀棋也一絲不苟地執行了張小敬的吩咐。可惜的是，地板坍塌的速度稍微慢了一點。如果能夠提早哪怕二十個彈指，就能把連同蕭規在內的蚍蜉一網打盡。

蕭規探出頭去，整個摘星殿已經完全變了樣，昔日歡宴恣肆的軒敞席間，如今變成了一個豁口凹凸的殘破大洞。下面六層隱有火光，依稀可見人體、瓦礫、碎木料和雜物堆疊在一起，呻吟聲四起。

除去蕭規之外，倖存下來的蚍蜉不過五人，每個人都面帶慶幸。剛才只要他們稍微站得靠殿中一點，就會遭遇到同樣的下場。這些人悍不畏死，但不代表對意外事故全無畏懼。

蕭規忽然看到，一塊半殘的柏木板被猛然掀開，露出通天梯的曲狀扶手。一個個全副武裝、手持勁弩的士兵，從樓梯間躍了出來。雖然燈光昏暗看不清服色，但看那矯健的動作，一定是禁軍無疑。他們一衝上六樓，立刻發現了在七層俯瞰的蕭規，七八個人高抬弩箭，朝上猛烈射擊。

蕭規急忙縮回脖子，勉強避過。有數枝弩箭射中銅鶴，發出叮叮噹噹的清脆聲。不過他們暫時還沒辦法爬上來。

「快走！」蕭規下令道。現在去追究樓板為何坍塌已無意義，重要的是盡快把這兩個貴重人質轉移出去。

那五個倖存下來的蚍蜉，兩人押住天子，兩人制住太真，還有一個人把張小敬背在背上。他們踩著尚未坍塌的一圈步道邊緣，迅速來到勤政務本樓第七層的西南樓角。在這裡，他們翻過扶欄，踏到了飛翹的烏瓦屋簷之上。這裡坡度不小，眾人得把腳小心地卡在每一處瓦起，才能保證不滑下去。

這裡已在勤政務本樓的外側，位置頗高。此時天色更加深沉，已是黎明之前最黑暗的時刻。高空的夜風凜凜吹過，似乎比前半夜的風大了些。張小敬攀在蚍蜉的背上，抬頭朝四下望去。雖有大量煙霧不斷升起，但很快就被夜風撕扯得粉碎，煙隙之間，周圍的景色還是可以一覽無餘。

此時長安城中依然是燈火璀璨，遠近明亮。不過比起之前的熱鬧，這些燈光顯出幾許慌亂。張小敬注意到，沉寂許久的望樓似乎又恢復了運作，密集的如豆紫燈閃爍不已。他讀出了一部分資訊，是在通知諸坊燈會結束，宵禁開始。

這反應未免也太慢了。張小敬心想，又朝近處俯瞰。

太上玄元燈樓的上半截倒插在勤政務本樓裡，通體燃燒的火色，把這段殘骸勾勒成一個詭異形體。在附近的興慶宮內苑裡，還散落著無數火苗躍動的碎片。那畫面，就好似一條垂死的火龍一頭撞在擎天大柱上，火血四濺。

而在興慶宮之外，殘破不堪的半截燈樓還在熊熊燃燒著，像一隻巨大的火炬，照亮了興慶宮前的廣場。廣場上密密麻麻躺倒著許多人，蓋滿了整個石板地面。看那些服色，倒地的幾乎都是觀燈的白衣百姓，中間夾雜著少數龍武軍的黑色甲冑和拔燈的藝人。無數人影來回跑動，哭聲震天。

看到這裡，張小敬心中一沉。闕勒霍多的爆炸雖然削弱了很多，可還是讓觀燈百姓傷亡慘重。僅僅目測，可能死傷就有數千。很多人扶老攜幼，前來賞燈，恐怕闔家都死在這裡，慘遭滅門。

張小敬只覺一股鬱憤之情在胸口積蓄，他顧不得時機合適與否，開口道：「蕭規，你看到了嗎？那麼多人命，因為我們，全都沒了。」

蕭規正站在直脊上向某個方向觀瞧，聽到張小敬忽然發問，渾不在意地答道：「做大事，總會有些許犧牲。只要值得，不必太過介懷。」

張小敬怒道：「那可是數千條人命啊，他們是和我們一樣的普通百姓，就這麼沒有了。你就沒有一點點歉疚嗎？」

「可他們成功地拖住了龍武軍，不然哪兒能這麼容易把皇帝搞到手，也算死得其所。」

「人命豈能如此衡量！」

「人命就是如此衡量！」蕭規強硬地反駁回去，「守住一座烽燧堡的價格是三百人，壓服一個草原部落的價格是一千人；讓整個大唐警醒的價格只有一萬人不到，這不是很划算嗎？」

張小敬一時語塞，這個演算法太過冷酷，冷酷到他都不知該說什麼才好。

「你根本不是為了警醒大唐，這只是個藉口。你只是想發洩你的仇恨而已。」他說道。

蕭規冷冷道：「大頭，守烽燧堡的時候我就看出來了。大家都鐵了心要死守，你偏勸聞無忌和我先撤。別看你狠勁十足，其實骨子裡是我們之中心腸最軟的一個。不過我沒想到你會軟弱到這地步。」

「一手造出這麼多無辜的冤魂，你難道不怕死後落入地獄？」

蕭規轉過頭來，血跡斑斑的臉上滿是狠戾：「地獄？大頭，你以為這九年來，我是生活在哪裡？我早有準備，你呢？」張小敬一噎，正要說什麼。蕭規抬手強行阻止：「有什麼話，等到了安全的地方再說！」

張小敬這才想起來，他們現在還是挾持天子逃亡的小隊伍。他有心繼續與之爭論，可一想到還有更重要的事情要做，只得閉嘴轉過頭去，不去看地面上的慘狀。

天子站在另外一側，也在俯瞰著興慶宮的慘狀。他面沉如水，不動聲色，誰也不知道這位帝王是什麼心思。太真則瑟瑟發抖地蜷縮在旁邊，現在她只希望噩夢能盡快結束，好去華清池裡美美地泡上一湯。

蕭規打了個手勢，沿著飛簷上的直脊小心前行，不時還會踩翻幾片烏瓦。後面的人依次跟上，張小敬趴在蚍蜉的背上，搖搖晃晃，感覺隨時可能踩空掉下去。太真的表現比他還差，這地方這麼高，又這麼陡，她兩腳發軟，很多時候要靠兩個蚍蜉架住胳膊。她覺得自己一定會死，不禁抽噎起來。

天子忽然停下腳步道：「你們已經抓住了朕，她對你們沒有用了。」

蕭規頭也不回地說道：「不，有她在我們手裡，陛下你才會言聽計從。」

「這裡是勤政務本樓的屋頂，四面高空，你們已經窮途末路。」天子繼續鎮定地說道，「就此收手，朕可以保證你們活著離開京城。」

蕭規發出一陣輕蔑的笑聲。這一行人跌跌撞撞走了一段路，逐漸轉到一條飛簷的側角屋脊處。這裡安放著一尊陶製鴟吻，立在正脊末端，獸頭魚尾，以魘火取吉之用。而在鴟吻旁邊，還擱著一件絕不可能出現在這裡的東西。天子一看見這東西，臉色登時變了。

「這就是我們的路。」蕭規對天子得意揚揚地說道。

第二十一章　卯正

天寶三載，元月十五日，卯正。

長安，興慶宮。

鴟吻旁邊的那一件東西，是一尊石雕的力士像。這位狀如金剛的力士，髯髯虬結，身體半裸，只在肩上披著半張獅皮，頭戴一圈褶邊束冠，兩側飾以雙翼。它的右手高舉，五指戟張，左手握著一根巨棒，看起來正陶醉在殺戮之中，戰意凜然。

天子雖不知其來歷，但至少能看出這東西絕非中土風貌，應該來自波斯薩珊一帶，還帶了點粟特風格。

雕像不算高，比鴟吻略矮一尺不足。它的位置選得極巧妙，前後皆被鴟吻和飛簷所擋，不湊近屋頂平視，根本發現不了，而整個長安城，又有幾個地方能平視勤政務本樓的屋頂？

天子的臉色更加難看。他日日都要在這棟樓裡盤桓，卻從不知頭頂還有這麼一個古怪玩意兒。萬一有人打算行巫蠱詛咒之事，該如何是好？

蕭規笑道：「陛下勿憂。此神叫軋犖山，乃是波斯一帶的鬥戰神。當初修建此樓時，想來是有波斯工匠參與，偷偷給他們祭拜的神祇修了個容身之所。」

大唐工匠本身能力很強，不過也不排斥吸納域外諸國的技術與風格。像勤政務本樓這種皇家大型建築，大處以中土風尚為主，細節卻摻了突厥、波斯、吐蕃，甚至高麗、驃國[41]、林邑等地的特點。因此在建造時，有異國工匠參與其中並不奇怪。那些工匠偶爾會在不起眼的地方藏點私貨，留個名字或一段話，實屬平常。

不過像這種在皇家殿簷上偷偷擺一尊外神的行為十分罕見，不知道當初是怎麼通過監管和驗收的。這工程的監管之人，是一定要殺頭的。

可是天子現在想的，卻是另外一個問題：蚍蜉打算怎麼逃？

這是外神不假，可它坐落於飛簷之上，四周還是無路可逃，難道這鬥戰神還會突然顯靈，把他們背下去不成？

蕭規讓其他人走到軋犖山旁邊，拍了拍石雕肩膀，然後輕輕用手扳住它的右手，略一用力，整個石雕嘩啦一聲，歪倒在一旁。沒想到在石雕的下方，居然出現一個方形大孔，恰好與石雕底座形狀吻合，看上去就像是這片飛簷被戳破了一個洞似的。

這個孔洞其實是工匠們修建飛簷時用來運送泥瓦物料的通道。工人們會先在地上攪拌好材料，擱在桶裡，繩子穿過空洞，可以在飛簷上下垂吊，非常便利。看來這些波斯工匠完工之後，沒有按規定把它封住，而是用軋犖山的雕像蓋住了。

「你是怎麼知道的？」天子瞪著蕭規，他的自尊心實在不能接受，這座勤政務本樓居然漏洞百出。

41　今雲南、緬甸一帶的古國。

蕭規略帶感慨地說道：「怎麼說呢……這尊軋犖山的雕像，才是我想來覲見陛下的最早緣由。許多年前，當時我是個通緝犯，滿腹仇恨，卻不知該如何回報，只得四處遊走。那一年，我在西域無意中結識了一位疾陵城出身的波斯老工匠，已經退休養老。他在一次醉酒時，誇耀自己曾為天子修樓，還偷偷把鬥戰神供奉到皇帝的宮殿頂上。當然，老工匠並沒有任何壞心，他只是希望軋犖山能在中土皇家占有一席之地罷了。可這個消息，聽在我耳朵裡，意義就不一樣了。」

聽到這裡，天子的肩膀因為憤怒而微微發抖。

「我灌了他幾杯，他就把所有的細節都抖出來了。神像位置在哪兒，形象為何，如何開啟等等，說了個一清二楚。我再三詢問，問不出什麼新內容，便順手把他宰了。這你們應該可以理解吧？他要再告訴別人，可就不好了。」蕭規說得很輕鬆，像在談一件尋常小事，「從那時候起，我就一直在冥思苦想，怎樣利用這個祕密來對付陛下。開始是一個粗糙的想法，然後不斷修改、不斷完善，最終形成了一個完美的計畫。若非這尊軋犖山，你我都到不了今日這地步。」

蕭規拍拍雕像，語氣感慨。天子久久不能言語，十多年前一個老工匠的無心之舉，居然演變成了一場災難。運數演化之奇妙，言詞簡直難以形容其萬一。

蕭規一邊說著，一邊從腰間取下一盤繩子，其他蚍蜉也紛紛解開，很快把繩子串成一長條。不過所有人包括太真都看出來了，這個長度還不足以垂落到地面。

「這個長度只能垂到第三層，難道你們想從那個高度跳下去？」天子譏諷地說道，「就算僥倖不死，地面上已經聚滿了禁軍，你們還是無路可逃。」

「這個不勞陛下費心。」蕭規淡淡道。

他們把繩子一頭繫在鴟吻的尾部，一頭慢慢垂下去。正如天子估計的那樣，這根繩子只垂到第三層，就到頭了。而且第三層是邀風閣，四面開敞，所以不像其他層一樣有飛簷伸出，沒有安全落腳的地方。

天子不再嘲諷，他很想看看，到了這一步，這些該死的蚍蜉還能玩出什麼花樣。

蕭規用手拽了拽繩子，確認繫得夠扎實，然後叮囑其他五個蚍蜉看好人質，自己抓著繩子一點點溜下去。

現在勤政務本樓裡一片混亂。諸部禁軍已經趕到，一層一層地救人、搜捕、撲火，呼喊聲和腳步聲此起彼伏。此時天色黑暗依舊，他們沒有一個人想到，也沒有一個人看到，狡黠的蚍蜉正懸吊在樓外東側數丈之遙的一根細繩上，慢慢地向下滑。

眼看即將抵達第三層的高度，蕭規開始晃動身體，讓繩子大幅度擺動起來。來回擺動了幾次，當他再一次達到東側最高點時，他猛然一動，拽著繩子，跳到了與第三層遙遙相對的青灰色城牆上。

勤政務本樓位於興慶宮南側城牆的中部，所以它的東西兩端各接著一段城牆。城牆的高度與第三層邀風閣平齊，距離極近。不過出於安全考慮，樓層與城牆之間並不連通，刻意留了寬約三丈的空隙。

剛才張小敬從太上玄元燈樓頂滑下來，原本是要落在城牆上的，結果因為坍塌之故，才衝進了第三層邀風閣。現在蕭規算是故技重演。

這段城牆的裝飾意義大於軍事意義，一切以美觀壯麗為要。城堞高大筆直，城頭馳道足可奔馬。蕭規迅速把繩子固定在一面軍旗旗杆的套口處，然後有規律地扯了三下。

天色太黑，蕭規又不能舉火，上面的人只能從繩子的抖動，判斷出他已安全落地。於是蚍蜉們開始忙碌起來，他們手裡有兩個人質和一個動彈不得的同伴，必須分別綁在一個人身上，兩人一組，慢慢溜下去。

蚍蜉倒不擔心人質反抗，在大地之間命懸一線，誰也不會趁那時候造次。可是有一個麻煩必須立刻解決，太真看到自己要從這麼高的地方跳下去，直接癱軟在地，放聲大哭，任憑蚍蜉如何威脅都不管用。

最終，一個蚍蜉實在忍不住了，想直接把她打昏。天子怒道：「你們不許動她！」蚍蜉轉過頭來，惡狠狠地說：「她如果不趕緊閉嘴，把禁軍招來的話，我們就直接把她推下去！」

「我來跟她說。」天子直起身軀。蚍蜉們猶豫了一下，放開了他的胳膊。天子踩在烏瓦之間，來到太真身旁，蹲下去愛憐地撩起她散亂的額髮：「太真，還記得我跟妳說的話嗎？」

「嗯？」太真繼續啜泣著。

「在天願為比翼鳥，在地願為連理枝。」天子抓住她的手，柔聲念誦著這兩句詩，彷彿回到龍池旁邊的沉香亭。太真猶豫地抬起頭，白皙的面頰上多了兩道淚痕。

她記起來了，這兩句詩來自天子一個奇妙的夢。天子說，他在夢裡見到一個白姓之人，跪在丹墀[42]之下，要為天子和貴妃進獻一首詩作，以銘其情。那傢伙絮絮叨叨念了好久，天子醒來時只記得兩句。後來他把這件事講給太真聽，太真還故作嗔怒，說自己只是個坤道，

42 屋宇前面沒有屋簷覆蓋的平臺。

又不是什麼貴妃。天子把她摟在懷裡，許諾一年之內，必然會給她一個名分。太真這才轉嗔為喜，又交魚水之歡。

「你看，我們現在就能像比翼鳥一樣，在天空飛起來，豈不美哉？朕答應過妳，絕不會離開，也絕不會讓妳受傷。」天子寬慰道，把她攬在懷裡。太真把頭埋進去，沒有作聲。這兩句詩是她和天子之間的小祕密，其他人誰也不知道。

天子站起身來，盯著蚍蜉道：「讓朕綁著太真滑下去。」

蚍蜉們愣了一下，蕭規不在，他們對這個意外的請求不知該如何處理。這時張小敬道：「就這麼辦吧，反正上下兩頭都有人看著，他們能跑哪兒去？」

蚍蜉們站在原地沒動。張小敬臉色一沉：「我張小敬的話，你們可以去問問蕭規，到底該不該聽？」他做慣了不良帥，氣勢很足，蚍蜉們也知道他跟頭兒的關係，輕易就被壓服。沒人注意到，一聽到張小敬這個名字，太真的眼睛倏然一亮。

蚍蜉們七手八腳，把天子和太真綁到一起，還把繩子串上腰帶，以防天子年老體衰一時抓不住繩子。

張小敬這時稍微恢復了一點點氣力，說我來檢查一下繩子。天子身分貴重，多加小心也屬正常。張小敬強忍著肌肉劇痛，走到跟前，一手拽住繩子，一邊低聲道：「陛下，我是來救你的。」

天子鼻孔裡發出嗤笑，都這時候了，還玩這種伎倆。可太真卻眨了眨美麗的大眼睛，小聲說了一句：「我知道你，你是檀棋的情郎。」

張小敬一怔，這又是哪兒傳出來的？

檀棋當初為了說服太真，冒稱與張小敬兩情相悅。這種羞人的細節，她在向張小敬轉述時，自然不好意思提及。眼下情況緊急，張小敬也不好多問。他把繩子又緊了緊，低聲道：「是真是假，陛下一會兒便知，還請見機行事。」然後站開。

太真閉緊了眼睛，雙臂死死摟住天子。天子抓住繩子，往下看了一眼，連忙又收回視線，臉色蒼白。大唐的皇帝一生要經歷各種危險，可像今天這種，卻還是第一次遭遇。

他到底經歷過大風浪，一咬牙，抓緊繩子，把兩個人的重量壓上去，然後順著洞口緩緩溜下去。

這兩個人畏畏縮縮的，滑在半空中，朝著城牆而去。看那親密的模樣，倒真好似比翼鳥翱翔天際。他們的速度很慢，中途有數次驚險。好在天子平日多習馬球，又得精心護理，體格和反應比尋常老人好得多，最後總算有驚無險地落在了城牆之上。

蕭規一見天子落地，立刻上前，將其制住。太真倒不用特別理睬，她已經嚇得快昏過去了。

緊接著，一個蚍蜉也順利地溜下來，張小敬就緊緊綁在他的身上。張小敬的力氣稍微恢復了點，雙手也能緊緊握住繩子，分擔壓力，所以這兩個人下來反而比天子、太真組合更順利。

可是，當下一個蚍蜉往下滑時，意外卻發生了。

他剛滑到一半，那根繩子似乎不堪重負，竟然啪的一聲斷裂散開。一個黑影連慘叫都來不及發出，就從半空重重跌落到城牆上，脊梁正好磕在凸起的城堞上，整個身軀霎時折成了兩半。上半截身子又往下猛甩了一下，頭顱破碎，混濁的腦漿塗滿了牆身。

幸虧太真昏昏沉沉，沒注意到這個慘狀，不然一定會失聲尖叫，替所有人惹來殺身之禍。扶著太真的天子看到這一幕，眉頭一挑，不由得多看了張小敬一眼。

蕭規呆立在原地，露出錯愕的神情。那隻傷眼流出來的血糊滿了他半張臉，讓他看起來格外猙獰。

這可不僅是損失一個人而已。繩子只有一副，現在一斷開，上頭三個人的退路澈底斷絕。現在蕭規的人手，除了半殘的張小敬，只剩下一個人。

那根繩子是麻羊藤的篾絲與馬尾鬃搓成，經冷水收縮，又用油浸過，堅韌無比，按道理不可能這麼快斷掉。蕭規下來之前，一寸寸檢查過，也沒摸到什麼隱患，怎麼會莫名斷裂呢？

在蕭規陷入疑惑時，張小敬悄無聲息地把手一攏，將一柄不屬於他的象牙柄折刀收入袖中。這是剛才張小敬與天子糾纏時，順手偷來的。

在張小敬握住繩子時，這柄折刀已暗藏掌中，刀尖夾在兩指之間。往下一溜，刀尖會悄悄切割起繩子。當然，這個力度和角度必須掌握得非常好，要保留一部分承載力，否則人還沒落地繩子先斷，就無異於自殺了。

張小敬之前用過這種繩子，深諳其秉性，切割時微抬刀刃，只挑開外面一圈藤篾絲。藤篾絲主拉伸，馬尾鬃主彎折。篾絲一斷，馬尾鬃仍可保持繩子的剛強，卻再也無法支撐重量。

「走吧。」

蕭規僅眺望了一眼，很快轉過身來，面無表情地說道。那三個被困在樓頂的蚍蜉注定沒救了，當斷則斷。

「你想往哪裡走？」天子仍是一副諷刺口氣。

即使這些蚍蜉智計百出，終於讓他們落在了南城牆之上，可又能如何呢？天子對這一帶太熟悉了，城牆上每隔五十步，便設有一個哨位，明暗內外各一人，每三個哨位，還有專管的城上郎。他們仍在天羅地網之中，無處逃遁。

蕭規冷冷道：「適才逃遁靠的是波斯老工匠的私心，接下來的路，就要感謝陛下的恩賜了。」

「嗯？」天子頓覺不妙。

「走夾城。」蕭規吐出三個字。

＊

姚汝能蜷縮在牢房裡，身心俱冷。

他還記得自己在大望樓被拘捕的一幕。他手持紫色燈籠，拚了命發出信號給張小敬：「不要回來，不要回來，不要回來。」靖安司已和從前不一樣了。然後有窮凶極惡的衛兵撲上來，把他拽下大望樓，丟進冰冷的監牢裡。

姚汝能不知道聞染幾乎在同一時間被捕；他更不知道，這條傳遞出去的消息對局勢產生了多麼大的影響。

對於接下來自己的遭遇，姚汝能心知肚明。明天吉溫和元載一定會給自己栽贓一個罪名，家族的聲譽將為之蒙羞。但他一點都不後悔，因為這是一件正確的事，無論外界如何抹黑，自己的內心會做出公正的評斷。比起這個，他更擔心闕勒霍多到底被阻止了沒有。

「如果張都尉在的話，一定沒問題的。」姚汝能迷迷糊糊地想著。

不知過了多久，監牢的門鎖傳來嘩啦一聲，似乎有人打開。姚汝能抬起頭，看到一個熟悉的人影站在門口，負手而立。

「李司丞？」

姚汝能驚喜莫名，連忙從稻草上爬起來。他想迎上去，可看到李泌的臉色十分嚴峻，於是勉強抑制住激動，簡單地行了個拱手禮。

「我知道你有一肚子疑問和委屈，不過現在還不是哭訴之時。」李泌一點廢話也沒有，直奔主題，「你立刻回去大望樓，盡快讓望樓重新運轉。我要所有城門即刻封鎖，燈會中止，重新宵禁。」

姚汝能大吃一驚，事態已經演變到這麼嚴重的地步了？他本想問闕勒霍多到底怎麼樣了，現在也只好將話默默嚥回去。

「能多快修復？」李泌問。

姚汝能略為思忖，說一刻足矣。李泌很意外，居然這麼快？

望樓體系中的大部分節點，其實都運轉正常，只有大望樓中樞需要重整。工作量不大，難的是要找到懂望樓技術的人。之所以在之前遲遲沒能修復，是因為吉溫完全不懂，加上他趕走了一批胡人官吏，在人力上更是吃緊。

現在最重要的是發出消息，所以大望樓不必恢復到完滿狀態，只要有簡單的收發功能就夠了，所以他敢拍胸脯說一刻足矣。

聽完姚汝能的解說，李泌很滿意：「很好，即刻去辦，需要什麼物資儘管開口。」

「是。」

李泌做了個手勢，讓人把姚汝能攙扶起來，遞過去一碗熱羊湯，熱度恰到好處，裡頭還泡著幾片麵餅。姚汝能又冷又餓，毫不客氣地接過去，大口喝起來。這時李泌忽然又拋出一個問題：「靖安司出了一個內奸，你可知道？」

「啊？不知道。」姚汝能很驚訝，差點把碗摔到地上，「如果我知道，肯定一早就上報了。」

李泌道：「經過分析，我們判斷這個內奸應該和你有過交集，而且一定露出過破綻。你仔細想想，如果想起什麼，隨時告訴我。」然後轉身離開。

姚汝能臉色凝重地點了點頭，忽又好奇道：「是徐主事分析的嗎？」

李泌腳步停了一下，卻什麼都沒說，繼續向前走去。姚汝能有點莫名其妙，可現在不是追問的好時機。他把羊湯一飲而盡，用力拍了拍兩側的臉頰，大聲喊了聲呼號，然後朝著大望樓走去。

李泌聽見身後活力十足的呼號，忍不住嘆了口氣，忽然有些羨慕姚汝能的無知。如果他知道現在長安城的境況，恐怕就不會這麼輕鬆了。可話說回來，又有誰能通盤掌握呢？李泌不期然又想到了張小敬，不知燈樓爆炸時，他身在何處。

李泌唯一能確定的是，只要有萬一之可能，這個傢伙絕不會放棄。

哦，對了，還有檀棋。李泌挺奇怪，自己居然一直到現在才想起來關心她的下落。她自從跟張小敬出去以後，就沒了音訊。不過這姑娘很聰明，應該會躲去一個安全的地方吧。

這些無關的事只在腦子裡一閃而過，李泌重新把注意力放在當前局勢上，這時通傳匆匆跑到面前，大著嗓門說有發現，然後遞來一卷紙，說是主事們剛剛翻找出來的。

李泌展開一看，發現是一卷手實[43]。紙質發黃，頗有些年歲。這是位於安業坊一處宅邸的契約書，買賣雙方的名字都很陌生。手實裡寫清了宅邸的結構，足有六進之深，還包括一個寬闊花園，寫明了樹種、建築、尺寸等細節，其中赫然就有一座波斯涼亭、一個囚獸用的地下室，以及大批名貴樹植。

這個布局，李泌一眼就看出來，是蚍蜉把自己帶去的那個宅邸。沒想到這麼快就挖出來了。

安業坊啊……李泌咀嚼著這個名字，神情複雜。

安業坊位於朱雀大街西側第四坊，長安城最好的地段之一，裡面住的人非富即貴。不過安業坊裡最著名的建築，是貞順武皇后廟。

貞順武皇后生前是聖上最寵愛的武惠妃，逝於開元二十五年，死後追封皇后頭銜，謚貞順。她的存在在長安城十分微妙，因為她有一個兒子叫李瑁，娶妻楊玉環，後來竟被自己父親奪走。

而她和太子李亨之間，也有因果關係。武惠妃為了讓李瑁有機會坐上皇位，將太子李瑛構陷致死。沒想到天子並未屬意李瑁，反而把太子頭銜封給李亨。

所以這安業坊，無論對李瑁還是李亨，都是一個百感交集的場所。若這女人多活幾年，恐怕許多人的命運都會隨之改變。

拋開這些陳年舊事，李泌再一次把注意力放在手實上，忽然發現買主的籍貫是隴西。

43　居民自報戶內人口、田畝以及本戶賦役承擔情況的登記表。

他眼神一動，忽然想起一個細節。

幾年前朝廷曾經頒布過一則《授宅推恩令》，規定朱雀街兩側四坊的宅邸，非宗支勛貴不得買賣。

而手實上這個買家的名字旁邊沒寫官職和勛位，亦沒註明族屬，根本是個白身平民。他能買到安業坊的宅邸只有一種可能，他的身分其實是某個世家的家生子或用事奴，代表主人來買。

這種情況屢見不鮮。很多人身分敏感，既想買個別宅，又想藏匿身分，便讓手下家奴出面；這種情況叫作隱寄。這分手實，應該就是隱寄的買賣。

買主既然籍貫隴西，背後的主人自然是出身隴西的大族。

李泌冷笑一聲，把手實一抖。李相李林甫乃是高祖堂弟的曾孫，也是隴西李氏宗親的一支。

這個推斷看似粗疏無理，可現在不是在審案，不必證據確鑿，只要李泌發覺一點點連繫就足夠了。

「立刻集合旅賁軍，我親自帶隊，前去安業坊。」李泌簡短地下了命令。他需要親眼確認那座花園是不是自己去過的。

司丞的命令以最快的速度執行。旅賁軍士兵迅速集結了三十多人，在李泌的帶領下朝安業坊疾奔而去。靖安司的有心人注意到，這些士兵不只帶著刀弩，還有強弓和鐵盾。

這如臨大敵的陣勢，到底是去查案還是打仗啊？他們心想。

從光德坊到安業坊距離不算太遠，不到一刻就趕到了。根據那分手實，宅邸位於坊內西北，恰好挨著貞順武皇后廟。

坊內此時還是燈火通明，不過觀燈者已經少了許多。畢竟已是卯正時分，玩了大半個通宵的人紛紛回去補眠。李泌一行徑直來到宅邸門前，這裡的大門前既無列戟[44]，也沒烏頭[45]，看起來十分樸素低調。不過此時有一輛華貴的七香車停在門前，那奢華的裝潢顯示出主人不凡的品位。

「逮到你了，老狐狸！」李泌脣邊露出一絲微笑。

兩名膀大腰圓的士兵轟地撞開大門，後續的人一擁而入。李泌特別吩咐，一定不可馬虎大意，所以他們保持著標準的進襲姿勢，三人一組，分進合擊，隨時有十幾把弩箭對準各個方向。

他們衝過前院和中庭，四周靜悄悄的，一路沒有任何阻礙。李泌心中起疑，可還是繼續前行。當他踏入後花園時，首先映入眼簾的就是那座造型特異的自雨亭。

沒錯，就是這裡！

李泌捏緊了拳頭，我又回來了！

此時那座自雨亭下站著幾個人。其他人都是僮僕裝束，唯有正中一人身著圓領錦袍，頭戴烏紗襆頭，負手而立，正是李相。

兩人四目相對，還未開口，忽然有街鼓聲從遠處飛過牆垣，傳入耳中。這並非只有一

44　宮廟、官府及顯貴之府第會陳戟於門前，以為儀仗。

45　烏頭門，大門建築的一種，唐代只有官階在五品以上的官員才可以建立。

面鼓響，而是許多面鼓，從四面八方、遠近各處同時響起。

長安居民對這鼓聲再熟悉不過了。尋常日子，一到日落，街鼓便會響起，連擊三百下，表示宵禁即將開始。如果鼓絕之前沒能趕回家，寧可投宿也不能留在街上，否則會被杖責乃至定死罪。

此時街鼓響起，不僅意味著燈會中止，也意味著長安城將進入全面封鎖，日出之後亦不會解除。

*

蕭規一說夾城，天子和張小敬都立刻明白了。

長安的布局以北為尊。朱雀門以北過承天門，即是太極殿。高祖、太宗皆在此殿議事，此處乃是天下運轉之樞。後來太宗在太極殿東邊修起永安宮，稱東內，以和「西內」太極殿區別，後改名為大明宮。到了高宗臨朝，他不喜歡太極殿的風水，遂移入大明宮議事。此後歷任皇帝皆在大明宮治事，屢次擴建，規模宏大。到了開元年間，天子別出機杼，把大明宮南邊的興慶坊擴建改造，成了興慶宮，長居於此，稱南內。

興慶宮與大明宮之間距離頗遠，天子往返兩地，多有不便。於是天子在開元十六年，又一次別出機杼，從大明宮的南城牆起，修一條夾城的複道。複道從望仙門開始，沿南城牆一路向東，與長安的外郭東側城牆相接，再折向南，越過通化門，與興慶宮的南城牆連通。

這樣一來，天子想往返兩宮，便可以走這一條夾城複道，不必擾民。後來天子覺得這個辦法著實不錯，又把複道向南延伸至曲江，全長將近十六里。從此北至大明宮，南到曲江池，天子足不出宮城，即能暢遊整個長安。

在這麼一個混亂的夜晚，所有人都把注意力放在勤政務本樓，沒人會想到蚍蜉把主意打到夾城複道。蕭規只要挾持著天子，沿南城牆附近的樓梯下到夾城裡，便可以順著空空蕩蕩的夾城，直接南逃到曲江池，出城易如反掌。

難怪他說這條逃遁路線是「拜天子所賜」，這句話還真是一點都沒錯。天子臉色鐵青，覺得這傢伙實在是太過混帳了，可他的眼神裡更多的是忌憚。

從太上玄元燈樓的猛火雷到通向龍池的水力宮，從勤政務本樓上的軋犖山神像到夾城複道，這傢伙動手之前，真是把準備功夫做到了極致，將長安城都給研究透澈了。這得要多麼縝密的心思和多麼大的膽量，才能構建起這麼一個複雜的計畫。

而且這個計畫竟然成功了。

不，嚴格來說，現在已經接近成功，只差最後一步。

蕭規深知行百里者半九十的道理，沒有過於得意忘形。他讓唯一剩下的那個蚍蜉扶起張小敬，然後自己站到天子和太真的身後，喝令他們快走。

「你已經贏了，放她走吧。反正你也沒有多餘人手。」天子又一次開口。

蕭規對這個建議倒是有些動心，可張小敬卻開口道：「不行，放了她，很快禁軍就會發現。一通鼓傳過去，複道立刻關閉，咱們就成了甕中之鱉了。」蕭規一聽，言之有理，遂把太真也推了起來。

「你……」

天子對張小敬怒目相向。自從那個蚍蜉摔死後，他本來對張小敬有了點期待，現在又消失了。不過張小敬裝作沒看見，他對太真的安危沒興趣，只要能給蕭規造成更多負擔就行了，這樣才有機會救人。

蕭規簡單地把押送人質的任務分配一下，帶領這大大縮水的隊伍再度上路。他們沿著城牆向東方走了一段，很快便看到前方城牆之間出現了一道巨大的裂隙，裂隙規整筆直，像一位高明匠人用平鑿一點點攻開似的，一直延伸到遠方。

一條向下的石階平路，伸向裂隙底部。他們沿著石階慢慢往下走，感覺一頭跌進截然不同的世界。

所謂的夾城複道，就是在城牆中間挖出一條可容一輛馬車通行的窄路，兩側補起青磚壁，地面用河沙鋪平，上墊石板。城牆厚度有限，複道也只能修得這麼窄。

在這個深度，外面的一切光線和喧囂都被遮擋住，生生造出一片幽深。兩側磚牆高聳而相迫，坡度略微內傾，好似兩座大山向中間擠壓而來。行人走在底部，感覺如同一隻待在井底的蝦蟆，抬起頭，只能看到頭頂的一線夜幕。

複道裡沒有巡邏的衛兵，極為安靜。他們走在裡面，連彼此的呼吸都聽得一清二楚。在這種環境下，每個人都有點恍惚，彷彿剛才那光影交錯的混亂，只是一場綺麗的夢。

張小敬不得不佩服天子的想像力，居然能想到在城牆之間破出一條幽靜封閉的道路來。在這裡行走，不必擔心百姓窺伺。完全可以輕車簡從。若在白天，該是何等愜意。

步行了約莫一刻，他們看到前方的路到了盡頭。這裡應該就是興慶宮南城牆的盡頭，前方就是長安城外郭東城牆了。在這裡有一條岔路，伸向南北兩個方向。

「蕭規，你打算怎麼走？」張小敬問。

向北那條路直入大明宮，等於自投羅網；向南那條路通向曲江池，倒是個好去處，只是路途遙遠，少說也有十里。以這一行人的狀況，若沒有馬匹，走到曲江也已經累癱了。

蕭規似乎心中早有打算，他伸手指向南方：「去曲江。」

張小敬沒問為什麼，蕭規肯定早有安排。這傢伙準備太充分了，現在就算他從口袋裡變出一匹馬來，張小敬也不會感到意外。

一行人轉向南方，又走了很長一段路。太真忽然跌坐在地上，哀求著說實在走不動了。她錦衣玉食，出入有車，何曾步行過這麼遠？天子俯身下去，關切地詢問，她委屈地脫下雲頭錦履，輕輕地揉著自己的腳踝。即使在黑夜裡，那欺霜賽雪的白肌也分外醒目。

蕭規沉著臉，喝令她繼續前進。天子直起身子擋在太真面前，堅持要求休息一下。蕭規冷笑道：「多留一彈指，就多一分被禁軍堵截的危險。若我被逼到走投無路，陛下二人也必不得善終。」

天子聽到這赤裸裸的脅迫，無可奈何，只得去幫太真把雲頭錦履重新套上。太真蛾眉輕蹙，泫然欲泣。天子心疼地撫著她的粉背，低聲安慰，好不容易讓她哭聲漸消。

這時張小敬開口道：「我歇得差不多了，可以勉強自己走。不如就讓我押送太真吧。」

蕭規想想，這樣搭配反而更好。太真弱不禁風，以張小敬現在的狀況，還能夠看得住，騰出一個蚍蜉的人手，可以專心押送天子。

於是隊伍簡單地做了一下調整，重新把天子和太真的雙手捆綁，繼續前進。這次張小敬走在了太真的身後，他們一個嬌貴，一個虛弱，正好都走不快，遠遠地落在隊伍的最後。太真走得跌跌撞撞，不住地小聲抱怨，張小敬卻始終保持著沉默。

這條複道並非一成不變的直線。每隔二百步，道路會忽然變寬一截，向兩側擴開一圈空地，喚作蹕口。這樣當天子的車駕開過時，沿途的巡兵和雜役能有一個地方閃避、行禮，也方便其他車輛相錯。如果有人從天空俯瞰整條複道，會發現它彷彿一條繩子上打了許多繩結。

這支小隊伍走了不知多久，前方又出現一個蹕口。蕭規一擺手，示意停下腳步，說休息一下。說完以後，他獨自朝前走去，很快消失在黑暗裡。

太真顧不得矜持，一屁股坐在地上，嬌喘不已。天子想要過來撫慰，卻被蚍蜉攔住。蕭規臨走前有過叮囑，不許這兩個人靠得太近。天子已經認識到了自己的處境，沒有徒勞地大聲喝斥，悻悻瞪了張小敬一眼，走到蹕口的另外一端，負手仰望著那一線漆黑的天空。

張小敬站在太真身旁，靠著石壁，輕輕閉著眼睛。整整一天，他的體力消耗太大，現在只能勉強走路而已。他必須抓緊一切時間盡快恢復元氣，以備接下來可能的惡戰。

忽然，一個女子的低語鑽入耳朵：「張小敬，你其實是好人，你會救我們，對嗎？」

張小敬的心裡一緊，睜開獨眼，看到太真正好奇地仰起圓臉，眼下淚痕猶在。她的右手繼續揉著腳踝。蚍蜉朝這邊看過來一眼，並未生疑。

「為什麼這麼說？」張小敬壓低聲音反問道。

「我相信檀棋。」

張小敬一怔，隨即微微點了一下頭：「她可是個冰雪聰明的姑娘，不過妳相信她，與我何干？」

太真似笑非笑道：「檀棋喜歡的男人，不會是壞人。」

「呃……」

「不過我看得出來，你和檀棋之間其實沒什麼。戀愛中的女人，和戀愛中的男人，我都見過太多，她是，你可不是。」

張小敬有些無奈，這都什麼時候了，這女人還饒有興趣地談論起這個話題。太真見這個凶神惡煞居然露出尷尬表情，不由得抿嘴笑了一下。

「我就知道，你那麼做一定別有用意。」

「所以妳剛才那番表現，只是讓蚍蜉放鬆警惕的戲？」張小敬反問。

「不，從殿頂滑下來的時候，我整個人真的快崩潰了。但比起即將失去的富貴生活，我寧可再去滑十次。」太真自嘲地笑了笑，「我一個背棄了丈夫的坤道，若再離開了天子的寵愛，就什麼都不是了。所以我得抓住每一個可能，讓天子和我都活下去。」

太真緩慢轉動脖頸，雙目看著前方的黑暗：「檀棋之前求過我幫忙，救了你一命，現在我也只能指望你把這個人情還掉。」說這話時，太真的臉上浮現一種堅毅的神態，和剛才那個嬌氣軟弱的女子判若兩人。張小敬的獨眼注視著她，目光變得認真起來。

「好吧，妳猜得沒錯，我是來救人的。」張小敬終於承認。

太真鬆了一口氣，用手指把淚痕拭去：「那可太好了。如果得知有這樣一位忠臣，聖人會很欣慰的。」

「忠臣？」張小敬嗤笑一聲，「我可不是什麼忠臣，也不是為天子盡忠而來。我對那些沒興趣。」

這個回答讓太真很驚訝，不是為皇帝盡忠？那他到底為什麼做這些事？可這時蚍蜉恰好溜達過來，兩個人都閉上了嘴，把臉轉開。

蚍蜉看了他們兩個一眼，又回轉過去。天子反剪著雙手，焦慮地踱著步子，蕭規還沒回來。可惜的是，即使只有這一個蚍蜉，張小敬還是打不過，他現在的體力只能勉強維持講話和走路而已。

面對太真意外的發言，張小敬發現自己必須修正一下計畫。原本他只把太真當成一個可以給蕭規增加麻煩的花瓶，但她比想像中要冷靜得多，說不定可以幫到自己。

他看了一眼前頭，再度把頭轉向太真，壓低聲音道：「接下來，我需要妳做一件事。」

「我可沒有力氣打架，那是我最不擅長的事……」太真說。

「不需要。我要妳做的，是妳最不喜歡的事。」

沒過多久，蕭規從黑暗中折回來，面帶喜色。他比了個手勢，示意眾人上路，於是這一行人又繼續沿著夾城複道向南而行。

這次沒走多久，蕭規就讓隊伍停下來。前方是另外一個蹕口，不過這裡的左側還多了一道向上延伸的磚砌臺階。不用說，臺階一定通往外郭東側城牆。

複道不可能從頭到尾封閉，勢必會留出一些上下城牆的階梯，以便輸送物資或應對緊急情況。蕭規剛才先行離開，就是去查探這一處階梯是否有人把守。

按道理，這些臺階入口平時都有衛兵，防止閒雜人員進入複道。可今天他們都被興慶宮的變故吸引過去了，這裡居然空無一人。

蕭規一揮手，所有人離開複道，沿著這條階梯緩緩爬上了城牆上頭。一登上城頭，四周立刻變得喧囂熱鬧，把他們一下子拽回塵世長安。

張小敬環顧左右，高大的城垣把長安城劃分成涇渭分明的兩個世界，城牆內側依然燈火通明，外側卻是一片墨海般的漆黑。他眯起眼睛，看到在南邊遠處有一棟高大的城門樓，那裡應該是延興門。據此估算一下距離，他們此時是在與靖恭坊平行的城牆上。

靖恭坊啊……張小敬臉上浮現微微的苦笑。從這個高度，他能看到坊內有一片寬闊的黑暗，那是馬球場。幾個月前，他站在場地中央脅迫永王，然後丟下武器成為一個死囚，走向自己的終點，或是另一個起點。

想不到今日轉了一大圈，又回到了一切的原點。張小敬彷彿看到冥冥之中的造化之輪，像太上玄元燈樓一樣嘎嘎地轉動著。

「我們從這裡下去。」

蕭規的聲音打斷了張小敬的感慨。他走到了城牆外側，拍了拍身邊的一個好似井臺轆轤的木架子。這個木架構件比尋常轆轤要厚實很多，上頭纏著十幾圈粗大麻繩，叉架向城牆外伸出一截，吊著一個懸空的藤筐。在它附近，緊貼城牆邊緣的位置，還插著一杆號旗。不過因為沒什麼風，旗子耷拉在旗杆上。

長安法令嚴峻，入夜閉門，無敕不開。如果夜裡碰到緊急事情必須進城或出城，守軍有一個變通的法子：在城牆上裝一具縋架，繫上一個大藤筐，人或馬站在裡頭，用轆轤把他們吊上吊下。

這是蕭規計畫的最後一步，利用縋架把所有人都吊出城外。此時正是黎明前最黑暗的一段時間，加上城中大亂，沒人會注意到這段不起眼的城頭。蚍蜉可以從容脫離長安城的束縛，然後想去哪兒就去哪兒。

眼看距離成功只差最後一步，連蕭規都有些沉不住氣。他對天子笑道：「陛下，趁現在再看一眼您的長安吧，以後恐怕沒有機會見到了。」天子冷哼一聲，反剪著雙手一言不發。他知道對這個窮凶極惡的渾蛋，說什麼都只會換來更多羞辱。

兩個人質被蕭規和張小敬分別看守著，僅存的那個蚍蜉去解縋架上的繩索。他把繩子一圈一圈地繞下來，然後鉤在大藤筐的頂端。

縋架必須能吊起一人一馬，所以這個藤筐編得無比結實。為了保持平衡不會翻倒，筐體四面各有一根繩子，在頂端收束成一股，再接到轆轤上的牽引繩。如何把這幾根繩子理順接好，是個技術活，否則藤筐很可能在吊下去的半途翻斜，那可是要出人命的。

蚍蜉忙活了一陣，累得滿頭大汗，總算把藤筐調好平衡。只要轆轤一鬆，即可往下吊人了。

接下來的問題是人手。

藤筐要緩緩下降，所以搖動轆轤至少要兩個人，還得是兩個有力氣的人。若是蕭規和蚍蜉去握轆轤，那麼就只剩一個虛弱的張小敬去看守兩名人質。

蕭規沒有多做猶豫，走近天子，忽然揮出一記手刀，切中他脖頸。這位九五之尊雙眼一翻，登時躺倒，昏迷不醒。之前沒打昏天子，是因為要從勤政務本樓的複雜環境脫離，讓他自己走路會更方便。現在眼看就能出城，便沒必要顧慮了。

太真還以為天子被殺死，不由得發出一聲尖叫，蹲下身子，瑟瑟發抖。蕭規冷冷地瞥了她一眼，對蚍蜉吩咐道：「把她也打昏。」

他知道張小敬現在身體極疲，很難把握力度，所以讓蚍蜉去做。蚍蜉嗯了一聲，走過去要對太真動手。這時張小敬道：「先把她扔藤筐裡，再打昏。」蚍蜉先是一怔，隨即會意。

這是個好建議，可以省下幾分搬運的力氣。於是蚍蜉拽著太真的胳膊，粗暴地將其一路拖行至城牆邊緣，然後丟進藤筐。太真蜷縮在筐底，喘息不已，頭上玉簪瑟瑟發抖。

蚍蜉也跨進藤筐，伸出手去捏她的脖頸，心裡想著，這粉嫩纖細的脖頸，會不會被一掌切斷。不料太真一見他伸手過來，嚇得急忙朝旁邊躲去。藤筐是懸吊在半空的，被她這麼一動，整個筐體搖擺不定。

蚍蜉有點站立不住，連忙扶住筐邊吼道：「妳想死嗎？」

這聲喝斥造成了反作用，太真躲閃得更厲害了，而且一邊晃一邊淚流滿面。蚍蜉發現她似乎有點故意，不由得勃然大怒，起身湊過去，要好好教訓一下這個臭娘兒們。

他這麼朝前一湊，藤筐晃得更厲害。太真為了閃避蚍蜉的侵襲，極力朝後方靠去。突然，一聲尖叫從太真的口中發出。她似乎一瞬間失去平衡，右臂高高揚起，就要摔到外面去。

蚍蜉情急之下，伸手去抓太真的衣袖，指望能把她扯回來。可手掌揪住衣袖的一瞬間，卻發現不對勁。

太真雖然是坤道身分，但終究是在宮裡修道，穿著與尋常道人不太一樣。今日上元節，在道袍之外，她還披著一條素色的紗羅披帛。這條披帛繞過脖頸，展於雙肩與臂彎，末端夾在指間，顯得低調而貴氣。

剛才太真悄悄地把披帛重新纏了一下，不繞脖頸，一整條長巾虛纏在右臂之上，兩端鬆弛不繫，看起來很容易與衣袖混淆。這種纏法叫假披，一般用於私下場合會見閨中密友。

蚍蜉哪裡知道這些貴族女性的門道，他以為抓的是衣袖，其實抓的是虛纏在手臂上的披帛。披帛一吃力，立刻從手臂上脫落。蚍蜉原本運足了力量，打算靠體重的優勢把她往回扯，結果一下子落空，整個人猛然向後仰倒，朝著筐外跌去。

好在蚍蜉也是軍中好手，眼疾手快，身子雖然掉了出去，但兩隻手卻握住了筐沿。他驚魂未定，正要用力翻回來，卻突然感覺到手指一陣劇痛。

原來太真不知哪兒來的勇氣，從胸口衣襟裡掏出一把象牙柄折刀，閉上眼睛狠狠地戳刺過來。這柄折刀本是天子所用，後來被張小敬奪走，現在又到了她手裡。

蚍蜉不敢鬆手，又無法反擊，只得扒住藤筐外沿拚命躲閃。一個解甲的老兵和一個宮中的尤物，就這樣在半空中搖搖晃晃的藤筐內外，展開了一場奇特的對決。

太真畢竟沒有鬥戰經驗，不知什麼是要害，只是一味狂刺。結果蚍蜉身上傷口雖多，卻都不致命。蚍蜉也意識到這一點，知道還有反擊的希望，便強忍劇痛，伸手亂抓。無意中，他竟扯到太真散落的長髮，顧不上憐香惜玉，用力一拽。太真只覺得頭皮一陣生痛，整個身體都被扯了過去，蚍蜉舉手猛地一砸，正中她的太陽穴。

太真哪兒吃過這樣的苦頭，啊呀一聲，軟軟地摔倒在筐底，暈厥了過去。

蚍蜉獰怒著重新往筐裡爬，想要給這個娘兒們一記重重的教訓。可這時頭頂傳來一陣咯咯的輕微斷裂聲，他一抬頭，看到吊住藤筐的一邊繩子居然斷了。大概是剛才太真胡亂揮舞，誤砍到了吊繩。

蚍蜉面色一變，手腳加快了速度往裡翻，可惜已經來不及了。失去四分之一牽引的藤筐，陡然朝著另外一側倒去。蚍蜉發出一聲悲鳴，雙手再也無法支撐，整個身體就這樣跌了出去。

悲鳴聲未遠，在半空之中，又聽到一聲清脆的斷裂聲。

原來剛才一番纏鬥，讓藤筐附近的吊繩亂成一團。蚍蜉摔下去時，脖頸恰好伸進了其中一個繩套裡。那聲脆響便是身子猛然下墜導致頸椎骨勒斷的聲音。

藤筐還在兀自擺動，太真癱坐在筐底，昏迷不醒。在筐子下方，最後一個蚍蜉耷拉著腦袋，雙眼凸起，任憑身軀被繩索吊在半空，在暗夜的城牆上吱呀吱呀地擺動。

這一切發生得太快，蕭規站在轆轤邊根本沒反應過來。直到蚍蜉發出最後的悲鳴，他才意識到不對，三步併兩步趕到城牆邊緣，朝藤筐裡看去。

看到自己最後一個手下也被吊死了，蕭規大怒。他凶光大露，朝筐底的太真看去，第一眼就注意到她手裡緊緊握著的小象牙柄折刀。

蕭規的瞳孔陡然收縮，他想起來了，這象牙柄折刀乃是天子腰間所佩，在摘星殿內被張小敬奪去，現在卻落在太真手裡。這意味如何，不言而喻。

一陣不正常的空氣流動，從蕭規耳後掠過。他急忙回頭，卻看到一團黑影竭盡全力衝了過來，將他死死朝城外撞去。蕭規情急之下，只能勉強挪動身子，讓後背靠在縋架附近那根號旗的旗杆上，聊為倚仗。

借著這勉強爭取來的一瞬間，蕭規看清了。撞向自己的，正是當年的老戰友張大頭。

「大頭，你……」蕭規叫道。可對方卻黑著一張臉，並不言語。他已沒有搏鬥的力氣，只好抱定了同歸於盡之心，以身軀為武器撞過來；這是他唯一的選擇。

旗杆只抵擋了不到一彈指的功夫，便喀嚓一聲折斷。這兩個人與那一面號旗，從長安東城牆的城頭躍向半空。大旗猛地抓住了一陣風，倏然展開，裹著二人朝著城外遠方落去，一如當年。

就在同時，東方的地平線上出現了第一抹晨曦。熹微的晨光向長安城投射而來，恰好映亮夜幕中那兩個跌出城外的身影。

長安城內的街鼓咚咚響起，響徹全城。

第二十二章　辰初

天寶三載，元月十五日，辰初。

長安，長安縣，安業坊。

在街鼓急促的鼓點聲中，李泌一撩袍角，疾走數步，徑直來到自雨亭下。他抬起頭來，毫不畏懼地盯著亭中那位大唐除了天子之外最有權勢的人，也是自己最大的敵人。對方也同時凝視著他，只是自矜身分，沒有開口。

李泌身後傳來紛亂的腳步聲，旅賁軍的士兵們也一起擁過來。他們迅速站成一個弧形，把整個自雨亭嚴密地包圍起來。李林甫身邊的護衛眉頭一挑，拔刀就要上前，卻被主人輕輕攔下。

李泌雙手恭謹一抱，朗聲說道：「拜見李相。」

「李司丞有禮。」李林甫淡淡回道，帶著一股不怒自威的氣勢。他身材瘦高，面相清臞，頭頂白髮梳得一絲不苟，活像是一隻高䠷的鶴鸛。

李泌注意到，對方用的稱呼是他的使職「靖安司丞」，而非本官「待詔翰林」，可見李林甫已然判斷出吉溫奪權失敗，並且接受了這個結果。

今天這位李相一直在跟靖安司作對，現在終於示弱認輸了。想到這裡，李泌不由得精神一振。李林甫為相這麼多年，示弱的時候可不常見，他如此退讓，果然是因為被自己擊中了要害？

想想也是，這個幕後黑手在最接近勝利之時，在自己最隱密的宅邸被靖安司堵了一個正著，心旌動搖也是應該的。一念及此，李泌含笑道：「這自雨亭兼有精緻大氣，若非李相這等胸有丘壑之人，不能為之。」

李林甫捋著頷下的三縷長髯，眼神一抬：「亭子樣式確實不錯，老夫致仕之後，也該學學才是。」

從回應裡，李泌感覺到對方的虛弱，他搖搖頭，從懷裡掏出一份手實，遞過去：「李相說笑了。下官已查得清楚，這裡難道不是您的隱寄宅邸嗎？」

蚍蜉曾在這座宅子裡停留，那麼只要咬定宅主身分，無論如何他也脫不了干係。此時興慶宮情況未明，李泌必須謹慎行事，把最大的隱患死死咬住，才能為太子謀求最大利益。

李林甫接過手實略掃了一眼，冷笑道：「不過寫了隴西二字，就成了老夫的產業？長源你未免太武斷了。」李泌早料到他會矢口否認：「若非李相外宅，那就請解釋一下，勤政務本樓春宴未完，為何您要中途離席，躲來這一處？」

他本以為李林甫會繼續找藉口狡辯，可對方的反應，卻大大地出乎他的意料：「難道不是長源你叫老夫過來，說有要事相商嗎？」

李泌一怔，旋即臉色一沉：「在下一直在靖安司忙碌，何曾驚動過李相？再說，以在下之身分，豈能一言就把您從春宴上叫走，李相未免太抬舉我了。」

「若在平時，自然不會。可今日先有突厥狼衛，後有蚍蜉，長安城內驚擾不安，若關係到聖人安危，老夫不得不謹慎。」李林甫從懷裡亮出一卷字條，上頭有一行墨字，大致意思是天子有不測之禍，速來安業坊某處宅邸相見，毋與人言云云。落款是靖安司。

李泌道：「李相在靖安司安插了那麼多耳目，豈會不知當時賀監昏迷不醒，我亦被蚍蜉擄走，怎麼可能有人以靖安司的名義送信過來？」

「正是不知何人所寫，才不能怠慢。」李林甫點了點字條背面，上頭留有一個圓形的洇跡，「這字條並非通傳所送，而是壓在老夫酒杯之下。」

李泌一驚，因為太子在春宴現場接到的兩封信，也是不知被誰壓在酒杯之下。原本他推測，這是李相故意調開太子，好讓他成為弒殺父皇的凶嫌，可現在李相居然也接到了同樣的信，頓時讓事情變得撲朔迷離。

同時把太子和李林甫都調開春宴，這到底為什麼？

不對！李泌在心裡提醒自己。不可能有這種事，太子和李林甫之間，一定有一個在撒謊。他捏緊了拳頭，放棄虛與委蛇的盤問，直截了當道：

「李相可知道，適才太上玄元燈樓發生爆炸？」

李林甫面色一凜，急忙朝著興慶宮方向看去。可惜暗夜沉沉，晨曦方起，看不清那邊的情形。他們剛才聽見了爆炸聲，可還沒往那邊聯想。現在李泌一說，李林甫立刻意識到其中的嚴重性。

「怎麼回事？」這位大唐中書令沉聲問道，眉頭緊絞在一起。

李泌暗暗佩服他的演技，開口道：「怎麼回事，李相應該比我清楚。您一直覬覦靖安司，還埋下眼線，引狼入室，豈不就是為了這一刻嗎？」李泌這時豁出去了，說得直白而尖銳。他一揮手，周圍旅賁軍士兵立刻舉起弩來，防止這位權相發難。

李林甫為相這麼多年，腦子一轉，隨即明白了李泌為何氣勢洶洶來圍堵自己。幾個護衛大驚，下意識把主人擋在身後。他處變不驚，推開護衛，挺直胸膛走到亭邊，淡淡道：「長源，這是一個陰謀。」

李泌忽然很想大笑，口蜜腹劍的李林甫說這是個陰謀，多麼諷刺。

「李相難道對靖安司沒有覬覦之心？難道不日思夜想扳倒太子？」

李林甫雙眼透出陰鷙的光芒，脣角微微翹起：「你說得不錯。可在這件事上，若我早有算計，這時該死的便是長源你才對啊。」

「因為在你們的算計裡，我早就該死了！」

李泌不再拘於什麼禮節，上前扯住李林甫的袖子。李林甫嘆了口氣，緩慢地搖了一下頭：「你我雖然立場不同，但老夫一直很欣賞你的才幹。可惜你如今的表現，真讓老夫失望。」

「李相不妨隨我返回靖安司，慢慢分辨剖析。」

李泌只當他是窮途末路，胡言亂語。這件事的脈絡他已完全弄清楚了：李林甫是蚍蜉和突厥狼衛的幕後黑手，又在靖安司安插了內應。兩者裡應外合使得靖安司癱瘓，綁走李泌。然後李相一邊趁機指使吉溫奪權，一邊讓蚍蜉發動襲擊。他自己為避免被波及，提前離開勤政務本樓，躲在這處宅子；同時又讓蚍蜉用李泌把太子李亨調開。這樣一來，便可讓世人誤以為這次襲擊，是太子為弒殺父皇奪權所為，將其澈底扳倒。

誰有能力策動突厥狼衛和蚍蜉？誰對長安城內外細節如此熟稔？誰有能力把局面上的每一枚棋子都調動在最合適的位置？

整個計畫環環相扣，縝密細緻，絕非尋常人能駕馭。無論從動機、權柄、風格還是諸多已顯露出的跡象去推演，只有李林甫才玩得起來。

這計畫中的兩個變數，一是張小敬，二是李泌。蚍蜉釣出李亨之後，原本要把李泌滅口，可萬萬沒想到他居然在張小敬的協助下逃了出來。於是整個陰謀，就這樣被李泌拎住安業坊的宅邸，一下子全暴露出來。

什麼靖安司的字條，什麼不是這座宅邸的主人，全是虛誑之言，李泌懶得一一批駁，他相信以李林甫的眼光看得出來，在如此清晰的證據面前，再負隅頑抗已毫無意義。他手執李林甫的手臂，從自雨亭出來，口中大喊：「靖安司辦事！」

護衛們試圖擋住，可旅賁軍士兵立刻把他們兩個人圍在隊形之中。

這時李林甫的聲音再次響起：「長源哪，你這麼聰明，何至於連這一點都想不到？這件事，於我有何益處？」

這句話聲音不大，可聽在李泌耳中，卻如同驚雷。他的腳步僵在了原地，轉頭看向這位罪魁禍首。對方神情從容，甚至眼神裡還帶著一點憐憫。

李泌發覺自己犯了一個錯誤，一個非常大的錯誤，一個他一直在內心極力回避某些猜想而導致的巨大錯誤。

＊

姚汝能放下痠痛的手臂，小心地將紫燈籠擱在一個倒馬鞍式的固架上，這才把身子靠在大望樓頂的擋板上，長長吁出一口氣，眼神裡卻不見輕鬆之色。

李泌許諾給他配備資源，可是懂得望樓通信的人實在太少，所以他只能親力親為。如今六街的街鼓已經響起，四方的城門也已經關閉。李泌交給他的任務，暫時算是完成了。如果想澈底恢復原來的通信能力，還得花上幾天，但目前至少不會耽誤大事。

自從監牢裡放出來以後，姚汝能大概了解了一下整個長安的局勢。事態發展之奇詭，令他瞠目結舌。姚家幾個長輩都是公門出身，從小就給姚汝能講各種奇案怪案。可他們的故事加在一起，也沒眼下這樁案子詭異。

姚汝能覺得胸口無比憋悶。眼前的這場災難，明明可以避免，若不是有各種各樣的掣肘，恐怕早就解決了。這麼單純的一件事，為何會搞得這麼複雜？眼下張小敬不知所終，檀棋下落不明，徐賓甚至在靖安司的腹心被殺害，這明明都是不必要的。

難道這就是張小敬所謂「不變成和它一樣的怪物，就會被它吞噬」？

姚汝能痛心地攥緊了拳頭，如果不念初心，那麼堅守還有什麼意義！他幾個時辰前在大望樓上憤然發出「不退」的誓言，正是不想變成一頭沉淪於現實的怪物，哪怕代價沉重。他相信，張都尉一定也在某個地方，努力抗拒著長安的侵蝕。

姚汝能向所有的望樓發過信號，詢問張小敬的位置，可惜沒有一棟望樓給出滿意答覆。張小敬最後一次出現在望樓紀錄中，是子初時分在殖業坊，然後他便澈底消失，再無目擊。

姚汝能正想著張小敬會在哪裡，旁邊的助手喊道：「巽位元二樓，有消息傳入！」

以大望樓為核心，周圍劃成了八個區域，以八卦分別命名。所有遠近望樓都豎立在這八個區域的軸線之上，巽位東南，二樓則指大望樓東南方向軸線上的第二樓。

這些臨時找來的助手可以做一些簡單的事，但不懂信號收發解讀，這些事必須姚汝能親力親為。姚汝能連忙衝到大望樓東南角，一邊盯著遠處的紫燈起落，一邊大聲報出數位，好讓助手記錄。等到信號傳送完畢，姚汝能低頭畫了幾筆，迅速破譯。

「汝能：張都尉急召，單獨前來，切。」

姚汝能的眉頭緊皺起來，張都尉？為什麼他不回來，反而要躲在遠遠的望樓上發消息？究竟是受了傷還是有難言之隱？更奇怪的是，這個消息是單發給自己，而不是給靖安司。

他看了一眼助手們，他們對這些數字懵懂無知，並不知道轉譯出來是什麼內容。

姚汝能迅速把紙卷一折，握在手心。張小敬的這個舉動可以理解，畢竟他之前屢屢遭人懷疑，甚至還被全城通緝，對靖安司充滿戒心是理所當然的。

張都尉現在一定遭遇困境，因為某種原因沒辦法光明正大求援，只好透過外面的望樓發回信號。他一定知道，現在能解讀信號的只有姚汝能一個人，也是他在靖安司目前唯一能信任的人。

一想到這一點，姚汝能心頭一陣火熱。他吩咐旁邊的幾個助手繼續盯著周圍的燈光消息，然後從大望樓的梯子匆匆攀下來。

因為內鬼還未捉到，此時京兆府以及原靖安司附近還處於嚴密封鎖狀態，但姚汝能已經洗清嫌疑，衛兵只是簡單地盤問幾句，就放他出去了。

巽位二樓位於光德坊東南方向的興化坊。這一坊共有兩棟望樓，西北角的一樓，以及東南角的二樓，呈對角線分布。姚汝能一路小跑來到興化坊，看到許多百姓紛紛打著哈欠往回走，坊兵們已經守在門口，催促居民們盡快回家，馬上就要閉門了。

姚汝能一晃腰牌，徑直入坊，直奔二樓而去。那棟望樓位於一個大畜欄旁邊，欄中關滿了豬羊雞鵝，糞味濃郁。他摀住鼻子，低頭穿過畜欄，很快便看到望樓下立著的那條長長木梯。

他只顧趕路，沒留意身旁的畜欄裡響起一陣陰沉的鏗鏘聲。姚汝能仰起頭，伸手先抓住一階木梯，向上爬了兩級，雙腳也交替踏了上去。很快他的身體攀在半空，處於全無防備的狀態。

畜欄裡的一頭豬忽然發出不安的哼叫，雞鵝也紛紛拍動翅膀，嘎嘎大叫。一把弩機從牠們身後伸出來，對準了姚汝能毫無遮掩的前胸。

砰，砰，砰，砰，砰。

連續傳來五下弩箭射出的聲音，然後是一聲淒厲的慘叫。

姚汝能睜大了眼睛，整個人僵在木梯上，一動也動不了。

他居高臨下，可以清楚看到十幾名旅賁軍士兵從外面的巷子衝過來，個個手持短弩，身後還有一個文官跟隨。他們迅速把附近全部包圍，而在畜欄裡，一個人影躺倒在地，手裡還握著一具未發射的弩機。

「這、這是怎麼回事？」姚汝能不知道自己該上還是該下。

那文官仰起頭來，揚聲道：「姚家郎君，你辛苦了，下來吧。」姚汝能覺得耳熟，定睛一看，原來還真是熟人，正是在右驍衛裡打過交道的趙參軍，如今他也在靖安司裡幫忙。

「可是……」姚汝能看了眼上面，說不定張小敬還在。趙參軍看穿了他的心思：「這是個圈套，你還真信啊？」

姚汝能不信，繼續爬到頂上一看，裡面果然沒有張小敬的蹤跡，只有兩個武侯倒在裡頭，已然氣絕身亡。他攀下樓梯，臉色變得極差，問趙參軍到底怎麼回事。

「你記不記得，李司丞跟你說過，那個靖安司的內鬼和你有交集？」

姚汝能點點頭，他清晰地記得李泌的原話是：「我們判斷這個內奸應該和你有交集，而且一定露出過破綻。你仔細想想，如果想起什麼，隨時告訴我。」當時他還挺奇怪，為什麼李司丞會一口咬定自己知道內鬼的事。

趙參軍略帶得意地拍了拍腦袋：「這可不是對你說的，而是說給內鬼聽的。」姚汝能為人耿直，但並不蠢，聽到這裡就立刻明白了。

李司丞其實不知道內鬼和誰有交集，所以故意在姚汝能面前放出一個煙幕彈。內鬼聽見，一定會很緊張，設法把姚汝能滅口，避免洩露身分。

可是京兆府內外已全面戒嚴，姚汝能又孤懸在大望樓上，他在內部沒辦法下手。於是這位內鬼便利用望樓傳信不見人的特點，把姚汝能釣到光德坊外，伺機下手。

而趙參軍早得了李泌面授機宜，對姚汝能的動向嚴密監控。一發現他外出，立刻就跟了上去，果然奏功。

姚汝能表情有點僵硬，李司丞這是把自己當成了誘餌。如果趙參軍晚上半步，內鬼固然暴露，自己也不免身死。趙參軍拍了拍他的肩膀，說先看看獵物吧。

姚汝能勉強打起精神，朝畜欄那邊望去。牲畜們都被趕開，可以看到一個黑影正俯臥在骯髒的汙泥之中，手弩丟在一旁。他的背部中了兩箭，不過從微微抽搐的脊背可以知道，他還活著。

活著就好，這傢伙打開了靖安司後院的水渠，害死了包括徐賓在內的半個靖安司班底，間接促成了闕勒霍多爆發，真要計較起來，他可是今晚最大的罪人之一，不能這麼簡單地死掉。

姚汝能上前一步，踏進畜欄，腳下濺起腥臭的泥水。他伸手把這個內鬼翻過身來。這時天色已濛濛發亮，在微茫的光線映照之下，姚汝能看到他的五官，不禁大驚。

「怎麼……是你！」

這內鬼趁著姚汝能愣怔的瞬間，一下子從泥中躍起，雙手一甩，把髒汙飛濺進姚汝能的眼睛裡，然後帶著箭傷，轉頭朝反方向跑去。

趙參軍倒不是很著急，這一帶他都安排好了人手。這傢伙中了箭，根本不可能跑掉。他招呼手下從四面八方圍過去，排成一條嚴密的防線，逐漸向畜欄收攏。

可收攏到一個很小的範圍後，他們發現，人不見了！

趙參軍氣急敗壞，下令澈底搜查。很快就有了結果，原來這個畜欄下方有一個排汙的陶製管道，斜斜下去，直通下方暗渠。平日裡清理畜欄，牲畜糞便汙物就從這裡排掉，順水沖走。

管道的蓋子被掀開丟在一旁，裡面內徑頗寬，顯然內鬼就是順著這裡逃了出去。

趙參軍喝令快追，可士兵們看到管道內外沾滿了黑褐色的汙物，還散發著漚爛的腥臭味道，無不猶豫，動作慢了一拍。

只有一個人例外。

姚汝能率先衝了過去，義無反顧地鑽入管道。

＊

長安外郭的城牆高約四丈，用上好的黃土兩次夯成，堅固程度堪比當年赫連勃勃的統萬城。其四角與十二座城門附近，還特意用包磚加強過。在外郭城牆的根部，圍有一圈寬三丈、深二丈的護城河。

護城河的河水來自廣通、永安、龍首三大渠，冬季水枯，但始終能保持一丈多高的水位。長安人閒來無事，會跑到河邊釣個魚什麼的。守軍對此並不禁止，只是不許洗澡或洗衣服，防止被外藩使者看到，有礙觀瞻。

此時遠遠望去，整條護城河好似一條玄色衣帶，上頭綴著無數金黃色的閃動星點，那是擺在冰面上的幾百盞水燈。

這些水燈構造非常簡單，用木板或油紙為船，上支一根蠟燭。這本是中元節渡鬼的習俗，可老百姓覺得上元節也不能忘了過世的親人，多少都得放點。不過這畢竟是祭鬼的陰儀，擱到城內不吉利，於是大家都跑來城外的護城河附近放，反正城門通宵不關。唯一不便的是水面結冰，燈不能漂，只能在原地閃耀。

此時在金光閃閃的河面上方，一團黑影正急速下墜。那些隨時會熄滅的冰面微火，和晨曦一起映亮了兩個絕望的輪廓。

張小敬抱住蕭規，連同那面號旗一起，在半空中死死糾纏成一團，當年在烽燧堡前的那一幕，再度重演，只是這次兩人的關係截然不同。蕭規惡狠狠地瞪著張小敬，而張小敬則把獨眼緊緊閉住，不做任何交流。

下降的速度太快，他們沒有開口的餘裕。隨著風從耳邊嗖嗖吹過，身體迅速接近地面。

先是嘎吱一聲，薄冰裂開，掀翻了一大堆小水燈；然後是嘩啦一聲，水花濺起，四周渡鬼的燭光頓滅，兩個人直直砸入護城河內，激起一陣高高的浪頭。

一丈多深的河水，不足以澈底抵消墜落的力道。兩人直接沉入最深處，重重撞在河底，泥塵亂飛，登時一片渾濁。

張小敬只覺得眼前金星亂舞，整個人像被一隻大手狠狠捶中背心。五臟六腑在一瞬間凝結成團，又霎時向四方分散。這一拉一扯帶來的強烈震動，幾乎把三魂七魄都震出軀殼。有那麼一會兒功夫，張小敬確實看到了自己的後背，而且還看到它逐漸遠離。與此同時，有大量冰涼的水湧入肺中，讓他痛苦地嗆咳起來。

若體力充足，張小敬可以迅速收斂心神，努力自救。可他如今太虛弱了，整整一天奔走搏殺，榨光了骨頭裡的每一分力氣。張小敬緩緩攤開四肢，放鬆肌肉，心裡最後一個念頭是，就這樣死了也挺好。

可他的耳邊突然傳來劇烈的翻騰聲，身子不由得向上一浮。張小敬偏過臉去，看到蕭規正用雙臂努力掙扎著，朝著河面游去。諷刺的是，那面號旗被浸捲成一條，一端纏在蕭規的腳踝上，一端繞在張小敬的腰間。號旗溼緊，沒法輕易解開，所以看起來就像是蕭規拽著繩子，把張小敬拚命往上拉。

張小敬不知道蕭規是真想救人，還是單純來不及解旗，不過他已沒力氣深思，任憑對方折騰。蕭規的力量可比張小敬要強多了，掙扎了十幾下，兩個人的腦袋同時露出水面，發出呼呼的喘息聲。

護城河的岸邊傳來幾聲驚慌的叫喊：「哎！這邊好像有人落水了！」然後有腳步聲傳

來。

這些人應該是在附近放水燈的老百姓，個個穿著白衫，手提燈籠。他們看到護城河的冰面裂開了一個大窟窿，裡面浮著兩個人頭，都嚇了一跳，再定睛一看，其中一個還在撲騰。幾個燈籠高舉，把河岸照得一片通明，幾個膽大的後生踏上薄冰，戰戰兢兢地朝他們靠近。

有人帶了幾根放燈用的長竹竿，一邊一根架在蕭規腋窩。幾個人使勁一抬，一口氣把他們倆都架出水面，七手八腳地拖到了岸邊。

張小敬視線模糊，朦朦朧朧感覺自己的雙頰被狠狠拍打，然後一根手指伸到自己鼻下，一個聲音高聲道：「這個也還有氣！」

也還有氣？這麼說蕭規還活著？張小敬的意識根本不連貫，只能斷斷續續地思考。他感覺脖頸之下幾乎沒有知覺，連痛、冷、痠等感覺都消失了，木木鈍鈍的，就像把腦袋接到一尊石像上。

一會兒，又一個憨厚的聲音傳入耳朵：「這、這不是張帥嗎？」

這聲音聽起來略微耳熟，張小敬勉強睜開眼睛，看到一張獅鼻厚脣的忠厚面孔。他隱約想起來了，這是阿羅約，在東市養駱駝的林邑人，最大的夢想就是培養出最優良的「風腳野駝」。阿羅約曾經被一個小吏欺負，硬說他辛苦養的駱駝是偷來的，最後還是張小敬主持公道，才保住他的心血。

阿羅約發現居然是恩公，露出欣喜表情：「真的是張帥！」他俯身把手按在張小敬的胸膛，用力按摩。那一雙粗糙的大手格外有力，張小敬張開口，哇的一聲吐出一大堆水，身子總算有了點知覺。

周圍幾個腦袋湊過來，也紛紛辨出他的身分，響起一片「張帥」、「張閻羅」、「張小敬」的呼聲。這些人張小敬記得，都是萬年縣的居民，或多或少與他打過交道。

他想提醒這些人，抬頭朝城牆上看看。那裡懸著一個藤筐，裡面裝著昏倒的太真，附近還躺著一位昏迷不醒的當今天子。可是張小敬張了張嘴，發現完全發不出聲音。

大概是落水時受到了刺激，一時麻痺，可能得緩上一陣子才能恢復。

阿羅約見張小敬有了反應，大為高興。他想到旁邊還躺著一位，應該是張小敬的朋友吧，便走過去也按摩了一陣。這時他的同伴忽然說：「你聽見鼓聲了沒？」

阿羅約一愣，停步靜聽，果然有再熟悉不過的街鼓在城內響起，不禁有些奇怪：「這都快日出了，敲哪門子街鼓？」

「哎呀，你再聽！」同伴急了。

阿羅約再聽，發現還有另外一種鼓聲從南北兩個方向傳過來。這鼓聲尖亢急促，與街鼓的悠長風格迥異。他臉色變了，這是城樓閉門鼓，意味著北邊春名門和南邊延興門的城門即將關閉。

按例，上元節時，坊門與城門都通宵不閉。所以他們這些人才會先在城裡逛一晚上燈會，快近辰時才出城在護城河放水燈。現在是怎麼了？怎麼快天亮了，反倒要封閉城門？難道跟之前興慶宮前那場爆炸有關？

阿羅約他們沒去興慶宮前看熱鬧，不清楚那邊出的事有多大。不過他們知道，城樓守軍的閉門鼓有多麼嚴厲。如果鼓絕之前沒進城的話，就別想再進去了。他們什麼吃的和銅錢都沒帶，關在城外可是很麻煩。

「趕緊走吧！」同伴一扯他的袖子，催促道。

「可是張帥他們總不能放任不管哪……」阿羅約語氣猶豫。他看了眼遠方的魚肚白，又看了眼延興門城樓上的燈籠，一咬牙，「你們走吧！我留下。」

「啊？」

「反正城門又不會一直不開，大不了我在外頭待一天。張帥於我有恩，我不能見死不救。」阿羅約下定決心，又叮囑了一句，「你們記得幫我餵駱駝啊。」同伴們答應了一聲，紛紛朝著城門跑去。

阿羅約體格健壯，輕而易舉就把張小敬扛起來，朝外走去。在距城牆兩百步開外的官道旁邊，有一座小小的祖道廟，長安人踐行送別時，總會來此拜上一拜。阿羅約把張小敬擱在廟裡，身下墊個蒲席，然後出去把蕭規也扛過來，兩人肩並肩躺在一起。

之前為了放水燈，這夥人在岸邊留了火種。阿羅約把火種取來，用廟裡的破甕燒了點熱水，給兩人灌下。過不多時，兩人都悠悠恢復神志。阿羅約頗為高興，說我出去弄點吃的，然後拿著竹竿出去了，廟裡只剩下張小敬和蕭規兩人。

張小敬緩緩側過頭去，發現蕭規受的傷比他要重得多，胸口塌陷下去很大一塊，嘴角泛著血沫。顯然在落水時，他先俯面著地，替張小敬擋掉了大部分衝擊。

看到這種狀況，張小敬知道他基本上是沒救了。一股強烈的悲痛如閃電一樣，劈入張小敬石頭般僵硬的身體。上一次他有類似體驗，是聽到聞無忌去世。

這時蕭規睜開了眼睛。

「為什麼？」這三個字裡蘊含著無數疑問和憤怒。

張小敬張了張嘴，仍舊無法發出聲音。

「為什麼偏偏是你，要背叛我？」蕭規似乎激動起來，嘴角的血沫又多了一些。他大概也知道自己不行了，絲毫不顧及胸口傷勢，邊說邊咳，「不對！咳咳……你從一開始，就沒想真心幫我，對不對？」

張小敬無言地點了點頭。

「沒想到啊，你為了騙到我的信任，居然真對李泌下了殺手。張大頭啊張大頭，該說你夠狠辣還是夠陰險？咳咳！」

蕭規此時終於覺察，這個完美的計畫之所以功虧一簣，正是因為這位老戰友的緣故。自己對張小敬的無限信任，反而成了砍向自己的利刃。

「我不明白，你為什麼會背叛一個生死與共的老戰友？為什麼會幫官家？我想不出理由啊，一個理由都想不出來。」蕭規拚命抓住張小敬的手，眼神裡充滿疑惑。

他沒有痛心疾首，也沒有狂怒，只有深深的不解。一個備受折磨和欺辱的老戰友，無論如何，都應該站在他這邊才對，可張小敬卻偏偏沒有，反而為折磨他的那些人出生入死，不惜性命。

可惜張小敬這時發不出聲音，蕭規盯著他的嘴脣：「你不認同我的做法？」

張小敬點頭。

「你對那個天子就那麼忠誠？」

張小敬搖搖頭。

蕭規一拳砸向小廟旁邊的細柱，幾乎吼出來：「那你到底為什麼？既然不忠於那個天子，為什麼要保護他！為什麼不認同我的做法！你這麼做，對得起那些死難的弟兄嗎？」

張小敬無聲地迎上他的目光。蕭規突然想起來，在勤政務本樓的樓頂，他們有過一番關於「衡量人命」的爭論，張小敬似乎對這件事很有意見，堅持說人命豈能如此衡量。

「你覺得我做錯了？你覺得我不擇手段濫殺無辜？你覺得我不該為了幹掉皇帝搞出這麼多犧牲者？」

這次張小敬點頭點得十分堅決。

蕭規氣極反笑：「經歷了這麼多，你還是這麼軟弱，這麼幼稚……咳咳……你想維護的到底是誰？是讓我姐姐全家遇難的官吏，是害死聞無忌的永王，還是把你投入死牢幾次折磨的朝廷？」

這次張小敬沒有回答，他一臉凝重地把視線投向廟外，此時晨曦已逐漸驅走了黑暗，長安城的城牆輪廓慢慢清晰起來，今天又是個好天氣。

蕭規隨著張小敬的視線看過去，他們到底是曾出生入死的搭檔，彼此的心思一個眼神就夠了：「十年西域兵，九年長安帥，你不會真把自己當成長安城的守護者了吧？」

張小敬勉強抬起右臂，刮了刮眼窩裡的水漬，那一隻獨眼異常肅穆。

蕭規眼角一抽，幾乎不敢相信：「大頭，你果然是第八團裡最天真最愚蠢的傢伙。」張小敬拚盡全力抬起右臂，在左肩上重重捶了一下。這是第八團的呼號禮，意即「九死無悔」。

蕭規見狀，先是沉默片刻，然後發出一陣大笑：「好吧！好吧！人總得為自己的選擇負責，我信任了你，你背叛了我，這都是活該。也好，讓我死在自己兄弟手裡，也不算虧。反正長安我也鬧了，燈樓也炸了，宮殿也砸了，皇上也挾持過了，從古至今有幾個反賊如我一般風光！」

他的笑聲淒厲而尖銳，更多的鮮血從嘴角流出來。

張小敬勉強側過身子，想伸手去幫他擦掉。蕭規把他的手毫不客氣地打掉：「滾開！等到了地府，再讓第八團的兄弟們決定，我們到底誰錯了！咳咳咳咳……」

一陣激烈的咳嗽之後，聲音戛然而止，祖道廟陷入一片死寂。張小敬以為他已死，正要湊過去細看。不料蕭規突然又直起身來，眼神裡發出迴光返照般的熾熱光芒。

「雖然他們逃過一劫，可我也不會讓長安城太平。咳咳，大頭，我來告訴你一個祕密。」

張小敬皺著眉頭，沒有靠近，不知道他葫蘆裡賣什麼藥。蕭規的臉上掛滿嘲諷的笑意：「你難道不想知道，我們蚍蜉何以能在長安城搞出這麼大動靜？」

聽到這句，張小敬心中猛然一抽緊。他早就在懷疑，蚍蜉這個計畫太過宏大，對諸多環節的要求都極高，光靠蕭規那一批退伍老兵，不可能做到這地步，他們的背後，一定還有勢力在支持。

現在蕭規主動要說出這個祕密，可他卻有點不敢聽。看那傢伙的興奮表情，這將是一個讓長安城大亂的祕密。可捉拿真凶是靖安都尉的職責，他又不得不聽。

看著張小敬左右為難的窘境，蕭規十分享受。他努力把身子挪過去，貼著耳朵低聲說出了一句話。張小敬身子動彈不得，那一隻獨眼卻驟然瞪得極大，幾乎要掙破眼眶而出。

蕭規頭顱一垂，身子徐徐側斜，額頭不經意地貼在了張小敬的胸膛上，就此死去。

＊

此時的勤政務本樓裡，比剛才被襲擊時還要混亂。

氣急敗壞的諸部禁軍、死裡逃生的驚慌賓客、萬年縣與興慶宮趕來救援的護衛與衙役、無頭蒼蠅一樣的奴婢樂班舞姬，無數人在廢墟和煙塵中來回奔走，有的往外跑，有的往裡衝，有的大叫，有的大哭，每一個人都不知道應該做什麼才好。

當禁軍諸部得知天子被賊人挾持登樓，遁去無蹤，更加惶恐不安。龍武、羽林、左右驍衛、左右千牛衛等部長官，各自下令派人四處搜尋，軍令不出一處，免不了彼此妨礙，於是互相吵架乃至發生衝突。

尤其是那陷落到六層的賓客們很快也摻和進來。他們受傷的不少，死的卻不多。這些人個個身分高貴，不是宗室就是重臣，脾氣又大又喜歡發號施令，人人都覺得該優先得到救治。先行登樓的士兵們不知該聽誰的好，又誰都得罪不起，完全無所適從。

一時之間，樓上樓下全是人影閃動，好似一個被掘走了蟻后的螞蟻窩。

唯一值得欣慰的是，因為擁上來的援軍很多，燈樓殘骸所引燃的各處火情迅速撲滅，至少勤政務本樓不會毀於火災。

在這一片人聲鼎沸、呼喊連天的混亂中，有一男一女不動聲色地朝外頭走去，前頭是個寬額頭的男子，走路一瘸一拐，看來是在襲擊中受了傷；他身後緊跟著一個胡姬女子，她也是雲鬢紛亂，滿面煙塵，但神情肅然。如果仔細觀察的話，會發現那男子眼睛不停眨巴，他身後那女子的右手始終按在他腰眼上，幾乎是頂著男子朝前走。

樓裡的傷患和死者太多了，根本沒人會去特別關注這對輕傷者，更不會去注意那些小細節。他們就這樣慢慢朝外面走去，無人盤問，也無人阻攔。

他們自然是留在勤政務本樓裡的元載與檀棋。

之前張小敬叮囑檀棋破壞「樓內樓」，然後立刻離開。她順利完成了任務，卻沒有走開，反而折回來，把元載拎了起來。

元載本以為援軍將至，自己可以獲救了。可他剛一站起來要呼喊，立刻又被檀棋砸中了小腿，疼得汗珠子直冒。元載沒來得及問對方為什麼動手，就感覺一柄硬硬的東西頂住了腰眼。不用看他也知道，就算不是刀，也是一個足以刺破血肉的銳物。

「跟我往外走，不許和任何人交談。」檀棋冷冷道。

「姑娘妳沒有必要……」元載試圖辯解，可腰眼立刻一疼，嚇得他趕緊把嘴閉上了。

於是檀棋就這麼挾持著元載，緩緩退出了勤政務本樓，來到興慶宮龍池附近的一處樹叢裡。之前的爆炸讓這裡的禽鳥全都驚走，空餘一片黑壓壓的樹林。興慶宮的宿衛此時全跑去樓裡，這一帶暫時無人巡視。

「莫非……姑娘妳要殺我？」元載站在林中空地裡，有些驚慌地回過頭。

「不錯。」檀棋兩隻大眼睛裡，閃動著深深的殺意，「讓你活下來，對張都尉不利。」

元載之前陷害張小敬的事，她已經問得很清楚了。檀棋很擔心，如果把這傢伙放回去，靖安司一定會加倍報復張小敬，她尚不知李泌已重掌靖安司。背負了太多汙名的登徒子還在奮戰，她必須做些事情幫助他，哪怕會因此沾染血腥。

事到如今，她已經顧不得自己了。

元載從檀棋的表情和呼吸能判斷，這姑娘是認真的。她也許沒見過血，但動起手來一定心志堅定。拋開個人安危不談，他對這種殺伐果斷還挺欣賞的，不愧是李泌調教出的人。

檀棋狠咬銀牙，手下正要用力，元載突然厲聲道：「妳殺不殺我，張小敬一樣要死！」

聞得此言，銳物一顫，竟沒有繼續刺下去。元載趁機道：「妳下樓時，也聽那些人談到張都尉的表現了吧？」

「那又如何？」

他們下樓時，恰好碰到一個僥倖未受傷的官員跑下來，激動地對禁軍士兵連說帶比畫，把在七樓的事情講了一遍。他們這才知道，張小敬上樓之後居然與蚍蜉聯手，打昏陳玄禮不說，還公然挾持天子與太真離開。

檀棋和元載當然明白，這是張小敬的策略，可在其他人眼中，張小敬已成為惡事做盡的壞人。

「滿朝文武，眾目睽睽，即使姑娘把在下碎屍萬段，他的汙名也洗不乾淨。」

「我可以去作證！」檀棋道。

元載露出一絲不屑的笑意：「所有人都認為他是妳的情郎，妳的話根本沒人會相信。」元載是大理司的評事，太清楚上頭的辦案邏輯了。

「可我有證據證明他是清白的！」

「挾持天子，這個罪過怎麼洗也洗不白。說實在的，我不太明白，張小敬為何要選這麼一條吃力不討好的路，對他來說，這根本是死路一條嘛。」

「你……」檀棋的淚水已經在眼眶裡打轉，她知道元載說的是實情，正因為如此，才格外惱怒。檀棋手下一用力，便要把銳物刺進去。元載下意識地往旁邊一躲，腳一拐，摔倒在地上：「等等，別動手，聽我說完。妳救不了他，可是我能。」

「你不是說，他是死路一條嗎？」

「如果妳殺了我，才真是死路一條。」元載躺在地上，高喊道，「現在唯一能挽回他罪名的，只有我。我是大理寺評事，又在靖安司任職，我的話他們會信的。」

檀棋冷笑道：「我為什麼要相信你？你之前明明把他害得不輕。現在放了你，誰能保證你轉頭不出賣我？」

「妳不必信我是否有誠意，只要相信這事對我有好處就成。」元載雖然狼狽地躺在泥土裡，卻露出一個自信的笑容。

「什麼？」檀棋完全沒聽懂。

「此前誣陷張小敬，我也是受人之託，被許以重利。不過我剛才仔細盤算了一下，以如今之局勢，若能幫他洗清嫌疑，於我有更大的好處。妳要知道，人性從來都是趨利避害，可以背叛忠義仁德，但絕不會背叛利益。所以只要這事於我有利，姑娘妳就不必擔心我會背叛。」元載越說越流暢，儼然又回到了他熟悉的領域。

這一番人性剖析，檀棋先前也聽公子說過，朝堂之上，皆是利益之爭。可元載竟這麼赤裸裸地說出，讓她真有點不適應，她不由得啐了一口：「無恥！」

元載狼狽地從地上爬起來，看到檀棋除了斥罵並沒有進一步動作，知道這姑娘已經動搖了。他拍拍衣衫上的泥土，滿臉笑意。

「你能有什麼好處？我想不出來。」檀棋依舊板著臉。

「萬一張小敬真把聖人救出來，他就是大英雄。屆時天子一查，呦，有個忠直官員先知先覺，在所有人都以為張小敬是叛賊時，他卻努力在為英雄洗刷冤屈，這其中好處，可是車載斗量。」

「你這是在賭，萬一他救不出來呢？」

「那長安和整個朝廷將會大亂，誰還顧得上管他啊？」元載抬起右手，手指來回撥動，好似手裡拿著一枚骰子，「所以無論聖人安與危，幫張小敬洗白，對我都是最合算的。」

看這傢伙輕描淡寫地說著大不敬之事，好似一個談生意的買賣人，檀棋覺得一股涼氣直冒上來。可這番話又無懈可擊，幾乎已把她說服了，握住銳物的手不由得垂了下來。

檀棋不知道，元載還有個小心思沒說出來。之前在晁分家門前，他被張小敬嚇破了膽，放任那殺神離開。如果上頭追起責來，他也脫不了干係，甚至可能會以「縱容凶徒」的罪名處斬。因此無論如何，他也得為張小敬正名。某種意義上，他們倆已是一根繩子上的蚱蜢。

功名苦後顯，富貴險中求。元載擦了擦寬腦門上的汗水，今晚他的幸運之神還沒有完全離開，值得努力搏上一搏。

檀棋問：「那我們要怎麼做？」

「首先，我們得找到一個人。」

「誰？」

「一個恨張小敬入骨的人。」

*

李林甫最後那一句話，讓李泌如墜冰窟。

「於我有何益處？」

無論是尋常推鞫還是宮廷陰謀，都遵循著一個最基本的原則：利高者疑。得利最大的那一位，永遠最可疑。李林甫並沒有在細枝末節跟李泌糾纏，而是直奔核心，請這位靖安司丞複習一下這條基本原則。

李林甫從開元二十年任中書令後，獨得天子信重將近十年，聖眷未衰，為本朝前所未有之事。倘若天子升遐，他便成了無本之木，無源之水，即使要扶植其他幼王登基，所得也未必有如今之厚。換句話說，這起針對天子的陰謀，對他來說有害無益，幾乎沒有好處。

李泌從種種跡象推算李林甫的陰謀布置，看似完美，可唯獨忘了最根本的事。李林甫苦心孤詣搞出這樣大的動靜來，只會動搖自己的地位，他又不是傻子。

可是，依循這個原則，直接就把太子推到了嫌疑最大的位置。

他自繼位東宮以來，屢受李相壓迫，又為天子所疑，日夜惴惴，心不自安。倘若不幸山陵崩，太子順理成章繼位，上可繼大寶之統，下可除李相之患，可謂風光獨攬。

「不，不可能。你故意把太子調出去，是為了讓他背負弒君弒親的嫌疑，無法登基。」李泌試圖辯解。

「弒君弒親？我大唐諸帝，何曾少過這樣的事了？」李林甫的語氣裡，帶著濃濃的諷刺味道，「我來問你，其他諸王，可還有誰中途離席？」

李泌閉口不語。

「若我安排此事，此時就該保住一位親王，調控南衙與北衙禁軍，精騎四出，把你和東宮一系一個一個除掉。而不是隻身待在這麼一個大院子裡，與你嚼舌。」李林甫微微一笑，可笑裡還帶著幾絲自嘲和無奈。

「我們都被耍了。」右相忽然感嘆。

聽到這句話，李泌的身軀晃了晃，似乎受到了巨大的衝擊。是啊，謀篡講究的是雷霆一擊，不容片刻猶豫。李林甫這麼老謀深算的人，必然早有成算，後續手段源源不絕，哪會這麼遲鈍。

難道……真的是待在東宮藥圃的太子所謀劃？他竟然連我都騙過了？

李泌心中先是一陣淒苦，然後是憤怒，繼而升起一種奇怪的明悟。

事已至此，追責毫無意義。李泌知道，政治上沒有對錯，只有利益之爭。他身為東宮謀主，哪怕事先被蒙在鼓裡，哪怕沒什麼道理可言，也必須設法為太子爭取更多利益。

此時在這一處僻靜宅院之內，太子最大的敵人李林甫身邊只有寥寥幾個護衛，而他帶的旅賁軍士兵足有十倍之多……李泌想著想著，眼神逐漸變了，手臂緩緩抬起。

自古華山只有一條路，他已經為太子做了一件悖德之事，不介意再來一次。

李林甫看到了這年輕人眼神裡冒出的殺意，卻只是笑了笑。在他眼中，李泌就是個毛躁小孩，行事固然有章法，可痕跡太重，欠缺磨練。

「你就不想想，萬一天子無事呢？」他只輕輕說了一句。

李林甫的話像一陣陰風，不動聲色地吹熄了李泌眼中的凶光。對啊，倘若天子平安無事呢？那他在這時候出手，非但毫無意義，反而後患無窮。

李泌不知道興慶宮到底慘到什麼程度，但既然張小敬在那邊，說不定會創造奇蹟，真的將聖上救出。他忽然發現，自己有那麼一剎那，竟希望張小敬失敗。

這實在是今天最諷刺的事情。

真相和對太子的承諾之間，李泌必須做一個抉擇。

*

姚汝能一鑽入管道，先有一股腥臭味道如長矛一般猛刺過來，連天靈蓋都要被掀開。他拚命屏住呼吸，放平身子，整個人就這麼刷一聲，往下滑去。

這管道內壁覆著層層疊疊的黃褐色糞殼，觸處滑膩，所以姚汝能滑得很快。他不得不伸出雙手頂住內壁，以控制下滑速度。手指飛快劃過脆弱的糞殼，濺起一片片飛屑，落在身、頭和臉上。

若換作平時，喜好整潔的姚汝能早就吐了。可現在的他卻根本不關心這些，全副心神都放在前方那黑漆漆的洞口。

沒想到，內鬼居然是他！這可真是完全出乎姚汝能的預料。可再仔細一想，卻和所有細節都完美貼合，除了他，不可能有別人！

這個混帳東西是靖安司的大仇人，哪怕犧牲性命也得逮住他。為了長安城，張都尉一直在出生入死，我也可以做到！姚汝能的腦海裡一直迴盪著這樣的吶喊。

不多時，姚汝能看到一個圓形的出口，還聽到水渠的潺潺聲。他突然想起父親的教誨。他父親是個老捕吏，說接近犯人的一瞬間是最危險的，務必要小心再小心。

他有一股強烈的直覺，於是拚命用兩腳蹬住兩側，減緩滑速。剛一從管道裡滑出來，姚汝能就聽到耳邊一陣風聲。那內鬼居然悍勇到沒有先逃，而是埋伏在洞口，用一根疏通管道淤塞的齊眉木棍，當頭狠狠砸過來。

幸虧姚汝能提前減速，那棍子才沒落在頭上，而是重重砸到小腹。姚汝能強忍劇痛，他右手早早握住一團硬化的糞屑，側身朝旁邊揚去。內鬼的動作因此停滯了半分，姚汝能順勢用右手抓住那人袖襬，借著落勢狠命一扯，兩人同時滾落暗渠。

這條暗渠為本坊排水之用，坊內除了畜欄之外，酒肆、飯莊、商鋪以及大戶人家，都會修一條排道，傾倒各種廚餘汙水在渠裡，全靠水力沖刷。日積月累，漚爛的各種汙垢淤積在管道裡，腐臭無比，薰得人幾乎睜不開眼睛。

這兩個人撲通落入渠中，這裡地方狹窄，味道刺鼻，什麼武技都失效了。內鬼不想跟他纏鬥，正要掙扎著游開，不料姚汝能撲過來，伸手把他背後插著的一枝弩箭硬生生拔了出來。弩箭帶有倒鉤，這麼一拔，登時連著扯掉一大塊血肉。

內鬼發出一聲淒慘的痛呼，回過身來，一拳砸中姚汝能的面部，姚汝能登時鼻血狂流，撲通一聲跌入髒水中。內鬼正要轉身逃開，不料姚汝能嘩啦一聲從水裡又站起來，蓬頭垢面，如同水魔一般。他伸開雙臂，緊緊箍住對方身體，無論內鬼如何擊打，全憑著一口氣死撐不放。

內鬼沒料到姚汝能會如此不要命，他此時背部受傷極嚴重，又在這麼骯髒的糞水裡泡過，只怕很難癒合。內鬼不能再拖，只好一拳又一拳地砸著姚汝能脊梁，指望他放開。可姚汝能哪怕被砸得吐血，就是不放，整個人化為一塊石鎖，牢牢地把內鬼縛在暗渠之內。

內鬼開始還用單手，後來變成了雙拳合握，狠狠往下一砸。只聽得喀嚓一聲，姚汝能的背部忽然塌下去一小塊，似乎有一截脊椎被砸斷了。這個年輕人發出一聲痛苦的哀鳴，雙手鎖勢卻沒絲毫放鬆。

內鬼也快沒力氣了，他咬了咬牙，正要再砸一次。忽然背後連續響起數聲撲通落水聲，他情知不妙，身子拚命挪動，可已經陷入半昏迷的姚汝能卻始終十指緊扣，讓他動彈不得。

落水的是幾個旅賁軍士兵，他們在趙參軍的逼迫下一個個跳進來，一肚子鬱悶。此時見到這個罪魁禍首，恨不得直接捅死拖走。幸虧趙參軍交代過要活口，於是他們拿起刀鞘狠狠抽去。

旅賁軍的刀鞘是硬革包銅，殺傷力驚人。內鬼面對圍攻，再沒有任何反抗餘地，被連續抽打得鼻青臉腫，很快便歪倒在水裡，束手就擒。

姚汝能此時已經陷入昏迷，可十指扣得太緊，士兵們一時半會兒竟然掰不開，只得把他們兩個一起抬出這片藏汙納垢的地獄，帶到地面上。

趙參軍一看，這兩個人髒得不成樣子，臉都看不清，吩咐取來清水潑澆。幾桶井水潑過去，那個內鬼才露出一張憨厚而熟悉的面容。

趙參軍湊近一看，大驚失色：「這、這不是靖安司的那個通傳嗎？」

*

阿羅約運氣不錯，在外頭打到了幾隻雲雀，雖然個頭不大，但多少是個葷菜。他把雲雀串成一串，帶回了廟裡，發現另外一個人趴在張小敬懷裡，一動不動。張小敬神情激動，胸口不斷起伏。

他以為張帥是因友人之死而難過，走過去想把蕭規的屍體抱開，可張小敬卻猛然抓住了他的手，大嘴張闔，嗓子裡似乎要喊出什麼話來。

可阿羅約卻只聽到幾聲虛嘶，他有點無奈地對張小敬道：「您還是別吭聲了，在這兒歇著。等城門開了，我給您弄一匹駱駝來，盡快離開吧。」

他以為張小敬一定是犯了什麼大案子，所以才這麼急切地要跳下城牆，逃離長安城。

不料張小敬鬆開他的手，隨手從身下的蒲席拔出一根篾條，在地上塵土裡勾畫起來。阿羅約說：「我不識字，您寫也是白寫啊。」一再低頭一看，發現不是漢字，而是一座城樓，以及城門。張小敬用篾條又畫了一個箭頭，伸向城門裡，又指了指自己，抬頭看著他。

阿羅約恍然大悟：「您是想進城？立刻就進？」

張小敬點點頭。

阿羅約這下可迷糊了。他剛才千辛萬苦從城牆跳出來，現在為什麼還要回去？他苦笑道：「這您可把我難住了。我剛才去看了眼，城門真的封閉了，而且還是最厲害的那種封法。現在整個長安城已經成了一個上鎖的木匣子，誰也別想進出。」

張小敬抓住他的雙臂，嗯嗯地用著力氣，那一隻眼睛瞪得渾圓。

「要不您再等等？反正城門不可能一直封閉。」

張小敬拚命搖頭。阿羅約猜測他是非進城不可，而且是立刻就要進去。不知道到底發生了什麼事，讓這位不良帥急成這樣。

「可在下也沒辦法呀，硬闖的話，會被守軍直接射殺……」阿羅約攤開手無奈地說。

張小敬又低頭畫了一封信函，用箭頭引到城門口。阿羅約猜測道：「您的意思是，只要能傳一封信進去就成？」

「嗯嗯。」

阿羅約皺著眉頭，知道這也很難。人不讓進，守軍更不會允許捎奇怪的東西進去。長安城現在是禁封，任何人、任何物資都別想進出，絕無例外。

絕無例外，絕無例外，絕無……

阿羅約抱臂念叨了一會兒，忽然眼睛一亮。他急忙衝到廟門口去看外面天色。然後回身喜道：「我想到了一個辦法，說不定能把您送進去。」

第二十三章 辰正

天寶三載，元月十五日，辰正。

長安，長安縣，興化坊。

在靖安司裡，大殿通傳是一個奇妙而矛盾的角色。

他在靖安司中無處不在，無人不知。每一個人都見過這個人奔跑的身影，每一個人都熟悉他的洪亮嗓門。頻頻出入大殿，頻頻通報往來大事。長安城內多少情報都是經他之手，傳達給各個主事之人。又有多少決策，是經他之手分散到望樓各處。

可奇怪的是，卻偏偏不會有人留意到他的存在，甚至不知道他的姓名。大家都把他當作一個理所當然的存在，就好似終南山中一隻趴在樹上的夏日鳴蟬，蟬越鳴，林越靜。沒有人會特意把注意力放在一個通傳的身上。

這樣一個人，竟然就是把蚍蜉引進來的內鬼。

乍聽似乎駭人聽聞，可仔細一想，再合理不過。能頻繁出入靖安司各處，能第一時間掌握最新的局勢動態與決策，而且還完全不會引人注意。不是他，還能是誰？

這是一個巧妙的錯覺，幾乎瞞過了所有人。他們都在遠處拚命低頭尋找，可這內鬼卻站在燈下，面帶著譏笑。

趙參軍看著躺在地上奄奄一息的通傳，面色凝重。他不是靖安司的人，可也清楚這個人關係重大，不能有任何閃失。抓住內鬼，並不意味著大功告成。這傢伙一定有自己的跟腳，設法找到幕後主使，才是重中之重。

必須盡快送回京兆府才成！

姚汝能的手臂仍舊死死抱緊通傳的身體，有如鐵箍一般。趙參軍下令把兩個人分開，幾個強壯的士兵輪流使勁，才勉強把十指掰開，可見姚汝能在昏迷前下的死力有多強硬。

士兵們七手八腳地把通傳綁好，嘴裡勒上布帶，弄了一副擔架朝京兆府抬去。趙參軍看了一眼躺倒在地、身負重傷的姚汝能，深深地發出一聲嘆息。

姚汝能背部那個傷看起來不太妙，就算醒了也是個癱瘓的命。這麼有幹勁的年輕人，本來前途無量，可惜卻折在這裡了。他曾經在右驍衛裡被這小子脅迫過，但如今也不得不暗讚一句好樣的。若不是姚汝能奮不顧身，搞不好這個內鬼就順利逃掉了。

趙參軍想不明白的是，他為何要如此拚命？這靖安司的俸祿有這麼高嗎？說起來，他今天碰到的靖安司人都是怪胎，姚汝能是一個，李泌是一個，張小敬更是一個，就連那個女的，也有點不正常。

趙參軍搖搖頭，收回散漫的心神，吩咐弄一副擔架把姚汝能盡快送去施救，然後想了想，又派了一個人，把內鬼被擒的消息盡快送去安業坊。他知道李泌正在那裡辦事，這個消息必須第一時間告知他。

吩咐完這些事之後，趙參軍這才顧得上抬頭看看天色。晨曦的光芒越發明亮，黑色的天幕已褪成淡青色。正月十五日的天就快要亮了，喧囂了一夜的長安城即將再次沐浴在陽光之下。

可不知為何，趙參軍覺得心裡沉甸甸的，全無暢快通透之感。

＊

聞染拍了拍雙手，把最後一點香灰從掌心拍掉，然後將新壓出來的香柱小心地擱在中空竹筒裡，挎在腰囊裡。岑參站在她身後，臉色凝重：

「聞染姑娘，妳確定要這麼做？」

聞染對著張小敬的牌位恭敬地點了一炷降神香，看著那嫋嫋的煙氣確實升起，這才答道：「是的，我考慮清楚了。」

「妳好不容易逃出生天，應該好好休息一下才是。」岑參勸道。

這姑娘從昨天早上，苦難就沒停歇過。先被熊火幫綁架，然後又被靖安司關押，亥初還在慈悲寺鬧出好大事端，可謂是顛沛流離，驚嚇連連。尋常女孩子，只怕早已崩潰了。

聞染臉色憔悴，倔強地搖搖頭。岑參嘆了口氣，知道沒什麼可說的了。

早在亥時，岑參按照聞染的叮囑，徑直趕去了聞記香鋪，收了招牌，拿了張小敬的牌位。他正準備把這兩樣東西燒掉，沒想到聞染居然回來了。

一問才知道，她無意中得了王韞秀的庇護，元載這才放棄追捕。不過她卻沒留在王府，急匆匆地趕回香鋪。岑參正要恭喜她逃出生天，聞染卻愁眉不展。她在靖安司裡聽了一堆隻言片語，發現恩公陷入大麻煩。

岑參本以為這姑娘會放聲哭泣，想不到她居然冒出一個異想天開的想法：封大倫是一切麻煩的根源，只要能挾持他，就能為恩公洗清冤屈。

這個想法嚇了岑參一跳，當他聽完了聞染的計畫後，更是愕然。沒想到在那副怯弱的身軀裡，居然藏著這麼堅忍的性子。不過仔細想想，若無這等決不放棄的堅忍，只怕聞染早已落入熊火幫或元載之手等死了。這姑娘表面柔弱，骨子裡卻強硬得很，這大概是源自其父親的作風吧。

「恩公為聞家付出良多，若是死了，我自當四時拜祭，永世不忘；若現在還有一線生機，而我卻因畏怯而袖手旁觀，死後怎麼去見我父親？」聞染堅定地說道。

「可是挾持了封大倫，也未必能救妳的恩公啊。」

「我能做的，就只有這些而已。」聞染回答，舉起右拳捶擊左肩。岑參問她這是什麼意思，聞染說這是父親聞無忌教給她的手勢，意思是九死無悔。

岑參生性豪爽，他思忖再三，決定自告奮勇，去助她完成這樁義舉。一個待考士子，居然打算綁架朝廷官員，這可是大罪。可岑參不在乎，這件事太有趣了，一定能寫成一首流傳千古的名作。

他幾乎連詩作的名字都想好了。

＊

延興門的城門郎現在有點惶惑，也有點緊張。

他最先聽到和看到的，是來自興慶宮的巨響和煙火瀰漫。可他身負守門之責，不敢擅離，只能忐忑不安地靜待上峰指示。等來等去，卻等到了城門監發來一封急函，要求嚴查出城人員。他還沒著手布置，忽然又聽到街鼓咚咚響起。按照規定，鼓聲六百，方才關閉城門。

可很快望樓又有京兆府的命令傳入，要求立即落鑰閉門，嚴禁一切人等出入。

這些命令大同小異，一封比一封緊急。可城門郎知道，命令來自不同衙署，意味著整個長安城已經亂了，沒有一個統籌之人，各個衙署不得不依照自己的判斷行事。

這上元節還沒過一天呢，就鬧出這麼大亂子，城內那些衙署幹什麼吃的？城門郎暗自腹誹了幾句，把架子上一件山文甲拎起來，那一片片山字形的甲片嘩啦直響。非常時期，武官必須披甲，他可不敢怠慢。

城門郎穿戴好之後，略顯笨拙地走出宿直[46]屋子，沒好脾氣地喝令守兵們趕緊去關門。他的親隨小聲道：「監門那邊沒人，那些門僕八成看燈還沒回來……」城門郎眼睛一瞪：「胡鬧！就沒留個值班的？他們是想被殺頭嗎？」

關閉城門很簡單，幾個士卒推下絞盤就是，可落鑰就不是那麼容易了。大唐對門戶之防十分看重，城門郎可以驅動衛兵，但城門管鑰卻是由監門負責。這樣一來，門衛與鎖鑰掌在不同人手裡，降低被買通的風險。城門郎如果要關門落鎖，得派人去找監門，讓那邊派門僕送鑰匙過來。

昨夜燈會沒有宵禁，城門也徹夜敞開。監門那些門僕居然擅離職守跑去看燈，一個都不留。城門郎恨得咬牙切齒，但眼下也沒別的辦法，只好先把城門關上再說。

就在這時，忽然又有守兵跑過來：「城外有人請求入城。」城門郎心想，這肯定是出去放河燈的閒漢，想都不想就回絕：「不行！讓他們滾。」

---

46 夜間值班。

「呃……要不您還是親自去看看？」守兵面露為難之色。

城門郎眉頭一皺，一振甲衣，邁步沿臺階走到城頭，他探頭朝下望去，愣住了。借著晨光，他看到城下有一人一騎。那騎士頭戴斗笠，身著淺褐色急使號服，倒沒什麼特別。可那坐騎卻不一般，那畜生鼻孔翕張，嘴角微微泛著白沫，一看就是剛經長途跋涉的驛馬，而且是毫不恤力地狂奔。牠兩側橫擔著碩大的黃綠竹條大筐，蓋上縛著錦帶，黃紙封貼，馬後還插著一杆鋸齒邊的赤色應龍旗。

一看到那面不過一尺長的小旗，城門郎神情劇變。他急忙把頭縮回去，帶著親隨噔噔噔下了城頭，走到城門洞裡，打開一個小縫，讓這一騎進來。

城門郎親自查驗了騎士的一應魚符[47]憑信，沒有問題，又走到那大筐旁邊，卻沒敢動那封紙。他低下頭，看到有細木枝子從筐裡伸出來，嗅了嗅，可以聞到一股清香。他旋即直起腰來，對使者笑道：「尊使來得真及時，若是等一下落了鑰，就連我也沒法給你開門了。」使者不置一詞，收回符信，一夾馬肚子，穿過延興門的城門洞，徑直衝入城內。

有守軍好奇地問這是什麼人，城門郎擦了擦汗，壓低聲音道：「這是涪州來的急使。你看到那應龍旗的鋸齒邊了嗎？一共七個，一齒一日，七日之內必須把貨物送到長安。」

有川籍的士兵不禁驚呼：「從涪州到這裡怕有兩千里路，七天時間，那豈不是中間不能有一刻停歇？什麼貨物這麼值錢？」這些士兵每日看著商隊進出，對於行腳使費很清楚，這麼狂跑，沿途得累死多少馬匹，哪怕那兩個大筐裡裝滿黃金，也得賠本吧？

47　唐代做為憑信的魚形符節，以木或銅製成。

面對屬下的好奇，城門郎只說了兩個字：「荔枝。」那川籍士兵又驚道：「這才一月，哪裡來的荔枝？」城門郎冷笑道：「土室蓄火，溫棚蒸鬱，大把錢糧撒下去，什麼養不出來？這還不算什麼，剛才那筐裡伸出來的樹枝看到了嗎？為了讓荔枝運抵長安還是新鮮的，不是直接摘果，而是連枝剪下來。運一筐荔枝，就得廢去一棵荔枝樹。」

士兵們怔怔道：「這、這荔枝得貴成什麼樣？誰會去買？」

城門郎轉過頭去，望向北方宮城喃喃道：「自有愛吃之人，自有願買之人……」卻沒細說，而是轉過頭嚴肅地教育道：「掛著應龍旗的急使，每個月都會來一次。平時都是走啟夏門，所以你們不認得。今天大概啟夏門關得早，他繞路跑來咱們延興門了。下次記住，再嚴厲的命令，在這個旗面前都不是事，千萬不能阻攔，不然大禍臨頭。」

眾人紛紛點頭，城門郎一揮手：「別閒聊了，趕緊把門關上，再去找監門那群笨蛋，落不了鑰我要他腦袋！」

那騎士進了延興門，徑直走了大約兩坊距離。四周的行人行色匆匆，都在街鼓咚咚聲中往家裡趕去，已經有士卒巡街吆喝，不過沒人敢阻攔那一面應龍旗。騎士觀察片刻，躍馬進入附近永崇坊。這裡的東南角有一個廢棄的放生池，傳說曾經鬧過妖狐，所以很少有人靠近。

到了放生池邊，騎士摘下斗笠，露出阿羅約那張憨厚面孔。他翻身下馬，把坐騎右側的大筐卸下來，蜷縮在裡面的張小敬一下子滾落出來，隨之滾出來的還有幾十枚新鮮荔枝和幾根樹枝。

阿羅約每天都牽著駱駝出城餵養，知道每隔一個月，就會有一騎運送荔枝的飛使抵達長安，也知道那應龍旗比軍使還威風，任何時候都暢通無阻。今天恰好就是飛使送貨的日子，他為了恩公，大著膽子把那飛使給截住打昏，自己假扮騎士，帶好全套符信，然後把張小敬藏進了筐裡。那筐頂黃條是御封，誰也不敢擅自開啟，於是就這麼混進城裡來了。

全天下也只有這一騎，能在長安城封閉之後，還進得來。

張小敬從地上站起來，拍掉身上的果葉，環顧四周，眼神裡透著些鬱鬱之色。他適才吃了點野味，狀態略微恢復，只有嗓子仍舊說不出話來。阿羅約看向恩公，覺得他身上似乎發生了什麼變化，雙鬢好像又斑白了一點，那一隻犀利的獨眼，現在鋒芒全失，只剩下一片晦暗的渾濁。

大概是同伴去世讓他很傷心吧？阿羅約猜測，可是沒敢問。

張小敬比了個手勢，讓阿羅約在附近找來一根燒過火的炭棍和一張廢紙。他雖不能像文人一樣駢四儷六地寫錦繡文章，但也粗通文字。炭棍刷刷地在紙上畫過，很快寫成一封短信。

張小敬把信折好遞給阿羅約，然後指了指遠處的城樓。阿羅約看懂了意思，是讓他把信交給延興門的守軍。不過他很奇怪，若這封信如此重要，為何恩公不自己送過去呢？張小敬搖搖頭，指向另外一個方向，表示還有別的事。

張小敬知道自己的身分太敏感了，貿然出現在官軍面前，會橫生無數枝節。天子的危機現在已經解除，讓阿羅約去報個信就足夠了。至於他，必須立刻趕去靖安司，如果李泌還活著，他一定會留在那邊。

蕭規臨終前留下的那句話太過駭人，他沒法跟任何人講，無論如何得先讓李泌知道，而且要盡快。

阿羅約把短信揣好，向恩公鞠了一躬，轉身離去。張小敬牽過那匹駿馬，把兩個荔枝筐卸掉丟進放生池，翻身上去，強打起精神朝坊外衝去。

借著應龍旗的威勢，守軍不敢阻攔。張小敬離開永崇坊，沿著大路又向西跑了一段路。坐騎忽然發出一聲哀鳴，躺倒在地，口吐白沫，眼看不行了。

這匹快馬從戶縣子午谷出來，一路狂奔，到長安已是強弩之末。現在非但沒得到休息，反又被張小敬鞭撻著跑了一段，終於堅持不住，轟隆一聲倒在地上。張小敬騎術高明，可衰弱的身體反應不過來，一下子摔下馬去，頭上斗笠摔落在地，滾出去很遠。

他從地上咬著牙爬起來，朝四周望去，想找找是否有別的代步工具。這時對面傳來一陣腳步聲，原來是督促居民回坊的萬年縣衙巡哨。

這些巡哨看到一匹驛馬躺倒在路中間，還有個使者模樣的人站在旁邊，十分蹊蹺，紛紛舉起了武器，朝這邊呼喊。張小敬口不能言，只得把應龍旗拿起來揮動。巡哨裡有懂行的，一看這旗，知道厲害，動作遲疑起來。

可哨頭卻眼神一睒，手握鐵尺走過去，狠狠抽在張小敬的脖頸上，直接把他打趴在地：「張閻王？你冒充皇使飛騎，真以為咱認不出來？」

那一隻獨眼在萬年縣太有名氣，誰都知道怎麼回事。張小敬看這哨頭的臉並不認識，大概是自己入獄後新提上來的。哨頭獰笑道：「張大帥收拾過的小角色太多，怎麼會認識我呢？不過我知道一個人，您一定認識，而且他也一定很想見您。」

張小敬一愣，難道他們要把自己抓回萬年衙門？他心中大急，此事涉及重大，豈能在這裡耽擱！

哨頭也不答，招呼兩個人把張小敬架起來，朝著旁邊一條路走去。張小敬試圖掙扎，可那兩個巡哨各執一條胳膊，讓他無力反抗。

若換了平時，這兩個人根本走不了一回合。張小敬先戰突厥狼衛，又阻止了蚍蜉，卻被這兩個小雜魚按得死死的，可謂是虎落平陽。

這一行人走街串巷，很快來到一處宅邸。宅邸只有一進，正中是個小庭院，修得非常精緻，石燈楠閣、蒼松魚池一樣不缺，北邊坐落著一座淺黃色的閣樓，還散發著淡淡的香味。哨頭站在庭院門口等了一陣，很快出來一個淺青官袍的中年男子，他眼狹鼻勾，看到張小敬被押在門口，眼睛不由得一亮。

哨頭道：「知道您一直在找這人，我們一逮到，衙門都沒過，就先給您送來了。」那人遞給他幾吊實錢，哨頭歡天喜地走了。

「張小敬，你今天做下的事情可真不小啊，真是小看你了。」這中年男子陰惻惻地說道，語氣裡帶著壓抑不住的痛快。張小敬抬頭一看，果然是熟人，原來是虞部主事、熊火幫的老大封大倫。

封大倫對張小敬怕極了，他一直忐忑不安地待在移香閣裡，不等到這個凶徒澈底死亡的確切消息，他就不踏實。熊火幫自有他們的情報管道，張小敬被全城通緝，很快通緝令又被撤銷，然後興慶宮發生爆炸，全城宵禁閉門，這一連串事件之間，隱約都和這位前不良帥有關聯。他甚至模模糊糊地打聽到，張小敬似乎已經叛變投靠蚍蜉。元載栽贓的那個罪名，居然成真了。

沒想到，事情的進展太過離奇，不知怎麼回事，這傢伙居然莫名其妙地被巡哨抓住，恰好這哨頭是熊火幫在衙門裡的內線之一，開心地將張小敬送到了自己面前。

看到這個昔日威風八面的傢伙，如今乖乖跪在階下，聽任宰割，封大倫忐忑了一天的心情終於大為暢懷。

「當日你闖進我熊火幫，殺我幫眾，有沒有想過還有這麼一天？」封大倫伸出一隻腳，把張小敬的下巴抬起來。不料張小敬的獨眼一瞪，嚇得他習慣性地一哆嗦，整個人差點沒站穩，連忙扶住了旁邊的廊柱。

封大倫惱羞成怒，一腳直踹到張小敬的心窩，讓他咕咚一下躺倒在地。封大倫猶嫌不夠，走過去又狠狠踢了幾腳，邊踢邊吼，像是瘋了似的。

「你不是義薄雲天要為戰友報仇嗎？你不是捨了性命要把我熊火幫連根拔起嗎？你不是要護著聞染那個小娼婦嗎？」

那一次屠殺給封大倫留下的陰影實在太大了，一直到現在他都對張小敬這個名字無比畏懼。這壓抑太久的恐懼，現在化為凌虐的快感，全數傾瀉在張小敬身上。

封大倫打得滿頭是汗，這才收了手。他蹲下身來，揪起張小敬的頭髮：「風水輪流轉，你今天落到我手裡，可見是天意昭然。別指望我會送你見官去明正典刑，不，那不夠，只有我親手收了你的命，才能把噩夢驅除，為我死去的幫內弟兄們報仇！」

他的表情激動到有些扭曲，終於可以親手將胸口的大石掀翻，封大倫的手微微顫抖。

張小敬面無表情，可手指卻緊緊地攥起來，心急如焚。封大倫注意到了這個細節：「你怕了？你也會怕？哈哈哈哈，堂堂五尊閻羅居然怕了！」

這時候遠方東邊的日頭噴薄而出，天色大亮，整個移香閣彌漫起醉人的香味。封大倫把張小敬的頭髮再一次揪得高高，強迫他仰起頭來面對日出，咽喉挺起。那隻獨眼驟視強光，只得勉強瞇起來。封大倫卻伸出另外一隻手，強行把他的眼皮撐開，讓那金黃色的光芒刺入瞳孔，激得淚水從眼眶流出。

「哭吧，哭吧，你這惡鬼，最懼怕的就是人世的陽光吧？」封大倫發癲般叫道，渾然不覺一股奇怪的香味鑽入鼻孔。他的手越發用力，幾乎要把張小敬的頭皮揪開，不，已經揪開了，封大倫分明看到，隨著他把頭皮一寸寸撕開，裡面露出一個赤黑色的猙獰鬼頭，尖頭重瞳，利牙高鼻，頭上還有兩隻牛角。

「閻羅惡鬼！去死吧！」

他抽出腰間的匕首，朝著張小敬挺起的咽喉狠狠割去，眼前頓時鮮血飛濺。

＊

李泌回到京兆府的第一步，便開口問道：「內鬼關在哪裡？」趙參軍躬身道：「已經妥善地關起來了，沒和任何人接觸，只等司丞返回。」

李泌詢問了一下拘捕細節，連禮都不回，鐵青著臉匆匆朝關押的牢房而去。

他一接到趙參軍的口信，便立刻離開了那個宅邸。李林甫還留在那裡，但是外面布滿了旅賁軍的士兵。反正李泌現在已經豁出去了，不介意多得罪一次這位朝廷重臣。

來到牢房門口，李泌隔著欄杆朝裡面看了一眼，確實是靖安司大殿的通傳。他頓時覺得臉皮發燙，這傢伙居然在自己眼皮底下來回奔走了整整一天，這對任何長官來說都是莫大的恥辱。

可是他有點想不通。靖安司裡每一個人的注色，都經過詳細審查，大殿通傳自然不會例外。這傢伙到底是怎麼躲過嚴格的檢查，混入殿中的？

李泌不相信突厥狼衛或者蚍蜉能做到這一點，這不同於殺人放火，操作者對官僚體系必須十分了解，且有著深厚根底，才能擺平各方問題，把一個人送入靖安司內。

可惜所有的卷宗檔案都隨著大殿付之一炬，現在想去查底也不可能了。

現在回想起來，之前把安業坊宅邸的位址告知李泌的，正是這位通傳。當時他說消息來自一位元主事，李泌根本沒顧上去查證。很顯然，這是幕後黑手的撥弄之計，先把李林甫誘騙過去，再把李泌引去，這樣一來，興慶宮的災難便有了一個指使者，和一個證人。

這個幕後黑手，手段果然精妙。只是輕輕傳上幾句話，便把局面推到這個地步。

太子確實是最大的受益者，可他真的能玩出這種手段嗎？李泌一直拒絕相信，他太了解李亨了，那樣一個忠厚又帶點怯懦的人，實在不符合這個陰暗風格。

本來李泌想立刻趕去東宮藥圃，與太子再次對質。可是他考慮再三，還是先處理內鬼的事。如今興慶宮亂局未定，天子生死未卜。若是他龍馭賓天也就罷了；若是僥倖沒死，他老人家事後追查，發現太子居然提前離席，那才是大難臨頭。

李泌就算自己敢賭，也不敢拿太子的前途去賭。他能做的，就是盡快審問內鬼，揪出真正的幕後黑手——如果真不是太子的話。

這些思忖只是一閃而過。李泌推開牢房，邁步進去。內鬼已經恢復清醒，但是全身被五花大綁，嘴裡也收著布條。

「把他的布條摘了。」李泌吩咐道。

趙參軍有些擔心地說：「他如果咬舌自盡怎麼辦？」李泌冷笑道：「為了不暴露自己的身分，他先後要殺徐賓和姚汝能，這麼怕死，怎麼會自盡？」

於是有士兵過去，把布條取走。內鬼奄奄一息地抬起頭，看向李泌，一言不發。

「今天一天，你帶給我無數的消息，有好的，有壞的。現在我希望你能再通報一則消息給我：是誰把你派來靖安司？」

內鬼吐出兩個字：「蚍蜉。」

「可笑！」李泌提高了聲音，「光靠蚍蜉，可做不到這一點。」他走近兩步，語帶威脅，「別以為來氏八法已經失傳！說！是誰把你派來靖安司的？」

來俊臣傳下來氏八法，是拷問刑求的八種苛烈手段，不過這些手段只在刑吏獄卒之間流傳，讀書人向來不屑提及。李泌連這個威脅都說出口，可見是真急了。

通傳不為所動：「李司丞，你剛才說，我為了保全自己不惜殺害兩人滅口，是怕死之人。但你有沒有想過，還有另外一個可能？」

李泌眼神一閃。

「所有知情的人都得死。」通傳咧開大嘴，露出一個駭人的笑容，連舌頭都伸了出來。

李泌立刻反應過來，急忙伸手去攔。可通傳雙頜一闔，一下子就把自己舌頭咬斷，然後拚命吞了下去。那半截舌頭滑入咽喉，卻因為太過肥厚而塞在喉管裡。監獄裡的人急忙過去拍打其背部，可通傳緊閉著嘴，任憑鮮血從齒縫流瀉而出。沒過多久，他痛苦萬分地掙扎了幾下，活活噎死了。

是的，所有知情的人都得死，包括他自己在內。

監牢內外的人都一陣啞然，可摘下布條是李泌親自下的命令，他們不知該如何反應才好。李泌面無表情地轉過頭：「查一下，平日裡誰和這個通傳私下有來往，只要還活著，全給我帶來！」

靖安司檔案已毀，如今通傳又自盡而死，想挖他的底，就只能寄希望於他平時流露出的蛛絲馬跡了。

不知是幸還是不幸，那一場大火之後，靖安司剩下的人不算多，且多集中在京兆府養傷。所以趙參軍沒費多大力氣，就召集到了平時跟通傳有來往的十來個人。李泌掃視了一眼：「怎麼都是唐人？他就沒和胡人來往過？」

趙參軍說，吉溫之前把胡人官吏都驅走了，說是為了防止有突厥內應。李泌眼睛一瞪：「瞎胡鬧，趕緊把他們找回來！」趙參軍趕緊出去布置，李泌則留在監牢裡，先問這十幾個人。

這些人戰戰兢兢，以為要被嚴刑拷問。不料李泌態度還算好，只是讓他們說說平日裡對通傳的了解，越詳細越好。於是眾人你一言、我一語，把知道的都和盤托出。

原來這個通傳姓陸，行三，是越州人，別看在大殿內是個大嗓門，平日卻沉默寡言。眾人只知道他單身，一直未娶妻，在京城這邊也沒什麼親戚。至於陸三怎麼從越州來到京城，又是如何被選入靖安司，卻幾乎沒人知道。只有一個人提及，陸三之前似乎在軍中待過。

李泌反覆問了好幾遍，都沒得到什麼有價值的答案。他有些氣惱地背著手，讓他們繼續想。正在逼問時，門推開了，又有幾個胡人小吏忐忑不安地被帶進來。他們就住在光德坊附近，所以第一時間被找回來。

李泌讓他們也想想，可惜這些小吏知道的內容，跟前面差別不大。陸三對唐、胡之人的態度，沒有明顯的傾向。大家的評價都很一致，這人沉穩知禮，性格和善，與同僚尋常來往也都挺多，但全是泛泛之交，沒一個交往特別親密。同僚若有大病小災婚喪嫁娶，從來不會缺了他的隨分，偶爾誰有拆借應急，他也肯出力幫忙，是個恩必報、債必償的人。陸三自己倒沒什麼特別的愛好，偶爾喝點酒，打打雙陸[48]，也就這樣了。

李泌站在一旁，忽然喊：「停！」眾人正說得熱鬧，被強行中止，都是一陣愕然。李泌掃視一圈，問剛才一句話誰說的？一個唐人小吏戰戰兢兢舉起手來。

李泌搖搖頭：「再上一句，恩必報、債必償那句。」眾人面面相覷，一個五十多歲的粟特老胡站起身來，面色有些惶恐不安。

「偶爾誰有拆借應急，他也肯出力幫忙，是個恩必報、債必償的人。這是你說的吧？」

「是，是在下說的……在下曾經找陸三借過錢。」他的唐語說得生硬，應該是成年後學的。

「借了多少？」

「三千錢，兩匹絹，借了兩個月，已經還清了。」

李泌道：「剛才你說他是個恩必報、債必償的人，這是你的評價，還是他自己說的？」粟特老胡對這個問題有點迷糊，抬起頭來，李泌道：「咱們一般人都說有恩必報，有債必償，你為何說恩必報、債必償？」

---

48 類似下棋的賭博遊戲。

老胡不太明白長官為何糾結在這些細微用字上，還不就是隨口一說嘛，哪有什麼為何不為何？他訕訕不知該怎麼答。李泌道：「你下意識這麼說，是不是受到陸三的影響？」

成年後學異國語言，很容易被旁人影響，往往自己都不自知。經過李泌這麼一提醒，老胡一下子想起來了：「對，對，陸三老愛說這話，我不知不覺就順嘴學了。」

李泌若有所思，轉過臉去對趙參軍道：「讓他們散了吧。」

「啊？問出什麼了嗎？」趙參軍一頭霧水。李泌答非所問，隨口誦出一段歌謠：「守捉郎，守捉郎，恩必報，債必償。」一邊說著，表情越發陰沉。

「有恩必報，有債必償」本是市井俗語，流傳甚廣。守捉郎為了配合自己名號的三個字，特意截去「有」，只剩下「恩必報，債必償」；全天下只有他們會這麼說。

李泌一甩袖子，聲音轉為嚴厲：「調一個百人騎隊，隨我去平康里！」

＊

很諷刺的是，封大倫的移香閣位於東城靖安坊，和靖安司同名。這裡算是萬年縣的一個分界線，靖安坊以北，盡是富庶繁華之地；以南不是荒地就是遊園別墅，居民很少，多是幫會浮浪人在其間活動。他把移香閣修在這裡，既體面，也可以遙控指揮熊火幫。

這宅子是他幾年前從一個商人手裡買的。說是買，其實是巧取豪奪。虞部主事位卑利厚，在營造上稍微玩點花樣，再加上黑道的力量，壓榨一個沒背景的小商人輕而易舉。

封大倫花了大力氣修繕移香閣，最是風雅不過。因此他不樂意讓熊火幫那些粗鄙之人靠近，只允許幾個守衛在門口待著。

說是守衛，其實就是幾個浮浪少年和混混，或蹲或靠，沒什麼正經儀姿。他們在門外聽見院裡主人一陣接一陣地狂吼和狂笑，不禁面面相覷。其中有個老成的說：「也不怪主人這樣。你們不知道，之前那個獨眼閻羅曾經殺進咱們熊火幫總堂，殺了幾百個好手，是咱們的大仇人。」

「幾百人？」周圍幾個少年倒吸一口涼氣，「咱們熊火幫上下都沒有幾百人吧？」

「嗐！我就打個比方！反正那瘋子把咱們折騰得不輕，這回落到主人手裡，不知得多淒慘呢。」老成的那人感嘆了一句，旁人忽然聳了聳鼻子：「好香啊。」

「廢話，你第一天當值嗎？這叫移香閣，牆裡都摻著芸輝香草、麝香和乳香碎末。只要日頭一照過來，就有異香升起。」

「不是……」少年又聞了聞，「味道是從對面傳來的。」

其他守衛也聞到了，不同於移香閣的香味，味道更加濃郁，一吸入鼻子就自動朝腦袋而去。眾人還沒來得及分辨出香味的來源，已感覺有點頭暈腦漲，眼前略顯模糊，似乎出現了美酒、美姬以及高頭駿馬等好物。他們靠在一起，呵呵地傻笑起來。

這時一個人影飛快地衝過來，手持一柄木工錘，朝著他們頭上敲去。守衛意識遲鈍，根本反應不過來，幾下悶悶的重擊，便全躺倒在地昏迷不醒。隨即一個女子也出現在門口，她以布覆口，手裡捧著正在燃燒的粗大燃香。

她把燃香掐滅，點了點頭。拿錘子的男子這才把覆住口鼻的薄布扯掉，露出岑參的面孔，至於那女子，自然就是聞染。

岑參面色凝重地注視著那香：「這就是傳說中的迷魂香？」聞染搖搖頭道：「哪有一聞就倒的迷魂香，最多是迷幻罷了。這副迷幻香是用曼陀羅花、火麻仁和肉豆蔻果配成，只能讓人變得有點遲鈍，眼前產生幻覺，最多就這樣了。」

「這足夠了。」岑參抬頭看了眼門楣，晃晃手裡的錘子，自嘲道，「我岑參本來想做個仗劍遊俠，想不到居然做起這種迷香宵小的勾當。」

聞染眼皮垂下：「公子送到這裡已經仁至義盡了，接下來的事就讓妾身自己完成吧。」

岑參哈哈一笑，走在她面前：「孤女報恩，以弱擊強，這等好題材，我豈能袖手旁觀。我不為大義，只為取材！」

他們的計畫很粗糙，也很簡單。聞染負責放煙，讓敵人變遲鈍，岑參負責動手。移香閣的格局很小，今天又逢燈會，守衛不會太多。只要那迷幻香真的管用，岑參有信心單槍匹馬把封大倫給綁出來。

解決了門口的守衛之後，聞染蹲下來，把迷幻香插在門檻裡，再次點燃。待得香氣擴散了幾分後，她再用一柄小團扇往裡搧動。這種香顆粒很粗，行煙比較重，會先在低處彌漫，再慢慢飄高，所以即使是在敞開的院子裡，也不必擔心會被風吹散。

聞染讓香飄了片刻，估算差不多已經擴散到整個移香閣了，然後朝岑參點了一下頭。岑參一撩袍角，拿起錘子衝進門去，聞染緊緊跟在後面。

他先繞過照壁拐角，看到一個僕役正咧著嘴對著一棵樹傻笑，起手一錘將其砸翻，然後衝到一處青磚地面的院落裡，猛然站住了腳，隨後而至的聞染發出一聲憤怒的尖叫。

這院落不大，可裝飾得很精細，有木有水，一座精緻香閣坐落在北邊。可在這風雅至極的院落正中，卻是一副血淋淋的殘暴場面。

封大倫揪著張小敬的頭髮，一邊叫著：「閻羅惡鬼！去死吧！」一邊拿著匕首瘋狂朝他身上戳去。張小敬雙手被縛，沒有反抗能力，只能盡量挪動肌肉，避開要害。也許是心神激盪的緣故，那迷幻香對封大倫的效力格外明顯。在他眼中，張小敬此時大概就像是一隻真正的地獄惡鬼。

也幸虧封大倫被迷幻香所迷，下手失去準頭。張小敬雖然被戳得鮮血淋漓，但一直沒傷到要害。

岑參和聞染本來只想來此綁架封大倫，沒想到居然碰到張小敬。岑參最先反應過來，一馬當先，衝過去一錘砸飛封大倫的匕首，然後一腳把他踹飛。聞染則飛撲在張小敬身上，放聲大哭。

說起來，雖然兩人一直在尋找對方，但這卻是他們在十二個時辰之內，第一次真正相見。

張小敬睜開獨眼，看到在冥冥中出現了聞無忌的面容，面帶欣慰。隨後是第八團的那些兄弟，一個個親熱地聚在雲端，面目模糊。可很快他又看到，在聞無忌身邊，突兀地出現了蕭規的臉，他嚼著薄荷葉，一臉猙獰地望著他，有赤色的火焰自他體內鑽出來。

張小敬驟然受驚，身體劇顫。那一瞬間，原本麻痺的嗓子陡然通暢了，一陣嘶啞的吼聲從喉嚨裡衝出來，說不上是悲痛還是憤怒。

聞染見狀，知道他也被迷幻香影響，看到了心底的隱痛。她趕緊從魚池裡取來一些冰水，潑在他臉上，然後把繩索解開。張小敬這才注意到聞染的存在，他顫巍巍地抬起頭，摸摸她的秀髮，久久不能作聲。

封大倫斜靠在移香閣前，眼神略為渙散。岑參一直警惕地盯著他，防止這個傢伙逃走。

迷幻香的效力很短暫，很快封大倫便恢復了神志。這位虞部主事獰笑道：「現在全城不知為何已開始戒嚴，你們就算把我綁住，也休想順利離開。」

岑參臉色變了變，此前興慶宮的騷亂他略有耳聞，街鼓聲也聽到了。封大倫說得沒錯，現在全城戒嚴，他們帶著一位朝廷官員，只怕連坊門都出不了。

而今之計，只能把封大倫就地殺死，然後躲到戒嚴解除，再想辦法將張小敬和聞染送出城。岑參暗暗盤算著，心神出現了一絲鬆懈。封大倫窺準這個時機，身體突然躍起，返身鑽進移香閣，手一抬，將大門給死死門住。

封大倫經營黑道多年，處處謹慎。這移香閣除了奢華之外，也安裝了一些保命的手段。比如移香閣的入口木門，兩側門軸用四件銅頁固定。只要人在裡面把鐵閂放下，外面的人除非拆下整扇大門，否則絕不可能踹開或砸開。

岑參衝到門前，踹了幾下，大門卻紋絲不動。封大倫隔著窗格哈哈大笑一番，掉頭離開。岑參知道移香閣裡一定藏著密道，可以通向別的地方。可他無計可施，只能看著這個罪魁禍首悄然消失。

岑參狠狠踢了大門一腳，回身對聞染急切道：「快走，封大倫逃了，一定會叫人回來。」聞染點點頭，和岑參一左一右，把張小敬攙扶起來，往外走去。

「我們先回聞記香鋪，腳程快的話，還能在鼓絕前趕回去。」岑參大聲道。這時張小敬卻開口：「不，我們去光德坊……」

「光德坊？不可能，那太遠了！」岑參瞪著眼睛。

「我有緊要之事……要去告訴李司丞，快走。」張小敬的語氣虛弱，但卻非常堅定。

聞染有些猶豫，可岑參卻毫不留情：「都什麼時候了！你還惦記這個！先出去再說！」

他們兩個攙著張小敬，迅速走到院落門口。剛邁出門檻，卻猛然聽到一聲呼號，隨即被一片金黃色的光芒晃花了眼。待得視力恢復，他們才看到，眼前突兀地出現了一大批龍武軍士兵，光芒即來自朝陽在那一件件盔甲上的耀眼反射。

這些士兵在門前站成一個半圓形，弩機端平，弓弦絞緊，一副如臨大敵的姿態。如果發動攻擊的話，只消半個彈指，他們便會被射成刺蝟。

在隊伍的最前方，站著三個人。左邊是陳玄禮，右邊是永王，剛剛逃出去的封大倫滿臉獰笑地站在最前面，朝這邊指過來。

*

守捉郎在京城的落腳點是平康里的劉家書肆，旁邊就是十位節度使的留後院。今日守捉郎先後損失了兩個刺客、一個火師，還被人把據點攪得亂七八糟，可謂顏面丟盡。

但丟臉歸丟臉，事情還要繼續做。長安城昨夜動蕩非常，他們得設法搜集情報，看到底發生了什麼。守捉郎在京城的隊正，一直在埋頭收拾殘局。

可就在這時，巷子外傳來一陣陣急促的馬蹄聲，連整個地面都在微微顫動。隊正是上過沙場的人，知道有騎兵逼近，連忙吩咐手下人去查探。

可還沒等他們做出什麼反應，整條巷子已被徹底封鎖。

現在天色已亮，花燈已熄，百姓又被趕回了坊內，城內六街如入夜後一般通暢寬敞。這一支馬隊發足疾馳，很快便趕到了平康里，在本坊鋪兵的配合下，將這裡團團包圍。

守捉郎們十分驚慌，不知發生了什麼事。隊正眉頭一皺，起身走出巷子，迎面看到一位官員正往裡闖，所有試圖阻攔的守捉郎都被他身邊的士兵推開。

隊正剛要拱手說些場面話，卻不防那官員扔過來一個圓形的東西。那東西在地上骨碌骨碌滾了幾圈，到了隊正腳邊，竟是一個人頭，而且是剛割下來的。

那官員大聲道：「我是靖安司丞李泌。這人名叫陸三，是你們守捉郎的人？」

隊正看出來了，這官員表面上很冷靜，可內裡只怕快要炸了。他直覺這事一定和之前的動蕩有大關係，這種情況之下，守捉郎不能再嚴守那一套準則，否則會被狂暴的朝廷連根拔起。

隊正迅速做出決斷，老老實實道：「在京城的守捉郎是有數的，在下不記得有這個名字，也不認得這張臉。」

不待李泌催促，隊正主動取來名簿。李泌見這名簿筆墨陳舊，不可能是倉促間準備出來的，應當不假，裡面確實沒有這個名字。

李泌想了想，又問道：「守捉郎會自己接生意嗎？」

隊正道：「不可能，一切委託，都必須經過火師。」

「如果外來的，是不是京城火師就管不著了？」

隊正一愣，李泌一下子就問到重點了。的確有這種可能，外地的守捉郎接了外地客人關於京城的委託，來到長安，這種情況則不必經過京城火師。但是長安分部會提供基本協助，比如落腳點、嚮導和情報，但具體事項他們不過問，也不參與。

如果陸三是在外地接的委託，前來長安潛伏在靖安司裡，那京城火師這裡確實查不到什麼底細。

「那些外地客人，以什麼人居多？」

隊正也不欺瞞：「大豪商、邊將、世家、地方衙署等。」李泌追問道：「哪種外地客人，他們委託的京城事比較多？」隊正終於猶豫起來，欲言又止。李泌進逼一步，語氣凶狠：「之前你們派人刺殺突厥右殺，已經觸犯了朝廷忌諱，再不老實，這黑鍋就是你們守捉郎來背！」

隊正嘆了口氣，知道這位官員根本糊弄不過去，朝東邊看了一眼，低聲道：「留後院。」

在劉記書肆的對街，是十座留後院。這些留後院背後分別站著一位節度使，代表了他們在京城的耳目。留後院相對獨立於朝廷體制，他們既傳送外地消息給中樞，也把中樞動態即時匯報給節度使。

若說哪個外地客戶對京城的委託需求最大，則非這十座留後院莫屬。

李泌微微動容，一牽扯到留後院，便與邊事掛鉤，這件事就變得更複雜了。他問道：「那麼你們與留後院之間的帳款如何結算？」

這是一個極其精準的問題。若他一味追問委託內容，隊正可以搪塞說不知情；但從帳這個環節切入，卻有流水[49]為證，很難臨時隱瞞。

隊正知道這問題問得刁鑽，只得吩咐旁人取來火師的帳簿，解釋道：「我們與留後院的帳，每月一結。總部送單據過來，留後院按單據付帳。到底是什麼細項，除非是京城經手的委託，否則我們不知道。」

守捉郎在京城的據點需要承擔匯兌折買的事，把各地酬勞集中起來，換取糧草鐵器等

49　按時間且不分類記錄收支的簿子。

物運回邊境守捉城，所以大帳都從這裡結。

李泌沒有輕信隊正的話。他帶了幾個老書吏，把近一年來的守捉郎帳簿都拿過來，親自查證。對一個祕密組織來說，這簡直就是公開侮辱，可隊正咬咬牙，沒敢造次。

「取來我看。」

李泌下的指示很簡單，找出一年來十座留後院與守捉郎的所有交易，減掉京城分部經手的委託，看看交易數位最高的是哪家留後院。

要知道，在靖安司安插一個眼線是件極困難的事，價格一定非常昂貴；如果要搞出蚍蜉這麼大規模的計畫，花費更是驚人。這個數字會體現在交易額上，只要查一查，哪一座留後院花在外地委託守捉郎到京城做事的費用最高，結論便昭然若揭。

很快書吏們便得出了結論，是平盧留後院。僅僅是天寶二載，它付給守捉郎的費用就超過一萬貫，其中京城委託所占不到兩千貫。

「平盧……」李泌仔細咀嚼著這個名字。

相比起其他九位節度使，平盧節度使比較新，剛剛設立兩年不到。它其實是從范陽節度使分出來的一個次級，只管轄十一個守捉城和一個軍，治所在營州。

正因為它太新了，所以李泌一時間竟想不起平盧節度使是誰，只好把探詢的眼光投向隊正。隊正對這個自然很熟悉，連忙回答道：

「回稟司丞，平盧節度使的名字叫安祿山。」

第二十四章　巳初

天寶三載，元月十五日，巳初。

長安，萬年縣，延興門。

橐橐的腳步聲響起，一大隊衛兵匆匆登上城頭，朝北方跑去。這一長串隊伍的右側恰好暴露在東邊的朝陽之下，甲冑泛起刺眼光芒。遠遠望去，好似城牆上緣鑲嵌了一條亮邊。為首的是延興門的城門郎，他跑得很狼狽，連繫鎧甲的絲條都來不及綁好，護心鏡就這麼歪歪斜斜地吊在前胸，看起來頗為滑稽。可是他連停下來整理儀容都不肯，一味狂奔，表情既困惑又緊張。

就在剛才，他們接到了一封詭異的來信。這封信是由一個叫阿羅約的胡人送來的，上面只寫了一句話：「天子在延興北縋架。」還有一個靖安都尉的落款。城門郎覺得有點莫名其妙，天子？天子不是在勤政務本樓上嗎？怎麼會跑到那裡去？這個靖安都尉又是誰？

可莫名其妙不等於置若罔聞。消息裡有「天子」二字，城門郎無論如何都得去檢查一下。尤其是在這個非常時期，一點疏漏都不能有。

他連忙調集了十幾個衛兵，披掛整齊，自己親自帶隊前往查看。隊伍沿著城頭跑了一陣，遠遠可以看到那個巨大的絙架。城門郎將手搭在額前，擋住刺眼的光線，隱約看到絙架旁邊似乎趴著一個人，一動不動。

那人穿著赤黃色的袍衫，頭髮散亂，附近地上還滾落了一頂通天冠……看到這裡，城門郎心裡咯噔一聲，看來那封信所言非虛。他步伐交錯更快，迅速便衝到了絙架旁邊，距離那人還有數步之遠時，突然又停住腳步，謹慎地觀瞧。

雖然城門郎從未見過天子的容貌，可這袍衫上繡的走龍，通天冠前的金博山，足上蹬的六合靴，無一不證明眼前這人的至尊身分。他哪敢再有半分猶豫，趕緊俯身恭敬地把那位翻過身來。

天子仍舊昏迷不醒，不過呼吸仍在。城門郎簡單地做了一下檢查，發現他除了額頭有瘀痕之外，並沒什麼大傷，這才放下心來。

這時旁邊士兵傳來一陣呼喊。城門郎轉過頭去，發現在絙架外側，還吊著一個歪歪斜斜的大藤筐，裡面躺著一位同樣不省人事的美豔女坤道。更奇怪的是，在藤筐旁邊的絞繩下端，吊著一具男子的屍體，在城牆上來回擺動。

城門郎把頭探出城牆，看到護城河的冰面上多了一個大窟窿，說明有人曾從這個位置跳下去。

這麼一個詭異的情況，讓他百思不得其解。

不過這不是最要緊的事，當務之急是把天子趕緊送回宮去，想必那邊已經亂成一團了。城門郎想到這裡，不由自主地朝北方望去。天亮之後，城內的視野變得非常清晰。那太上玄元燈樓已消失不見，濃重的黑煙在興慶宮的方向呼呼地飄著，蔚藍的天色被弄汙了一角。

城門郎直起身子，從部下手裡接過旗子和金鑼，先是敲響大鑼，然後對著距離最近的一座望樓迅速打出信號。這個信號很快被望樓接收到，然後迅速朝著四面八方傳去。一時之間，滿城望樓的旗幟都在翻飛，鑼聲四起。若有人聽明白，會發現它們傳遞的都是同一則消息：

「天子無恙！」

*

陳玄禮怨毒地注視著眼前這個被人攙扶的獨眼男子，恨不得上去一刀劈死。就是這個人，在百官之前把自己打昏；就是這個人，公然挾持了天子而走；就是這個人，讓整個長安陷入極大的動蕩。

對於一位龍武軍的禁軍將領，沒有比這更大的侮辱了。

現在只消將指頭微微屈下半分，這個犯下滔天罪行的傢伙就會變成一隻鐵刺蝟。可是陳玄禮偏偏不敢動，天子至今下落不明，一切還著落在張小敬身上。這個渾蛋還不能死。

想到這一點，陳玄禮微微斜過眼去，永王就站在他身旁，袍子上一身髒兮兮的煙汙。這位貴胄的眼神死死盯著前方，也充滿了憤怒的火焰。

陳玄禮想起來了，據說去年曾經有過一次大案，好像就和張小敬與永王相關，永王還吃了一個大虧，張小敬也被打入死牢。難怪之前在摘星殿內，張小敬會把永王單獨挑出來殺掉。

不過永王的運氣可真不錯，居然從張小敬的毒手裡活了下來。雖然陳玄禮對他如何逃生這件事不無疑惑，可既然他還活著，就不必節外生枝，眼下天子的安危才是最重要的。

「張小敬，你已經被包圍了，還不快快說出，你的同黨把天子挾持到了何處？」陳玄禮中氣十足地喝道。

聞染和岑參一聽，臉色同時一變。他們可沒想到，張小敬居然挾持了天子？這可真是滔天大案了。可驚歸驚，聞染抓著張小敬的手，反而更緊了一些。她悄聲對岑參道：「岑小哥，你快過去吧，我們不能再連累你了。」岑參這次沒再說什麼豪言，只是沉沉地嗯了一聲。挾持天子可是誅九族的大罪，不只會延禍到他一人。岑參就算自己不怕死，也得為家族考慮。

可他還沒來得及做出反應，封大倫已經一馬當先，怨毒地一指他們兩個，大聲喝道：「他們兩個是張小敬的幫凶！所有的事，都是他們搞出來的！」

封大倫並不清楚興慶宮到底發生了什麼，可他知道事涉天子，一定是驚天大案，必須趁這個機會把這些傢伙死死咬死！有多少髒水都盡量潑過去。

封大倫這一指控，讓隊伍裡一陣騷動。陳玄禮抬起手厲聲喝斥了一下，轉頭再次喝道：「張小敬，快快說出天子下落，你還可留一個全屍！」永王站在一旁，雙手垂在袖子裡，瞇著眼睛一言不發。

聞染咬著嘴脣，決定陪恩公走完這最後一段路。她忽然發覺臂彎一動，張小敬已經抬起了脖子，嘶啞著嗓子說道：「你先放他們兩個人走，我再說。」

陳玄禮大怒：「你這狗奴，還想討價還價？」

「是。」

張小敬知道這一回決計逃不了了，即使他現在表明身分解釋，也無濟於事。無論是陳玄禮、永王還是封大倫，都絕不會相信，也絕不會放過自己，但聞染和岑參是無辜的。

陳玄禮捏緊劍柄，怒氣勃發。封大倫生怕他妥協，連忙提醒道：「陳將軍，這個死囚之前犯下累累血案，異常狡黠凶殘，給他一絲機會，都可能釀成大禍。」他又轉頭對永王恭敬道：「這一點，殿下可以作證。」

永王冷哼了一聲，既沒反對，也未附和。封大倫覺得挺奇怪，永王對張小敬恨之入骨，為何不趁這個絕佳的機會落井下石？他轉念一想，立刻明白了，反正眼下這局面張小敬死定了，永王自矜身分，不必再出手。不過永王不願出手，不代表他不願意見別人出手，這時可是送人情的最好時機。

封大倫計議已定，一步踏前：「張小敬，你如今犯了不赦大罪，身陷大軍重圍，還敢抱持這等痴心妄想？我告訴你，如果你不說出天子下落，今天會死得很慘！不只是你，你身邊的人會更慘！那個叫聞染的小娼婦，咱熊火幫每人輪她一遍，起碼三天三夜，她身上每一個洞都別想閒著！」

說到後來，封大倫越說越得意，越說越難聽。他對天子下落並不關心，只想澈底激怒張小敬，好讓龍武軍有動手的理由。不看到五尊閻羅的屍體，封大倫的內心便始終無法真正平靜下來。

陳玄禮聽封大倫越說越粗俗，不由得皺緊了眉頭，不過也沒出言阻止。他也想知道，這種話到底能不能逼出張小敬的底線。

封大倫唾沫橫飛，說得正高興。張小敬突然掙脫了聞染和岑參的攙扶，整個人向前三步挺立起身體，獨眼重新亮起了鋒銳的殺意。封大倫猝不及防，嚇得往後一跌，一屁股癱坐到地上，那種深入骨髓的恐懼重新彌漫四肢百骸。

張小敬身體搖搖欲墜，剛才那一下只是他強撐著一口氣。聞染衝上來要扶他，卻被他輕輕推開，他向對面開口道：

「陳將軍，昨天的這個時辰，李司丞把我從死牢裡撈出來，要求我解決突厥狼衛。你猜他用了什麼理由來說服我？」張小敬的聲帶剛剛恢復，嘶啞無比，就像是西域的熱風吹過沙子。

陳玄禮一愣，不知道他為何突然說起這麼一個無關話題。張小敬沒指望他回答，自嘲地笑了笑，繼續道：

「他先拋出君臣大義，說要赦免我的死罪，給我授予上府別將的實職，又問我恨不恨突厥人，給我一個報仇的機會。但這些東西都沒有打動我，真正讓我下決定幫他的，是他說的一句話：今日這事，無關天子顏面，也不是為了我李泌的仕途，是為了闔城百姓的安危！這是幾十萬條人命。」

移香閣前一片安靜，無論是將領還是龍武軍士兵，似乎都被張小敬的話吸引住了。他們都有家人住在城中，都與這個話題密切相關。

「我做了十年西域兵、九年不良帥，所為不過兩個字：平安。我孤身一人，只希望這座朝夕與共的城市能夠平安，希望在這城裡的每一個人，都能繼續過著他們幸福而平凡的生活。所以我答應了李司丞，盡我全力阻止這一次襲擊，哪怕犧牲自己也在所不惜。」

說到這時，張小敬伸出右拳，在左肩輕輕一擊。這個手勢別人不知就裡，陳玄禮卻看得懂。他出身軍中，知道這是西域軍團的呼號禮，意即九死無悔。

可是這又能代表什麼呢？陳玄禮毫不客氣地反駁道：「炸毀太上玄元燈樓，火燒勤政務本樓，戕殺親王，挾持天子，這就是你所謂的平安？」

「陳將軍，如果我告訴你，昨日到今天我所做的一切，都是在履行靖安都尉的職責，在極力阻止這些事，你會相信嗎？」

陳玄禮怒極反笑：「你在眾目睽睽之下，與蚍蜉稱兄道弟，如今說出這種鬼話，欺我等都是三歲小兒嗎？」封大倫也喝道：「你當初殺死萬年縣尉，我就知道你是個嗜殺無行的卑劣之徒。如今僥倖蒙蔽上司，混了個靖安都尉的身分，非但不思悔改，反而變本加厲。死到臨頭才編造謊言乞活，真當我等都是瞎子嗎？」

他句句都扣著罪責，當真是刀筆吏一樣犀利，就連陳玄禮聽了，都微微頷首。

張小敬嘆了口氣，知道要解釋清楚這些事情，實在太難。周圍這些人不會理解自己的處境，更不會明白今天他做出了多麼艱難的抉擇。

能夠證明張小敬在燈樓裡努力的人，魚腸、蕭規和那一干蚍蜉都死得乾乾淨淨。只有太真和檀棋能間接證明他清白，可是她們會嗎？即使她們願意證明，天子會信嗎？即使天子相信，朝廷會公布出來嗎？

張小敬太熟悉這些人的秉性了。今天這麼一場轟動的大災劫，朝廷必須找一個罪魁禍首，才能給各方一個交代，維護住體面。蕭規已死，對他們來說，最好的選擇就是把張小敬拋出去做代罪羔羊，哪怕他們對他的貢獻心知肚明。

上到天子，下到封大倫，他們都會毫不猶豫地推動這件事。張小敬實在想不出，自己還有什麼解脫之道。

長安大城就好似一頭狂暴的巨獸，注定要吞噬掉離它最近的守護者。想拯救它的人，必然要承受來自城市的誤解和犧牲。

張小敬仰起頭，看了看清澈如昨日此時的天空，脣邊露出一絲笑意。他揮了揮眼窩裡的灰塵，低下頭，看著陳玄禮緩緩道：「罷了，人總得為自己的選擇負責。我告訴你吧，蚍蜉已經死絕，天子和太真坤道平安無事。」

「在哪兒？」

「先讓這兩個人離開，我才會說。」

張小敬一指聞染和岑參，擺出一個坦蕩的姿態。既然結局已經注定，他放棄了為自己辯說，只求他們能夠平安離開。

不料封大倫又跳了出來：「陳將軍不要相信他！這傢伙手段殘忍，包藏禍心！如今突然說這種話，一定還有什麼陰謀！」

陳玄禮盯著一臉坦然的張小敬，有些猶豫不決。這時永王忽然開口道：「以父皇安危為重。」

陳玄禮和封大倫同時愣然，永王這麼一說，無異於同意放走聞染和岑參。不過他的這個理由出於純孝，沒人敢反對。

於是陳玄禮做了幾個手勢，讓士兵們讓出一條通道來。聞染發出一聲淒厲的哭聲：「恩公，你不能拋下我一人！我不走！」死死抓住他的胳膊。張小敬愛憐地摸了摸她的頭，叮囑道：「咱們第八團就這點骨血，替我們好好活下去吧。」

他一邊說著，一邊伸出手去，猛地切中了聞染的脖子。聞染嚶嚀一聲，昏了過去。

張小敬對岑參道：「麻煩你把她帶走吧，今天多有連累。」岑參這時不敢再逞什麼英雄，知道再不走，會惹出天大的麻煩，便沉默著攙起聞染，往外走去。

封大倫有些不情願，不過他轉念一想，先把張小敬弄死，至於聞染嘛，只要她還留在長安城，日後還怕沒熊火幫折磨的機會嗎？

岑參托著聞染，慢慢走在龍武軍士兵讓出的通道間。兩側的士兵露出凶狠的神情，岑參只能盡量挺直胸膛，壓下心中的忐忑。他走到一半，忽然回頭看了一眼，看到張小敬仍舊筆直地站在原地，雙手伸開，那一隻獨眼一直注視著這邊。

出於詩人的敏銳，他有一種強烈的感覺，張小敬已心存死志。只要聞染一離開視線，他與這世界上的最後一根線便會斷開，從此再無留戀。岑參雖然對這個人不甚了解，可從與聞染、姚汝能等寥寥幾人的接觸，知道他絕非封大倫口中的卑劣凶徒那麼簡單。背後的故事，只怕是山沉海積。

他發出一聲深深的嘆息，英雄末路，悲愴絕情，這是絕好的詩材。可惜詩家之幸，卻非英雄之幸，強烈的情緒在他胸膛裡快要爆炸開來。

就在這時，忽然遠處傳來金鑼響動，鑼聲急促。一下子，移香閣前所有人的注意力都被吸引過去。他們看到遠處望樓上旗號翻飛，而且不只一處，四面八方的望樓都在傳遞著同一個消息，整個長安上空幾乎被這個消息填滿。

懂得旗語的人立刻破譯出來，稟報陳玄禮：「天子無恙。」陳玄禮又驚又喜，忙問詳情，可惜望樓還沒來得及提供更詳盡的細節，只知道是延興門那邊傳來的消息。

封大倫飛速看向張小敬，臉上滿是喜悅。天子無恙，這傢伙已經失去了最後一個要脅的籌碼，可以任人宰割了！

張小敬微微苦笑。給延興門傳消息的是他，結果沒想到這個善意的舉動，卻成了自己和另外兩個人的催命符。

但他束手無策。

「李司丞，那件事沒辦法告訴你了，但我總算履行了承諾。」張小敬喃喃自語，閉上了眼睛，迎著鋒矢，挺起胸膛朝前走去。

封大倫壓根不希望留活口，他一見張小敬身形動了，眼珠一轉，立刻大聲喊道：「不好！欽犯要逃！」

龍武軍士兵們的精神處於高度緊繃狀態，猛然聽到這麼一句，刷地下意識抬起弩機，對著張小敬就要扣動懸刀。

就在這千鈞一髮之際，一個聲音忽然從人群後面飛過來：

「住手！」

*

「安祿山？」

李泌對這個名字很陌生。隊正趕緊又解釋了一句：「他是營山雜胡，張守珪將軍的義子。」

一聽是胡人，李泌眼神一凜。胡人做節度使，在大唐不算希罕，但也絕不多見。安祿山能做到這個位子，證明很有鑽營的手段。可是，這傢伙不過一介新任平盧節度使，怎麼敢在長安搞出這等大事？實在是膽大到有點荒唐。李泌總覺得道理上說不通，其中必然還有曲折。

「平盧留後院在哪裡？你隨我去。」李泌舉步朝外走去，隊正雖然不情願，但看他殺氣騰騰，也只能悻悻跟從。

守捉人的據點對面，就是十座留後院。這裡是諸方節度使在京城的耳目和日常活動所在，平時儼然是一片獨立區域，長安官府管不到這裡。可今天街巷裡忽然多了一批旅賁軍士兵，氣勢洶洶地朝裡面走去，驚動了不少暗處的眼睛。

這裡的人在京城消息靈通，看到這支隊伍，不免聯想到興慶宮那場大亂。於是他們交換了一下疑惑的眼神，卻都不敢發出聲音。

在隊正的引領下，李泌率眾徑直來到西側第三所。這一所留後院的正中，飄動著一面玄邊青龍旗，青色屬東，玄邊屬北，恰好代表了平盧節度的方位所在。

一名旅賁軍士兵走到門前，砰砰地拍打門板，不一時，出來一位褐袍的中年人。這中年人眉粗目短，頗有武人氣度，但笑起來卻像是一位圓滑的商人。他一開門，沒等李泌開口，便深深施了一揖，口稱萬死。

李泌之前預想了平盧留後院的種種反應，可沒想到居然是這樣。他眉頭一皺，不知該說什麼才好。那中年男子已經直起身來，笑咪咪地自報了家門。

原來他叫劉駱谷，是平盧留後院在京城的主事人，安祿山的心腹。李泌一聽，立刻收起了輕視之心。這主事人上至百官動態，下至錢糧市易，無所不知，手眼通天，雖無官身，勢力卻不容小覷。

李泌冷冷道：「你口稱萬死，這麼說你早知道我的來意囉？」劉駱谷還是滿臉堆笑，只說了兩個字：「寄羅。」

一聽這兩個字，李泌的臉色便沉下去了。

大唐朝中官員經常會涉及一些不宜公開的大宗交易，為了避免麻煩，他們往往會委託一些豪商代為操作，收支皆走商鋪帳簿，謂之「寄羈」。後來慢慢地，各地留後院也開始承接這類業務，他們是官署，沒有破產之虞，而且節度使自掌兵權、財權，外人難以插手，保密性更高了一層。

劉駱谷這麼一說，李泌立刻聽懂了。守捉郎在平盧留後院過的帳，其實是朝中某位大員寄羈。這位大員在京城之外的地方僱用守捉郎，但費用是走平盧留後院的帳。這樣一來，用人走京外，劃帳走京內，人、錢是兩條獨立的線，無論怎麼查，這位大員都可以隱身事外，穩如泰山。

他唯一漏算的是，劉駱谷竟這麼乾脆就把他給出賣了……

李泌也問了同樣的問題：「你們為何這麼乾脆就把寄羈之人給賣了？」

劉駱谷正色道：「寄羈之道，講究誠信。本院雖從不過問客戶錢財用途，但若覺察有作奸犯科之事，也有向朝廷出首之責。昨夜遭逢劇變，惶惶不安，院中自然要自省自查一番。安節度深負皇恩，時常對麾下告誡要公忠體國，為天子勞心，若他在京，也會贊同在下這麼做。」

他說得冠冕堂皇，但李泌聽出來了，這是把留後院的責任往外推，還暗示安祿山並不知情，而且他有聖眷在，不宜追究過深。這位劉駱谷倒真是個老手，消息靈通不說，一聽到風聲，立刻做好了準備，痛痛快快地表現出完全配合的姿態。

李泌確實不認為安祿山會參與其中，一個遠在偏僻之地的雜胡，能折騰出多大動靜？他現在最急切要知道的，是這位寄羈大員是誰。不料劉駱谷搖搖頭：「寄羈是隱密之事，大員身分對我們也是保密，不過帳上倒是能看出一二。」

說完他亮出一本帳簿。這帳簿不是尋常的卷帙，而是把蜀郡黃麻紙裁成一肘見長，片片層疊，再以細繩串起，長度適合繫在肘後，方便旅途中隨時查閱。一看這規制，李泌便知道定然不是偽造。

這是本總帳，裡面只記錄了總額進出，沒有細項。劉駱谷說他們只按照客戶指示定向結款，至於這錢如何花，他們不關心。不過對李泌來說，已經足夠了。

要知道，從突厥狼衛到蚍蜉，從猛火油到闞勒霍多，這是一個極其龐大的計畫。近百人的吃喝住行、萬全屋、工坊、物料、裝備、車馬的採買調度、打通各處官府關節的賄賂、打探消息、遮掩破綻的酬勞，可以說每一個環節的耗費都是驚人的數字。

這麼昂貴的一個計畫，不可能是蚍蜉那夥窮酸的退役老兵能負擔得起的。這也是李泌一直認為他們幕後必還有人的理由之一。

守捉郎和平盧留後院在天寶二年的交割超過一萬貫，其中京城用度只有兩千貫。換句話說，這本總帳上如果有八千貫左右的收支，八成是那位神祕寄糴人的手筆。

劉駱谷和李泌很快就找到了這一筆帳：八千六百貫整，一次付訖，時間是在天寶二載的八月。

天寶二載九月，朔方留後院第一次傳來消息，突厥狼衛有異動。同月靖安司成立，在各衙各署調撥人員。時間上與這一次支付恰好對得上。

李泌眼神變得銳利起來。大殿通傳大概就是在那時候混入靖安司的，各種線索完全都對得上。

一口鑌鐵橫刀兩貫，一件私造弩機八貫，一匹突厥敦馬三十九貫；這是當前市面上的行情。這八千六百貫勉勉強強能支應這個計畫的日常開銷了。那位寄羈人也許還有其他支出，但應該不會走這裡。

帳目後面還附了一些註釋文字。劉駱谷說，寄羈人一般不願意露面，所以和留後院約好交割地點和聯絡暗號，附在帳後。李泌沒有說話，低頭掃過去，忽然視線在四個字上停住了。

這是留後院和這位寄羈人約定的見面地點：

升平藥圃。

升平坊只有一個藥圃，就是東宮藥圃。

李泌默默地闔上帳本，遞還給劉駱谷。劉駱谷慣於察言觀色，發現旁邊這位氣勢洶洶的靖安司丞，忽然斂去了一身鋒銳，變得死氣沉沉。他關切地追問了一句：「司丞可還要小院做什麼？」

「不需要了。」

李泌有氣無力地回答道，一直以來他極力回避的猜想，變成了一個嚴酷如鐵的事實。他的手指微微抖動，眼神一陣茫然。縱然他深有謀略，可面對這一變局，卻不知該做什麼才好。

這時，一陣清脆的鑼聲傳來，這代表望樓即將有重要的消息傳來。李泌下意識地抬頭去看，待他看清那旗語時，渾身猛然一顫，如遭雷擊。

天子無恙！

劉駱谷也注意到這個消息，正要向李泌詢問，卻愕然發現，對方已經不見了。

一連串急促的腳步聲在留後院響起，李泌以前所未有的高速跑出去，翻身上馬，揚鞭就走。旅賁軍士兵們呆立在原地，眼睜睜看著他一騎絕塵而去，面面相覷，不知所措。沒有指示，沒有叮囑，這位靖安司的主帥就這麼莫名其妙地離開了。

在馬背上的李泌抓著韁繩，現在什麼都顧不上了，他只有一個目標：東宮藥圃，太子所在的東宮藥圃。

*

那一聲「住手」傳來，及時止住了龍武軍士兵的射勢。如果再晚上半個彈指，恐怕張小敬就被射成了篩子。

無論是陳玄禮、永王還是封大倫，都循聲望去。他們看到一位額頭寬大的官員穿過人群，正朝這邊匆匆走來，還走得一瘸一拐。他的衣著沾滿煙灰，一看就知道是從勤政務本樓倖存下來的。在他身後緊跟著一個戴面紗的女子。

陳玄禮、封大倫和永王同時叫出了他的名字：「元載？」

不過三個人的語氣略有不同。永王是淡漠，只當他是一個普通臣子；陳玄禮是不屑裡帶著幾絲讚賞，畢竟元載及時通報軍情，才讓龍武軍第一時間進入勤政務本樓；至於封大倫，語氣裡帶著一半親熱、一半喜悅。

之前幸虧有這傢伙施展妙手，封大倫才能成功脫開誤綁王韞秀的罪過，並把張小敬逼得走投無路。現在元載突然出現在這裡，就能讓十拿九穩的局面，變成十拿十穩了。

雖然不知道為何他會叫停射向張小敬的弩箭，但以這傢伙的手段，一定是想到了更好的陰毒法子吧？封大倫想到這裡，滿臉笑容地張開雙臂，親熱地迎過去。不料元載卻抬手讓他稍等，封大倫恍然大悟，趕緊退後，不忘朝張小敬看一眼。那獨眼閻羅依然站在原地，束手待斃。

元載先朝永王、陳玄禮各施一禮，然後面無表情地開口道：「本宮代表靖安司，前來拘拿燈輪之案的罪魁禍首。」

這個舉動並不出眾人意料。張小敬本來就是靖安都尉，他的叛變是個極大的汙點，靖安司若不親自拘拿，面子裡子只怕都要掉光。

不知何時，元載手裡多了一副鐵鑄的鐐銬，嘩嘩地晃動著。他上前幾步，把鐐銬往對方頭上一套，鐵鍊恰好從兩邊肩膀滑開，纏住手腕。

「天網恢恢，疏而不漏！」元載大義凜然地喝道。

在場眾人包括張小敬都是一驚，因為元載的鐐銬，居然掛在了封大倫的頭上。

「公輔，你這是幹什麼？」封大倫驚道，想要從鐐銬鏈子裡掙脫開來。元載冷冷道：「你的陰謀已經敗露，不必再惺惺作態了。」

「你瘋了！罪魁禍首是那個張小敬啊！」封大倫驚怒交加。

這時陳玄禮忍不住皺眉道：「元載，你這是何意？莫非這個封大倫，是張小敬的同夥？」元載搖搖頭：「不，這傢伙是蚍蜉的幕後主使，而張小敬是我靖安司的靖安都尉，他從未叛變，只是臥底於蚍蜉之中罷了。」

「荒唐！」陳玄禮勃然大怒，「他襲擊禁軍，挾持天子，這都是眾目睽睽之下做出的事情，當我是瞎子嗎？」他猛地按住劍柄，隨時可以掣劍而出，斬殺這個奸人。

元載的眼底閃過一絲畏懼，可稍現即逝：「這是為了取信於蚍蜉，不得已而為之。」

「何以為據？」

元載笑道：「在下有一位證人，可解陳將軍之惑。」

「誰？他說的話我憑什麼相信？」

「這人的話，您必然是信得過的。」元載轉過頭去，向永王深深作了一揖，「永王殿下。」

永王一直歪著腦袋，臉色不太好看。可在元載發問之後，他猶豫再三，終於不太情願地開口對陳玄禮道：「適才在摘星殿裡，張小敬假意推本王下去，其實是為了通知元載，砸掉樓內樓。」

陳玄禮恍然，難怪摘星殿會突然坍塌，難怪永王能在張小敬手裡活下來，居然是這麼一個原因。

永王對張小敬抱有很深的仇怨，他既然都這麼說，看來此事是真的。想到這裡，陳玄禮又看了一眼永王的臉色，心中如明鏡一般。若是元載不來，這位親王恐怕不會主動站出來作證，只會坐視張小敬身死。

越是這樣，越證明元載所言不虛。

「那他挾持天子的舉動……」陳玄禮又問道。

元載從容解釋：「蚍蜉其時勢大，張小敬不得已，只得從賊跟隨，伺機下手。如今天子無恙，豈不正好說明他仍忠於大唐？在下相信，等一下覲見陛下，必可真相大白。」

他的話和張小敬剛才的自辯嚴絲合縫，不由得別人不信。陳玄禮只得揮一揮手，讓士兵們先把弩機放下，避免誤傷。

這時掛著鐐銬的封大倫發出一陣撕心裂肺的吼聲：「就算張小敬沒叛變，和我有什麼關係！」元載緩緩轉過臉去，面上掛著冷笑，全不似兩人第一次見面時親切。

「虞部主事張洛，你可認識？」元載忽然問。

封大倫愣了一下，點了點頭。這是他的同事，兩個人都是虞部主事，只不過張洛沒什麼手段，地位比他低多了。所以這次燈會值守，才會推到了他頭上。

元載道：「就在燈樓舉燈之前數個時辰，他被莫名其妙擠下拱橋，生死不知。我問過值守的龍武軍，那些進入燈樓的工匠，用的竹籍都是你簽發的。」

封大倫一聽就急了。虞部主事不多，文書繁重，所以平級主事有時候互相幫忙簽發，再平常不過。封大倫敢打賭，如果仔細檢查那些進入燈樓的工匠竹籍，幾個主事的名字肯定都有，甚至還有虞部員外郎的簽證，不會只有他一個。

可是元載現在說話的方式，任何人聽了，都會覺得是封大倫殺了張洛，然後給蚍蜉簽發竹籍以便混入燈樓。沒等封大倫開口辯解，元載又劈口道：「若無虞部中人配合，賊人怎麼會搞出這麼大的事來？」這一句反問並無什麼實質內容，可眾人聽來，封大倫儼然成了隱藏於官府中的賊人內奸。

「你這是汙衊我！」

「你剛才那麼賣力指認張小敬是賊人，難道不是要陷害忠良？」元載別有深意地反問了一句。封大倫脫口而出：「我要他死，那是因為……」說到這裡，他一下頓住了。

「那是因為什麼？」元載瞇著眼睛，好整以暇地追問了一句，封大倫卻不敢說了。

再往下說，勢必要牽扯出去年聞記香鋪的案子，以及昨天永王指使元載過來陷害張小敬的小動作。封大倫看了一眼永王，發現對方面色不善，他知道如果把這事挑明，只怕結局更慘。

封大倫簡直要瘋了，怎麼永王和元載一下子就成了敵人？把張小敬弄死，不是符合所有人的利益嗎？三個人明明是站在同一條船上，怎麼說翻就翻了呢？

他突然跑到陳玄禮面前，咕咚跪下，號啕大哭：「陳將軍，您都看得清楚，明明是張小敬那惡賊蒙蔽永王，您可不能輕信於人啊！」

陳玄禮將信將疑。雖然心裡上他恨不得張小敬立刻死去，可元載分析得很有道理。他沉思片刻，開口對元載道：「你可有其他證據？」

元載微微一笑，側身讓開，他身後那位戴著面紗的女子走到眾人面前。她緩緩摘下面紗，露出一張俏麗面容，正是王忠嗣之女，王韞秀。陳玄禮對她的遭遇略有耳聞，知道她不久前被突厥狼衛綁架，是被元載所救，才僥倖逃回。

元載恭敬地對她說道：「王小姐，在下知道您今日為賊人唐突，心神不堪深擾。但此事關乎朝廷安危，只好勉強您重臨舊地，指認賊凶。如有思慮不周之處，在下先行告罪。」

王韞秀的臉頰微微浮起紅暈，輕聲道：「韞秀雖是女子，也知要以國事為重。一切聽憑安排便是。」

周圍的人莫名其妙，不知道王韞秀這麼突兀地冒出來，到底是什麼意思。只有封大倫的臉色越來越淒慘，嘴唇抖動，身子動彈不得。

元載帶著王韞秀來到移香閣旁邊的柴房，推開門，請她進去看了一圈。王韞秀進去不久，便渾身顫抖著走出來，低聲道：「沒錯，就是這裡，我被綁架後就是被扔在這裡……」

陳玄禮一聽這話，眼神立刻變了，再看向封大倫時，已是一臉嫌惡。

王韞秀被突厥狼衛綁架後，居然放在移香閣旁邊的柴房裡。這意味著什麼，不必多說。突厥狼衛和蚍蜉之間，本來就有說不清道不明的關係，再聯想到虞部主事張洛的遭遇和竹籍簽發，真相呼之欲出，證據確鑿。

封大倫瞪圓了眼睛，簡直要氣炸了。綁架王韞秀根本是個誤會，你元載還幫我遮掩過，沒想到這傢伙反手一轉，就把它說成了與突厥勾結的鐵證。

封大倫還要爭辯，可不知如何開口。

元載列舉的幾件事，其實不是誤會就是模稜兩可，彼此之間並無關聯。可他偏偏有辦法讓所有人都相信，這是一條嚴謹的線索，完美地證明了封大倫是個奸細，先幫突厥人綁架重臣家眷，再暗助蚍蜉工匠潛入燈樓，所有的壞事幾乎都是他一個人幹的。

他還記得當初元載構陷張小敬時，幾條證據擺出來十拿九穩，讓他佩服不已。沒想到數個時辰之後，他又擺出幾條證據，卻得出一個完全相反，但同樣令人信服的結論。

封大倫剛開始是滿心怒意，越想越覺得心驚，最終被無邊的寒意所籠罩。翻手為雲，覆手為雨。證據在元載手裡，簡直就是一坨黃泥，想捏成什麼就捏成什麼。莫非來俊臣的《羅織經》是落在了他的手裡不成？

「身為朝廷官員，還在長安城內結社成黨，暗聚青壯，只怕也是為了今日吧？」元載最後在他的棺材上敲上一枚釘子。這一句話，基本上注定了熊火幫的結局。

「我是冤枉的！他汙衊我！永王！永王！你知道的！」封大倫豁出去了，嘶聲衝永王喊道，現在只有永王能救他了。

但永王無動於衷。當初聞記香鋪的事，說到底，是封大倫給他惹出的亂子，現在能把這隻討厭的蒼蠅處理掉，也挺好。

陳玄禮一看永王的態度，登時了然。他手指一彈，立刻有數名士兵上前，把封大倫踢翻在地狠狠抽打，還在柴房裡找來一根柴條塞進他嘴裡，不讓他發出聲音。

痛苦的呻吟聲很快低沉下去，封大倫滿臉血汙地匍匐在地上，蜷縮得像一隻蝦。這位虞部主事抬起一隻手，像是在向誰呼救，可很快又軟軟垂下。

陳玄禮對此毫不同情。昨晚那一場大災劫，朝廷需要一個可以公開處刑的對象，張小敬不行，那麼就這個封大倫好了。眼下證據已經足夠，雖然其中還有一些疑點，但沒有深究的必要。

元載帶著微笑，看著封大倫掙扎，像是欣賞一件精心雕琢的波斯金器。果然運氣仍舊站在他這一邊啊。從此整個長安都會知道，在拯救了天子的孤膽英雄被陷害時，有一位正直的小官仗義執言，並最終幫英雄洗清冤屈，伸張了正義。

在他身後不遠處的人群裡，檀棋頭戴斗笠，表情如釋重負，眼神裡卻帶著一股深深的懼意。

其實他們早就趕到移香閣附近了，檀棋一看張小敬、聞染、岑參三人被圍，急忙叫元載過去解釋。可元載卻阻住了她，說時機未到，讓她稍等。一直到張小敬即將被射殺，望樓傳來急報，元載這才走過去，施展如簧之舌，挽回了整個局面。

檀棋原本不明白，為何元載說時機未到，這時突然想通了。

他在等，在等天子無恙的消息。

元載那麼痛恨張小敬，卻能欣然轉變立場前來幫助，純粹是因為此舉能贏得天子信賴，獲得天大好處。若天子出了什麼事，這麼做便毫無意義，反而有害。

所以他一直等待的時機，就是天子的下落。天子生，元載便是張小敬的救星；天子死，元載就是張小敬的劊子手。

這個元載，居然能輕鬆自如地在截然相反的兩個立場之間來回變化，毫無滯澀。檀棋一想到如果消息晚傳來一個彈指，這個最大的友軍便會在瞬間變成最危險的敵人，就渾身發涼，這是何等可怕的一頭逐利猛獸啊。

「人性從來都是趨利避害，可以背叛忠義仁德，但絕不會背叛利益。所以只要這事於我有利，姑娘妳就不必擔心我會背叛。」元載在龍池旁說的話，再次迴盪在檀棋腦海裡。

這時龍武軍的隊伍發生了一些騷動，檀棋急忙收起思緒，抬起頭來，看到張小敬居然動了。

剛才元載詞鋒滔滔時，張小敬一直站在原地，保持著出奇的沉默。一直到封大倫被擒，他才似從夢中醒來一般，先是環顧四周，然後邁開腳步，蹣跚地朝外面走去。

龍武軍士兵沒有阻攔，他們沉默地分開一條通道，肅立在兩旁。

張小敬的嫌疑已經洗清，此前的事自然也得到了證實。旁人不需要多大的想像力，就能猜到他所承受的危險和犧牲。朝廷什麼態度不知道，但在這些士兵眼中，這是一位令人敬畏的英雄。

他渾身沾滿了被封大倫戳出的鮮血，那些瑰色斑斕，勾勒出身體上的其他傷痕。有些來自西市的爆炸，有些來自燈樓的燒灼，有些是突厥狼衛的拷打，有些是與蚍蜉格鬥的痕跡。它們層層疊疊，交錯在這一具身軀之上，記錄著過去十二個時辰裡的驚心動魄。

他虛弱不堪，走起路來搖搖晃晃，唯有那一隻獨眼，依然灼灼。

「呼號！」不知是誰在隊伍裡高喊了一句。刷的一聲，兩側士兵同時舉起右拳，齊齊叩擊在左肩上。陳玄禮和永王表情有些複雜，但對這個近乎僭越的行為都保持沉默。

檀棋注視著這番情景，不由得淚流滿面。可她很快發現不太對勁，張小敬不是漫無目的地往前走，而是朝著自己筆直走來。這個登徒子居然認出來藏在人群中的自己？檀棋一下子慌亂起來，呆立原地手足無措。

他要幹什麼？我要怎麼辦？他會說些什麼？我該怎麼回答？無數思緒瞬間充滿了檀棋的腦子，聰慧如她，此時也不知該如何是好。

這時張小敬走到檀棋面前，伸出雙手，一下子抓住了她的雙肩，讓她幾乎動彈不得。檀棋幾乎連呼吸都停了。

「登徒……」檀棋窘迫地輕輕叫了一聲，可立刻被粗暴地打斷。

「李司丞，李司丞在哪裡？」張小敬聲音乾啞。

檀棋一愣，她沒料到他要說的是這個。張小敬又問了一句，她連忙回答道：「我此前已從望樓得知，公子幸運生還，重掌靖安司。不過現在哪裡，可就不……」

張小敬吼道：「快去問清楚！再給我弄一匹馬！」

他的獨眼裡閃動著極度焦慮，檀棋不敢耽擱，急忙轉身跑去靖安坊的望樓。

死裡逃生的岑參抱著聞染走過來，他目睹一個人從窮凶極惡的欽犯變成英雄的過程，心潮澎湃，覺得這時候如果誰送來一套筆墨，就再完美不過了。可惜張小敬對他不理不睬，而是煩躁地轉動脖頸，朝四周看去。

蕭規臨終的話語，始終在張小敬的心中熊熊燒灼，讓他心神不寧，根本無心關注其他事情。

這時元載湊過來，拍拍他的肩膀，滿面笑容：「大局已定，真凶已除，張都尉辛苦了，可以放心地睡一覺了。」

「真凶另有其人！」張小敬毫不客氣地說道。

元載的笑容僵在臉上，這個死囚到底在說什麼啊？我花了那麼大力氣幫你洗白，還找了一個完美的幕後黑手，你現在說另有其人？

元載看看那邊，陳玄禮在指揮士兵搜查移香閣，永王不知何時已經離開。他暗自鬆了一口氣，揪住張小敬的衣襟低聲吼道：「你這個笨蛋！不要節外生枝了！」

話音未落，忽然傳來一聲啪的脆響。

元載摀住腫痛的臉頰，瞪大了眼睛，幾乎不敢相信。這傢伙居然動手搧了自己一個耳光，自己可是剛剛把他救出來的人啊！

「這是代表靖安司的所有人。」張小敬冷冷道。

元載正要發怒，卻看到張小敬的獨眼裡陡然射出鋒芒。元載頓覺胯下一熱，那股深植心中的懼意，到現在也沒辦法消除。元載悻悻後退了幾步，離那個煞星遠一點，揉著臉心想，別讓這副窘態被王韞秀看到。

這時檀棋氣喘吁吁地跑過來：「平康坊傳來消息，公子可能正要前往升平坊東宮藥圃！」她的手裡還牽著一匹黃褐色的高頭駿馬。

沒人知道李泌要去哪裡，只有劉駱谷猜測大概和最後提及的地名有關。這個猜想很快便回饋給所有的望樓。現在是白天，百姓又已全部回到坊內，路街之上空無一人。望樓輕而易舉，便捕捉到了李泌古怪狂奔的身影。

得到這個消息之後，張小敬強拖起疲憊的身體，咬牙翻身上馬。檀棋也想跟去，可還未開口，張小敬已經一夾馬肚，飛馳而去，連一句話也未留下。

檀棋憂心忡忡地朝遠方望去，那搖搖晃晃的身影，似乎隨時都會跌下馬來。

從平康坊到升平坊，要南下四坊；而從靖安坊到升平坊，只需東向兩坊。李泌先行一步，但張小敬距離更近。

如果有仙人俯瞰長安城的話，他會看到在空蕩蕩的街道之上，有兩個小黑點在拚命馳騁，一個向南，一個向東，兩者越來越近，最後在永崇宣平的路口交會。

兩匹駿馬的長聲嘶鳴響起，兩位騎士同時拉住了韁繩，平視對方。

「張小敬？」

「李司丞。」

兩個人的表情不盡相同，眼神裡卻似乎有無數的話要說。

老天爺好似一個詼諧的俳優。現在的天氣就像十二個時辰之前，兩人初次見面時一樣晴朗清澈，可有些東西，已經永遠改變了。

自從張小敬在西時離開靖安司後，兩個人只見過一次，且根本沒有機會詳談。雖然彼此並不知道對方具體經歷了什麼事，但他們相信，如果沒有對方的努力，長安城將是另外一副樣子。

兩人從來不是朋友，但卻是最有默契的夥伴。他們再度相見，卻沒有噓寒問暖，現在還不是敘舊的時候。

「我要去東宮藥圃，太子是背後一切的主使。」李泌簡明扼要地說道。他的語氣很平靜，可張小敬看得出來，他整個人就像太上玄元燈樓一樣，快要從內裡燃燒起來。

一聽到這個地名，張小敬獨眼倏然睜大，幾乎要從馬上跌下來。李泌抖動韁繩，正要驅馬前行，卻被張小敬攔住了。

「不要去，並不是他。」張小敬的聲音乾癟無力。

李泌眉頭輕挑，他知道張小敬不會無緣無故這麼說。

「蕭規臨死前留下一句話，　句會讓長安城動亂的話。」

「是什麼？」

張小敬沒有立刻回答，而是仰起頭，向著東方望去。此時豔陽高懸青空，煊赫而耀眼，整個長安城一百零八坊都沐浴在和煦的初春陽光下。跟它相比，昨晚無論多麼華麗的燈輪都如同螢火一樣卑微可笑。

李泌順著張小敬的視線看去，在他們站立的永崇宣平路口東側，是那座拱隆於長安正東的樂游原。它寬廣高博，覆蓋宣平、新昌、升平、升道四坊；東宮藥圃，正位於樂游原南麓的升平坊內。春日已至，原上鬱鬱蔥蔥，尤其是那一排排柳樹，在陽光照拂之下顯露出勃勃綠色。

「只消再來一陣春風，最遲二月，樂游原便綠柳成蔭了。」張小敬感嘆道。

「你到底想說什麼？」李泌不耐煩地追問。

張小敬嘆了口氣，緩緩吟出了兩句詩：「不知細葉誰裁出，二月春風似剪刀。」一聽到這個，李泌整個人霎時僵立在馬上。

碧玉妝成一樹高，萬條垂下綠絲絛。不知細葉誰裁出，二月春風似剪刀。

長安上至老翁下到小童，誰不知道這是賀知章的《柳枝詞》。身為長安的不良帥，在這一個詩人雲集的文學之都辦案，不懂點詩，很難工作，所以蕭規一吟出那兩句詩，張小敬立刻就判斷出他說的是誰。

可揭示出的真相，未免太驚人了。

負責長安策防的靖安令，居然是這一切的幕後主使？這怎麼可能？

張小敬一直對此將信將疑，以為是蕭規臨死前希望長安大亂的毒計。可當他一聽到李泌要趕去東宮藥圃，便立刻知道，這件事極可能是真的。蕭規在臨死之前，並沒有欺騙他的兄弟。

「東宮藥圃……東宮藥圃……我怎麼沒想到，這和東宮根本沒什麼關係，明明就是為了方便賀監啊。」李泌揪住轡繩，在馬上喃喃自語。

東宮藥圃位於升平坊，裡面種植的藥草優先供給東宮一系的耆宿老臣。賀知章的宅院設在宣平坊，初衷正是方便去藥圃取藥；自然也方便跟留後院接頭。他被東宮這兩個字誤導，卻沒想到與這裡關係最密切的，其實是靖安令。

「沒想到……這一切的背後，居然是賀監。他圖什麼？他憑什麼？」張小敬實在想不通。

現在回想起來，賀知章在靖安司中，確實對李泌的行事有諸多阻撓。雖然每一次阻撓，都有一個冠冕堂皇的理由，但從效果來看，確實大大地推遲了對突厥狼衛的追查。

可是，有一個說不過去的疑點。

「我記得賀監明明已經……呃，重病昏迷了啊。」

張小敬別有深意地看向李泌。

十四日午正，李泌為了獲得靖安司的控制權，用焦遂之死把賀知章氣病回宅去休養。然後在申正時分，即張小敬被右驍衛抓走之後，李泌前往樂游原拜訪賀知章，希望請他出面去和右驍衛交涉，但遭到拒絕。

接下來在那間寢室發生的事，就顯得撲朔迷離了。

對外的說法是，賀知章聽說靖安司辦事遭到右驍衛阻撓，氣急攻心，昏迷不醒。李泌借此要脅甘守誠，救下張小敬。可張小敬知道，在李泌的敘述裡存在許多疑點，賀知章絕不會對自己的安危這麼上心，他突然昏迷不醒，只有一個原因：李泌。

華山只有一條路，巨石當道，想上去就得排除一切障礙。

「你確定他真的昏迷了？」張小敬問。

李泌注意到張小敬的眼神，冷冷道：「藥王的茵芋酒雖是奇方，可一次不宜飲用過多，否則反會誘發大風疾。」

這算是間接肯定了張小敬的疑問。

張小敬的腦海中，浮現出一幅驚人的畫面。賀知章氣喘吁吁地躺倒在床，而李泌手持藥盞，面無表情地把黃褐色的藥湯一點點灌進去，然後用枕頭捂住他的嘴，等著病情發作。賀知章的手開始還拚命舞動，可後來慢慢沒了力氣……

「你確定他不是偽裝騙你？」張小敬問。

李泌十分肯定地點了點頭。他現在像是一尊臉色灰敗的翁仲石像，渾身一點活力也沒有。半晌，李泌方才緩緩開口道：「我記得你問過姚汝能一個問題：倘若舟行河中，突遇風暴，須殺一無辜之人祭河神，餘者才能活命，當如何抉擇？你的回答是殺；我的回答也一樣。」

李泌這番話，張小敬一瞬間就聽明白了。

為了拯救長安，張小敬出賣了小乙，在燈樓幾乎殺了李泌，而李泌也因為同樣的理由，對賀知章下手。為了達成一個更重要的目標，這兩個人都義無反顧地選擇了悖德之路。可此時看到李泌的痛苦神情，張小敬才知道，他心中背負的內疚，不比自己輕多少。

兩個人都清楚得很，這是一件應該做的錯事，可錯終究是錯。每一次迫不得已的抉擇，都讓他們的魂魄黯上一分。

「可是……」張小敬皺起了眉頭，「如果賀監確實重病，這此後的一切事情，又該如何解釋？」

一抹濃濃的自嘲浮現在李泌臉上：「也許是賀監的計畫太妥貼了，即使他中途昏迷不醒，計畫一樣會發動。他算到了所有的事，卻唯獨沒預料到，我會突然下這麼狠的手。」

他說到這裡，不由得苦笑起來。

焦遂之死，表面上看是李泌故意氣跑了賀知章，其實是賀知章借機行事，找個理由退回樂游原宅邸。他本打算坐鎮指揮接下來的計畫，可沒想到李泌會突然來訪，更沒想到他會膽大包天，對自己下手。

兩個人連番的誤會，演變成一個極其詭異的局面。幕後主使者在計畫發動前就被幹掉了，而計畫卻依然按部就班地執行起來。

這真是一件諷刺的事。

李泌和張小敬坐在馬上，簡短地交流了一下。先前他們兩個人各有各的境遇，都只摸到了黑幕一角。如今兩人再次相見，碎瓦終於拼出整片浮雕的模樣。

賀知章應該在長安城布下了三枚棋子，一枚是突厥狼衛，一枚是蚍蜉。前者用來轉移視線，後者用來執行真正的計畫。還有一枚，是靖安大殿的內鬼通傳，必要時刻會配合蚍蜉走出關鍵一步。

以賀知章的地位和手段，悄無聲息地做出這一連串安排並不難。

「賀監前一陣子把京城的房產全都賣了，我們以為他是致仕歸鄉，富貴養老，誰想到他是把錢透過守捉郎，投到蚍蜉這裡來了。」李泌道。也只有如此，才能解釋為何蚍蜉的能量會大到這般地步。

「可是……」張小敬還是想不明白，「他為什麼要做這樣的事？」

賀知章得享文名二十餘年，無論聖眷、聲望、職位都臻至完滿，又以極其隆重的方式致仕。一位風燭殘年的老者，為何要鋌而走險，做出這樣大逆不道的事情呢？

「直接去問他就是！」

李泌陡然揚鞭，狠狠地抽打了馬屁股。坐騎驚得一躍而起，朝著樂游原疾馳而去。張小敬早預料到他會有這樣的反應，也抖動韁繩跟了上去。

賀知章一直留在樂游原的宅邸裡，不曾離開。這一天發生的事太多了，無論他是否真的昏迷，這兩個人都需要當面去跟他了結。

昨晚有許多達官貴人登上樂游原賞燈，原上道路兩側全是隨手丟棄的食物殘骸和散碎彩綢。八個馬蹄交錯踢踏在這些垃圾上，掀起一團團塵土。兩騎毫無停滯，直奔東北角的宣平坊而去。一路上，張小敬順便把移香閣的事情說了一下，李泌卻未發表任何評論。

宣平坊很好找，只要朝著柳樹最密之處去便是。那裡是全城柳樹最多的地方，有一個別號叫柳京。兩人奔跑了一段，遠遠看到一片繁茂的柳林。在綠柳掩映之下，可以看到一座黑瓦白牆的精緻宅邸。

這附近的地勢不太平坦，按說馬匹走到這裡，應該要減速才對。可李泌像是瘋了一樣，不停抽打馬匹，讓速度提升，直撲那座宅院。

就在這時，那座宅院的大門徐徐開啟，一個人從裡面走了出來。他似乎早預料這兩騎會到來，恭敬地立在門楣之下，拱手迎候。

兩騎越來越接近宅邸，這時張小敬突然覺得哪裡不對，他抬起頭來，嗅到了一絲令人不安的氣味。

「李司丞，慢下來！」

張小敬高聲喊道，可李泌卻充耳不聞，揚鞭瘋馳，轉瞬間便已穿過柳樹林，直奔宅邸而去。張小敬一看追趕不及，手掌焦慮地往下一擺，無意中碰到一件硬器。他低頭一看，居然是一把掛在馬肚子側面的短弩。

檀棋是從龍武軍隨行的馬隊裡替張小敬弄到坐騎，馬身上的轡頭武裝都還未卸掉。張小敬毫不猶豫，摘下短弩，喀嚓一下弩箭上弦，對著前方扣動懸刀。

咻的一聲，弩箭飛了出去，在一個彈指內跨越了十幾步，釘在李泌坐騎的右側。坐騎發出一聲哀鳴，前蹄垮塌。李泌一下子從馬背上被甩下去，在地上狼狽地打了幾個滾。

李泌還未明白發生什麼事，張小敬已飛馳而至，直接從馬上跳下來，抱住李泌朝著旁邊的一處土坑滾去。而他的坐騎急煞不住，轟地撞在一棵柳樹上，筋裂骨斷。

在下一個瞬間，柳林中的恬靜宅邸一下子爆裂開來，赤紅色的猛火從內裡綻放，向四面八方噴射出亮火與瓦礫，一時間飛沙走石，牆傾柳摧，在樂游原頂掀起一陣劇烈的火焰暴風。

沒想到，這宅邸裡，居然還藏著一枚威力巨大的猛火雷。

張小敬拚命把李泌的頭壓下去，盡量緊貼坑地，避開橫掃而來的衝擊波。頭頂沙土飛揚，很快將兩個人蓋在厚厚的一層土裡。

等到一切恢復平靜，張小敬這才抬起頭，把腦袋上的土抖落。眼前的景色已發生翻天覆地的變化：柳林倒伏，石山狼藉，原本雅靜的原上宅邸變成了一片斷垣殘壁，嫋嫋的黑煙直升天際。至於門前守候之人，自然也被那火獸澈底吞噬，粉身碎骨。

「哈哈哈哈……」

張小敬聽到一陣詭異的笑聲。這笑聲是從身下傳來，開始很小聲，然後越來越大，到最後幾近瘋狂。李泌躺在坑底，臉上蓋滿了泥土，在大笑聲中肌肉不住地顫抖著，讓灰土變化成各種形狀，神情詭異。

「閉嘴！」

張小敬惡狠狠地吼了一聲，伏低身子，謹慎地朝四周望去。他萬萬沒想到，賀知章居然連自己的宅邸都安排了猛火雷，如果敵人安排了什麼後手，現在就該出來了。李泌卻搖搖頭：「不會有埋伏了，不會有了。我已經想明白了，想明白了……」

「為什麼？你又發現了什麼嗎？」他問。

李泌的笑聲漸低，可卻說了一句莫名其妙的話：「張小敬，你可知道，我一個修道之人，為什麼重回俗世，接掌靖安司？」

「為了太子？」

李泌輕輕點了一下頭：「不錯，為了太子，我可以犧牲一切。」然後他停頓了一下，語氣變得奇妙：「賀監也是。」

「啊？」張小敬聞言一驚，這是什麼意思？難道賀知章還是個忠臣不成？

「我之前見到李林甫，他對我說了一句話，『利高者疑』，意思是說，得利最大的人，永遠最為可疑。遵循這個原則，我才會懷疑這一切是太子策動。但現在看來，我想差了……這個利益，未必是實利，也可以是忠誠。」

張小敬眉頭緊皺，不明白他是什麼意思。李泌索性躺平在坑裡，雙眼看著天空，喃喃說道：

「幕後的主使者在發動闕勒霍多之前，做了兩件事。一是讓我在燈樓現身，把太子誘騙到東宮藥圃，這個你是知道的；二是用另外一封信，把李林甫調去安業坊宅邸。兩人同時離開春宴，你覺得他的用意是什麼？」

張小敬皺眉細想，不由得身軀一震。

賀知章做出這樣的安排，用意再明顯不過。一旦天子身死，太子便可以堂而皇之地登基。而中途離開的李林甫，自然會被視成災難的始作俑者，承擔一切罪名。

賀知章從來不是為了自己的利益，也不是為了自己家族的利益。他苦心經營的一切，都是為了太子。

「沒想到賀監這位太子賓客，比你這供奉東宮的翰林還要狂熱……」張小敬說到這時，語氣裡不是憤懣，而是滿滿的挫敗感。可下一個瞬間，李泌的話卻讓他怔住了。

「不，不是賀監。」李泌緩緩搖了一下頭。

「什麼？不是？可一切細節都對得上……」

「利高者疑，這個利益，未必是實利，也未必是忠誠，很可能是孝順。」李泌苦笑著回答，伸手向前一指，「真正的幕後黑手，是賀監的兒子，賀東。」

「那個養子？」

「賀監願意為太子盡忠，而他的兒子，則為了實現父親盡忠的心願，用他自己的方式去盡孝。」李泌的語氣裡充滿感慨，卻沒繼續說透。

張小敬完全不知該說什麼才好。這個猜測簡直匪夷所思，已經完全超出正常人的思路，只有最瘋狂的瘋子才會這麼想。

「能搞出闕勒霍多這麼一個計畫的人，難道還不夠瘋嗎？」李泌反問。

「你這個說法，有什麼證據？」

李泌躺在土坑裡，慢慢豎起一根手指：「你剛才說，元載誣陷封大倫時，提出過一個證據，說燈樓的竹籍都是由他這個虞部主事簽發，才讓蚍蜉蒙混過關。這個指控並不算錯，只不過真正有能力這麼做的，不是封大倫這個主事，而是賀東。他的身分，正是封大倫的上司，虞部的員外郎啊！」

這一個細節猛然在張小敬腦中炸裂，他的呼吸隨之粗重起來。這麼一說，確實能解釋為何蚍蜉的工匠能在燈樓大搖大擺地出沒，有賀東這個虞部員外郎做內應，實在太容易了。

「還有安業坊那所有自雨亭的豪宅，隱寄的買家身分一直成疑。而賀東身為賀監養子，不入族籍，但貴勢仍在，由他去辦理隱寄手續，再合適不過。

「賀監病重，長子賀曾遠在軍中，幼子尚在襁褓，唯一能代他出席春宴的，只有賀東。如果現在去查勤政務本樓的賓客名單，一定有他的名字。也只有他，能不動聲色地在宴會上放下兩封信，將太子李亨與右相李林甫釣出去。

「賀東明知我對他的父親下手，居然隱忍不發，還陪著我去甘守誠那裡演了一齣戲。那時候，恐怕他早就知道蚍蜉會對靖安司動手，暗地裡不知冷笑多少回了。而我還像個傻瓜似的，以為騙過了所有人。蚍蜉殺我的指令，恐怕就是從賀東那裡直接發出的。」

一條條線索，全被李泌接續起來。那一場爆炸，彷彿撥開了一切迷霧，一位苦心經營的孝順陰謀家，慢慢浮出水面。可張小敬實在無法想像，這一場幾乎把長安城翻過來的大亂，居然是一個木訥的大孝子一手策劃出來的。

「我不相信，沒有賀監的默許和配合，賀東不可能有這麼強的控制力。」

張小敬還想爭辯，李泌盯著他，苦澀地搖了搖頭：「這個答案，我們永遠不會知道了。」

「為什麼？賀監雖然昏迷不醒，可只要抓住賀東，呃……」張小敬話一出口，便意識到了答案，因為李泌一直望向那片剛剛形成的斷垣殘壁，煙霧嫋嫋。

「剛才站在門口的那位，就是賀東本人。他到死，都是個孝順的人啊。」

剛才那一場爆炸實在太過劇烈，賀東站在核心地帶，必然已是屍骨無存。以他的孝行，知道陰謀敗露後，絕不會拖累整個家族，死是唯一的選擇。

兩人慢慢從坑裡爬起來，互相攙扶著，朝已成廢墟的賀宅走去。這一路上滿地狼藉，碎礫斷木，剛才的美景，一下子就變成了地獄。賀東的屍骨，已隨著那離奇的野心和孝心化為齏粉。那一場震驚全城的大亂，居然就是從這裡策劃的。

十二個時辰之前，他們可沒想過，竟是這樣一個結局；竟會在這裡結局。

兩個人站在廢墟裡，卻不知尋找什麼才好，只能呆然而立。賀東在自盡前，肯定把賀知章撤走了，他一個孝子可不能容忍弒父的罪名。不過現在就算找到賀知章，也毫無意義。老人病入膏肓，口不能言，到底他對養子的計畫是毫不知情，還是暗中默許，只怕是永遠的謎了。

李泌扶住只剩下一半的府門，忽然轉頭向著半空的輕煙冷笑，像是對著一個新死的魂靈說話：「賀東啊賀東，你可以安心地去了。你的陰謀不會公諸於世，無辜的賀家不會被你拖累，會繼續安享賀監的榮耀和餘蔭，一切都不會變。」

張小敬的獨目猛然射出精光：「為什麼？這麼大的事，怎麼會如此處理？」

「正因為是這麼大的事，才會如此處理。」李泌淡然道，眼神依然盯著半空的輕煙，「天子如此信任的重臣親眷捲入長安之亂？朝廷的臉面還要不要？難道天子沒有識人之明？」

「可是……」

「正月初五，天子已經鄭重其事地把賀監送出長安城，他已經在歸鄉的路上，不在長安，這個事實誰也不敢去否認。所以最終被推出來的代罪羔羊，應該就是你說的那個無關痛癢的封大倫。至於賀東，會被當成這一次變亂的犧牲者之一，被蚍蜉的猛火雷炸死……呵呵。」

張小敬為之啞然。

李泌朝廢墟裡又走了幾步，俯身撿起半扇燒黑的窗格，擺弄幾下，又隨手拋開：「可惜此事過後，靖安司是肯定保不住了，我大概也要被趕出長安。不過你放心，我答應給你赦免死罪，就一定會做到；檀棋想跟你，也隨她，我將她放免。只可惜了太子，他以後的處境，只怕會越發艱難啊……」

張小敬直起身子，走到李泌身邊。他的肩膀在顫抖，嘴唇在抖，眼神裡那壓抑不住的怒焰，幾乎要噴薄而出。李泌以為他要對自己動手，坦然挺直了胸膛。不料張小敬一咬牙，一腳踢飛了那半扇窗格，幾乎怒吼而出：

「天子、太子、皇位、靖安司、朝堂、利益、忠誠……你們整天考慮的，就只有這樣的事嗎？」

「不然呢？」李泌歪歪頭。

「這長安城居民有百萬之眾，就為了向太子獻出忠誠，為了給父親盡孝，就可以拿他們的性命做賭注？你知道昨晚到現在，有多少無辜的人被波及嗎？到底人命被當成什麼？為什麼你們首先關心的，不是這些人？為什麼你對這樣的事，能處之泰然？」

面對這突如其來的狂暴質問，李泌無奈地嘆了口氣。他拍拍手，搖搖晃晃地走到宅邸邊緣。這裡幾乎是樂游原的最高點，可以遠眺整個城區，視野極佳。

李泌站定，向遠處廣闊的城區一指，表情意味深長：「你做了九年不良帥，難道還不明白嗎？這，就是長安城的秉性啊。」

張小敬突然攥緊五指，重重一拳將李泌打倒在地。後者倒在賀宅的廢墟之間，嘴角流出鮮血，表情帶著淡淡的苦澀和自嘲。

張小敬從來沒這麼憤怒過，也從來沒這麼無力過。他早知道長安城這頭怪獸的秉性，可從來沒有真正喜歡過。他無時無刻不在掙扎，想著不被吞噬，卻總是被撕扯得遍體鱗傷。

忽然，從頭頂傳來幾聲吱呀聲。張小敬抬起頭來看，原來李泌倒地時引發小小的震動，賀府門框上那四個代表了門第的門簪搖搖欲墜，然後次第落下，在地上砸出四個深深的坑。

李泌從地上艱難地爬起來，用袖子擦了擦嘴角的鮮血。剛才那一拳，把他打得不輕。不過李泌倒沒生氣，他的聲音裡透著深深的疲憊和心灰意冷：

「這一次我身臨紅塵，汲汲於俗務，卻落得道心破損。若不回山重新修行，恐怕成道會蹉跎很久。你又如何？」

張小敬搖搖頭，沒有理睬這個問題。他一瘸一拐地穿過賀府廢墟，站在高高的樂游原邊緣，俯瞰著整座長安城。

在他的獨眼之中，一百零八坊嚴整而莊嚴地排列在朱雀大街兩側，在太陽的照耀下熠熠生輝，氣勢恢宏。他曾經聽外域的胡人說過，縱觀整個世界，沒有比長安更偉大、更壯觀的城市。昨晚的喧囂，並未在這座城市的身體上留下什麼疤痕，它依然是那麼高貴壯麗，好似永遠會這樣持續下去。

一滴晶瑩的淚水，從張小敬乾涸已久的眼窩裡流淌而出，這還是他到長安九年以來的第一次。

全文終

後記一

天寶三載，是一個平靜的年分。在史書上，這一年幾乎沒有值得大書特書的事情。儘管在民間盛傳長安有神火降臨，帶走了許多人，可官方紀錄卻諱莫如深。

天寶三載同樣也是一個重要的年分，許多人，包括大唐自身，都在這一年發生了巨大的轉折。

這一載的四月，賀知章的馬車返回山陰老家，不過賀府以老人舟車勞頓為由，閉府不接見任何客人。沒過多久，竟傳出賀知章溘然去世的消息，享年八十有四。家鄉的父老鄉紳只有機會讀到老人回鄉後留下的兩首遺詩，誰都沒能見到本人。消息傳到長安，天子輟朝致哀，滿朝文武皆獻詩致敬，成為天寶三載的一樁文化盛事。

與此同時，遠在朔方的王忠嗣突然對突厥發起了比之前猛烈數倍的攻勢，大有踏平草原之勢。鏖戰數月，突厥烏蘇米施可汗戰敗被殺，傳首京師，其繼位者白眉可汗也在次年被殺，餘部為回紇所吞併。自此草原之上，不復聞突厥之名。

朔方激戰連連之際，東北方向卻是一片祥和。一個叫安祿山的胡將在這一載的九月升任范陽節度使、河北採訪使，仍兼任平盧節度使，成為天寶朝中冉冉升起的一顆政治新星。

他的忠誠無可挑剔，贏得了從天子到右相的一致認同，認為可以放心將河北一帶交給他。

但這些都不是天子最關心的事。他在天寶三載的年底，正式納太真於宮中，並迫不及待地於次年封其為貴妃。從此君妃相得，在興慶宮中過著神仙眷侶般的生活。

靖安司做為一個臨時官署，很快被解散。靖安司丞李泌上書請辭，離開長安開始了仙山求道之旅。這則逸事，一時在長安居民間傳為美談。中途他雖曾回返長安，但在楊國忠等人的逼迫下，又再度離開。

失去了最有力臂膀的太子李亨，僅僅過了兩年太平日子。從天寶五載開始，右相李林甫接連掀動數起大案，如韋堅案、杜有鄰案等，每一次都震驚朝野，牽連無數。太子先後失去多名親信，甚至還被迫兩次婚變，窘迫非常。他憂慮過甚，雙鬢為之變白。

這種狀況一直持續到天寶十四載的安史之亂。李亨並未隨天子去蜀中，而是逃至靈武登基，遙尊天子為太上皇。於是大唐形成了蜀中太上皇、靈武天子，以及遠在江陵的永王三股勢力。

就在這時，久未現身的李泌再度出山，前來輔佐李亨，但堅決不受官職，只肯以客卿身分留任。在他的籌謀調度之下，李亨得以反敗為勝，外敗叛軍，內壓太上皇與永王，終於克成光復大業，人稱李泌為「白衣宰相」。功成之後，李泌再度請辭，隱遁山林。在肅宗死後，代宗、德宗兩代帝王都召他回朝為相，李泌數次出仕為相，又數次歸隱。他一生曆事玄、肅、代、德四位皇帝，四落四起，積功累封鄴縣侯。

除了李泌之外，在安史之亂中還湧現另外一位傳奇人物。此人並非中土人士，而是一位景僧，名叫伊斯。伊斯眼光卓絕不凡，活躍於郭子儀帳下，在軍中充當謀士，官至金紫光祿大夫，同朔方節度副使，試殿中監，賜紫袈裟。波斯寺於天寶四年改稱大秦寺，景教在大唐境內的發展達到巔峰。建中二年，伊斯在大秦寺的院中立下一塊石碑，起名為「大秦景教流行中國碑」，用以紀念景教傳入中土的艱難歷程。此碑流傳千年，一直到了今日。

但無論李泌還是伊斯，若論起命運跌宕起伏，皆不如元載來得傳奇。天寶三載之後，此人仕途一路平順，且以寒微之身，迎娶了王忠嗣之女王韞秀，一時傳為奇談。安史之亂開始後，元載趁時而動，抓緊每一個機會，獲得了肅宗李亨的格外器重，躋身朝廷高層。在肅宗去世後，他又勾結權宦李輔國，終於登上相位，成為代宗一朝舉足輕重的大臣，獨攬大權。就連李泌，也沒辦法與之抗衡。

不過元載專權之後，納受贓私，貪腐奢靡，行事無所顧忌。他的妻子、兒子也橫行肆虐，驕縱非常。代宗終於忍無可忍，下令將其收捕賜死。元載死後，按大唐律令他的妻子可免死，可王韞秀卻表示：「王家十三娘子，二十年太原節度使女，十六年宰相妻，誰能書得長信、昭陽之事？死亦幸矣！」遂與之同死。

還有另外一些人，沒能像他們一樣，在史書中留下些許痕跡。

安史之亂平定之後，在民間忽然出現了這樣一本書，書名叫《安祿山事蹟》，作者署名為華陰縣尉姚汝能。不過這位作者的生平除了這本書之外，完全一片空白，不知他是出於什麼動機才寫下這麼一本書。

這本書記錄的是安祿山的生平，分為上、中、下三卷，其中在下卷裡，姚汝能提及了一件事：

天寶十五載，七月十五日，叛軍接近京城，玄宗率眾倉皇逃離長安。行至馬嵬坡時，太子李亨、龍武大將軍陳玄禮等人密謀發動兵變，剷除奸相楊國忠。這一天，楊國忠在馬嵬坡驛站外面碰到了幾個吐蕃使者，正在跟他們說話，忽然周圍擁出大批士兵，紛紛高呼楊國忠與吐蕃勾結。

楊國忠大驚，正要開口痛斥。結果隊伍中衝出一位叫張小敬的騎士，先一箭把楊國忠射下馬，然後割下他的腦袋，把屍體割得殘缺不全。

有了張小敬帶頭，士兵們士氣大振，一鼓作氣包圍驛站，要求天子處死楊貴妃。玄宗迫於無奈，只得忍痛縊死楊貴妃，諸軍這才退開。這即是著名的馬嵬坡兵變。

這次兵變，改變了許多人的命運。但那位首開先聲的騎士究竟是誰，又是什麼來歷，後來命運如何，在書中卻沒有提及，僅留下一個名字，宛如橫空出世一般。

也許，姚汝能在寫到這一段時，忽然無法抑制內心的澎湃，遂信手寫下這一名字。至於他為何如此，卻不是後人所能知曉了。

後記二

這部小說的最早想法，源自於有人在「知乎」提的一個問題：如果你替《刺客教條》寫劇本，會把背景放在哪裡？

《刺客教條》是一個沙盤類的電子遊戲，主角穿梭於古代或者近代的城市裡，執行各種刺殺任務，我很喜歡玩。

當我看到這個問題時，腦子裡最先浮現出來的，就是唐代長安城。

唐代的長安城對我來說，是一個夢幻之地。這是一個秩序井然、氣勢恢宏的偉大城市，三教九流、五湖四海的諸色人物雲集其中，風流文采與赫赫武威縱橫交錯，生活繁華多采，風氣開放多元。在那裡，任何事情都有可能發生，實在是一個創作者所能想到最合適的舞臺。

想像一個刺客的身影，從月圓下的大雁塔上躍下，追捕他的火紅燈籠從朱雀大街延伸到曲江池，驚起樂游原上無數的宿鳥……這是一個充滿畫面感的片段，神祕與堂皇同時糾葛，如果能寫出來，該是一件多麼有趣的事情。

於是我信手寫了幾千字，最初只是簡單地想開個腦洞，沒想到越寫越興奮，一個長篇故事就這麼悄然成形。隨著故事進行下去，我的野心不斷膨脹。我試圖讓故事節奏變得更快，結構更加精密複雜，讓每一個角色的特質更接近現代人的認知。說白了，我希望呈現出來的，不再是一個古裝刺客冒險故事，而是一個發生在國際大都市的故事，只不過湊巧發生在古代罷了。

幸運的是，長安正是這樣一座具有超越時空特質的城市，它可以同時容納古典與現代元素，並不會讓人覺得違和。所以這個故事，逐漸從一個慢吞吞的古裝傳奇武俠劇，變成一個古代反恐題材的快節奏孤膽英雄戲。為了讓這一特質更加明顯，我還重新把劇情做了切割，就像美劇《二十四小時反恐任務》的分集方式，每半個時辰為一章，一共二十四章，正好是一天的時間。

寫這麼一部作品，最大的挑戰並不是故事的編織、人物的塑造，而是對那個時代生活細節的精準描摹。要讓讀者身臨其境，真切地感受到一個活生生的長安城，我必須要對那一段歷史瞭若指掌。怎麼喝茶、怎麼吃飯、哪裡如廁、怎麼乘車，女子出門頭戴何物，男子外出怎麼花錢，上至朝廷典章制度，下到食貨物價，甚至長安城的下水道什麼走向、隔水的欄杆是什麼形制等等，要描摹的，是一整個世界，無論寫得多細緻，都不嫌多。

為此我戰戰兢兢地查閱了大量資料，光是專題論文和考古報告就讀了一大堆，還先後去了西安數次實地考察，希望能距離那個真正的長安城更近一些。

在這裡，要特別感謝于賡哲老師、驚鴻、掃書喵、森林鹿、黑肚皮小蹄等幾位朋友的大力支持，他們提供我許多珍貴資料，還撥冗認真地閱讀拙作，給予各種文字和劇情上的意見。這分用心，我銘感五內。對於一個業餘的文史愛好者來說，能認識這樣學識淵博又不吝賜教的朋友，真是太好了。

高寶書版集團
gobooks.com.tw

DN 218
長安十二時辰㊦
作　　者　馬伯庸
主　　編　吳珮旻
責任編輯　余純菁
封面設計　林政嘉
內頁排版　趙小芳
企　　劃　鍾惠鈞

發 行 人　朱凱蕾
出　　版　英屬維京群島商高寶國際有限公司台灣分公司
　　　　　Global Group Holdings, Ltd.
地　　址　台北市內湖區洲子街88號3樓
網　　址　gobooks.com.tw
電　　話　(02) 27992788
電　　郵　readers@gobooks.com.tw（讀者服務部）
　　　　　pr@gobooks.com.tw（公關諮詢部）
傳　　真　出版部　(02) 27990909　行銷部 (02) 27993088
郵政劃撥　19394552
戶　　名　英屬維京群島商高寶國際有限公司台灣分公司
發　　行　希代多媒體書版股份有限公司/Printed in Taiwan
初版日期　2018年 2 月

LIVE FOR BOOK
中联百文

國家圖書館出版品預行編目(CIP)資料

長安十二時辰／馬伯庸著 -- 初版. -- 臺北市：
高寶國際出版：希代多媒體發行, 2018.02
　面；　公分. --（戲非戲；DN218-DN219）

ISBN 978-986-361-477-7(下冊：平裝)

857.7　　　　106022282